KB075138

마음을 걷다

마음을 걷다
- 고통에 대해서 어떻게 말할 것인가

초판 1쇄 찍은 날 2023년 1월 11일
초판 1쇄 펴낸 날 2023년 1월 20일

지은이 박종언
펴낸이 김일수
펴낸곳 파이돈
출판등록 제349-99-01330호
주소 03940 서울시 마포구 망원동 419-3 참존1차 501호
전자우편 phaidonbook@gmail.com
전화 070-8983-7652
팩스 0504-053-5433

ISBN 979-11-981092-1-7 (03800)

책값은 뒤표지에 있습니다.

WALKING IN YOUR HEART

마음을
걷다

박종언 지음

고통에 대해서
어떻게 말할 것인가

파이돈

책을 펴내며

정신장애인 당사자의 아버지가 언젠가 필자에게 이런 말을 했다. "내가 죽으면 내 아이는 어떻게 해야 하냐"고. 또 다른 아버지는 그랬다. "80이 된 부모가 50이 넘은 아들을 데리고 정신병원과 정신건강복지센터를 찾아다니며 정보를 얻는 거, 그게 얼마나 비참하냐"라고.

비교적 어린 시절에 진단받는 발달장애와 달리 정신장애인은 10대 후반에서 20대 중반에 가장 많이 진단받는다. 그래서 발달장애인 부모들은 아이가 '나 죽은 후에도' 사회에서 존엄하게 살아갈 수 있는 법적·제도적 장치를 마련하기 위해 집단 투쟁을 벌인다. 그 투쟁은 말 그대로 필사적이다. 물러설 수 없는 경계에서 그들은 싸우고 규탄하고 삭발을 한다. 무엇보다 그 부모들은 젊다.

하지만 정신장애인 부모는 아이가 발병하면 몇 년 동안 이렇다 할 정보도 없이 아이의 고통을 바라보아야 한다. 40대의 부모는 어느 순간 70대, 80대가 되고 정신장애인 당사자 자식은 어느새 40대, 50대가 돼 버린다. 국가는 정신장애인이 지역사회에서 삶을 영위할 수 있는 인프라를 만들어놓지 않았고, 정신장애를 보는 사회적 시선은 이들에게 잠재적 위험이라는 낙인을 찍고 정신병원에서 나오게 하지 말라고 광기에 차서 부르짖는다. 늙어버린 부모는 좌절한다. 어떤 정신과 의사는 토론회에서 "정신장애인들이 지역사회에 나와서 사는 것보다 정신병원에서 사는 게 사회경제적 비용이 더 적게 든다"고 말했다가 정신장애인의 절규하는 비판을 들어야 했다. 이처럼 한국 사회에서 정신장애를 바라보는 시선은 경제적 관점과 치안적 접근, 두 가지가 전부다.

1995년 정신보건법의 폐해

우리나라는 1995년 정신장애인의 권리와 보호를 담은 '정신보건법'을 제정했다. 이 법안 제정 과정에 절대적 영향력을 끼친 집단은 의료권력이었다. 정신장애인 당사자와 가족은 참여할 수 없었다. 그때는 정신장애인의 권리를 외치는 목소리도 생소하던 때다.

당시 정신보건법의 핵심은 강제입원(비자의입원) 관련 조항이었다. 가족 1인의 동의와 의사 1인의 진단이 있으면 당사자는 체포되는 범죄자처럼 사설 구급대에 의해 손발이 묶인 채 정신병원으로 끌려 들어가야 했다. 그리고 정신병원에서는 반항하는 당사자에게 '코끼리 주사'를 놓는다. 코끼리도 맞으면 쓰러진다는 정신과 약물을 당사자들은 그렇게 표현했다.

정신병원에 들어간 당사자는 처음에는 입원이 부당하다며 절규하지만, 곧 병원의 질서에 순응한다. 병원 질서에 해가 되거나 간호사나 보호사와 말다툼이 오가면 어김없이 CR(Care Room) 실로 불리는 격리실로 끌려가 침대에 손발이 묶인 채 심할 때는 며칠 동안 누워 있어야 한다. 이 과정에서 정신장애인은 최소한 빨리 퇴원하려면 의료권력의 시선에 '문제적 인물'로 찍히지 않게 질서에 순응하는 태도를 보여야 한다는 걸 체화한다. 그래야 외박이라도 나갈 수 있다.

1995년 제정된 정신보건법 제24조는 강제입원을 규정하고 있는데 이 조항으로 인해 당시 강제입원 비율은 90% 수준을 기록했다. 법을 악용해 재산 분쟁 중인 가족 한 명을 정신병원에 입원시키고, 종교적 의견이 다르다는 이유로 아내를 정신병원에 입원시키는 일이 빈번하게 발생했다. 원하지 않는 공간으로 들어간 당사자는 깊은 트라우마를 경험한다. 어쩌면 그곳에 들어갔다는 자체가 다시는 나올 수 없다는 의미가 돼 공포심에 압도당하는 것이다. 입원 당사자는 말을 듣지 않는다는 이유로 보호사라고 하는 신체 건강한 남성들의 폭력에 노출됐다. 그래서 겨우 병원을 나오게 된 당사자들은 자신을 '생존자'(survivor)라고 불렀다. 하지만 그 안에서 얻은 정신적 후유증과 트라우마를 호소할 곳은 없었다.

'95년 체제'의 종언과 새로운 변화

필자는 정신보건법이 제정된 1995년을 '95년 체제'로 부르고자 한다. 이 법의 제정은 한국 사회 최초의 정신장애인 권리 관련 법령이었지만 역으로 정신장애인에 대한 합법적 입원을 강제할 수 있는, 입원 위주의 전근대적 법이었다는 이중성을 내포하고 있었다. 이 '95년 체제'는 이후 자생적으로 조직된 정신장애인 당사자 단체와 이 대의에 동의하는 학계, 장애계, 심지어 일부 정신과 의사에 의해 집중적인 공격을 받았다. 이 과정에서 헌법재판소는 정신보건법 제24조에 대해 재판관 전원일치로 헌법불합치 판단을 내렸다. '95년 체제'의 사실상 종언이다.

2016년 5월 국회는 정신보건법을 전면 개정하고 '정신건강복지법'을 통과시켰다. 이 법은 정신보건법에 비해 진일보한 의미를 담고 있었다. 정신장애인을 위한 지역사회 서비스 중심이 삶을 중심에 두었다는 점에서 그렇다. 하지만 법의 서비스 규정은 강제성이 없었고 그만큼 해도 되고 안 해도 되는 종이에 불과한 선언들로 채워졌다.

2010년을 기점으로 정신장애인들의 자생적 당사자 조직이 급격하게 꾸려지기 시작했다는 점은 주목할 만했다. 학계와 신체장애와 연대한 정신장애인 지역사회생존권연대를 시작으로 정신장애와인권 파도손, 한국정신장애인자립생활센터가 조직돼 정부에 문제를 제기하기 시작했다. 특히 이들은 부당한 강제입원과 병원의 야만적 치료 환경을 지속적으로 비판했다. 이는 정신건강복지법 제정에 일부 영향을 끼치게 된다. 정신장애인의 자기결정권, 정신장애에 대한 차별 금지, 지역사회 중심의 삶, 정신병원 내 자유로운 환경에서 치료받을 권리 등을 그 전문에 넣은 것이다. 정신보건법 시절 열에 아홉이 강제입원이었다면 정신건강복지법은 그 비율을 40%대로 떨어뜨렸다.

정신장애인의 자살률은 비정신장애인에 비해 8배 높다고 한다. 그만큼 이들은 사회경제적 모순과 폭력성에 정서적으로 취약한 존재다. 멀쩡하게 생활하다가 어느 날 극단적 선택을 했다는 소식에 필자도 여러 번 황망해한 경험이 있다. 그러나 사회는 이들이 잠재적으로 범죄인이 될 가능성이 높으니 정신병원에 잡아 가두라고 요구하고, 정신장애 인권감수성이 없는 정치인은 임대아파트를 전수조사해서 정신질환자들을 발굴하고 격리해야 한다고 말했다가 정신장애인 단체들의 항의를 받고 사과하기도 했다. 게다가 언론은 정신장애인이 일으킨 사건에 대해 '거품을 물고' 그 위험성을 기사화했다. 국가는 정신장애인의 지역사회 삶과 돌봄을 위해 어떤 법적 제도적 장치를 만들어야 하는지에 대한 고민보다 황색 저널리즘처럼 '정신장애인=범죄자'의 프레임으로 사회적 시선을 강화해 온 것이다.

이러한 시대 상황에서 정신장애인이 주축이 되어 창간한 〈마인드포스트〉가 언론으로서 주류 미디어에 문제를 제기한 사례는 세계사적으로 드물 것이

다. 처음에는 〈마인드포스트〉 역시 차별과 편견, 배제와 소외라는, 정신장애인에게 붙여진 낙인을 보며 긴 호흡으로의 출발이 아닌, 당장의 급박한 편견과 왜곡의 문제에 '날것'으로 대항했다고 말해야겠다. 창간 4주년을 넘어선 지금, 정신장애인 인권담론이 어느 지점에 와 있는가라고 묻는다면 '아직은 섣부른 판단을 유보해야겠다'고 말씀드려야겠다. 하지만 '무언가 변하고 있다'는 느낌은 단순히 필자 개인의 망상만은 아닐 것이다.

이번 인터뷰집을 내면서 필자는 한국 근대기의 정신장애인에 대한 국가와 병원의 억압, 법의 제정과 전개 과정, 정신장애인 당사자 조직의 자생적 구축 등을 먼저 이야기를 하는 게 독자의 이해를 높이는 길이 아닐까 싶었다. 그래서 조금은 길게 과정을 설명했다.

정신의 질병에 관한 21명의 인터뷰

이 책은 총 4부로 나뉜다. 당사자들의 이야기, 부모와 가족들의 이야기, 정신과 전문의들의 이야기, 교수와 시설 전문가, 종교인의 이야기를 각각 담았다.

1부 〈우린 구름 뒤의 별, 구름이 걷히면 반짝이는 존재들〉에서는 당사자들의 이야기를 통해 정신장애인이 비이성적이고, 사람을 살해하고, 감정이 없고, 눈을 까뒤집으며 괴성을 지르는 악마적 존재가 아니라 누구보다 자신의 슬픔과 고통을 잘 알고, 그만큼 잘 견디며 살아가는 인간이라는 점을 강조하고 싶었다.

2부 〈사랑하고 일할 수 있는 능력의 숭고함〉은 가족의 이야기를 통해서 가족이 좋은 의사를 만나기 위해서 발품을 팔아야 하고 정보에 귀를 기울여야 한다는 것, 그리고 자식의 치유 과정을 보면서 부모가 어떻게 함께 성장해갈 수 있는지를 보여주고 싶었다. 나아가 정신장애인이 직장을 갖고 노동을 통해 어떻게 회복의 길로 들어서는지도 공유하고 싶었다.

3부 〈행복은 추구하는 게 아니라, 느끼는 것〉은 정신장애인에 대한 깊은 공감과 배려를 실천하고 있는 정신과 전문의들을 통해 그들의 시선으로 바라보는 정신질환의 문제를 담았다. 또한 정신과 약물을 과소평가하거나 한의학의 한방 처방만으로 치료가 가능하다는 인식의 한계와 오류를 점검해보고자 했다.

마지막 4부 〈이 사람들을 위한 목소리는 누가 내줄 수 있나〉에서는 종교, 특히 기독교가 정신질환을 바라보는 왜곡된 시선에 대해 문제를 제기해 보았다. 일부 목회자들은 정신장애를 '죄에 의한 결과'라는 관점에서 보기도 한다. 그러나 이러한 시각이 얼마나 심각할 정도로 도그마에 갇힌 관점이고 얼마나 위험한지도 같이 고민해보고자 했다.

독자의 이해를 돕기 위한 주요 용어 소개

아울러 책의 본문에서도 간략하게 언급하고 있지만 인터뷰 곳곳에서 나오는 생소한 개념과 법 관련하여 간략한 설명을 하는 것이 독자의 이해를 돕는 데 도움이 될 것 같다.

우선 지금은 폐지된 '장애인복지법 제15조'가 있다. 이 법의 15조에 따르면 "정신장애인은 이 법의 적용을 받을 수 없다"라고 규정함으로써 정신장애인은 '정신건강복지법'의 복지 서비스를 받도록 유도했다. 장애인복지법이 포괄하는 장애인에 대한 복지 서비스는 굉장히 다양하다. 하지만 정신건강복지법상의 복지 서비스는 언급했듯이 '선언'에 불과하고 현실에서 작동하지 않고 있다. 예를 들어 법 안에 정신질환자의 복지 서비스를 개발하고 고용과 취업을 지원하고 교육 과정도 제공하라는 규정은 있지만, 이는 강제성이 없이 '하여야 한다'는 공허한 당위성만 있었다. 따라서 정신장애인은 정신건강복지법에서도 서비스를 받을 수 없고, 장애인으로서 장애인복지법의 혜택도 받을 수 없는 이중 배제에 처해 있었다. 정신장애인 단체들은 지난 몇 년간 지속적으로 장애인복지법 제15조 폐지를 요구해 왔고 결국 지난 2021년 12월에 이 조항은 폐지됐다.

'당사자운동'이라는 개념도 설명이 필요할 것 같다. 장애인이 자신의 계급적 처지를 이해하고 자신이 능동적으로 현실의 모순 타파에 참여하는 것을 우리는 당사자운동, 혹은 '당사자주의'라고 이름을 부여한다. 이 운동은 정신장애인으로서의 정체성을 분명히 하는 이들이 자신의 이익과 국가의 서비스 제공을 요구하는, 계급적이면서도 여태껏 타자의 범주에 놓여 있던 정신장애인의 사회적 주체로 나아가는 모든 유형의 운동을 일컫는다.

'사법입원제'는 현재 한국 정신장애인 운동에서 오래된 화두이다. 이는 정신장애인의 입원을 결정하는 최종 주체가 누구냐, 라는 질문과 맞닿아 있다. 정신건강복지법은 보호의무자의 동의와 정신과 전문의의 진단이 있으면 강제입원이 가능하도록 하고 있다. 대신 1차 의료인의 진단과 또 다른 의료인의 2차 진단이 일치할 경우로만 그 입원을 결정하고 연장하는 권한을 부여하고 있다.

하지만 인간의 기본 권리인 신체의 자유를 제한한다는 점에서 법이 개입해야 한다는 의견이 중론이다. 재판을 통해 판사가 '당신이 이러이러한 상황이니 입원해야 한다'고 판단을 내리는 것이다. 사법입원제 요구가 계속 진행 중인 이유는 가족과 의사가 강제입원을 시키면 입원한 당사자는 불합리하게 '입원을 당했다'며 가족과 의사에게 일종의 '원한'을 갖게 되는 경우가 많기 때문이다. 가야 할 방향은 사법입원제가 맞겠지만 아직 한국의 판사 수와 준비 정도가 미흡하다는 점에서 논의가 계속될 것으로 보인다.

'동료지원활동가'도 설명이 필요한 부분이다. 이는 먼저 회복된 정신장애인이 아직 치유 중인 정신장애인의 집을 방문해 함께 이야기를 나누거나 영화도 같이 보러 가고, 시장도 같이 가면서 정신장애인의 회복을 돕는 활동 제도다. 서구에서는 이미 제도화돼 있지만 아직 한국은 출발선상에 놓인 상황이다. 이들에게 국가가 급여를 지급하면서 동료를 돌보게 한다면 '상처 입은 치유자'의 역할을 하게 될 것이라는 전망이다.

외국의 정신장애 운동 사례로서 이 책에서 소개하는 '베델의집'은 일본 홋카이도 우라카와 마을의 정신장애인 공동체이다. 정신장애인들이 마을에서 다시마를 판매하고 동료들과 함께 치유의 길을 모색하는, 독특한 일본의 정신장애 운동 문화라고 할 수 있다. 현재 150여 명의 정신장애인과 사회복지사, 정신과 의사 등이 공동으로 참여하고 있다. 노동하면서 스스로 자립하고 치유하는 삶을 추구해 연간 이곳을 방문하는 관광객이 3천여 명에 이른다.

특히 베델의집은 '당사자연구'라는 독특한 이론을 만들어냈다. 이는 정신장애인 당사자가 겪는 환청과 망상을 날것으로 직접 공동으로 연구하는 작업이다. 기존 정신의학 치료에서 환청과 망상은 의미가 없으며 대응하지 않아야 하는 그 무엇이었다. 그 도그마를 정신장애인 당사자들이 의미의 가치로 전복시켜 버린 것이다.

아침에 베델의집 사무실에 출근한 정신장애인들은 사회복지사와 직원들과 함께 자신이 겪는 환청의 패턴, 환청의 목소리, 망상의 구조를 이야기하면서 자신이 이로 인해 겪는 고통을 제3자의 시선으로 다시 바라보는 연구를 한다. 이는 인생은 고통이고 고생인데 정신장애인도 이 고통과 고생을 통해 인간의 삶을 살아간다는 고유한 철학을 담고 있다.

'오픈다이얼로그'(Open Dialogue)는 핀란드에서 만들어진 치유 프로그램이다. 정신장애인이 정신적 어려움에 봉착했을 때 바로 정신병원에 강제입원시키는 것이 아니라 이 당사자와 관계하는 이들, 즉 부모와 친구, 의사, 간호사, 사회복지사 등이 함께 당사자가 사는 집을 방문해 수평적이고 민주적으로 대화를 나눈다. 증상을 이야기하고 그에 대한 의견을 내는데 이때 의사가 강압적으로 입원을 결정하지 않는다. 며칠간 이런 패턴의 대화를 지속한 후 최종 입원 결정은 당사자 스스로 하도록 하고 있다. 흔히 열린 대화로 번역된다.

긴 호흡으로 치유의 길을 모색해야

부모는 자식이 병들면 죄의식을 갖기 마련이다. 다만 이 병은 감기에 걸리듯이 누구나 살다가 걸릴 수 있는 질병이다. 단기간의 목표가 아니라 긴 호흡으로 치유의 길을 모색해야 한다는 점을 강조하고 싶다. 특히 고통이 정점에 달하면 지푸라기라도 붙잡고 싶은 게 부모와 보호자의 마음일 것이다. 그때, 인간은 주술에 기대거나 비과학적인 심령술에 의존하려 한다. 이는 치료와 하등 상관이 없는 행위로 상태를 더 악화시킬 수 있다. 근대 사회에서는 정신질환을 비이성으로 규정하지만, 보호자는 더 이성적이고 과학적으로 질환에 대응해야 한다.

그래서 "내가 죽으면 아이는 어떻게 하나"라는 질문을 더 이상 하지 않기 위해 정신장애인의 삶을 억압하는 왜곡된 법과 구조를 바꿔야 하고 정부를 압박해 정신장애인이 부모 사후에도 지역사회에서 살아갈 수 있는 체제를 만들어내야 하는 것이다. 배제가 아닌 사회적 통합의 지향이 그렇다. 그 수고로움을 통해 부유하던 정신장애인의 삶도 안착할 수 있을 것이다.

마지막으로, 이 책에 실린 인터뷰는 정신장애인 인권을 위한 대안언론 〈마인드포스트〉에 2018년 7월부터 2022년 5월까지 '박종언 만남-길을 묻다'라는 제목으로 기획연재 코너에 게재한 인터뷰 내용을 가려 뽑아 수정, 보완한 것임을 밝힌다. 인터뷰에 협조해 준 모든 이들에게 진심으로 감사의 말씀을 드린다.

1부 우린 구름 뒤의 별,
구름이 걷히면 반짝이는 존재들

2부 사랑하고 일할 수 있는
능력의 숭고함

3부 행복은 추구하는 게 아니라,
느끼는 것

4부 이 사람들을 위한 목소리는
누가 내줄 수 있나

1부

우린 구름 뒤의 별,
구름이 걷히면
반짝이는 존재들

"아무리 악한 사람의 마음속에도
사랑이라는 마음의 고향이"

박목우(작가)

스무 살, 꽃처럼 아름다웠던 시절, 그가 타의에 의해 끌려들어 간 곳은 정신병원이었다. 어두컴컴했고 입원해 있던 언니들은 영혼을 태우듯 담배를 피웠다. 자욱한 연기로 가득한 흡연실은 그에게 정신장애인은 이토록 헐벗은 정신으로 세상에 표상된다는 걸 알게 해줬다.

아버지는 조현병 당사자였고 골방에 누워 있다가 어떤 때는 폭력을 행사했다. 어머니는 아버지를 빗대어 그를 힐난했다. 어린 시절의 그가 슬픔을 위로받을 곳은 없었다. 방안에 들어가 우는 것 외에는. 그리고 머리가 커지면서 어머니에게 대들기 시작했다.

이 모든 자기 세계의 아픔은 저 무능한 아버지와 생을 비난하던 어머니에게서 비롯된 것이었다. 그게 아니었다면 '나'는 정신질환을 앓지도 않았을 것이고 정신병원에 들어가 인형처럼 꽂혀 있지도 않았을 것이다.

입원 후 대학을 쉬었다. 3년 뒤 복학하고 국문학과로 전과를 했다. 그렇지만 자신이 아는 이들은 교정에 없었고 다시 그는 지독한 혼자만의 세계에 웅크리게 된다. 집에 있으면 빗소리마저 자신을 비난하는 환청으로 들렸다. 움직일 수가 없었다. 무엇을 해야 하는지도 더욱 알 수 없었다. 그렇게 20년 가까이 그는 자신의 동굴 안에서 세계를 퀭한 눈으로 바라보고 있었다.

인간은 어디까지 고통받아야 비로소 삶을 확인할 수 있는 것일까. 이 피로하고 필사적인 삶의 악다구니들이 난동하는 세계에서 그는 선택해 나아갈 방향이 없었다. 자신의 환청과 망상의 경험은 오롯이 그를 '정신병자'로 낙인찍었고 그럴수록 그는 더 자신의 세계로 들어가야 했다.

희망버스라는 게 있었다. 회사의 부당한 해고에 항의해 부산 영도의 한진중공업 크레인에 올라 시위하던 해고노동자 김진숙 씨를 응원하는 사회적 연대를 담은 버스였다. 어느 날 그는 그 버스에 올랐다. 그가 세상에 발을 다시 내딛는 시간이었다.

삶이란 우리가 생각하는 것보다 빠르다. 어떨 때는 한없이 느리지만 아프고 외로울 때, 슬플 때 가장 빠른 모습으로 세계를 지나쳐버린다. 그리고 자신의 이마의 주름을 알려 주는 얼굴과 조금씩 하얗게 변해가는 머리카락을 어느 날 거울 속에서 바라보게 되는 것이다.

그는 조금씩 세상으로 나왔다. 누가 나오라고 하지 않았지만 어떤 단체에서는 그의 존재 자체만으로도 환대해 주었고 반겼으며 그의 슬픔과 고통을 들어 주었다. 사랑이었다. 종교적 사랑이 아닌 인간으로서의 존엄에 대한 존중을 담은 사랑이었다.

특히 정신장애인들의 문학 모임인 '천둥과 번개'에 가입하면서 기존에 자신이 알던 정신장애인의 사회적 모습 대신 확고하게 자기 철학으로 연애하고 시를 쓰고 사랑하는 이들을 알게 된다. 놀라움이었다. 이후 그는 자신의 회복을 근거로 사회적으로 고립되고 방황하는 정신장애인들에게 힘이 되는 사람이 되고 싶다는 마음을 먹는다. 아버지를 이해했고 엄마의 사랑은 다른 방식으로 접근하느라 너무 오랜 시간이 걸린 문제였다고 생각하게 됐다.

그리고 지금, 이만큼 그는 걸어왔다. 그리고 문학을, 생을 이끄는 힘으로 보고 있다. 최근 그는 '마인드포스트 문예대전'에서 수필로 은상을 수상했다. 박목우(44·여) 씨를 만난 건 〈마인드포스트〉 사무실에서였다.

스무 살, 처음 경찰차에 의해 강제입원을 당했습니다. 어떻게 입원하게 됐습니까.

지금은 상호작용이었다는 걸 이해하는데 그 당시에는 제가 일방적으로 가족들에게 폭력을 당하고 있다고 생각했어요. 저의 대응은 분노를 표출하는 거였고 그런 방식으로 계속 악순환됐어요. 한쪽이라도 조금씩 양보를 하면 관계가 좀 괜찮아질 건데 서로 한 치의 양보 없이 계속 자기감정만 발산하고 있는 거예요.

그런 상황들에 고통을 받았고 그러다가 모든 인간관계가 끊어지고 라디오를 듣게 됐어요. 가수 신해철이 진행하는 라디오 방송을 들으면서 신해철이 나를 사랑한다는 망상을 하게 된 거죠. 집이 싫어서 집 밖으로 돌아다니기 시작했는데 엄마가 뭔가 이상하다고 느끼셨나 봐요. 그래서 이모 집에 있을 때 경찰차를 불러서 강제입원을 시켰죠.

강제입원 당할 때 의식은 있었습니까.

저는 제가 정신장애가 아니라 단지 화가 많이 나 있는 상태라고만 생각했어요. 그래서 의사한테 가족치료가 필요하다고 주장했어요. 이건 나 혼자만의 문제가 아니라 가족 전체가 회복돼야 하는 문제이기 때문에 가족치료를 요구했는데 의사는 '입원을 해야 한다'는 말만 반복해요. 결국 입원하는 걸로 끝났죠.

발병 이후 선생님은 침묵하거나 정상성에 동원되거나 두 가지 선택밖에 없었다고 했습니다.

당시만 해도 정신장애 운동 자체가 없었어요. 그때 저를 설명할 수 있는 단어는 정신병자 하나였거든요. 그런 상황에서 저의 이야기를 하려고 하면 뭔가 아귀가 맞지 않는 거예요. 세상 사람들과 너무 다른 경험을 하고 있었고 그 경험을 얘기하면 곧장 정신병자라는 낙인이 돌아왔기 때문에 침묵할 수밖에 없었어요.

그리고 정상성에 동원된다는 건 저를 믿을 수 없고 제 자신으로 살 수가 없기 때문이었어요. 너는 비정상이고 이성적인 사람들의 기준에 맞춰야 한다는 암묵적 강요가 있었기 때문에 정상성을 끊임없이 욕망하고 그들 기준에 맞춰가려고 했어요. 나 자신은 이상한 존재, 왜곡된 존재로 남으면서 완전한 정상성의 잣대에 기대려고 했던 시기들이었어요.

세상에 나오기까지 20년 동안 골방에 있었습니다. 그곳에서 나와 생활하면서 선생님이 깨달은 삶의 의미가 무엇이었을까요.

그때 천주교정의구현사제단 신부님들을 따라다니면서 쌍용자동차나 재능교육 같은 사업장의 해고와 파업 문제에 대해서 알게 됐어요. 또 진보적 지식인들의 모임인 '말과 활'에서도 자원활동을 잠깐 했는데 그분들이 저에게 되게 잘해 줬어요.

제가 말도 없고 어떤 도움을 주는 존재도 아니었고 연대 단위가 있어서 같이 오는 것도 아니고 그냥 혼자 와 있는데도 환대해 주는 분들이 굉장히 많았어요. 그 환대를 받으면서 느낀 건 반겨 주고 사람의 구실을 할 수 있도록 만들어 주는 게 한 사람이 살아가는 데 힘이 된다는 거였어요.

그 환대의 경험을 통해 이제는 저도 제가 아닌 사람들, 정신장애인 당사자이거나 가난하거나 폭력에 노출된 사람들에 대해 환대의 자리를 만들어가야 한다고 생각했던 거 같아요.

병원 첫 입원 후 20년 뒤에야 정신장애인 등록을 했습니다. 국가에 어떤 도움을 받고 싶었던 겁니까.

그때는 다른 선택지가 없었어요. 아파서 공부를 할 수가 없었고 직업을 가질 수도 없었고 그냥 집에서 약 먹고 자는 것밖에 할 수 있는 일이 없었거든요. 그런데 일 년 정도 같이 병원에 입원해 있었던 친구가 있는데 그 친구가 정신장애 등록을 했어요. 그리고 일을 하면서 살아가는 모습을 보니까 내가 장애인으로 등록하면 뭔가 새로운 삶의 가능성이 주어질지도 모른다는 생각이 들었죠. 사실 그때 바닥을 친 거죠. 그러면서 정신장애인으로 등록을 하고 내가 국가로 부터 받을 수 있는 서비스를 받아야겠구나 생각을 하게 됐어요.

장애 등록을 망설이는 이들에게 어떤 조언을 해 주고 싶습니까.

자신을 부끄러워하지 않았으면 좋겠어요. 우리는 우리 자체로 온전하고 완전한 인격체라는 것을 확신할 수 있었으면 해요. 정신장애인으로 등록한다는 건 국가적 시스템에 포함되는 것이기도 하지만 한편으로는 그 힘이 결집돼서 당사자의 요구를 사회에 알릴 수 있는 기회가 되기도 하거든요.

다만 환자 정체성만 가지고 있으면 자신의 증상을 이야기할 수 있겠지만 정신장애인들을 틀 짓고 있는 구조라든가, 정신장애인 보편의 문제에 대해 모르게 되는 것 같아요. 그래서 정신장애인이 당사자의 목소리를 냄으로써 우리의 권리를 스스로 만들어가고 찾아가는 게 좋다고 생각했어요.

아버지는 조현병 환자였고 어두운 골방에 누워 있는 무능한 존재였습니다. 아버지는 선생님에게 어떤 의미일까요.

아버지는 저에게 큰 난제이긴 해요. 그런데 지금은 아버지를 이해해요. 아버지는 어린 시절 사랑을 받지 못하고 자랐어요. 항상 지적당하고 비판당하고 어른들 말이니까 따라야 한다는 이야기를 아버지는 늘 들어온 거죠. 그래서 사랑하고 관계 맺고 소통하는 과정에 굉장히 미숙하세요.

아버지가 50년 전에 정신장애를 앓고 있었기 때문에 당시 도움을 받을 수 있는 어떤 서비스도 없었어요. 이제 아버지는 정신장애를 같이 겪고 있는 동료이자 당사자의 삶에 대해 이야기할 수 있는 동료가 된 것 같아요. 아버지도 제가 등록하는 걸 보면서 이번에 정신장애 등록을 하셨어요. 아버지랑 정신장애인들의 삶에 대한 이야기를 많이 나누고 싶어요.

어머니는 선생님의 청소년기에 폭언을 했고 침을 뱉었습니다. 선생님은 그 상처를 "증오의 방식으로밖에 어머니를 사랑할 수 없었다"고 했는데 무슨 말씀입니까.

사랑했기 때문에 증오하는 거였죠. 어머니를 너무나 사랑했지만 어머니에게서 돌아온 건 차디찬 말들이었거든요. 오빠에게는 굉장히 배려를 하면서도 저에 대해서는 '아버지를 빼다 박은 무능한 아이'라며 많은 상처를 줬어요. 어렸을 때는 울고 말았는데 나이가 드니까 그게 분노와 증오로 바뀐 거예요. 증오의 방식으로 바뀌면서 어머니를 사랑할 수 없게 된 거죠. 싸우고 상처 주는 관계로밖에 서로를 사랑할 수 없게 된 거였죠.

저는 그게 불행한 삶의 방식이라고 생각했는데 의외로 주변에 그런 분들이 많더라고요. 저의 생애사를 돌아보니까 그런 사람들이 이해가 됐어요. 정말 가슴 속에는 누군가를 사랑하고 아껴 주고 싶은 마음, 평화를 짓고 싶은 마음이 있겠죠. 그런데 그 마음이 꺾이면서 증오의 방식으로 사랑할 수밖에 없는 사람들이 존재한다는 걸 경험을 통해 이해할 수 있었어요.

아주 늦게, 오랜 상처 뒤에 어머니와 나의 관계는 더 이상 적대적 관계가 아니라는 걸 깨달았다고 했습니다. 어머니의 상처를 이해하면서부

터였을까요.

그렇죠. 어머니와는 굉장히 좋아졌어요. 누가 그러더라고요. 여자 혼자서 자기를 끌어줄 인맥도 재력도 없는 상태에서 사회생활을 하고 한 가정을 건사해야 하는 건 당시로서는 쉬운 일이 아니었을 거라고요. 어머니를 굉장히 이해할 수 있을 것 같다고 저에게 얘기를 해 주신 분이 있었어요. 저도 그런 방식으로 어머니를 바라보게 됐고요.

**세상과 다른 경험을 이야기하면
낙인찍히고 배제당해
엄마와의 갈등은 사랑하는 방식의
차이였다는 걸 알게 돼**

그러고 나니까 어머니가 겪었을 어려움이 보이더라고요. 어머니는 누군가를 사랑하는 방식에 미숙했던 거 같아요. 사람 관계는 소통과 마음의 교통이 중요한데 외적인 것에만 항상 중점을 뒀거든요. 그래서 제가 대학교 다닐 때 부자들이 다니는 학교니까 기죽지 말라고 용돈도 많이 주시고 예쁜 옷을 사준다든가 제가 병원에 입원했을 때 병원 밥이 맛이 없을 테니까 반찬을 해 온다든가 하는 방식으로 어머니 나름의 애정 표현을 한 거죠.

그런데 저는 그때 어머니의 그런 사랑의 방식을 느끼지 못했어요. 임계점이라고 하죠. 어느 순간 어머니가 노래 한 곡을 들으면서 '아, 목우를 사랑해야지'라고 생각하면서 변하기 시작했어요. 제 얘기를 들어 주고 안아 주고 포용해 주고 하면서 변화가 있었어요. 저도 굉장히 노력을 했고요. 지금은 우리가 서로 사랑하려고 했던 사람들이었구나, 그런데 서로의 방식이 달랐고 복잡한 가정사가 우리 마음을 막았던 거구나 생각하게 됐어요.

고향의 훼손 때문에 고통받았고 고향을 찾기 위해 노력해야 하다고 했

습니다. 하이데거는 치유의 개념을 자신의 고향으로 돌아가는 자, 사명으로 나아가는 자라고 했는데 그 이미지와 겹쳐지더군요.

그렇게 큰 의미를 두고 얘기를 한 건 아니고요. 그 생각을 했어요. 아이들을 보면 굉장히 잘 웃고 순수하고 자기를 좋아하는 사람에게 반응을 하잖아요. 그런 것처럼 우리 마음 안에는 돌아가야 할 고향이 있는 거 같아요. 어린 시절, 편견 없이 사람을 사귀고 누구나 반기고 세상의 다정한 경험들을 껴안았던 기억들이 있어요. 동물이든 친구든 세상의 다정한 기억들에 가까이 갔던 추억은 누구에게나 있거든요.

아무리 악한 사람의 마음속에도 마음의 고향이 있을 거라 생각해요. 증오의 방식을 얘기했지만 결국 그 발단이 된 건 사랑이었거든요. 그런데 그 사랑이 상처를 입으면서 조금씩 증오로 변해간 건데 누군가를 사랑했던 그 마음을 잊지 않는다면 우리는 언제 어디서든 고향을 실현할 수 있어요. 그 고향을 잃지 않았으면 하는 마음이에요.

조금만 더 노력하면 정상성을 획득할 수 있다는 자기 계발류의 용기는 어떤 잘못과 오류를 담고 있을까요.

노력하면 안 되는 게 없다는 말은 뒤집어 말하면 네가 잘 못 되는 이유는 다 너의 책임이라는 말과 마찬가지잖아요. 실업이나 삶의 곤경에 빠진 건 그 사람만의 잘못이 아니거든요. 여러 사회적 관계들이 연동해서 실패나 상처의 경험을 하게 되는 건데 사회는 그것을 개인의 책임으로 넘겨요. 사회는 완벽한데 개인이 잘못한 것처럼 이야기하는 거죠.

사랑도 그래요. 너와 나의 만남으로 이뤄지는 사랑도 있겠지만 두 사람이 사랑할 수 있는 환경을 만들기 위해 노력하는 것도 사랑이라고 생각해요. 많은 사람들은 둘이서 사랑하는 것만 사랑이라고 생각해요. 하지만 내가 노력해서 나만 회복하면 끝이 아니라 아픔과 어려움을 겪고 있는 누군가가 있다면 나는 그를 위해 무엇을 해 줄 수 있고 무엇을 함께할 수 있는지를 고민해보는 게 사랑의 시작이에요. 나만 치료해서 행복하면 된다는 생각은 사회적 연대에서 볼 때 사랑을 가로막는 장애물이 될 수 있다고 생각해요.

주류 사회는 우리를 설명할 수 있는 언어를 만들지 않습니다. 다만 이상심리, 임상심리라는 의료적 시선으로 접근해요. 이는 어떤 불공정을 낳을까요.

의료적 관점에서 정신장애는 손상이고 치료해야 할 이상이고 문제라는 식으로 프레임화 되잖아요. 사람이 배가 아파서 화장실에 간다고 하면 우리는 당연하게 생각하잖아요. 그런데 정신장애인은 환청이 들려, 혹은 이상한 생각이 들어, 라고 말하면 거기에 낙인을 찍고 이상한 사람으로 본다는 거죠. 똑같은 아픔일 뿐인데 사람들의 정신장애에 대한 편견은 공고해요.

저는 정신적 어려움을 이상(異常)이라고 규정하는 의학적 시선에 반대해요. 농인(聾人)의 이야기를 들으려면 수어를 배워야 하잖아요. 그처럼 정신장애인의 환청이나 망상, 강박도 하나의 세계이고 그럼 그것을 병리적으로 해석할 것이 아니라 그 세계를 비정신장애인들이 이해하고 배려하고 소통하기 위해 배워야 한다고 생각해요. 저는 임상심리와 이상심리에 굉장히 부정적 관점을 갖고 있어요.

자유는 다른 사람의 아픔과 처지에 공감하고 도움이 되기 위해 노력할 때 자유라고 말할 수 있다고 했습니다. 마치 김남주 시인의 시에 "만인을 위해 일할 때 나는 자유다"라는 시구절이 떠오르더군요.

바슐라르(프랑스 철학자)의 책에 그런 내용이 나와요. 일상의 꽃덤불을 넘어서 볼 수 있는 새 시각이라는 이야기가 잠깐 언급이 되는데 많은 것들을 생각하게 됐어요. 우리는 삶이 자연스러운 거라고 생각을 하는데 삶은 사실 여러 가지 축들이 교차하는 장이잖아요. 그래서 우리가 노력하지 않아도 삶은 흘러가는 것이라고 보는 관점 대신 삶을 정치화시킬 필요가 있다고 생각했어요.

정치화시킨다는 건 우리가 삶에서 끊임없이 더 나은 어떤 것을 요청하고 타인과의 소통을 넓혀가는 쪽으로 만들어가는 노력의 과정이에요. 삶이라는 영역이 자연에 의해 주어진 것이라기보다 정치의 영역이 아닐까요. 김남주 시인도 "만인을 위해 내가 싸울 때 나는 자유"라고 이야기한 게 그거 아닐까 싶어요.

선생님이 믿는 종교에서는 참으라, 용서하라고 했지 억압에 대해 대항하라고 말하지 않았다고 했습니다. 니체가 말한 노예 종교로서의 한계를 의미하는 걸까요.

종교는 도그마로 기능할 수 있어요. 우리가 살아가는 상황과 맥락이 너무나 복잡하고 다양한데 그것들을 한 번에 재단할 수 있는 진리가 있다고 환상을 심어 주는 게 종교라고 생각해요. 종교에서 요청하는 "사랑하고 용서하라"는 말은 너무나 좋은 말이죠. 그런데 그렇게 상냥하고 평화로운 삶을 살면서 정치적인 책임을 망각하는 삶이 있을 수 있어요.

종교인들은 평화롭고 행복한 삶을 살 수 있다고 생각하겠지만 그 삶에서 타자가 겪고 있는 고통이나 아픔을 외면하게 된다면 정치적 책임을 다하지 않은 것이 되고, 그럼 그 삶은 비판받을 수 있다고 생각해요.

약을 먹는 몸을 말했습니다. 약의 효능을 인정하지만 그것이 억압이 될 수 있다고 했습니다. 어떤 억압입니까.

의사들은 우리가 어디를 가든 약을 먹어야 한다는 얘기를 빼놓지 않는데 여기에 문제 제기를 하고 싶어요. 약보다는 전인적인 회복의 개념, 아니면 다가가려는 진실한 노력이 사람을 변화시켜요. 약 먹으면 불안은 줄겠지만 사회적으로, 혹은 관계에서 발생했던 불안의 원인을 제거해줄 수 없잖아요. 저는 약물로 모든 것을 치료할 수 있다거나 약물은 필수니까 반드시 먹어야 한다는 입장에는 반대하는 편이에요.

문학상담을 배우려고 하는 이유가 궁금합니다.
사람의 마음을 가장 섬세하게 두드릴 수 있는 부분이 문학이잖아요. 동료상담을 하면서도 느낀 건데 많은 정신장애인들이 의미의 빈곤에 시달린다고 생각을 해요. 이들이 교육을 받는다거나 사람을 만날 수 있는 기회도 없어서 그냥 환청이나 망상 속에 살고 있어서 굉장히 의미의 빈곤에 시달려요. 그 문을 열어 주는 게 문학이 될 수 있지 않을까 싶어요.

사람들은 어려움을 극복하기 위해 다수자의 관점을 따르거나 자기 계발류의 내용을 많이 참조해요. 하지만 문학은 다른 이야기를 하거든요. 문학은 소통에 대해 이야기하고 사회를 변화시켜 나가는 데 구호나 논리적인 말로 풀어내는 게 아니라 사람의 감성에 직접 와닿는 이야기로 풀어내요. 저는 정신장애인들이 문학을 통해서 자기 삶을 보다 섬세하게 보듬었으면 좋겠어요. 그 안에서 작은 진실들과 교훈들이 계속 발생한다면 그들의 삶의 회복에 그것보다 좋은 건 없다는 생각에 문학상담을 준비하고 있어요.

언젠가 선생님은 바슐라르를 이야기하면서 그의 글 "이 책에서 지식을 찾아서는 안 된다. 이 책에서 즐거움을 찾아야 한다"는 말을 인용했습니다. 저는 그 말을 바꿔 "삶의 텍스트에서 지식을 찾아서는 안 된다, 즐거움을 찾아야 한다"고 말하고 싶더군요.

맞아요. 지식은 정보잖아요. 정보가 주는 것도 있지만 저는 모든 말들의 너머에 있는 건 결국 소통이라고 생각해요. 사실 말이라는 건 장식적으로 꾸며낼 수 있지만 소통은 너와 내가 만나서 어떻게 관계 맺어나갈까를 이야기해 주는 거거든요. 저는 그게 관계가 주는 즐거움이 아닐까 생각했어요.

일본 베델의집(일본 홋카이도 우라카와 마을에 있는 정신장애인 공동체) 관련 책을 읽었는데 거기에 '아래로 가는 정체성'이 있더라고요. 그래서 정신장애인은 축복받은 존재라고 생각했어요. 왜냐하면 더 욕심을 내고 탐욕을 부릴 때 증상이 와서 탐욕을 제어해 준다는 이야기를 읽었거든요. 우리가 어떤 지식을 추구하다 보면 자신만의 성을 쌓게 되는 경우가 많아요.

하지만 우리가 마음을 열고 소통할 수 있고 그 안에서 즐거움을 찾을 수 있다면 그것보다 더 즐거운 건 없다고 생각하거든요. 바슐라르는 즐거움이라고 표현했지만 저는 서로가 다정한 관계를 맺을 수 있다면 그게 문학이 할 수 있는 어떤 게 아닐까 싶어요.

아팠던 동안 심리상담은 비용이 너무 높았고 지역 재활시설은 턱없이 부족했다고 했습니다. 지금도 그런 부분이 있지 않나요.

지금도 그렇죠. 저는 그나마 책도 찾아서 읽고 사람들하고 무람없이 어울릴 수 있을 정도로 회복이 됐거든요. 그런데 정신장애인의 삶에 대해서는 아무도 관심이 없는 거예요. 이분들이 사회에 나와서 일을 찾고 자신의 역할을 찾았으면 좋겠어요.

저는 정신장애 운동이 그런 분들의 삶을 되살려내는 데 더 많은 노력을 기울여야 한다고 생각해요. 그래서 치유된 당사자들이 다른 당사자에게 가서 자신의 경험을 나눠줄 수 있고 이런 식으로 확장된다면 그보다 더 좋을 수 없겠죠. 정신장애인의 빈곤율이 장애 유형 중에서 최하위이고 직업을 갖는 것도 최하위인 통계를 보면서 우리가 아직도 황폐한 세계에 살고 있구나 싶었어요.

저도 발병한 지 25년 정도 됐을 때 정신장애인 당사자운동을 알게 됐고 제 삶이 많이 변했거든요. 당사자운동을 더 활성화해서 집밖을 나오지 못하는 분들, 세상을 떠돌면서 어디에도 마음 붙이지 못하고 고통받고 있는 분들을 찾아가 그들에게 다시 삶을 회복할 수 있고 그것이 가능하다는 걸 알려 주는 노력을 기울여야 된다고 생각해요.

노력하면 된다는 말은 사회적 모순을 개인 책임으로 축소시켜 소외된 삶에 귀 기울이는 건 삶을 바꿔내는 힘

정신장애인 문학단체 '천둥과번개'를 알게 되고 참여하면서 선생님은 엄청난 삶의 전환기를 맞게 됐다고 했습니다. 어떤 느낌이었습니까.

처음 '천둥과번개'에 갔을 때, 제가 알고 있는 정신장애인들의 모습과 너무 달랐어요. 외래 가서 보면 아무 말도 없고 무기력하게 자기 차례만을 기다리고 있는 분들을 항상 보게 돼요. 그렇게 방황하고 힘들어하는 모습들만 보다가 '천둥과번개'에 갔는데 어떤 사람은 시인이었고 어떤 사람은 연애를 하고 있었고, 어떤 사람은 동료상담을 하고 있었어요. 자신의 삶이 너무나 확고한 사람들이 많은 거예요. 그걸 보면서 정신장애인의 삶에 대한 관점이 많이 바뀌었어요. 그때까지만 해도 저는 부모님에 대한 불신이 안 없어져서 부모님이 저를 누군가에게 팔아넘길지도 모른다는 망상을 갖고 있었어요. 그런데 그 친구들이 제가 그런 얘기를 하면 "목우야, 그건 망상이야"라고 얘기를 해 줘요. 그 이후로는 그런 생각을 별로 안 하게 됐어요.

그리고 좋았던 건 망상이나 환청을 갖고도 우리가 친해질 수 있다는 거였어요. 다른 사람들이 들으면 이상한 얘기라고 하겠지만 그 이야기를 통해 서로의 아픔을 보듬으면서 관계가 깊어지고 돈독해진다는 게 무엇보다 좋았어요.

선생님이 말한 "회복의 가능성은 다양하다"는 것을 바꿔 말하면 "회복으로 가는 길은 다양하다"로 풀이되더군요.

회복으로 가는 길은 결국 자기 자신이 찾는 건데 그때 어떤 선택지가 많았으면 좋겠어요. 스스로의 결정으로 삶을 선택하고 책임져 나가는 것보다 좋은 건 없겠죠. 그런데 인간이 추구하는 삶의 방향은 굉장히 여러 가지인데 정신장애인에게 주어진 선택지는 거의 없어요. 취업도 하기 어렵고 병원밖에 없으니까.

자본주의 사회가 우리 정신장애인의 몸을 배제하고 차별할 때 우리는 어떤 질문을 끊임없이 던져야 할까요.

자본의 시선에서 우리는 무능력하고 쓸모없는 존재죠. 자본주의 체제가 발달하면서 일할 수 있는 사람과 일할 수 없는 사람을 구분했고 그 과정에서 정신장애인에 대한 차별이 시작됐다라고 이야기를 하는 분들도 있더라고요. 장애의 범주도 그렇게 생겨났죠.

그런데 자본 입장에서 우리는 쓸모없는 존재지만 우리가 삶을 되살리기 위해 노력한다면 오히려 그게 사회 전체 구조를 바꿔내는 힘이 될 수도 있다고 생각해요. 각자도생의 삶, 자기 통치와 자기 경영의 시대에는 타인을 돌아보지 않고 나만 잘되면 된다고 생각하는 목소리가 주류겠죠.

하지만 지금 소외돼 있는 삶을 되살려낼 수 있는 방법을 고민하자고 이야기하면 자기에게만 빠져 있는 사람들에게는 그 삶을 바꿔낼 수 있는 혁명적 힘이 된다고 생각해요.

이타적 삶을 지향하는 건가요.

지향하고 있지만 아직 이타적인 존재는 아닌 것 같아요. 우선 저는 제 안에 제가 너무 많고요. 요 몇 년 사이에 정신장애를 몇 십 년간 앓아오면서 제 안에 고여 있던 이야기들을 말하기 시작했어요. 사실 삶으로 풀어낸 지는 얼마 되지 않아요.

기존에는 예쁜 글을 쓰는 게 중요했는데 지금은 내가 쓴 글에 책임을 지는 존재가 돼야 한다고 생각하게 됐어요. 제가 썼던 글들을 읽어보면 '아, 내가 이때 이런 이야기를 했었지. 이제 이렇게 살아야겠다, 흔들리지 말아야겠다, 이 지향을 갖고 삶에서 실천해가는 사람이 돼야겠다'는 의지를 갖게 돼요.

예전에는 사람들을 만나거나 사람들에게 용기를 북돋아 주는 시간들보다 혼자 멍하니 있거나 책을 읽는 시간이 많았어요. 지금은 그 시간들을 주변 사람들에게 쓰기 시작했고 이걸 넓혀나가면 제가 이해를 못 할 거 같다고 생각하는 사람들까지도 이해할 수 있지 않을까 생각해요.

외로울 때, 아플 때 부르는 노래가 있습니까.

노래는 되게 많죠(웃음). 천지인의 '청계천8가'를 부를 때도 있고 꽃다지의 '당부'라는 노래도 있어요. 떠나간 동지들을 생각하며 부르는 노래인데 거기 "허나 친구여 서러워 말아라 살아온 날보다 살아갈 날이 아직 많으니 후회도 말아라 친구여 다시 돌아간단대도 우린 그 자리에서 만날 것을"이라는 가사가 있어요. 그건 소외받고 있는 자리, 고통받고 있는 자리, 빼앗기고 있는 자리에서 우리는 다시 또 만날 거라는 이야기여서 이 노래를 많이 좋아해요.

기독교에 내가 이야기하듯이 살고 그렇게 죽게 되기를 노래하는 성가가 있어요. 그 이야기가 되게 좋았어요. 우리가 말만 잘하는 사람이 아니라 삶으로 실천해나갈 수 있어야 하고 예수님에 대해서 공연(公演)만 하는 것이 아니라 그 삶을 실천해나갈 수 있는 구체적 방법들을 삶 속에서 끊임없이 노력하고 탐구해야 한다는 의미죠. 그게 좋아요.

인터뷰가 끝나자 그는 포근해 보이는 캐시미어 옷을 걸치며 "엄마가 사 주셨어요"라고 말했다.

2020.12.21

"고통도 영원하지 않고
아름다움도 영원하지 않아"

정안식(코리안매니아 카페 대표)

아버지는 신학대를 나온 목회자였다. 그렇지만 목회보다 사회운동에 열심이었다. 서슬 퍼렇던 박정희 시대 '긴급조치' 위반으로 아버지는 1년 6개월의 실형을 살았다. 20년 형이 언도됐지만 세계 인권단체들의 구명 시위로 그만큼의 시간만 징역을 살고 나왔다. 그에게 아버지는 늘 존경의 대상이면서 의문의 대상이었다.

아버지의 잦은 이사 때문에 그는 초등학교도 제대로 마치지 못했다. 이후 성인이 됐을 때 그는 '몰아서' 여름방학 숙제를 하듯이 초·중·고등학교를 검정고시로 마쳤다. 이후 대학도 검정고시로 합격해 졸업을 했다. 정신적 질병에 걸린 이후 그가 이뤄놓은 작은 성과들이었다. 21살 때였다. 조증이 찾아왔다. 그는 그게 무슨 병인지 알지도 못한 채 거리를 떠돌았다.

작가를 꿈꿨다가 나중에는 영화배우로 진로를 바꿨다. 물론 조증 상태에서 나타난 일종의 '과대망상'이었다. 기독교 집안에서 태어난 그에게 종교 망상은 어쩌면 벗어날 수 없는 하나의 형벌이 됐을 것이다. 지상(地上)은 다른 행성처럼 느껴졌고 현실 감각도 모두 사라졌다. 어느 날 누군가 차를 세워두고 전화를 하는 모습을 보고 면허증도 없던 그는 그 차를 운전하다가 차량 추돌사고를 냈다. 파출소에서 얻어맞고 경찰서에서도 얻어맞았다. 그는 소리를 질렀고 경찰이 주는 밥을 엎어버렸다.

호송차를 타고 교도소에 도착했을 때도 그는 우주선에서 착륙한 기분이었다. 교도소에서 밤마다 괴성을 질렀다. 열흘쯤 지났을 때 정신과 의사가 와서 정신질환 진단을 내렸고 그는 교도소를 나왔다. 이후 정신병원에서 한 달 반 정도 있으면서 자신의 병을 객관적으로 바라보게 됐다.

이후 안전관리 작업사 자격증도 따 일을 했다. 아내도 그 무렵 만났다. 그리고 재발. 입원을 했지만 아내는 그를 떠나지 않았다. 병원에서 나온 그는 아내에게 청혼을 했다. 그는 자신의 병이 '조울증'이라는 걸 무수한 시행착오 끝에 알게 됐다. 병의 회복을 위해서는 단순히 약을 먹는 데서 그치지 말고 정보를 많이 받아들이고 공부를 해야 한다고 생각하고 있다.

이 정보의 중요성은 당사자 가족들에게도 그대로 적용된다. 2005년에는 자신의 조울증 경험을 함께 나누기 위해 카페 '코리안매니아'를 개설했다. 현재 이 카페의 가입자 수는 3만5천여 명에 이른다. 그는 인터넷 익명의 공간에서 조울증에 시달리는 이들의 상담을 길게 했다. 그러나 한계가 있었다. 시간적으로도 상담은 너무 길었다. 그는 책을 출간하기로 했다. 5년의 준비 기간을 거쳐 2012년 《조울증은 회복될 수 있다》는 책을 상재하게 된다.

이후 그는 조울증을 상담하는 이들에게 이 책을 먼저 권했다. 그에게도 조울증은 일 년 반을 주기로 찾아왔다. 울증은 집을 수 있어도 조증은 질병으로 진입하면 답이 없다는 게 그의 생각이다. 그러므로 정신장애와 관련된 정보를 잘 알아야 하고 자신과 같은 병을 경험하고 회복된 이들의 말을 경청할 필요가 있다고 지적한다.

정안식(47) 코리안매니아 대표를 만난 건 서울 봉천동 인근의 한 카페에서다.

조증과 울증은 하나의 뿌리에서 나온 다른 가지인가요. 출발점이 긴밀하게 연관된 질병이라고 하셨는데.

제가 코리안매니아(조울증 치료 상담 인터넷 카페)하면서 많은 사람들을 관찰했는데 조울증의 특징이 있더라고요. 조울증 있는 남성은 대머리가 별로 없고 머리숱이 많아요. 한의학적으로 보면 소음인이나 태음인 같은 음인 체질이에요. 그중에서두 소음인이 압도적으로 많더라고요. 조현증은 양인 기질을 가진 다혈질적이고 욱하는 사람들이 잘 걸리는 걸 봤어요.

조울증은 특징이 많이 돌아다니는 거고 조현증은 심할 때 집에만 있잖아요. 약도 비슷해요. 그래서 교감신경이 올라가는 것도 유사하고. 교감신경이 올라가고 신경계가 과흥분돼서 병이 일어나는 건 맞는데 그 양상은 다르게 나타나요. 뿌리가 같다기보다는 체질에 따라서 어느 사람은 조울증, 어떤 사람은 조현증, 우울증으로 오는 거 같아요.

조울증의 원인은 너무 많아서 없다는 말이 있을 정도라고 했습니다.

그게 의사들이 하는 말이에요. 어떤 사람은 잘 못 먹어서 정신병이 온 사람도 있고, 어떤 사람은 어릴 때 두드려 맞아서 왔다는 사람도 있고, 어떤 사람은 성폭력 때문에 그렇다는 거죠. 환자들에게 물어보면 대부분 어떤 사건 때문에 정신적 질병이 왔다고 얘기를 해요. 사람마다 다 사건이 다르잖아요. 그러니까 무엇 때문에 왔다라고 정의를 못 내리는 거죠.

그런데 원인 없는 결과는 없어요. 상처 있는 사람이 다 조울증이 오면 대한민국은 조울증 환자 천지가 되겠죠. 그래서 그것보다는 그 사람 체질이 뇌신경 쪽으로 원래 취약했는데 그 생물학적 특성 때문에 오는 거라는 관점이 저는 맞다고 봅니다.

누가 그러더군요. 조증에는 약이 있지만 울증에는 약이 없다고요. 아니면 그 반대입니까.

우울증에 두 가지가 있어요. 전형우울증, 비전형우울증이 있는데 조울증 환자가 겪는 우울증은 비전형우울증이에요. 이건 잠이 많이 와요. 전형우울증은 잠이 안 와요. 그러면서 우울해요. 전형우울증은 잠이 안 와서 잠자는 약을 투여해요. 조증이나 조현증에 먹는 약과 같은 걸 전형우울증에 쓰죠.

비전형우울증은 잠이 많이 오는 거잖아요. 잠이 안 오게 해 주는 흥분제 같은 약이 있긴 있어요. 문제는 이걸 먹고 조증에 걸릴 확률이 높다는 거예요. 그래서 의사들은 비전형우울증에서 잠이 많이 오는 사람한테는 약간의 비전형 항우울증제를 투여하는 거죠. 그런데 진짜 항우울제를 투여하면 오히려 역효과가 나죠. 그게 혼란을 겪는 경우가 많아요.

조울증 환우가 겪는 우울증은 별도의 우울증 약을 처방하기보다는 조울증 약을 좀 줄이는 게 보통 처방이에요. 그다음에 아침에 커피를 한 잔 마신다거나 천연 카페인을 마셔준다든가 좀 걷는다거나, 자극적인 매운 떡볶이를 먹는다거나 해서 이런 걸로 기분을 올려 주는 거지 거기다 기분을 뜨게 하는 약을 넣어주면 이게 조증으로 갈 수가 있죠.

세상 종말에 대해 두려워했고 쓴 책이 베스트셀러가 될 거라는 망상을 했습니다. 그게 아니라는 걸 어떻게 깨달았습니까.

조증 때는 별 망상이 다 오는데 조증이 잡히고 정상으로 돌아오면 현실적으로 가능하지 않은 걸 생각했다는 걸 알게 됩니다. 그리고 정신병자가 기억을 할 수 있냐 그러는데 기억하는 문제와 정신장애인이 행동을 하는 건 다른 문제예요. 알코올 환자가 술을 많이 먹고 주사를 부렸어도 술이 깨고 나면 '아, 그때 내가 오버했구나' 그러잖아요. 똑같은 거죠.

조울증은 완치가 아니라 관리해야 되는 병이라고 했습니다. 왜 그렇습니까.

조울증이 완치된 사례도 분명히 있습니다. 제 남동생도 지금 8~9년째 약을 끊고도 잘 살고 있어요. 어떻게 보면 완치일 수 있죠. 그런데 그 동생도 잠재적으로 재발할 가능성을 갖고 있어요. (어려움에 놓이면) 그 사람의 취약성이 드러나거든요. 그래서 안 드러났다고 해서 완치라기보다는 잠재적인 인자를 갖고 있어서 관리가 중요한 개념이라고 봐요.

**울증이 오면 아침에
커피 한잔이 건강에 좋아**

**조울증은 완치가 아니라
관리의 개념으로 접근해야**

따라서 초점을 완치의 개념이 아니라 관리의 개념에 두는 게 맞아요. 또 조울증 환자 100명 중에 30%는 저절로 나아요. 그리고 50~60%는 약을 먹고 잘 재활하면 적당히 살아갑니다. 그런데 10~20%는 아주 힘들게 살아요. 그렇다면 초점을 자동으로 완치되는 사람들에게 둘 것이 아니라 약을 먹으면서 사회에 잘 적응하는 데 두는 게 맞죠. 마치 고혈압이나 당뇨처럼요.

아파서 주저앉고 싶을 때 주저앉으면 우울증이 오고 용기를 내 억지로 마음에 불을 지피면 조증이 온다고 했습니다. 진퇴양난 같은 느낌이 듭니다.

맞죠. 우울증은 아무것도 하고 싶지 않은 무력감이고 조증은 과도한 몰입이잖아요. 저는 조증환자들은 아무것도 하기 싫은 허무감도 경계해야 하지만 지나친 열정과 몰입도 경계해야 된다고 봐요. 그래야 몸에 좋죠.

몰입할 때는 행복하지만 조증이 오면 피해가 크잖아요. 그런데 그걸 관리 못하는 환자들이 많습니다. 그래서 인지행동요법이 많이 필요해요. 그리고 내가 인지를 못하면 그걸 잘 경험한 환우들과 소통해 말을 듣고 받아들이는 게 필요해요.

조증이나 울증이 오면 선생님은 어떻게 대면하고 극복합니까.

저는 뒤돌아보면 조증 왔을 때 대처가 미숙했던 거 같아요. 우울증은 나름대로 대처를 잘했습니다. 우울증은 제가 가라앉아 있다는 걸 알기 때문에 잠이 많이 와요. 의사한테 수면이 많다는 걸 얘기하면 약을 좀 줄여요. 그럼 기분이 조금 올라옵니다. 아침에 일어났을 때 천연 카페인 아메리카노 같은 걸 마시면 확실히 나아요.

그리고 약간 목표 설정을 하고 몸을 빨리 움직이면 확실히 도움이 되더라고요. 물론 조울증이 강도가 다르기 때문에 천편일률적으로 똑같다고 볼 수는 없어요. 우울증 감정에 빠져들면 답이 없습니다. 그런데 이건 진짜 감정이 아니라는 걸 알면 열흘이나 보름이면 충분히 빠져나올 수 있어요. 그런데 조증은 딱 시작됐을 때 이미 늦어요. 경조증이 시작되면 늦습니다.

그러기 때문에 평소에 중독이나 몰입으로 안 가게끔 관리를 잘해서 약을 정확히 먹고 수면시간 잘 지키고 일을 많이 벌리지 않는 게 중요해요. 그리고 일 중심이 아니라 몸 관리 중심으로 패턴을 맞춰야 하는데 그렇지 않은 상태에서 조울증에 진입하면 컨트롤하기가 어렵습니다.

조증에 진입하면 그다음부터 어렵단 말입니까.

네. 진입 전에 주의해야죠. 반면에 울증은 들어가도 빠져나오는 걸 인지하는 게 쉬워요.

부친이 목사님이었습니다. 선생님에게 부모님은 어떤 존재였습니까.

(돌아가신) 아버님은 세상에서 제일 큰 존재였고 제일 두려운 존재였어요. 아버님이 약간 정신적으로 건강하지는 못했던 거 같아요. 그래서 오히려 종교에 더 깊이 몰두했을 수도 있다는 생각도 들었어요. 아버님은 정직하고 강직하고 사회 불의를 못 참는, 그러나 현실성은 떨어지는 분이었어요.

그리고 어려운 사람 돕는 생활을 하셨고 항상 가난한 자, 불쌍한 자를 도왔어요. 또 종교도 큰 교회보다는 하나님 말씀대로 살기 위해서 좁은 길을 가셨던 분으로 기억해요. 어머니는 순종적인 분이에요. 아버지를 존경하셨고 모든 일에 원만했어요. 조용하지만 강한 분이라서 제가 힘들어도 항상 놀라지 않고 '네가 하나님 뜻이 있어서 그런 병이 왔고 하나님 뜻을 찾아서 생활해라' 이런 식으로 얘기를 했죠.

아내와 아이들은 선생님의 질병을 이해하고 옹호하는 편입니까.

큰애가 고1, 작은애가 중1인데 제가 아픈 모습을 애들한테 그렇게 많이 보여 준 적은 없어요. (제가 아픈 걸) 몇 번 보기는 했는데 요즘 애들이라서 크게 걱정하지 않아요. 그리고 제가 아프지만 좀 유능한 부분이 있다는 걸 알기 때문에 걱정은 많이 안 하더라고요.(웃음)

어떤 부분에서 아이한테 아픔을 보여 주는 겁니까.

조증이 오면 갑자기 집에 안 있고 밖에 나가 있어서 애들이 볼 기회가 별로 없었죠. 또 병원에 있었기 때문에 기회가 없었어요. 우울증 때는 몸이 가라앉아 누워서 잠을 자니까 애들이 눈치를 못 채잖아요.

(애들이) 제가 조증이 심할 때를 본 적이 있어요. 조증 때 평소와 다르게 예민하게 행동을 하니까 놀라긴 하더라고요. 그걸 보고 애들이 아빠가 아프구

나 알게 된 거죠. 그렇지만 제가 책 쓴 것도 알고 아빠가 얘기도 했고 또 병이 장기화되지 않으니까 애들이 공포심을 갖지는 않더라고요.

아내는 지적인 게 아니라 행동파라서 제가 깊은 이해를 못 받았어요. 그러나 저를 의지하고 사랑하는 마음이 있으니까 믿어주죠.

정신장애인이 결혼할 때 자신의 병을 상대방에게 알려야 한다고 생각하십니까.
네. 숨기고 결혼하는 건 상대에 대한 기만이죠. 저는 아내 만날 때 질병이 있다는 얘기를 했어요. 그런데 아내는 안 봤기 때문에 지금 건강한 모습만 보고 별 생각을 안 하더라고요. 그런데 말을 했기 때문에 속인 건 아니잖아요. 내가 의식적으로 얘기를 안 했더라면 아내가 나중에 알았을 때 나쁜 놈이 되는 거죠. 그래서 그건 아니라고 봅니다.

정신장애인도 결혼을 원합니다. 어떤 조언을 해 주고 싶습니까.
정신장애가 있어도 일반인(비정신장애인)과 잘 사는 행운의 남성·여성도 많이 있어요. 그건 다 오픈한 케이스고 상대방이 그걸 수용한 사례입니다. 같은 질병을 갖고 있는 사람들끼리 만나서 잘 사는 경우도 있어요. 건강한 사람들도 만나서 잘 사는 사람들도 있지만 이혼하는 사람들도 3분의 1이나 되잖아요. 복불복이라는 거죠.

일반인도 결혼 네 번, 다섯 번 하는 사람이 있는데 정신장애인라고 왜 결혼하면 안 되겠어요. 아이를 낳는 문제에 있어서는 그것도 자기 선택이라고 봅니다. 된다, 안 된다 이런 거는 위험한 발상이라고 봐요.

왜 그렇습니까.

대부분 전체주의 국가에서 인간을 기능적으로 파악해서 소외된 집단을 만들어내잖아요. 히틀러가 유대인을 죽였지만 장애인들도 많이 죽였거든요. 또 소비에트 사회주의 국가도 장애인 대부분을 처분하는 쪽으로 갔죠. 그런 나라가 잘 사나요? 망했잖아요. 약자를 보호해줄 수 있는 정책을 펴는 나라가 오히려 더 강해지고 부유해지죠.

《조울증은 회복될 수 있다》라는 책을 쓰게 된 계기가 있습니까.

21살 때는 처음 겪는 일이라 이게 종교적 체험이라고 생각했어요. 재발을 하면서 이게 병이라는 걸 인식하게 됐고 일 년 반 주기로 재발 주기가 오더라고요. 그러면서 약을 먹어도 신통치가 않고 재발이 오더라고요. 그래서 답이 없다, 좌절했죠. 심지어 가족 동반자살 생각도 우울증일 때 우울망상과 함께 오더라고요.

그리고 2007년쯤에 제가 봉사단체를 크게 하고 있었는데 어떤 서류적인 오류로 해서 시련에 봉착했어요. 또 회장단 회의에서 제가 환자로 찍혀서 오너십(ownership·소유권)을 잃었죠. 저 사람은 정신병자이기 때문에 회장을 오래 하면 안 된다, 이런 오해도 받고요.

그때 제가 내린 결론은 뭘 하는 게 중요한 게 아니라 병을 고치는 게 제일 중요하구나, 그렇지 않으면 아내, 아이들, 나의 미래도 없다는 생각을 했어요. 그때부터 건강 공부를, 특히 자연의학이나 영양요법을 공부하면서 도움을 많이 받았어요. 100%는 아닌데 30~40% 정도 도움이 되더라고요.

그러나 또 그 함정은 뭐냐면 거기에 의지하고 약 관리를 잘하지 못해 재발을 하게 되더라고요. 어쨌든 2005년에 (코리안매니아) 카페를 만들었는데 너무 힘들어서 소통하고 싶었어요. 소통만으로도 좀 치유가 될 거 같더라고요.

힘든 현실에 우울감이 오면 아무것도 못하는 거예요. 그런데 소통하면서 많이 힐링이 됐어요.

카페가 커지면서 정기모임을 2006년부터 두 달에 한 번씩 했는데 힐링이 많이 됐어요. 남들은 제가 좋은 일을 한다고 말은 하지만 저는 그걸 함으로써 삶의 의미와 가치를 느끼는 거예요. 저도 도움을 많이 받은 거죠.

제가 2012년쯤 어느 정도 지식이 좀 생겼어요. 그러다가 사람들이 저한테 질문을 하는데 얘기를 해주다보니까 너무 긴 거예요. 그래서 책으로 정리를 해서 보라고 그러면 간단하겠다 싶었죠. 그래서 말을 하기 싫어서 책을 출간한 거죠. 책 한번 보시고 얘기하면 이해가 빠를 거니까요. 책을 쓰려는 마음은 책 출간 5년 전에 했는데 지식도 없으니까 뭔가 공부도 하고 경험을 하는 데 5년 걸렸고 책 쓴 시간은 6개월밖에 안 걸렸어요.

정신건강 전문가가 돼서 영어, 일본어 등으로 번역도서를 출간해 외국인들이 정신건강을 배우러 오게끔 만드는 것이 꿈이라고 했습니다. 우리가 세계의 정신건강 의제를 주도할 수 있다고 생각하십니까.

꿈은 크게 가져야죠. 저는 가능성은 있다고 봅니다. 왜냐하면 한국이 뭐든지 빠르잖아요. 후진적인 면도 많지만 최근에는 당사자들이 많이 일어나면서 목소리도 모아지고 있고요. 온라인이 발달된 한국에서 좋은 모델들이 나올 수 있다고 생각해요. 한류(韓流)라고 해서 노래만 수출할 게 아니라 정신건강 회복에 대한 좋은 모델을 전파하는 나라가 되는 게 꿈이죠.

가족은 정신장애인을 어떻게 케어해야 합니까.

정신장애인이 관해된(치료된) 상태에서는 크게 일반인과 다르지 않아요. 하지만 정신병이 재발을 한 상태에서는 정신연령이 6~7살로 떨어진다는 걸 느꼈거든요. 우울증 때는 청소년 반항기 정도의 나이가 되고요. 그런데 가족들은 환자의 정신상태에 대해 파악을 못하고 건강한 상태로 말을 하려고 하죠. 그러다보니 눈높이가 안 맞고 관리 방법 자체를 몰라요.

정신장애인 가족들이 할 일은 정신장애에 대한 심층 공부, 스터디가 우선이라고 봅니다. 그것 없이 의사들의 말만 듣고 약만 주고 입원만 하면 된다고 생각하는 건 건 완전히 오판이죠. 정신건강 가족 모임인 패밀리링크 등을 통해서 공부하고 커뮤니티 모임에 가서 물어보고 들어서 환우 가족이 뭘 취해야 하는지 정확히 인지하는 것이 우선이라고 생각합니다.

2005년 개설된 조울증 커뮤니티 '코리안매니아'는 현재 등록 회원수가 3만5천여 명입니다. 그만큼 조울증을 겪는 이들이 많다는 방증으로 보입니다.

코리안매니아에는 조울증뿐 아니라 조울, 우울, 불면증, 공황장애 다 있어요. 조울증이 인구 비례로 약 1%가 발병하잖아요. 조현병도 그렇고. 1%만 해도 50만 명이죠. 그런데 대부분 숨어 있어요. 관리가 잘 되는 사람도 있고 회복해서 약 안 먹는 사람도 있지만 카페에 들어와야 할 회원은 훨씬 많은 거죠.

환우가 100%라면 한 1~2%밖에 카페에 안 들어와 있어요. 정신장애와 관련된 환우들 수가 거의 100만 명 가까이 되지 않나 싶어요. 가족들 연계하면 400만 명이죠. 그런데 다들 조용해요. 엄청 조용한 거죠.

안인득 사건(2019년 4월 경남 진주시의 한 임대아파트에서 42세의 안인득이 자신의 아파트에 불을 지르고 대피하던 주민들에게 흉기를 휘둘러 20여 명의 사상자가 발생한 사건)이 있었습니다. 그가 왜 그런 짓을 저질렀다고 생각하십니까.

정신장애인 대부분은 겁이 많고 범죄를 저지를 가능성이 없는 사람들이에요. 그렇지만 폭력적인 성향의 사람도 있겠죠. 안인득은 성격이 와일드했을 가능성이 있다고 봐요. 가족이나 사회복지체계 등 국가의 보호시스템이 연결되지 않으니까 눌려질 수 있는 사람이 폭발해 버린 거죠.

그냥 그 사람이 위험한 게 아니라 그 사람이 어떤 상황에 놓였을 때 위험해질 수 있잖아요. 사회안전망이 부족했기 때문에 안인득도 가해자이자 피해자가 된 거죠.

안인득 사건과 같은 사고가 일어나지 않게 하려면 국가는 어떻게 개입해야 합니까.

그 사건을 통해서 국가가 경각심을 얻은 거 같아요. 최근에 통장이 저한테 잘 지내고 있냐고 전화가 왔어요. 제가 정신장애인이라는 게 파악이 된 거죠. 그리고 집 앞에 정신장애 문제가 있으면 정신건강복지센터에 연락하라고 대자보가 붙어 있어요. 그게 안인득 사건 이후로 나타났어요.

제가 임대아파트에 사는데 부자 아파트 같으면 그런 대자보가 안 붙을 거잖아요. 영세민 아파트라서 붙인 거 같아요. 평소에는 그런 것도 없었거든요. 정부에서는 정신보건 예산도 많이 증액했다고 하는데 어쨌든 기본적으로 정부가 지금까지 너무 무관심했죠. 목소리가 없었으니까요. 오히려 정신장애 단체들이 활동한 것보다 안인득 사고로 정부가 정신 차린 효과가 더 세다는 느낌도 받았어요.

선생님을 회복시킨 건 무엇이었습니까.

저는 희망을 버리지 않는 정신이라고 생각해요. 조증이나 조현증이 심할 때는 분별력이 없어지고 우울증이 올 때 좌절감이 큽니다. 그때 인생 포기하고 싶거나 자살 충동이 생겨요. 감당이 안 돼요. 그리고 조증이 가라앉았지만 약간 우울하면서 자기와의 관계가 끊긴 상태, 혹은 자기가 능력이 없다고 판단될 때 엄청난 위기가 와요. 심리적으로 타격이 오죠. 그때 저는 자살 충동을 느꼈어요.

그런데 언젠가 이런 깨달음이 오더라고요. '어차피 내가 죽으려고 안 해도 죽음은 한 발자국씩 다가오고 있다.' 쇼펜하우어가 한 말이죠. 인생은 태어나면서 죽음을 향해서 한 발자국씩 걸어간다, 어차피 자동으로 죽을 건데 굳이 내가 당겨서 죽을 필요는 없다, 이런 철학적 생각이 들었어요. 힘든 건 사실이지만 힘든 걸 그냥 즐기자, 죽을까 말까 자꾸 헷갈리지 말고 그냥 죽지 않기로 결정을 내리자고 생각했죠. 죽으면 나만 그런 게 아니라 어머니, 형제 등 다른 사람들에게 피해를 주는 거잖아요.

그리고 어차피 인생이 힘든 거라고 생각하면 힘든 건 당연한 게 되죠. 인생이 행복한 거라는 전제를 깔면 불행한 거예요. 인생은 어차피 힘든 거라고 정해놓고 힘든 걸 감사하고 즐기고 거기서 의미를 찾아요. 저는 그렇게 자살이나 절망을 하지 않기로 결정을 내렸어요. 결단을 내린 겁니다. 담배 끊기로 마음을 먹은 것처럼.

그래서 자살 생각 들어도 내가 자살 안 하기로 했기 때문에 바로 쳐내는 거죠. 그게 인지행동요법 중의 하나거든요. 예를 들어 인지행동은 우리가 통제할 수 있는 부분이 있어요. 그래서 결단을 내리면 마음이 편해지거든요. 내가 대기업에 안 가기로 결단을 내리면 내가 편해져요. 중소기업을 가면 되니까. 포기할 거는 빨리 포기하고 고민해야 할 것을 빨리 정리해서 결단을 내려놓으면 쓸데없는 고민을 안 하게 되죠. 물론 다 적용되는 건 아니겠죠.

조울증을 겪는 당사자를 둔 가족에게 어떤 조언을 해 주고 싶습니까.
조울증 걸린 환우들은 이 병이 제일 무섭고 힘들다고 생각을 해요. 그런데 제 친구는 건강한 군인이었는데 30살 중반에 위암으로 죽었습니다. 장애라는 건 일반인하고 똑같은 것이 아니기 때문에 불편함은 감수를 해야죠. 그 장애를 얼마만큼 감사함으로 끌어안을 수 있는지는 가족의 역량이라고 봐요.

통증을 부정적으로 보면 성장 없어… 통증 통해 성장해야

의사가 모든 걸 다 해결해 줄 거라는 막연한 믿음은 위험

끌어안을 수 있는 따뜻한 가족이 있는가 하면 어떻게 해서든지 외면하고 싶어하는 가족도 있을 거예요. 축복받은 가정에 태어난 사람은 사랑을 받을 것이고 그렇지 못할 가족에서는 가족들이 외면하겠죠. 그때 가족이 못하는 걸 국가가 해 줘야 합니다.

가족들에게 해 주고 싶은 얘기는 할 수 없다는 것에 초점을 맞추지 말고 조울 환우에게 도움을 줄 수 있는 게 많다는 걸 알았으면 좋겠어요. 그건 돈이 아니라 정보라는 거죠. 정보는 당사자 단체나 관련된 단체에 물어보면 알 수 있어요. 그래서 돈이 없어서 안 된다, 시간이 없어서 안 된다고 하지 말고 단체에 물어보면 어떻게 해 줘야 할지 알게 된다는 걸 얘기해 주고 싶어요.

우울로 형성된 감정에 속지 말라고 했습니다. 무슨 의미입니까.
조증이나 조현증이 심하면 망상이 오잖아요. 우울증도 우울망상이라고 망상이 옵니다. 조증망상은 과대망상이죠. 우울망상은 그 반대 망상이예요. 자기는 과대했다고 생각했는데 우울망상이 오면 보잘것없는 존재라는 역의 망상이 오는 거죠. 그리고 조증이 오면 나는 죄가 없다고 생각하지만 울증이 오면 내가 죄가 제일 많다고 생각하죠. 그리고 미래를 그냥 막연하게 잿빛으로 보는 거죠.

사실 삶은 생명과 죽음이 맞붙어 있잖아요. 오늘 장례식 하는 사람이 있고 태어나는 사람이 있어요. 지구는 생명과 죽음이 일대일로 딱 붙어 있거든요. 그럼 어디에 무게를 둘 것이냐. 죽음에 두면 다 허무해요. 생명의 뒷면에는 죽음이 있단 말이에요.

그래서 생명 자체는 판타스틱한 것도 아니고 그렇다고 너무 고통스러운 것도 아니에요. 있는 그대로를 보는 게 건강한 정신인데 우울망상 때문에 모든 게 다 허무하다, 가치 없다고 해 버리면 그게 옳은 생각일까요. 저는 아니라고 봅니다.

조울과 자살의 관계, 혹은 우울과 자살의 관계는 어떤 게 더 위험합니까. 조울증 환우가 일반인에 비해 자살 빈도가 일곱 배 높다는 통계가 있어요. 그리고 우울증도 자살과 관계가 깊은데요. 우울증은 보통 두 가지로 분류됩니다. 하나는 비전형우울증(과다수면우울증)과 전형우울증(불면증), 즉 단극성우울증이라고 하는데 단극성우울증의 특징은 불면을 경험하면서 오는 우울증이에요. 그들의 공통점은 입원을 안 해요. 그리고 자해를 해요. 왜 자해를 하나 봤더니 자해를 하면서 해소를 하더라고요. 조울증 환자들은 자해를 하기도 하고 안 하기도 하는데 저는 자해를 해 본 적이 없어요.

조울증 환자들은 우울에 빠졌을 때 잠을 자느라고 자살하기가 힘들어요. 그렇지만 평소에 자살할 확률은 좀 있어요. 내가 우울하고 조증 시달릴 바에는 죽자(라고 생각하죠). 그런데 조증이 오면 자살 못합니다. 왜냐하면 기분이 좋으니까요. 그래서 조울증 환자는 관해된 상태일 때 정신을 잘 컨트롤하는 게 중요해요.

단극성우울증 환우들은 불면으로 오는 우울증이기 때문에 수면을 깊이 취하는 데 초점을 두면 자살을 예방할 수 있어요. 사람들은 그게 자기감정에 달렸다고 그러는데 신체 변화, 호르몬 변화에 의해서 감정이 좌우되거든요. 감정을 좀 객관적으로 보는 시각이 필요해요.

종교와 관련된 질문을 좀 하고 싶습니다. 선생님은 극으로 치닫는 신앙보다 중용을 지키는 편이 더 옳다고 했습니다. 무슨 의미입니까.

종교는 개인적 경험도 하지만 보통 부모님의 영향을 많이 받잖아요. 저는 (목사님이신) 부모님 자녀로 태어났고 신앙 경험도 있고 신앙 체험도 있어요. 제가 조울증이 된 이후로 무신론자가 된 적이 있습니다. 그런데 무신론으로 가니까 인생이 참 허무하더라고요. 그래서 무신론이 저에게 부정적인 영향을 준다고 느꼈어요.

그리고 신(神)이라는 건 천국의 하나님이 의자에 앉아서 지켜보는 존재라기보다는 우리가 신의 능력과 범위를 알 수 없다는 것에서 출발해야 한다고 보거든요. 사실 우리 내부에도 신적인 기능이 있어요. 악마적 기질도 있고 천사적 기질도 있어요. 초능력 기질도 조금은 있습니다. 내가 긍정적으로 상대방을 보면 상대방도 나를 긍정적으로 볼 수 있잖아요. 그런데 내가 상대방을 나쁜 쪽으로 보면 그 사람도 그걸 느껴갖고 나한테 어떻게 할 수가 있어요. 저는 그것도 하나의 신의 세계라고 봅니다.

제가 느끼는 신의 세계는 인간의 언어로 표현하기 어려운 분야고 있다, 없다고 말할 수도 없어요. 우주 과학자들도 우리가 아는 지식이 우주 지식 총량의 4%도 안 된다고 그래요. 신이 있다, 없다 이렇게 정의하는 것도 무의미하죠. 그런데 저는 힘들 때 나도 모르게 기도가 나오더라고요. 사람이 물에 빠지면 하나님 살려주세요! 이러잖아요. 그게 실제로 자기를 붙드는 힘이 되기도 해요. 그래서 저는 신앙이 있으면 도움이 되면 됐지 해가 되지는 않는다고 생각해요.

그러나 희망이 있다고 해서 극단적으로 가는 건 위험해요. 아랍도 극단주의, 원리주의가 사고를 치잖아요. 모든 게 그래요. 그래서 극단보다는 모든 걸 자제하는 편에서 중용이 필요하죠. 중용은 동양철학인데 기독교 논리와는 안 맞죠. 전 한의학 공부를 하면서 인간은 음과 양의 조화로 몸이 돌아간다는 걸 느꼈어요.

성경 잠언서에도 그렇게 말하잖아요. 지나치게 의인이 되려고 하지 말라, 일찍 죽는다라고. 또 지나치게 악인이 되려고 하지 마라, 바로 잡혀가니까. 인간은 어차피 이기적인 존재라고 저는 봐요. 인간은 선하다, 악하다보다는 이기적인 존재예요. 그럼 이기적인 존재가 나쁜 거냐. 전 아니라고 봐요. 생명을 지키기 위해서는 이기적일 수밖에 없어요. 내 생명 내가 지켜야지 남이 지켜 주는 게 아니잖아요.

이기적으로 설정돼서 이기적으로 살다보면 남에게 피해를 줄 수도 있지만 그걸 내가 직시하면서 세상이 돌아가는 거죠. 결국은 선과 악을 초월해서 말하기 어려운 부분이지만 긍정적으로 세상을 봤으면 좋겠어요.

종교망상에 빠진 이들이 많습니다. 정신장애인은 신을 어떻게 이해하고 받아들여야 합니까.

처음 받아보는 질문인데요. 정신장애가 없던 사람이 정신장애가 오면 신이라는 세계를 감각적으로 느끼게 돼요. 청소년기에는 신의 세계가 철학적인 게 아니잖아요. 그런데 20대 초반, 늦으면 40대 전후반이 되면 신의 세계와 종교에 인간이 관심을 갖게 되죠. 그런데 조현증, 조울증이 오면 뇌 회로가 빨라져요.

그래서 평소에 생각하지 않는 세계를 생각할 수 있는 능력이 생겨요. 거기서 천재성도 생기고 무한한 상상력이 발현이 되거든요. 어떻게 보면 신의 세계는 상상력의 세계일 수도 있어요. 조울증이나 우울증이 온 사람 중에 크리스천이 돼서 도움을 받는 사람들도 봤어요. 또 신앙이 있는데 자의적으로 욕심대로 신앙을 해석해서 자기가 만든 종교에 빠져서 엉터리로 사는 사람도 봤습니다.

정신장애인들은 신앙을 자기 입맛에 맞게 조작하지 말아야 해요. 인간이 신을 위해서 있는 것이 아니라 신이 인간을 위해서 있다고 저는 봐요. 자식이 부모를 위해서 있지 않고 부모가 자식을 위해서 있는 것처럼요. 그래서 자기가 바른 마음, 바른 생각을 갖고 일단은 인간이 돼야죠. 인간성을 회복하고 바른 마음으로 살면 바른 신이 역사해요.

신은 인간이 고통받기를 원하지 않는다고 합니다. 왜냐하면 참된 신의 본질은 사랑이기 때문이라고 선생님이 말했습니다. 그렇지만 인간은 인간이라는 자체로 고통받지 않습니까.

우리가 쾌락이나 즐거움을 알려면 그 반대 개념을 경험해 봐야 알 수 있습니다. 고통이라는 건 그 반대의 개념을 알게 해 주는 개념이거든요. 우주는 항상 앞면이 있으면 뒷면이 존재해요. 추함이 없이 아름다움이 있을 수 없잖아요. 고통이 없이 행복함을 알 수 있을까요? 우주는 이미 그렇게 설정돼 있다는 거죠.

고통도 영원하지 않고 아름다움도 영원하지 않아요. 우리가 그걸 이해하고 삶을 산다면 이 고통 속에 매몰되는 게 아니라, 또 이 중독과 쾌감에 매몰되는 게 아니라 거기서 한 발짝 뒤로 물러서서 관조하고 조절할 수 있지 않나 봅니다.

신이 인간에게 고통을 준 것도 의미가 있다는 건 자기변명이 아닐까요. 우리는 원하지 않는데 고통과 대면해야 합니다. 그런데도 신을 사랑해야 할까요.

신이 있다고 생각하는 사람은 있다고 생각하면 되고요. 없다고 생각하는 사람은 없다고 생각하면 됩니다. 이 질문은 신이 있다고 생각하는 사람들에게 해당되는 말이겠죠. 일단 신이 있다고 생각하는 사람들은 고통이라는 개념을 이렇게 볼 수 있어요. 여기 피부에 상처가 나요. 그럼 통증이 있습니다.

이게 만약 통증이 없으면 오히려 해로운 거예요. 통증이 있기 때문에 경각심을 갖게 돼죠. 통증이 일어난다는 건 화학 반응이 일어나면서 치료하는 과정이거든요. 한의학에서는 통증은 축복이다고 얘기해요. 그런데 우리가 통증이라는 걸 부정적으로만 보면 성장이 없습니다. 비닐하우스에서 통증 없이 빨리 큰 식물은 빨리 죽어요. 비바람 맞고 자란 나무가 조그맣고 볼품은 없어도 약 효과가 있고 강합니다.

모든 부정적인 뒷면에는 긍정이 있고 긍정적인 뒷면에는 부정적인 게 숨어 있어요. 때문에 이분법적으로 보면 안 된다고 봅니다. 항상 사람은 둘로 생각하거든요. 이것 아니면 저것. 하지만 항상 세 개로 생각해야 된다고 봐요.

세 개가 뭡니까.

이쪽이 극단적으로 좋은 거, 저쪽이 극단적으로 나쁜 거면 이 가운데를 지향해야죠. 이분법적 사고가 사람을 건강하게 못 만들어요. 세상이 좌파 아니면 우파, 그것밖에 없나요. 그건 아니잖아요.

권위에 대해서도 얘기를 했습니다. 우리는 어떤 권위를 받아들이고 어떤 권위에 복종해야 합니까.

교회에 가면 목사님이 권위가 있고, 학교에 가면 선생님이 권위가 있고, 병원에 가면 의사가 권위가 있어요. 우리는 서바이벌(생존자), 유저(이용자)라는 말을 쓰잖아요. 그렇지만 이용자라는 개념을 충분히 활용하지는 못 하는 거 같아요. 약을 우리가 사 주기 때문에 제약회사와 의사들이 잘 먹고 살 수 있는 거죠. 소비자보호원이 있지만 우리는 거기를 이용할 줄 모르고 그런 개념이 없어요.

예를 들어 티셔츠를 사러 갔을 때 "아줌마, 티셔츠 하나 주세요" 라고 하지만 우리가 약 하나 얻으러 갈 때는 "선생님"이 된단 말이에요. 의사는 전문직이지 선생님이 아니에요. 그 분야에서만 지식을 갖춘 사람이지. 우리가 소비자로서 엄밀히 관찰해 봐야 될 부분이 있죠. 의사가 모든 걸 다 해결해 줄 거라는 막연한 믿음은 위험해요. 목사가 나를 천국에 데려다줄 거라는 믿음도 위험한 것 같이 정치인이 대한민국을 잘 살게 해 줄 거라는 믿음도 위험한 거잖아요.

정신장애인이 자기 삶을 주체적으로 살아가기 위해서는 어떤 마음을 가져야 합니까.

모든 문제의 출발은 자기를 과소평가하거나 과대평가하는 데서 온다고 봐요. 자기의 한계를 분명히 솔직하게 인정을 해야죠. 또 자기의 가능성도 인정을 하는 거죠. 한계를 인정하기 때문에 조심하게 되고 절제하게 되고, 또 가능성을 포기하지 않았기 때문에 도전할 수 있는 거죠.

정신장애인뿐만 아니라 모든 사람은 잠재적인 고혈압이나 당뇨나 여러 가지 질병들을 하나씩 가지고 있습니다. 그리고 건강한 사람이 나보다 먼저 죽을 수도 있어요. 그렇기 때문에 내가 최악의 조건이라는 설정을 갖지 말았으면 좋겠어요.

내가 토끼로 태어났다고 해서 사자로 태어나지 못했다고 불평할 필요가 없다는 거죠. 태어난 대로 감사하면서 살면 되죠. 한계를 겸허히 받아들이고 도전 정신을 잃지 말았으면 해요. 그리고 이 질병이 힘든 건 사실이기 때문에 공부하는 자세를 갖고 조심하되 여러 가지 가능성에 대해서 미리 포기하지 말자는 얘기를 해 주고 싶어요.

정신병원이 세계적으로 줄어드는 추세입니다. 한국의 정신병원은 어떻게 변해야 할까요.

정신병원에 입원해 보면 알지만 밀폐된 곳에 갇힌 느낌이 들어요. 텃밭도 없고, 토끼나 강아지를 볼 수도 없고 너무나 삭막하죠. 감옥은 아니지만 비슷한 느낌을 줘요. 병원을 만들려면 친환경적으로 만들어서 힐링이 잘 될 수 있게 해 줬으면 좋겠고 환자 스스로 입원하고 싶은 병원을 만들라고 주장하고 싶어요.

들어가기 싫은 병원으로 만들지 말고 입원 좀 할 수 있게 만들어야죠. 국가가 잘 감독해서 병원이 적절한 비용을 받게 만들고요. (병원끼리) 경쟁을 붙이면 가격은 내려갈 거라고 봐요. 구태의연한 병원을 늘리는 건 좋지 않다고 봅니다. 구체적으로 사회에서 어떤 정신질환 환우든지 병원에 가는 걸 원하는 사람은 별로 없어요.

통제가 안 되는 사람들이 있긴 한데 그분들이 병원에 입원하더라도 아름다운 환경 속에서 생활할 수 있게 배려해줬으면 좋겠어요. 대부분은 지역사회에서 재활하면서 살 수 있게 돈을 그쪽에 쏟는 것이 너무나 당연하게 돼야죠.

조현병과 조울병으로 정신과를 찾아야 하는 이들에게 어떤 조언을 해 주고 싶습니까.

병원을 찾아가면 정신병원에 기록이 남는 걸로 알아서 두려움을 갖는 경우가 있어요. 그런데 대학병원 말고 일반병원 있잖아요. 일반 개인병원에 가서 의료보험을 하지 않고 사비(私備)를 내면 7만 원 정도 됩니다. 그럼 사비를 내고 상담을 받아요. 흔적이 안 남습니다. 그리고 약 처방 받을 수도 있어요.

그러니까 돈을 현찰로 다 지불해버리면 돼요. 진료비를 싸게 하려니까 국가에 돈을 지불하면서 기록에 남는 거거든요. 십만 원 주고 약도 탈 수 있습니다. 기록에 안 남아요. 상담하고 체크하고 약이 효과가 있나 없나 체크를 해서 이후에 그게 맞다고 판단되면 이용할지 말지를 결정하면 돼요.

정신건강복지센터나 관련 단체에 물어보면 상담을 해 주잖아요. 동료상담가들이나 저 같은 활동가들에게 물어보면 당신은 어떻다, 라는 조언을 얻을 수 있어요. 저는 의사는 아니지만 이 사람이 무슨 질병인지 거의 파악할 수 있어요. 그러니까 의료보험을 적용하지 않으면 근거가 안 남으니까 괜찮다고 말하고 싶어요.

더 하실 말씀이 있으십니까.

〈마인드포스트〉가 나와서 저는 반갑게 생각해요. 2005년만 해도 가족협회 말고는 거의 없었거든요. 그런데 2010년에 카미(한국정신장애연대)가 생긴 데 대해 감사하고 2015년쯤에 여러 단체들이 생기고 활동하는 거 보면서 '아, 이제 때가 거의 왔구나' 이런 느낌을 많이 받았어요.

우리나라 온라인의 강점인 거 같아요. 저는 제가 정신장애운동 2세대라고 생각하거든요. 앞으로는 많은 것들이 변화될 거 같고요. 정신장애 언론이 확대돼서 정부 정책이 많이 바뀌었으면 좋겠고요. 〈마인드포스트〉 많이 보시더라고요. 많이 발전했으면 좋겠습니다.

기사를 발행한 후 그에게서 문자가 왔다. 정신적인 어려움을 겪고 있는 이들이 있다면 자신의 메일 주소로 문의를 해주기를 바란다는 내용이었다. 조울증을 비롯한 정신건강에 어려움을 겪고 있는 분들은 정안식 대표 메일로 상담을 해 보길 권한다. 메일 yasiworld@naver.com

2019.09.04.

"나는 이렇게 세상을 바라보는데
당신은 어떻습니까"

권기호(시인·사진작가)

고등학교 때 문학반에 들어갔다. 시(詩)는 그렇게 운명처럼 찾아왔다. 학력고사 시절, 국문과를 지원했지만 떨어졌다. 후기에는 국문과를 포기하고 경영학과를 지원해 합격했다.

시를 피했다. 그렇지만 대학에는 '어김없이' 문학동아리가 있었다. 리얼리즘이 문학의 모든 접경을 선점했던 시절, 그가 쓴 시들은 선배들의 말 그대로 '순수시'였다. 문학을 피하기 위해 대학에 들어갔다가 그는 다시 문학과 조우하게 된다.

박노해를 필두로 시를 읽기 시작했고 80년대 후반의 그 시절을 사회과학 서적 속에서 살았다. 5학년까지 다닌 후에야 대학을 졸업한 그는 시나리오를 쓰고 싶어서 시나리오 학원을 찾았고 영화를 하고 싶어서 독립영화협회 단체에도 가입해 활동했다. 여전히 삶의 안개는 불투명하게 자신을 둘러쌌다.

사진을 해야겠다는 건 그 즈음에 든 생각이었다. 1990년대 후반에는 웨딩사진이 피크를 이룰 때였다. 결혼을 하면 야외에 나가서 포즈를 잡고 사진을 찍는 시절에 그는 웨딩 스튜디오에서 사진사로 밑바닥부터 배워나갔다. 그리고 삶의 물결이 치는 대로 살았다. 30살에 결혼해 아이 하나를 두었다.

사람들과 힘을 합쳐 사진 스튜디오를 차렸지만 여전히 삶은 안개에 휩싸여 있었다. 서울 아현동 이대 드레스 거리에서 사진관을 차렸지만 먹고 살기에도 빠듯했다. 그 무렵 아내와 이혼헸다. 그리고 조울증이 찾아왔다. 그는 그게 무슨 병인지도 몰랐다. 사람들에게 무조건 전화를 걸었고 경제적 사정을 생각하지도 않고 차까지 샀다.

병원에 입원한 후에야 그는 '내가 왜 그랬을까'라는 인지를 할 수 있었다. 어느 날 담당 의사가 조울증에 관련된 포스터 하나를 건넸다. 읽어보니 자신이 겪고 행동하는 것과 그대로 포개졌다. 아, 이게 조울증이구나. 30대 후반에 병을 인지하면서 후배가 점장으로 있는 문고점에 가서 일을 시켜달라고 부탁했다.

다행히 일을 할 수 있었고 그런 과정 속에서 현재의 아내를 만났다. 술을 마시고 사귀자고 말했다가 이튿날 다시 전화를 걸어 만나지 말자고 말했다. 아내는 그를 이해했다. 둘은 그렇다면 100일만 사귀어보자는 말을 했다. 그리고 결혼하게 된다. 그는 현재 사진작가로, 활동보조사로 활동하고 있다. 곧 사진전시회도 할 예정이다.

지금까지 모두 4차례의 사진전을 열었고 그 수익금은 모두 정신장애인 단체에 후원했다. 그리고 잃어버렸던 시도 다시 쓰기 시작했다. 옛날 불교의 선사들은 눈 온 길을 함부로 걷지 말라고 했다. 그 뒤를 누군가가 따라갈 수 있기 때문에. 그래서였을까. 그의 시에는 '길'이라는 시어가 유난히 많았다.

길은 개척되는 것일까, 아니면 이미 만들어진 길을 따라가는 것뿐일까. 그가 앞서 걸어간 길은 정신장애인 누군가가 따라서 발을 내디딜 수도 있을 것이다. 우리는 모두 길을 만든다. 집단적 길이면서 개인의 길인 그 길을. 길은 애초에 없어도 누군가가 걸어가면 길이 되는 것이다.

그가 겪어온 조울증과 삶과의 불화. 그리고 그 슬픔을 넘어선 이후 깨닫게 된 사소한 것에 대한 감사와 행복. 그가 만든 길은 그랬다.

시 쓰는 사진작가 권기호(49) 씨를 서울 봉천동 한 카페에서 만났다.

정신장애인 사진작가가 아닌 그냥 '사진작가'로 불리고 싶다고 했습니다.

제가 정신장애인임에도 불구하고 사진을 찍는다가 아니라 그냥 나는 사진을 하는 사람이 되고 싶다는 거죠. 내 존재를 어딘가에 국한시키는 게 아니라 사진가 아무개가 되는 거죠. 한계를 두고 싶은 생각이 없어요.

작품의 주제가 '풍경'이 많더군요. 풍경은 어떤 의미입니까.

그냥 삶의 풍경이죠. 제 사진을 보면 꽃을 찍든 뭘 찍든 나름대로 의미가 있어요. 작품 하나하나에 촬영한 이유가 분명히 있어요. 그리고 내가 선택해 사람들에게 보여 주는 의미가 있죠. 시멘트 바닥에 핀 해바라기 한 송이 같은.

그건 소외받는 사람들에 대한 것들이고 척박한 땅에서 살아남으려는 생명의 의지를 포함하거든요. 사진적으로는 아름답지는 않지만 나는 그런 사진을 찍을 거예요, 계속.

2013년 한국장애인사진협회 주최 사진 공모전에서 '집념'이라는 작품으로 동상을 받았습니다. 사진 속에 사지마비 여성 장애인이 입으로 붓을 물고 그림을 그리는 찰나를 잡았더군요. 인간의 집념이 참 강하고 무섭구나 하고 생각했습니다.

그분은 제가 잘 아는 분이에요. 저의 아내도 활동지원사를 하고 있는데 그 이용자예요. 2010년에 만났는데 그때 양재동에 살고 있었어요. 내가 아내를 차로 데려다 주고 하니까 알게 됐고 친해졌죠. 그런데 그 친구가 그림을 그릴 줄 안다는 거예요. 깜짝 놀랐죠. 무슨 그림이냐 그랬더니 보여주겠다는 거예요. 그래서 사진을 찍는데 햇살이 얼굴 쪽으로 해서 이렇게 들어오는 거예요. 그 모습을 100컷 이상 찍었죠. 그 중에 하나를 골라서 냈는데 동상을 받았죠.

로버트 카파(헝가리 출신의 종군기자)가 얘기했죠. "사진이 불만족스럽게 나온다는 것은 당신이 그 풍경에 가까이 다가가지 않았기 때문"이라고요. 동의하십니까.

어떤 의미로는 동의해요. 저는 그 속에 들어가야 한다고 말하고 싶어요. 글도 마찬가지인데 외부에서 쓰는 거와 그 속에 들어가서 쓴 거는 천지차이에요. 옛날에 학생운동할 때 '현장 속으로'라는 슬로건이 있었잖아요.

그 당시에 박노해, 백무산, 김남주 시인 이런 분들이 다 현장에 들어가서 시를 썼어요. 외부에서 볼 때랑 실제로 들어가서 볼 때랑 틀려요. 저의 '집념'이라는 사진도 제가 그 친구와 모르는 사이였으면 그런 사진이 안 나왔을 거예요.

사진은 동적이면서 한편으로 정적인 풍경을 카메라에 잡지 않습니까. 그 찰나를 통해 영원을 꿈꾸는 게 사진일까요.

그럴 수 있다고 생각해요. 저는 사진 찍을 때 같은 장소를 세 번 네 번 이상 가요. 똑같은 장소를 똑같이 돌아요. 계절마다 틀리죠. 어느 날 홍대 안에서 사진 찍은 적이 있는데 담쟁이가 너무 예쁘게 폈어요. 그런데 다음 년도에 가니까 없더라고요. 내가 봤던 그게 아냐.

그러니까 그 순간에 있을 때 카메라를 들이대서 찍어야지 며칠 있다 와서 찍지 그러면 다음에 갔을 때 없어요. 그 느낌도 없고. 그런 걸 알고 있어서 저는 사진 찍을 때 카메라가 없으면 핸드폰으로 무조건 찍어요. 눈에 보이는 대로.

저는 출사(사진 찍으러 나감)를 혼자 하는데 마음먹고 카메라 메고 사진 찍으러 가면 한 컷도 못 건질 때가 있어요. 찍긴 찍어요. 그런데 다 버려요. 그런데 우연히 어딜 가다가 딱 바라봐서 찍은 사진들로 더 전시를 많이 했던 거 같아요.

사진을 통해서 깨달은 삶의 의미가 있습니까.

처음에 저의 사진은 영업 사진이 대부분이었는데 매형이 작품 사진도 찍어보라고 그러시더라고요. 그때는 돈도 안 되는데 찍어서 뭐해요, 라고 생각했어요. 재발해서 이후 구로구공동희망학교를 다녔는데 거기서 사진을 다시 시작한 게 큰 성과였어요.

제 인생에서 사진은 많은 부분을 차지해요. 왜냐하면 내가 바라보는 세상을 다른 사람에게 보여 주는 거거든요. 나는 이렇게 세상을 바라보는데 당신은 어떻습니까, 그런 거죠. 풍경 사진을 많이 찍는 이유는 그 풍경 속에 내 느낌이 들어가 있어요. 풍경이라고 해서 다 찍는 게 아니라 내 눈에 들어오는 걸 찍잖아요. 그런 걸 선택해서 찍어요.

사진 찍기를 여가로 즐기는 정신장애인들에게 어떤 조언을 해 주고 싶습니까.

저는 얼마든지 시간 맞춰서 같이 찍을 의향이 있죠. 배우고 싶다는 사람이 있고 동아리가 형성되면 전 언제든지 '콜'이죠. 내가 알고 있는 걸 다 줄 수 있어요. 요즘에는 제가 핸드폰 사진 강의를 하고 있어요. 장애인자립생활센터에서 하고 있는데 반응이 좋아요. 핸드폰 카메라 성능이 계속 좋아지니까 핸드폰으로 찍어도 충분히 A4용지 두 배 크기만큼은 얼마든지 사진이 잘 나와요. 그래서 그걸로 찍으면 돼요. 저는 얼마든지 도울 용의가 있어요.

올해 사진전이 5회째입니다. 사진전을 갖게 된 계기가 있습니까.

2011년부터 조금씩 카메라 들고 다니면서 풍경을 찍어놓은 게 있어요. 이게 모이다 보니까 전시회를 해봐야겠다고 생각했는데 엄두가 안 났어요. 구로장애인자립생활센터 국장님이 도와줄 테니까 한번 해 봐라 해서 한 거예요.

권기호(시인·사진작가)

63

아내의 권유도 있어서 하게 됐는데 전시회에서 누가 사겠어요. 후원으로 하자고 입장을 정리했죠. 정신장애인 단체에 재료비 빼고 나머지 금액은 얼마가 됐든 간에 후원을 하자, 그렇게 해서 하게 된 거죠.

척박한 땅에서 피어나는 생명의 의지 촬영하고파 사진 찍는 정신장애인 동호회 있으면 언제든 도울 것

사진전을 열면 자존감이 올라간다고 했는데 이는 일에 대한 성취감의 의미입니까.

그렇죠. 나는 사진하는 사람이다, 그걸 다시 한 번 나 스스로 확인받는 거죠. 그리고 다른 사람들을 통해서도 확인을 받고.

어두움이 있는데 밝음이 있는 사진을 좋아한다고 했습니다. 무슨 의미입니까.

아까 해바라기 사진을 얘기했듯이 삶에 대한 강한 의지, 혹은 역경을 조금씩 극복하려는 모습을 보면 카메라가 가요. 거기에 카메라가 가 있어요.

저도 살아온 과정이 평탄하지 않았잖아요. 그 힘든 시간을 지내고 견뎌내니까 또 밝음이 나한테 무지개로 오더라고요. 구로구공동희망학교 다닐 때 절망적이었어요. 내가 뭘 할 수 있을까. 그랬는데도 그 시간을 견디고 나니까 할 수 있는 일이 생기고 사진도 하게 되고 그러다보니까 너무 좋은 거예요. 그런 측면에서 말한 거예요.

조증과 울증을 넘나드는데 조증과 울증 중 어느 시기가 더 어렵습니까.

조증요. 기분이 떠 있으니까 위험하죠. 목소리 커지고 돈 쓰는 것도 기분이 좋으니까 막 쓰게 되고요. 조증일 때 위험하죠. 울증일 때는 가라앉아 있으니까 사고를 안 치는 거죠.

조울증이라는 질병을 어떻게 인식하게 됐습니까.

처음 병원에 입원했을 때 조울증 증상이 담긴 안내지를 봤어요. 그때 정확하게 알았죠. 기분 좋을 때는 자신감으로 들떠 있고 울증일 때는 집안에 처박혀 있다든가 하는 증상이 그대로 나와 똑같았어요.

그런데 두 번째 재발했을 때는 상상을 못 했어요. 망상이라고는 상상도 못 했어요. 내가 국가권력 기관에 취업을 하기 위해서 테스트를 받는다, 모든 게 다 테스트라는 망상이었죠. 그때 약을 십 개월 동안 끊었어요. 망상이 오리라고는 상상도 못 했어요. 조증이 올 줄 알았지 망상이 올 줄은 몰랐죠.

조증하고 망상하고 거의 비슷한 게 아닌가요.

틀리죠. 망상은 내 생각 체계를 만들어서 거기에 따라 움직이는 거고 조증은 기분이 좋거나 돈을 많이 쓰거나 사람들에게 전화를 많이 하는 특징들이 있어요. 저는 그런 특징이 아니었기 때문에 망상이라고 생각도 못 했어요. 그렇다고 제가 겪은 얘기를 사람들한테 할 수가 없잖아요. 말하면 미쳤다 그러죠. 나는 사실인데 다른 사람은 미쳤다고 얘기할 거 아니에요. 그래서 끝까지 그 얘기를 못 했어요.

나중에 구로구공동희망학교 가서 알고 있는 분을 만났는데 얘기하다가 그게 다 망상이다 하더라고요. 허무했죠. 망상 때문에 지방도 돌아다녔어요. 지방의 조상 묘지를 찾아간 적도 있어요. 그게 국가권력 기관에 들어가기 위한 테스트라고 생각한 거예요.

나중에는 환시(幻視)까지 왔어요. 할머니 산소에 찾아갔는데 산소가 없어졌어. 그리고 묘비명에 내 이름과 전(前) 부인 이름이 씌어 있는 거야. 나중에 형 얘기 들어보니까 할머니 묘소는 잘 있다는 거예요. 나는 영화 〈뷰티풀마인드〉 존 내쉬처럼 (환시를) 봤으니까 그게 사실이라고 생각을 했죠. 혼자 여관도 찾아가고 혼자 버스 타고 다니고. 그러다가 어느 여관에 가서 끝났다고 생각을 했는데 아무것도 안 끝난 거예요. 다시 집에 왔죠. 다 끝나고 왔다고 생각했는데 그게 아니니까 도저히 안 돼서 정리를 했죠. 서류를 <u>보고</u> 책자를 보고 정리를 쭉 해서 이게 아닌가 보다 생각한 거죠.

그래서 A문고에 다시 취업을 했는데 이틀을 못 버텼어요. 머리가 안 돌아가요. 다 잊어먹은 거야. 옛날에 캔버스 팔고 했던 것들을 다 잊어버린 거예요. 그래서 난 못 다니겠다고 죄송하다고 하고 나왔죠.

권력자가 되겠다는 것 외에 다른 망상도 있었습니까.

망상은 아니고 A문고에서 일할 때 한 손님한테서 엄청난 기(氣)가 막 느껴져요. 그 손님한테 다가가서 불편한 거 있으세요, 라고 물었어요. 왜냐하면 내가 힘드니까. 가슴에 막 꽂히는 거야. 그래서 도망나왔어요. 그만두겠습니다, 하고 사표를 제출한 게 아니라 그냥 탈의실 와서 가방 들고 집으로 왔어요.

그때는 모든 게 다 걱정이야. 캠핑을 갈 때 신발하고 양말을 가져가야 하는데 그걸 가져가는 것도 걱정이 되고 불안감이 와서 못 가져가겠어요. 이해가 안 가지. 불안도가 올라오면 걱정이 계속 걱정을 낳아. 그러다가 이걸 평 놓아 버리는 거야. 그래서 집에 갔어. 집에 가서 아내한테 회사 못 다니겠다 하니까 못 다닐 줄 알았다고 그러더라고.

증상이 나타나면 어떻게 대처하십니까.

저 같은 경우는 조증 증상이 나타나면 일찍 일어나요. 특징이 새벽 3~4시에 일어나요. 그때는 어떻게든 자려고 해요. 자고 나면 괜찮으니까. 우울은 별로 없었던 같은데 어쨌든 간에 내가 기운이 가라앉아 있으면 밝은 음악을 들어요. 좋아하는 음악을 유튜브에서 찾아서요. 50~60년대 음악도 듣다가 '목포의 눈물' 등으로 거슬러 올라가요. 요즘은 한국 재즈를 듣는데 그런 음악을 들으면 마음이 편해져요.

정신장애가 발생하면 가까웠던 인적 네트워크가 다 끊겨버립니다. 그리고 정신장애인을 중심으로 새로운 인연들이 만들어집니다. 선생님의 경우는 어떻습니까.

저는 사진할 때 함께했던 사람들이 하나도 남아 있지 않아요. 직장 다닐 때 사람들도 그렇고. 대학 문학 동아리 때 만난 친구들은 지금도 만나고 있어요. 고등학교 친구 한 명하고 대학교 친구 세 명 정도 만나고. 장애인과 정신장애인 쪽에 한둘.

그만한 관계에 만족합니까.

네. 저는 더 이상 관계를 만들고 싶지도 않아요. 만들어지면 만들어지는 건데 내가 나서서 만들고 싶은 생각은 없어요. 그냥 있는 사람으로 충분하고 그 관계를 유지하는 게 중요하다고 생각해요.

아내는 비정신장애인입니다. 이런 결혼도 흔하지는 않을 것 같습니다.

고마운 일이죠. 아내는 나랑 사귈 때 제가 조울증이라는 걸 알고 있었어요. 제가 다 밝혔죠. 내가 상태가 좋다고 생각했을 때는 거의 비정신장애인이라고 생각을 하고 만났는데 아내는 나중에 아니었다고, 장애인처럼 보였다고 얘기하더라고요.

벚꽃 아래에서 청혼을 하셨다고.

아닙니다. 사귀자는 말은 편의점 파라솔에서 얘기했죠. 병이 있고 애도 있고 그렇다, 사귈 수 있겠냐고 말했어요. 그다음 날 술 먹고 깨서 바로 정신 차리고 나서 우린 안 되니까 만나지 말자 그랬죠(웃음). 그랬더니 100일만 사귀자 얘기를 해요. 다 필요 없고 100일만 만나보고 결정하자, 그렇게 해서 자연스럽게 결혼하자 얘기까지 한 거죠.

아내는 선생님의 질병을 이해하고 도움을 많이 주는가요.

그렇죠. 제가 재발했을 때 조울증에 관해서 책을 사더니 쭉 보더라고요. 나를 알게 모르게 관찰을 하고 있다고 봐야죠.

정신장애인이 결혼을 할 때 자신의 병을 상대방에게 알려야 합니까.

알려야죠. 알리지 않으면 안 좋아요. 그게 빌미가 돼서 깨질 확률이 많아요. 그리고 증상이 오면 대처를 해야 되는데 그걸 알게 되잖아요. 알게 되면 왜 속였냐 이렇게 되는데 요즘 같은 세상에 굳이 같이 살려고 하겠어요. 남자건 여자건 간에.

시를 쓰고 있습니다. 시와 사진은 어떤 연관성이 있다고 생각하십니까.

시와 사진은 함축미가 똑같은 거 같아요. 그것을 글로 보여주느냐 아니면 이미지로 보여주느냐의 차이인 거 같아요. 그리고 내가 정확하게 의도하는 걸 하는 게 똑같아요. 주제가 있으면 그 주제에 맞게 자기가 알아서 취합 선택해서 만들어 내는 게 똑같아요.

정신장애인 당사자가 취미를 갖는 것은 회복에 어떤 도움을 줄 수 있을까요.

좋죠. 사진이 아주 좋죠. 왜냐하면 사진 찍으러 가면 자연과 함께 있잖아요. 나무와 풀, 꽃과 강물, 계곡과 연못 등 도심을 빠져나가 자연을 보니까 일상생활에 환기를 주잖아요. 그러면 아주 힐링이 되죠. 그리고 자신이 찍은 사진이 있으면 인스타그램이나 페이스북에 올려도 되고요.

사진 취미 외에 다른 취미는 어떻습니까.

저는 글 쓰는 걸 추천해요. 글을 쓰다 보면 자기 상태가 정확하게 나와요. 내가 글 쓸 당시에 머릿속에 있던 게 그대로 물화(物化)가 되거든요. 그대로 나와 있기 때문에 내 생각을 정확하게 알 수가 있죠. 머릿속에 있는 생각을 끄집어내는 거니까. 차 있는 걸 끄집어내고 하다 보면 머리가 비잖아요. 머리가 비면 아주 편안한 상태가 와요.

저는 고통스러울 때 시를 많이 썼어요. 처음 발병하고 한 달 사이에 시를 백 편 정도 썼던 거 같아요. 그게 다 끄집어져 나온 거예요. 병원에 있을 때도 막 썼거든요. 연필로 담뱃곽에다가도 썼는데 다 잃어버렸어요. 아깝죠. 되게 중요한 기록인데. 그러니까 글을 쓴다는 건 사유를 밖으로 끄집어내는 역할도 하고 며칠 뒤에 봤을 때 아, 내가 이런 생각을 하고 있었구나 하는 걸 알 수가 있거든요.

정신장애인에게 회복의 한 조건은 취업입니다. 그런데 취업률은 전체 장애계에서 꼴찌입니다. 어떻게 해결해 나가야 할까요.

정신장애인에 대해 인식이 안 좋은데 국가가 인식 개선을 해서 일자리를 만들어내는 방법밖에 없는 거 같아요. 사기업에서 하기에는 힘들잖아요.

정신장애를 겪지 않았다면 선생님의 삶은 어떻게 진행됐을 거 같습니까.
지금보다 더 못 지냈을 거 같아요. 사회의 이데올로기가 그렇게 구성돼 있잖아
요. 돈 많고 좋은 직장 다니고 자녀 교육 잘 시키고 유학 보내고 하는 사회적 기
준에 끌려다니며 살지 않았을까. 그래서 불행해지지 않았을까.

　　지금은 행복하십니까
지금은 행복해요. 지금 하고 싶은 사진과 글, 일도 있고.

　　선생님의 시에서 "길은 원래 길이 없다고 길은 자신이 만들어가는 거"
라고 적었습니다. 정신장애인은 그 길을 찾기 위해 너무 많은 고통을
지불해야 합니다.
(웃음) 맞아요. 그러니까 한국정신장애인자립생활센터라든지 현장에서 활동
하는 분들이 있잖아요. 그분들이 잘 합심해서 길을 만들어야 하지 않나 생각해
요. 중요한 이슈는 같은 마음 아니겠어요.

　　정신장애인이 자기 삶을 찾기 위해서는 어떻게 해야 합니까.
자기 노력이 있어야 해요. 일단 규칙적인 생활을 스스로 만들어야 되고요. 그
리고 좋아하는 걸 찾아야 돼요. 자기가 할 수 있는 일을 찾아서 그걸 해 나가는
방법밖에 없는 거 같아요.

　　돈에 상관없이 일을 해야 된다?
돈도 중요한데 일단 일을 먼저 해야 돼요. 무슨 일이든 내가 할 수 있는 일을 찾
는 게 중요해요. 그걸 하다가 일이 숙련이 되면 월급도 올라가는 거겠죠. 단숨
에 내가 뭘 하겠다? 안 되죠. 기본이 안 된 상황에서 어딜 들어가 봐야 일주일도

글을 쓴다는 건 사유를 밖으로 끄집어내는 작업 규칙적인 생활하고 좋아하는 일을 스스로 찾아야

못 가요.

저 같은 경우는 체력 키우려고 석 달 동안 산에 올라갔는데 그게 도움이 됐거든요. 할 수 있는 일을 찾아서 하면 좋겠죠. 정신재활시설을 이용하는 방법도 있고요. 거기에서는 취업 연계도 있으니까. 장애등록이 돼 있으면 그렇게 찾아가는 방법도 있죠.

살아보니 인간은 어떤 존재 같습니까.

누구나 다 소중한 존재예요. 인간적으로 모든 인간이 존중받았으면 좋겠어요.

삶에서 이루고 싶은 목표가 있습니까.

목표는 소박한데 시집 한 권 냈으면 하는 바람이 있죠. 전시회는 계속 잘 유지됐으면 좋겠고요.

선생님은 치유된 겁니까, 아니면 치유의 길을 여전히 걷고 있는 겁니까.

치유의 길을 걷고 있는 거죠. 저는 아직도 증세가 있고 외부적인 충격에 대해서 상당히 조심하거든요. 사람을 많이 안 만나려는 이유도 사람을 만나면 그 사람과 어떤 일로 부딪히게 되면 그게 계속 나한테 남아요.

내 증상인지 내 사고 구조인지 모르겠는데 그런 감정이 계속 남아서 나를 괴롭혀요. 그래서 사람을 최대한으로 줄여서 만나요. 제가 현재 하는 일을 그만둘 나이가 돼서 그만두면 회복됐다고 얘기할 수 있을까요. 저는 아니라고 생각해요. 완전 회복은 없어요. 회복되어 가는 과정만 있을 뿐이죠.

권기호(시인·사진작가)

정신장애인들에게 한 말씀 부탁드립니다.

자기가 하고 싶은 일들을 찾아서 우선 열심히 했으면 좋겠어요. 그렇게 하다 보면 본인도 안정을 찾을 수 있을 겁니다. 절대로 혼자라고 생각하지 말고 동료들을 만나 얘기하고 같이 뭔가 하다 보면 회복의 길이 보이리라 생각합니다.

2019.09.17

"신은 무능하지만 위대해요.
우리 고통을 경청하잖아요"

남문영(감리교신학대 종교철학과)

태어나서 여덟 살 될 때까지 그는 외할머니 집에서 자랐다. 가끔씩 어머니와 아버지가 찾아왔지만 아주 짧은 대화 후 그렇게 떠나는 일상의 반복이었다. 초등학교에 들어가면서 비로소 부모님과 함께 살게 됐다.

그렇지만 그 초등학교 시절이 그에게는 '지옥'이었다. 아이들은 그를 '왕따'시켰고 집단적으로 괴롭혔다. 한번은 괴롭히던 친구에게 돈 5만 원을 빼앗겼고 이를 담임 선생님께 말했지만 선생님은 가해자보다 피해자인 자신을 나무랐다.

집에 오면 위로받고 싶었지만 부모님은 늘 부부싸움만 했다. 우울했다. 그 우울감이 오래 지속되고 환청과 환시를 경험하면서 중학교 1학년 때 편집분열성 정신분열증(조현병) 진단을 받게 된다. 방학 기간을 이용해 그는 정신병원에 입원했다.

너무 일찍부터 먹기 시작했던 조현병 약. 그렇지만 먹어야 했다. 그것 외에는 대안이 없었다. 마음에 소망 하나가 있었는데 바로 '목회자'가 되는 꿈이었다. 그래서 성소수자, 사회적 소수자들, 약자들, 정신장애인들과 함께 어울리는 꿈을 꿨다. 감리교신학대를 선택한 이유였다.

대학 입학 무렵부터 약을 반 년 간 끊었다. 다시 증상이 나타났고 대학 동료들과의 사이도 틀어졌다. 다시 우울했다. 신이 있을까. 신이 있다면 왜 인간은 고통 당하는가. 그리고 존재한다면 우리는 그 신을 어떻게 믿어야 할까. 그에게 신은 '무능한' 존재였다. 아무것도 할 수 없고 무능한 신이라면 우리가 왜 믿어야 할까.

그렇지만 그 이유 때문에 신을 믿어야 한다고 역설했다. 왜? 경청해 주니까. 들어주니까. 위로해주니까. 그 경청과 위로는 인간이 해 줄 수 없는 신의 고유한 영역이다. 그게 그가 신을 믿는 이유였다.

조현병이 신의 저주이고 죄의 문제라는 시각은 그에게는 하나의 '어리석음'이다. 목사들이 우울증을 기도로 극복해야 한다는 것에도 문제를 제기했다. 그건 약을 먹고 다 나은 것처럼 느껴지는 플라시보 효과에 불과했다. 그리고 조현병이 신의 저주 때문이라면, 그런 신이라면 '믿고 싶지 않다'고 했다.

남문영(23) 씨는 자신의 신앙관을 그렇게 해석했다. 그는 현재 감리교신학대학교 종교철학과에서 공부하고 있다. 1년 간의 휴학 기간을 거쳐 지금은 4학년 복학을 준비하고 있다. 또 시민단체인 '정신장애와 인권 파도손'에서도 일을 하고 있다. 그를 만난 건 입동(立冬)도 지난 어느 날 〈마인드포스트〉 사무실에서였다.

중학교 1학년 때 발병하고 부모님은 어떤 반응을 보였습니까.

부모님은 그때까지만 해도 조현병에 대한 인식이 없었어요. 진단을 받았는데도 불구하고 조현병 약을 먹음으로써 일어날 수 있는 리스크에 대해서 부모님은 제대로 인지하지 못했어요.

제가 중학교 1학년 때 조현병 약을 먹다가 한 40킬로그램가량 엄청 쪘어요. 그런데 부모님은 그걸 저의 의지 부족이라고 생각을 한 거죠. 병원에서는 정확한 병명도 보호자한테 알려주지 않아서 어머니가 그때까지 단순 우울증이라고만 알았대요. 병원을 옮겼는데도 그 병원에서 또 제대로 된 병명을 알려주지도 않았어요. 지금 다니는 병원에서는 그나마 조현병이라고 병명을 똑바로 얘기를 해줬어요.

강제입원이었습니까.

장의입원이었고 방학 기간 동안 한 번 입원해 있었어요.

지금 생각하면 가족에게 서운했던 점이 있습니까.

셀 수가 없을 정도예요. 전 가족에 대한 애착이 별로 없어요. 형제는 오빠 한 명 있어요. 오빠한테 하는 만큼 나한테도 기대를 해줬으면 좋겠는데 '쟤는 알아서 하게 내버려두자'는 식이었어요.

사실 오빠는 공부를 잘했고 저는 잘 못했으니까 가족들의 관심이 오빠한테 쏠린 거죠. 또 아들이기도 하고요. 부모님이 '너는 그냥 대충 살아라'는 식으로 얘기를 하니까 내가 과연 대충 인생을 살 사람인가라는 생각도 들었죠. 그게 서운했어요.

지금은 선생님에게 가족은 어떤 의미입니까.

아직 분노가 좀 있죠. 저는 가족이 어쩔 수 없이 만난 존재들이라고 생각해요. 가족들이 아동 학대 주범들이었거든요. 저를 어렸을 때 엄청 때렸어요. 제가 학원을 가기 싫어서 빼먹었는데 학원에서 집으로 전화가 왔나 봐요.

놀이터에서 놀다가 저녁 먹을 때쯤 집에 들어갔는데 아버지가 갑자기 현관으로 나오더니 머리채를 잡고 방으로 끌고 들어갔어요. 제 뺨을 때리고 발로 밟고, 쇠파이프로 저를 때리려고 하는 걸 할머니가 막았거든요. 나중에 보니까 배에 큰 멍이 들어 있었어요. 학교 가서 보건 선생님한테 보여주니까 경찰에 신고하려고까지 했었어요. 엄마도 내가 맞고 있을 때 딱 들어오더니 같이 때렸고.

전공을 종교철학과로 선택한 이유가 뭐였을까요.

저희 학교가 일 학년 때는 학과가 없이 학부생이에요. 이 학년이 되면 전공을 선택해요. 학과가 신학과, 기독교교육학과, 종교철학과가 있는데 저는 처음에 신학과를 지원하려고 했어요.

그런데 뭔가 여길 지원하면 꽉 막힌 사람이 될 거 같고 종교철학과 가려면 애들이 놀릴 것 같았어요. 왜냐하면 종교철학과는 공부 못 하는 애들이 가는 곳이라고 우리들끼리는 그랬거든요. 전 애들 따라서 1지망을 신학과로 썼다가 떨어져서 종교철학과로 간 케이스에요. 얼떨결에 선택한 거죠.

고등학교 때 신학을 공부하고 싶어서 감리교신학대를 들어간 건가요.

그렇죠. 신학을 공부하고 싶어서 갔는데 막상 대학 들어가니까 신학만 배운다고 해서 될 게 아니더라고요. 다양하게 배워야지.

왜 신학을 선택하고 싶었습니까.

어렸을 때부터 그게 꿈이었어요. 모태신앙이에요. 목사가 되고 싶었어요.

목사가 돼서 뭘 하고 싶은 겁니까.

저와 같은 정신장애인들이나 사회적 약자, 소수자들을 돕는 교회를 개척하고 싶어요. 예를 들어 성소수자나 난민, 국가 폭력으로 인한 세월호 희생자나 유가족들, 정신장애인… 이런 사람들이 교회에 와서 충분히 쉬었다 갈 수 있는 공간을 만들고 싶어요. 그런 목회 일을 하고 싶어요.

개신교에서 정신질환을 '죄'의 문제로 봅니다. 어떻게 생각하십니까.

멍청하다고 해야 되나 아니면 바보 같다고 해야 되나? 제가 다니던 교회에서는 담임목사님이 약 먹는 것도 하나님의 축복이라고 얘기를 했어요. 글쎄 약을 먹는 사람은 반쯤 죽어갈 정도로 힘든데 그게 과연 축복이라고 얘기할 수 있을까 이런 생각이 들었어요.

권사님이나 장로님들이 저를 향해 상처 되는 말들을 남겼죠. 제가 환청하고 환각이 너무 심해지니까 저를 잡고 기도를 하는 거예요. 그리고 제가 원하지도 않는데 청년들에게 제가 조현병이라는 걸 알리고 다닌 거예요. 짜증이 많이 났죠.

그것 때문에 청년부 생활이 쓸쓸했어요. 그 사람들은 나를 건드리면 문제가 커질 게 뻔하니까 안 건드려요. 나도 다른 사람들처럼 장난도 치고 웃으면서 놀고 싶은데 왕따(집단 따돌림)당한 거죠.

목사들은 우울증은 기도만 하면 모두 낫는다는 편의적인 이야기를 많이 합니다.

동의 못해요. 제가 아는 신은 무능한 신이에요. 제가 아는 신은 고통스러움을 듣기만 하시지 실질적으로 그 고통에 대해 힘을 발휘하는 것은 아니에요. 우울증이 기도로 낫는다는 건 플라시보 효과에 불과해요. 신의 능력으로 우울증이 기도로 낫는다는 것은 맞지 않아요.

신이 무능하다면 어떻게 그게 신이 될 수 있습니까.
듣잖아요. 경청하잖아요. 인간이 할 수 없는 걸 경청하잖아요. 그게 위대해요.

조현병은 신이 저주해서 내린 병입니까.
아니요. 조현병은 가정의 환경이나 사회에 나가서 받았던 폭력들이 쌓이다 결국 폭발하는 거라고 생각해요. 조현병이 신의 저주라고 하는데, 신이 저주해서 내린 병이라면 저는 그런 신을 차라리 안 믿고 말겠어요.

교회에서는 선생님의 병을 뭐라고 정의하던가요.
지금 다니고 있는 교회는 성소수자도 올 수 있고 여러 사람들에게 열려 있는 교회다보니까 저를 그냥 있는 그대로의 모습으로 봐 줘요. 너무 감사하게도.

조현병 약도 축복?
죽어가는 느낌인데 축복이라니…
신의 이름으로 우울증 낫는다는 건
동의할 수 없어

그 교회는 어떻게 찾아가시게 된 겁니까.
퀴어 축제(성소수자 축제) 열렸을 때 무지개오피스라는 부스가 있었어요. 갔더니 거기서 학교 선배를 만났어요. 전도사로 일하고 있었는데 그걸 보고 교회를 찾아가서 정착하게 된 거죠.

치유되기 위해서는 반드시 종교가 필요할까요.

종교는 일종의 도구일 뿐이죠. 그게 치유의 목적이 되면 그건 중세의 미신적인 신앙밖에 되지 않아요. 종교가 있으면 도움은 될 수 있지만 실질적인 치료의 핵심이 될 수는 없다고 봐요.

그럼 핵심은 뭡니까. 약 먹는 겁니까.

아뇨. 약 먹는 건 아니고 주변 사람들의 지지와 응원이 필요해요. 같이 만나서 놀러 다니고 그런 공동체에 소속감을 느끼면 더 치유에 좋지 않을까요.

종교망상에 빠진 적 있으세요.

종교망상요?(웃음). 제가 고등학교 때 그랬죠. 신이 정의로우며 모든 걸 다 할 거라고 생각했죠. 그렇게 깊게 빠지지는 않았어요.

인간은 신을 어떻게 이해하고 믿어야 한다고 생각하십니까.

신을 이해 안 하면 되죠. 왜 굳이 신을 이해해야 합니까.

이해해야 기도를 할 거 아닙니까.

아니요. 이해를 못 해서 원망하는 기도를 하는 것도 신은 다 듣잖아요. 듣고 위로해주는 위로자 역할이니까요. 저는 그래서 신을 굳이 이해하라고 얘기하고 싶지 않아요.

이해하지 못해도 기도는 해라?

그것도 아니에요. 그냥 신을 이해하려고 하면 할수록 자기 자신이 신이 되려고 하는 경향이 있어요. 저는 그건 바람직하지 않다고 봐요. 신을 이해하지도 말고 본인이 하고 싶을 때 기도하면 될 거 같아요.

아직 젊은 나이입니다. 정신질환과 싸우면서 인생의 어떤 부분을 배웠
는지 궁금합니다.

지금까지 우리 사회에서 정신장애인들은 사회적 약자의 자리에 위치해 있었
잖아요. 정신장애인들은 취업에도 제약이 있다보니까 낮은 자리에 있는데 저
역시 그런 낮은 자리에 있고 낮은 자리에서 살아가는 사람들을 봐 왔어요. 그
리고 우리 위에 기득권자들이 있다는 것도 봤죠. 저는 그 낮은 자리의 사람들
과 연대하는 걸 배웠어요. 연대를요.

우리 사회의 '꼰대'들이 정신질환에 대해 이러쿵저러쿵하는 게 불편할
수도 있겠습니다.

불편하죠. 너무 쉽게 얘기하니까요. 이게 쉬운 주제가 아닌데 마치 본인이 인생
을 다 살아봤다는 것마냥 얘기하는 건 그들이 오류를 범하는 거라 생각해요.

제 친구 중에 한 명은 우울증 약을 먹으면서 병원 다니고 있는데 어른들
이 "내가 살아봐서 아는데 그건 일하고 사람 만나고 하면 그 우울한 생각에 빠
질래야 빠질 수가 없다. 바빠져야 된다" 이렇게 얘기했다고 해요. 정말 바보 같
은 말이죠.

대학 친구들은 선생님의 병을 이해해 주고 있나요. 혹은 차별은 하지
않던가요.

그래도 제 친구들은 이해를 해 주는 편인데요. 저한테 울타리를 치지는 않아
요. 그런데 저랑 친하지 않은 사람들은 안 좋게 보죠. 안인득 사건으로 조현병
환자 기사가 나가면 저에게 거리감을 두려는 사람이 있었어요. 그런 부정적 뉴

스가 보도된 이후에 저에게는 제 곁에 남아줄 수 있는 사람과 남아줄 수 없는 사람들이 걸러지는 느낌이 들어요.

정신장애인이라고 사람들에게 밝힙니까.

저는 처음 만난 자리에서는 밝히지 않고요. 어느 정도 신뢰가 쌓이면 내가 사실 이런 장애가 있는데, 라고 얘기를 하는 편이에요.

좋아하는 철학자나 신학자가 있나요.

없어요. 제가 학교에서 철학자들과 신학자들을 연구하면서 책을 읽는데 이게 학과의 과제물이 돼 버리니까 다 싫어지더라고요. 대신 우리나라의 문익환 목사님을 존경해요. 1987년 독재시절에 그렇게 목소리를 낸 목회자들이 드물었 잖아요. 그럼에도 불구하고 문 목사님은 목소리를 냈고 아무도 얘기하지 못하는 것을 목소리를 높여 얘기했죠. 그 용기가 존경스럽죠.

여성 정신장애인은 남성 정신장애인보다 더 깊은 차별을 받는다고 생각합니까.

아무래도 그렇죠. 사회적인 시스템으로 봐도 비정신장애인 여성들도 차별을 받고 있잖아요. 정신장애를 갖고 있는 여성들은 차별이 더 가중되겠죠. 여성들한테 이런 얘기를 많이 하죠. 결혼해서 아이를 낳고 집안일과 남편 뒷바라지 잘하고 내조해야 한다고요. 그리고 여자가 어딜 4년제 대학에 들어가느냐고 하죠. 이런 게 차별이고 억압이잖아요.

그리고 제가 회사 다니고 학교 다니고 하다가 결혼을 하고 아이를 낳게 되면 경력 단절이 돼 버려요. 여성 정신장애인은 더 심해요. 일단 직장을 선택하는 데 제약이 있죠. 또 제가 보험회사를 다녔는데 정신과 약 먹고 있다는 자체만으로 보험 가입이 어려워요.

　그 때문에 정신과 가기를 꺼리는 사람들이 많아요. 정신적 치료의 '골든 타임'을 놓치는 경우가 그래서 많아요. 이런 시스템이 여성 정신장애인들에게 더 심하지 않나 싶어요.

사회의 억압적 시스템은 약자인 여성들을 상처 입혀 부끄럽지 않은 삶 살고 싶어… 연대에 힘 기울일 것

국가가 정신장애인들의 존엄한 삶을 위해 무엇을 해야 한다고 생각합니까.

일단 쉼터 마련이 중요해요. 그리고 직업에 대해 많이 열린 구조가 됐으면 좋겠어요. 조현병 환자들은 요리사가 될 수 없잖아요. 직업의 폭이 열렸으면 좋겠어요. 그리고 직업재활 프로그램도 다양했으면 해요. 조현병도 다양한 스펙트럼이 있잖아요. 직업도 그렇게 다양하게 만들어지면 좋겠어요.

　인간은 존엄을 침해받을 수 없습니다. 그런데 정신장애인의 존엄은 언제나 훼손되고 차별받고 배제됩니다.

답답하죠. 그게 제가 될 수도 있잖아요. 나의 존엄성이 침해받는다는 건 무서울 거 같아요. 내가 선택할 수 있는 것도 선택 못하게 되고 억압받는 거죠.

　앞으로 사랑을 하게 된다면 어떤 대상을 만나고 싶습니까.

(웃음) 생각을 안 해봤어요. 부드럽고 너그러운 사람, 경청해 주는 사람을 만나고 싶어요.

선생님은 젊은 시절 원치 않던 정신질환에 걸렸고 치유의 길을 걷고 있습니다. 아직 살아갈 푸른 날들이 더 많습니다. 어떤 삶을 살고 싶은가요.

부끄럽지 않는 삶을 살고 싶어요. 사회에서 내 역할 다 하고 나를 필요로 하는 사람들에게 가서 도움을 주고요. 나를 필요로 하지 않더라도 그런 자리에 가서 연대하는 삶을 살고 싶어요.

'연대'라는 말씀을 많이 하시네요.

연대가 중요하죠. 나 혼자서 목소리를 내는 것보다 많은 사람들이 같이 목소리를 내는 게 더 크게 들리잖아요. 그게 중요해요. 그렇게 해서 정권교체도 됐고 수면 위로 문제들이 떠오르는 것도 있죠.

가까운 사람이 정신질환에 걸린다면 선생님은 어떻게 행동할 겁니까.

저는 그냥 있는 그대로 대해주겠죠. 또 약을 먹어야 되고 치료가 필요하다면 같이 병원에 가 줄 수 있는 사람이 되고 싶어요.

현재의 정신건강복지법은 정신장애인의 돌봄을 가족에 모두 떠넘기고 있습니다. 이럴 때 어떤 역효과가 발생할까요.

문제죠. 이걸 가족에게만 떠넘기면 국가가 개인에게 폭력을 가하는 거라고 생각해요. 국가가 나서서 해결책을 마련해 줘야 하는 것도 사실이긴 하지만 일단 지역사회가 잘 움직여야 해요. 여태껏 지역사회에서 움직인 게 없잖아요.

안인득 사건도 충분히 예방할 수 있는 사건이었는데도 불구하고 지역사회에서 막지도 못하고 움직이지도 못했잖아요. 귀찮게 생각하고요. 그리고 정신장애인들이 응급상황일 때 왜 경찰이 오는지 모르겠어요.

친구에게 들은 얘기인데 내가 정신적으로 응급한 상황이고 누군가의 도움이 필요한 상황인데 119구급대가 오는 게 아니라 경찰이 와요. 심정지가 되면 119구급대원들이 오잖아요. 그런데 정신과적 응급상황에서는 경찰이 와서 데려가거든요. 왜 그런 걸까 싶죠.

　　그럼 소방대원들이 와야 되는 건가요.
경찰도 오긴 와야 되지만 제 친구가 거기서 경찰에게 뭔가 차별을 느꼈나 봐요. 언어 폭력도 있고 지나가는 사람들이 안 좋게 쳐다봤을 수도 있고. 그런 거 때문에 차별을 느꼈다고 얘기하더라고요.

　　응급상황에서는 경찰보다 구급대원이 오는 게 더 낫다?
같이 출동하는 게 낫지 않을까요. 경찰이나 구급대원, 혹은 사회복지사가 같이 출동해서 진정시켜주면 좋지 않을까.

　　정신장애인의 자기결정권은 왜 중요하다고 생각하십니까.
이건 한 개인의 존엄과 가치이기 때문에 자기결정권이 당연히 필요해요. 그렇지만 지금의 한국사회는 그런 게 아니잖아요. 끊임없이 자기 결정권을 침해받고 내가 원하지 않는데 강제입원 당하고 내가 원하지 않는데 약을 억지로 먹고 주사요법을 받아야 하고. 과연 이게 자유로운 걸까 생각이 드네요.

　　정신장애인들에게 어떤 조언을 해 주고 싶습니까.
우리는 사랑받기 위해서 태어났어요. 정신적 질환이나 장애가 창피한 게 아니거든요. 힘없는 개인의 목소리를 내는 것보다 옆에서 같이 싸워줄 사람들이 있으니까 너무 혼자라고 생각하지 않았으면 좋겠어요.

2019.11.12

"삶이란 어느 정도의 굴욕과 고통을
지불하고 건너는 세계,
열애의 실패가 예술로 이끌어"

윤종현(갤러리 유진목공소 대표·화가)

로스팅한 커피를 따라 주는 그의 손은 오랜 목수 일로 상처가 켜켜이 새겨져 있었다. 인터뷰 말기에 그의 손을 언급하자 그는 "멋있고 자랑스러운 손"이라고 말했다.

레게 머리를 하고 귀와 입술에 피어싱을 한 그가 목수라는 직업에 어울리는 걸까, 기자는 고민했다. 지난 17일 서대문구 홍은사거리에 두 곳만 남아 한때의 목공거리 명맥을 유지하고 있는 '갤러리 유진목공소'를 찾은 건 55년의 장인(匠人)인 아버지를 따라 창호 전문의 목공 일을 하는 그를 만나고 싶었기 때문이었다.

획일화된 교육 체계에 환멸을 느낀 그는 고등학교 2학년 때 학교를 그만둔다. 영화감독을 꿈꾸고 바로 충무로로 들어가 고된 조명팀에서 5년간 일했다. 여기까지만 놓고 보면 하나의 '인생 성공 스토리'가 될 수도 있을 것이다. 그러나 영화계는 만만한 세계가 아니었다. 5년 뒤 영화를 접었다. 그리고 조울증이 찾아왔다.

믿는 종교는 없지만 이 세계를 지탱하는 진리는 있을 거라 생각했다. 해인사로 출가를 하게 된 배경이었다. 행자로 수행을 하다가 1년 6개월 뒤 승려의 꿈도 접고 환속했다. 조증과 울증은 수시로 찾아왔다. 그때, 한 여성을 만났다. 친구의 친구였다. 그리고 그 친구를 사랑하게 됐다.

사랑 역시 강고하지 못했다. 몇 개월 후 그녀와 헤어졌고 실연의 슬픔을 잊기 위해 동네 미술화방에 들어가 그림을 그렸다. 10년 동안 그가 그린 주제는 '그녀'였다. 그리고 우연처럼 블로그를 통해 한 지인을 알게 된다. 미술 비평가 반이정(50) 선생이었다. 그의 예술성을 알아 본 반 선생은 전시를 도왔고 예술가들을 수시로 소개해줬다.

지난해 12월, 그는 생애 최초로 〈그녀에게 Her〉라는 개인전을 열게 된다. 삶이란 어느 정도의 굴욕과 고통을 지불해야만 건너갈 수 있는 세계다. 그는 고통을 지불했다. 정신과 폐쇄병동에 4차례의 입·퇴원. 그리고 응축되게 사랑했던 사람에 대한 오랜 그리움. 그리고 허무로 해석될 수 있는 세계에 대한 슬픔. 그가 환속을 결정하고 내린 삶의 철학은 그랬다. 웃으면서 살기.

'갤러리 유진목공소'를 운영하는 윤종현(37) 씨를 만난 건 그의 삶의 족적을 조금은 따라가보고 싶었기 때문이다. 이제 30대의 그에게 삶의 의미를 묻는다는 건 해석적 오류를 낳을 수도 있을 것이다. 그렇지만 그 특이했던 이력에서 그가 꿈꿨던 삶과 세계의 의미를 물어본다는 건 잘못된 질문은 아닐 것이다.

종현 씨는 오랜 구도(求道)의 시간을 건너 지금은 아버지 밑에서 목수로 일하고

있다. 아버지 윤대오 사장은 전통 창호 전문
가로 2019년 트럼프 미 대통령 방한 때 청
와대 만찬장 상춘재의 전통 문창살 99짝
교체를 담당한 적이 있다. 종현 씨는 이제
11년 차의 전문가가 됐다.

출가를 한 이유가 궁금합니다.

23살 때 5월에 (출가)했어요. 그때 처음으로 우울증을 심하게 겪었는데 이후에 세상이 달리 보이는 거예요. 너무 아파 보니까 충격을 받았죠. 종교나 철학에 눈을 돌리게 된 계기가 됐어요. 너무 큰 고통을 겪으면 사람이 생각이나 행동이 달라지잖아요.

사람은 왜 사는 걸까, 사춘기 때나 할 법한 생각들을 한 거죠. 지금까지 저는 종교를 가져본 적이 없어요. 불교를 믿어서 출가한 게 아니고 그때 명상 서적이나 불교 서적을 읽다가 수행을 하고 싶었어요. 인도에 가서 수행하는 걸 진지하게 고민하던 중 친형이 아는 스님과 만나게 해줬어요.

그 스님이 저한테 "네가 출가해서 스님이 되면 세상에 존재하는 모든 수행을 하도록 도와주겠다"고 했어요. 원하면 인도에도 보내주겠다고 하는 거죠. 전 일주일 뒤에 오겠습니다, 하고 정말 일주일 뒤에 출가를 했어요. 제가 꽂히면 바로 하는 성격이거든요.

그 일주일 동안 집에 돌아와서 인생을 정리했어요. 사람들을 만나 인사하고 부모님과도 작별 인사 다 하고요. 약속을 지키려고 일주일 뒤에 기차 타고 해인사(海印寺) 지족암(知足庵)으로 갔어요. 지족암은 일타 스님이 계셨던 곳이에요. 거기가 제 친형이 제가 6년 전에 출가했던 곳이에요. 형도 행자생활 하다가 내려왔는데 그때 알게 된 스님을 저한테 소개해 준 거였죠.

거기서 1년 반 정도 계신 거죠.

절에서는 1년 정도 행자생활을 하게 돼 있어요. 제가 고등학교를 중퇴했잖아요. 행자생활할 때 (불가의) 법이 바뀐 거예요. 행자교육원에 결격 사유가 있는데 몸에 문신이 있으면 스님을 안 시켜 줘요.

제가 머리 깎았을 때만 해도 고등학교 중퇴도 괜찮았는데 행자생활하면서 고교 중퇴자는 (스님이) 안 되게 법이 바뀐 거예요. 그래서 검정고시 준비를 하면서 해인사 지족암에서 1년간 행자생활하고 불국사(佛國寺) 가서 6개월 행자생활 하다가 내려왔어요(환속했어요). 스님은 못 됐죠.

고등학교 검정고시 합격하면 계속 스님생활 할 수 있는 거죠.
검정고시는 당시 상황으로는 무조건 봐야 되는 거죠. 고졸 자격증을 따야죠. 저는 준비만 하다가 시험 안 보고 내려온 거예요.

법명(法名)이 뭐였습니까.
행자는 법명이 없어요. 그냥 '윤 행자'라고 불러요. 사미계를 받아야 법명을 줘요. 스님은 사미승이 있고 비구승이 있는데 일단 사미승이 되고 4년 후에 또 시험을 봐서 비구승이 돼요. 사미승도 스님이죠. 저는 스님이 못 되고 행자생활만 한 건데 불교에서는 행자는 사람도 아니고 스님도 아니라고 그래요. 전 그냥 성을 붙여서 윤 행자라고 불러요.

거기서 깨달은 게 뭘까요.
누구라도 (절에) 1년 6개월 있었으면 작은 깨달음이라도 얻어서 내려왔겠죠. 한 달을 있어도 그렇고, 혼자 여행을 가서도 얻는 깨달음이 있어요. 저는 내려오면서(환속하면서) '많이 웃으면서 밝게 살자'였어요.
그때가 24살이던 11월. 내려올 때 딱 그 마음이었어요. 불국사에 있을 때 같이 행자생활 하던 분이 "윤 행자, 그 동안 뭘 배웠냐"고 물어요. 제가 그렇게 말했어요. 나 자신에 대해 많이 알게 됐다고. 불교에서 말하는 깨달음을 전 믿지도 않지만 제가 공부하면서 나 자신에 대해 많이 알게 됐다는 거죠.

예를 들면 나 자신에 대해 어떤 것을 알게 된 건가요.

(출가하면) 정말 자신에 대해 많이 알 수밖에 없어요. 사람 만나 얘기할 일도 없고 절에서 밥하고 일하고 그냥 생각만 할 수밖에 없는데 그러다보면 기억을 계속 거슬러 올라가요. 해인사 지족암에서의 일 년 동안 제 과거를 봤어요. 생각하는 시간을 오래 가지면서 '아, 내가 이런 삶을 살아왔구나' 하면서 자신에 대해 많이 알게 된 거죠.

환속한 이유가 궁금합니다.

출가 전에 생각했던 게 (믿는) 종교는 없지만 깨달음이나 진리는 있지 않을까 하는 마음이었어요. 인도로 가느냐, 절로 가느냐의 문제에서 절을 선택했을 뿐이죠. 그 1년 6개월 동안 자신에

우울증 겪은 후 출가 결심…
1년 6개월 뒤 환속
실연의 아픔 없었으면
그림과 예술 알지 못했을 것

대해 알아가면서 그런 거(깨달음)는 없다고 생각했어요. 깨달음의 상태는 내가 만들어내는 상태가 아닐까. 그건 환상이나 환각 같은 거죠.

마음 한편으로는 내가 시간을 헛되이 보낸다고 생각하지 않았고 나름대로 공부를 하면서 이 정도면 내가 할 수 있는 수행을 한 거 같다 싶었어요. 처음에는 깨달음을 얻고 싶었지만 그게 허상인 거 같고 나름대로 얻은 것도 많은 것 같다는 생각에서 고민하다가 자연스럽게 내려온 거죠.

반야심경은 아직 외우고 있습니까.

외울 수 있을 거 같은데요(웃음). 그런데 천수경은 안 되더라고요. 그런데 반야심경은 돼요.

진리를 추구했다는 이유로 선생님은 정신적 질병에 걸린 걸까요.

아뇨. 전혀 아니죠. 진리를 추구하기 전에 저는 조증 상태에 있었어요. 21살에 처음 조증을 겪었고 울증을 22살에 겪었는데 진리나 종교에 대해 전혀 관심이 없었어요. 우울증이 끝나고 난 뒤에 관심을 갖게 됐어요. 너무 아파 보니까 그랬던 거죠.

고등학교를 중퇴한 이유가 학교가 가지는 폭력성 때문이었을까요.

전혀 아니에요. 그냥 주입식 교육이 너무 싫었어요. 그 대안으로 영화감독을 꿈꾸었죠. 영화감독이 되는 방법 중의 하나가 도제시스템이에요. 장인이나 기술자 밑으로 가서 배우는 거죠. 그걸 알게 되면서 과감하게 학교를 그만두고 충무로에 일자리를 구했어요. 제가 저돌적인 데가 있어요.

하여튼 제도적인 것들이 싫었던가 봅니다.

다양한 개성이 있는데 그걸 주입식 교육으로 몰아넣잖아요. 당시 제가 알게 된 게 유럽에는 초등학교 졸업하면 자신의 성향에 맞게 선택해서 가르친다고 하더라고요. 우리나라는 왜 이런 시스템이 없을까. 그게 싫었어요. 내가 관심 없는 교육이.

10대 후반에 충무로 영화 일에 뛰어들었습니다. 조명팀에서 5년간 무슨 일을 한 겁니까.

충무로의 영화사들을 찾아다녔는데 고등학생이니까 안 써 줘요. 인터넷에서 영화 조명팀 사람을 구한다는 걸 보고 뭐라도 시작해야겠다고 생각한 거죠. 조명팀 일을 하다 보면 아는 사람도 생기겠지 하는 마음으로 들어갔어요. 우연히 조명을 하게 됐는데 그게 너무 재미있어서 5년을 했어요.

조명은 필름에 빛을 담는 작업이죠. 드라마나 방송 쪽은 조명을 별로 신경을 안 써요. 영화는 한 컷마다 계산을 해서 그림처럼 조명을 해요. 한 컷 찍는데 2시간을 조명하기도 해요. 조명은 예술적인 작업이에요. 일반인들은 거기에 관심을 안 갖고 안 볼 뿐이죠.

영화 작업이 중노동이라고 알고 있는데요.
엄청 힘들어요. 지금도 생각하면 어떻게 했나 싶어요. 24시간 찍고 3시간 자고, 24시간 찍고 3시간 자고 그런 적도 있고요. 한번은 24시간 찍고 집에 가서 3시간 자고 나와야 되는데 (집에 가려고) 6호선을 탔어요. 지하철에서 잠들어 갖고 (내려야할곳에서) 못 내리고 순환을 하는 지하철에서 일어나서 바로 일 나갔어요. 진짜 힘들어요. 조명팀은 더 힘들고.

영화를 하고 싶어 하는 사람에게 조언을 해 주고 싶은 게 뭐가 있을까요.
솔직히 조언 자체를 하고 싶지 않아요. 요즘은 어떤지 모르겠지만 제가 할 때는 젊은 사람들을 돈과 열정을 미끼로 부려먹고 결국에는 (버려요). 구조도 그래요. (누군가는) 떨어져 나가고 밑에서는 계속 치고 올라오고 해서 살아남기가 힘들어요.
　　제작사도 젊은 사람들 고혈과 청춘을 짜 먹고 결국 나가떨어지게 만들어요. 얼마 전에 20년 전 함께했던 촬영감독님과 조명하던 형을 만나서 밥을 먹었는데 그때 하던 사람들 거의 다 그만뒀다고 해요. 구조가 그래요.

그렇게 조명팀에서 일을 하면 얼마 정도의 돈을 벌 수 있습니까.
요즘은 많이 나아졌다고 그러는데요. 제가 20년 전에 극영화를 찍었는데 두 달 찍고 50만 원 받았어요. 그땐 고시원에서 살았는데 영화 일 해서는 못 버텨요. 영화 끝나고 사이사이에 아르바이트를 안 하면 버틸 수가 없어요. 그때 3년 동안 얼마 벌었나 계산해 보니까 순수하게 영화 일만 해 가지고 번 돈이 970만 원이에요. 그걸 갖고 3년 동안 어떻게 살아요.

〈그녀에게 Her〉라는 개인전을 1월에 열었습니다. 헤어진 여인을 생각 하면서 준비했다고요. 오래 사귀었습니까.
한 4~5개월 만났어요.

응축된 사랑?
네. 28살, 10년 전이죠.

어떻게 만나게 된 건가요?
사귀기 전에도 알고 있었던 사람이에요. 제 친구의 첫사랑이었어요. 1년에 한 두 번 만날까 하는 사이였는데 어느 날 그 여자친구가 핸드폰 가게를 했어요. 그래서 친구가 나를 데리고 거기 갔는데 제가 배려심이 많아요. 핸드폰 살 때 귀 찮게 안 하고 '됐다, 됐다' 하면서 핸드폰을 샀죠. 여자친구가 나중에 얘기해요. 보통 아는 사람은 하나라도 더 가져가려고 하는데 나는 반대로 잘 해줬다고.

배려해 준 거네요.
네. 나는 나대로 그녀가 예쁘기도 하고 매력이 있어 보였어요. 그렇게 많이 좋 아했고 사귀다가 어떤 이유로 헤어졌죠. 그 관계가 끝나고 나서 다음날 제가 미치겠더라고요. 어딘가에 감정을 담아 놓고 싶었어요. 그때 그림을 떠올렸고 동네 미술학원에 가서 어떤 사람을 그리고 싶은데 가르쳐줄 수 있냐 해서 10년 은 그린 거예요. 반이정 선생님이 전시히른 열어주겠다고 해서 그때 첫 개인전을 열었어요.

　　연애의 실패가 선생님을 그림으로 이끈 건가요.
그렇죠. 그게 고마웠다는 생각이 들어요. 만약에 그 친구를 만나지 않았다면
그림을 그릴 일이 없었을 텐데. 걔를 만남으로써 내가 사랑하는 그림도 그리고
예술도 알게 됐고 좋아하게 됐으니 고맙다는 일기를 쓴 적도 있어요.

　　뒤돌아 생각해 보면 사랑은 무엇이던가요.
그냥 변하는 거… 연애나 사랑은 순수해야 하잖아요. 그런데 그걸 점점 더 잃
어가고 있는 것 같아요. 이제는 연애가 쉽지가 않아요. 만나려고 하면 생각을
하게 되고 재게 되고 계산하게 되잖아요. 순수하게 진짜 사랑할 수 있는 것도
인생을 살면서 그렇게 긴 시간, 많이 할 수 있는 게 아니구나 싶더라고요.

　　긴 시간, 많이 하는 게 아니라고요?
긴 시간, 많이 경험할 수 있는 게 아니라는 생각이 들더라고요. 사회생활 하면
서 때도 묻고 나이도 들어가고 자신이 변해가잖아요. 좋으면 좋은 대로 사랑할
수 있는데 나이가 들면 뭔가를 (이해관계를) 생각하게 되죠. 첫사랑은, 20대의
사랑은 그 시기에는 그냥 하면 되잖아요. 자연스럽고 순수하게 하는 그게 사랑
의 모습에 가까운 거 같아요.

　　조울증은 언제 찾아온 겁니까.
27살이던 1월에 우울증으로 입원을 하면서 (조울증을 알게 됐어요). 그때 3개월
동안 입원하면서 상담을 많이 했어요. 폐쇄병동에서는 맥시멈(최대 입원기간)
이 3개월이에요. 입원해 있으면서 병에 대해 알게 된 거예요.

조증 증상은 어땠습니까.

아이고, 전형적인 조증의 증세였죠. 한 시간만 자도 안 피곤하고 생생하고 폭력성이 증가하고요. 음주 운전 막 하면서 사고치는 게 조증 증세들이었어요. 진짜 자신감 넘치고 그랬죠. 많이 겪어 본 사람들은 알잖아요. 지나고 보니까 그랬다는 걸. 울증은 23살 때 왔어요.

울증일 때는 아무 것도 하고 싶지 않잖아요.

그래서 영화 일을 그만둔 거예요. 영화 일 하면서 막판에 잘 안 풀리고 스트레스를 많이 받았어요. 그러면서 울증이 찾아온 거예요.

약은 드십니까.

우울증 약을 먹고 있어요. 재밌는 건 20대까지 우울증이 오면 마음으로 왔어요. 말 그대로 마음이 우울해지는 거죠. 그런데 30대가 되고 나서부터는 마음은 괜찮은데 몸으로 와요. 몸이 피곤해지고 무기력감을 느껴요. 우울하지는 않은데 그냥 몸만 만성피로가 심한 거예요. 그래서 처음 1년은 우울증과는 관계가 없는 줄 알고 양방·한방 병원 엄청 가봤는데 다 소용이 없어요.

마지막에 혹시나 해서 신경정신과를 가봤더니 우울증이 몸으로만도 온다고 그래요. 어떤 사람은 위가 아파서 검사를 해도 (병명이) 안 나오는데 나중에 알고 보니까 우울증 때문에 위하고 자율신경계의 이상이 오는 경우가 있다고 하더라고요.

약을 먹으니까 예술성이 떨어지던가요.

조증 상태에서 약을 먹으면 잡히잖아요. 약으로 증상적인 상태를 눌러주죠. 그런데 약 안 먹고 조증 상태가 되면 아이디어가 더 잘 떠오르고 또 글도 되게 잘 써지고 창의력이 올라가요. 경험으로 그건 확실한 거 같아요.

제가 7년 다닌 화실 선생님이 그런 말을 하더라고요. 화실 다니면서 세 번 입원했는데 퇴원할 때마다 그림 그린 종이를 이만큼씩 들고 나와서 선생님께 조언을 구했어요. 그 선생님이 "종현 씨가 조증이 와서 폐쇄병동에 한 번씩 갔다 오면 그림이 확 달라져 있어요"라고 말해요. 그림 수준이 확 올라간다고. 조울 시기에는 그런 게 있어요. 표현력도 좋아지고.

예술 창작을 위해서는 약을 안 먹는다?
아니요. 그래도 약을 먹는 게 낫죠. 예술가적인 꿈이 크니까.

한 번 입원하면 몇 개월 정도 계십니까.
입·퇴원을 반복했어요. 저는 자의입원을 했거든요. 안 되겠다 싶으면 입원을 했어요. 특이하죠. 의사도 놀라더라고요. 상담실 가서 저 입원하러 왔는데요, 뭐예요? 조증이요, 그럼 놀라요. 병원에서도 도움을 받고 싶어서 매일 제 상태를 글로 적어서 보여드렸거든요.

어느 날 의사 선생님이 "자기 자신에 대해 섬세하게 표현할 수 있는 사람은 흔치 않다. 절에 있었던 시간이 헛되지 않은 거 같다"고 얘기를 해줬어요. 절에 있으면서 자기를 관찰하는 능력을 배웠던 거 같아요. 그러니까 감이 오면 자의입원을 하는 거죠.

폐쇄병동은 직접 겪어보니 어떻던가요.
이게 가장 중요한 얘기인 거 같아요. 제가 그동안 한 많은 경험들 중에서 가장 인상적인 경험이 폐쇄병동이었어요. 거기는 마음이 아픈 사람들이 다양하게 있잖아요. 병동에 있으면 사람에 대해 많이 느끼고 배우고 생각하게 돼요. 처음 보는 타인 수십 명과 좁은 공간에서 생활하는 게 일반적인 경험은 아니잖아요. 있는 그대로의 사람의 모습도 배우게 되고 사람에 대한 연민의 감정도 느끼게 돼요. 어느 날엔 한 여고생이 내게 "아저씨, 절대 잊혀지지 않는 기억이 있는데 어떻게 해야 잊을 수 있냐"고 물어요. 저는 "시간이 지나는 방법밖에 없다. 나도 똑같다"고 말해줬어요. 저도 그때 실연의 상처가 클 때여서 아픈 대답밖에 못해 줬어요. 느낌에 혹시 성폭행이 아니었을까 싶었죠.

제일 마음이 아팠던 건 저랑 동갑내기 조울증 여성이었어요. 임신을 했는데 남편이 칼을 들고 아이랑 다 죽여버린다고 하니까 조증이 유발된 거예요. 이 여성은 미술심리치료사였고 남편은 내담자(환자)였거든요. 그렇게 결혼을 했대요. 여성은 남편을 더 이해하려 하고 더 안으려고 했을 거 같은데 이 남자는 여자에게 행동이 더 거칠어진 거예요.

그리고 성관계도 연애할 때는 안 그랬는데 결혼하고 나서는 싫은데도 강제로 한 거예요. 그게 스트레스가 된 거죠. 폐쇄병동에 있으면 사람들 다 마음이 아픈 거예요. (질환이 발병한 게) 그 사람들의 잘못이 아닌 경우도 되게 많았어요. 그런 사람들이 사회나 가정에서 환대를 받는 것도 아니고 사랑을 받기도 힘들잖아요. 너무 마음이 아팠어요.

저는 친형이 만성우울증을 갖고 있었어요. 나도 그때 아팠고 형은 당시 일 년 동안 집에 누워만 있을 때였어요. 아들 둘 다 그러고 있으니 아버지가 '뚜껑'이 열린 거죠. 막 폭력적인 말을 우리에게 한 거예요. 둘 다 그러니 상황이 얼마나 힘들었겠어요. 우리가 그러고 싶어서 그런 게 아니잖아요. 아빠 마음도 알죠. 아빠도 화내고 싶어서 냈겠어요. 참다 참다 그런 건데. 장애인들이 모두 힘들고 마음이 아프지만 정신적인 어떤 거는 더 그런 거 같아요. 마음이 아파요.

그 안에서 폭력은 없던가요.

저는 대학병원에 있어서 좋았어요. 스트레스 받는 사람들이 모여 있으니까 상태가 안 좋은 사람이 있기는 하지만 그런 (폭력이 심한) 경우는 없었어요.

질풍노도의 젊은 시절을 보냈습니다. 다시 스무 살로 돌아가면 그렇게 살고 싶습니까.

음, 반반이죠. 좋은 건 저는 하고 싶은 것은 다 해 보고 살았어요. 지나고 나서 해 볼 걸 하는 후회가 하나도 없거든요. 성격이 적극적이고 진취적이어서 다 도전했고 그게 좋았어요. 비록 실패했을지라도 삶에 후회가 없는 거죠. 조울증 때문에 부모님과 남에게 상처를 주고 나 자신을 필요 이상으로 괴롭힌 것은 있지만요.

아직 30대의 젊은 나이입니다. 인생에서 이루고 싶은 목표가 있습니까.

꿈이 그렇게 거창하지 않아요. 내가 하고 싶은 예술을 하고 언제든지 전시할 수 있는 전시장도 생겼잖아요. 반이정 선생님이 도와주고 함께하니까 와서 봐 줄 사람도 있고 또 천직인 목수일도 하고 있고, 그냥 제가 꿈꾸는 것들이 다 펼쳐졌어요. 예술도 하고 돈도 벌고 좋은 차는 아니지만 차도 한 대 있어서 어디든지 갈 수 있고. 소박하고 소소한 것들을 좋아해요.

정신적 질병이 생기면 가까운 친구들이 다 떠납니다. 선생님의 경우는 어떤가요.

오히려 제가 다 떠났어요. 원래 성격이 좋아서 친구가 되게 많았는데 인간관계 정리를 제가 많이 했어요. 사람들이 저를 떠난 적은 별로 없어요. 제가 착하고 잘해 주고 다정다감하고 누가 싫어할 짓은 안 해요. 정신병이 와도 술만 안 먹으면 절대 그런 행동을 안 하는 캐릭터라서.

얼굴을 보니 약물에 찌든 모습이 아니라 평범한 비장애인처럼 보입니다. 조울증을 가진 분들이 특히 예술가들 가운데 많거든요. 그런 분들이 조증 상태일 때 좀 들떠 보인다거나 말을 많이 한다거나 하는데 그걸 빼면 제가 봤을 때 얼굴이 그렇게 보이는 사람들은 못 봤어요.

인터뷰 요청을 받고 장애인이라는 정체성을 생각해 봤다고 했습니다. 선생님은 정신장애인입니까.
맞죠. 사회적 규범으로 보면 당연히 장애인이 맞죠. 병원에서도 테스트할 때 당신이 조증 맞느냐고 하면 맞다고 해요. 실제 그렇게 생각하고요.

정신장애인이라고 하면 차별받거든요.
그런데 그런 게 있어요. 뭐냐면 환경이 말해도 되는 환경이니까 말을 하는 거죠. 예술계에서는 (정신장애를) 오픈하는 게 내가 어떻게 하느냐에 따라 득이 되기도 해요. 대한의사학회에서도 권고를 하잖아요. 조울증이 있는 사람은 자신감만 있으면 주변에 오픈하는 것도 하나의 방법이다라고요.
전 친구들한테 잘 오픈을 했어요. 내가 조증 때 실수하는 부분이 분명히 있는데 좀 이해받고 도움 받으려고 한 명, 한 명에게 얘기를 했어요. 내가 이상한 말 할 때가 있는데 그럼 조울증이라고. 그러면 관계가 나빠지지 않아요. 그래서 친구들이 안 떠나고 있는 거 같아요.
제가 그런 건 잘했어요. 먼저 밝히고 양해를 구하고. 친한 친구들이니까 평상시의 제 모습을 알잖아요. 그런 경험을 하니까 술 먹고 다른 때보다 조금 실수를 하거나 말이 많으면 오히려 친구들이 걱정해주면서 말할 정도에요. 너 혹시 조증 온 거 아니야? 아, 그럼 조심해야겠다, 저는 이런 걸 권하는 편이에요.

　　선생님의 예술혼은 혹 광기가 아닐까요.
그냥 한 부분이죠. 광기도 저는 한 에너지라고 생각해요. 그런데 그런 광기는 예술하는 사람들뿐만 아니라 정신병 없는 사람들도 다 있어요. 그러니까 광기는 예술의 한 부분이죠.

　　목공예 하면서 깨달은 게 있습니까.
많죠(웃음). 밥 먹고 이것만 하잖아요. 되게 고독해요. 사람들은 목공 일에 대해 낭만을 많이 갖는데 이걸 직업으로 하루에 10시간, 14시간, 일주일에 6일을 하잖아요. 저는 11년 했거든요. 고독해요. 맨날 생각만 해요. 아버지랑 둘이 하면서 저 자신에 대해 많이 알게 되고요. 수행하는 거랑 비슷해요. 정말 고독한 일이라서 쉴 때 아빠하고 대화하고, 일할 때는 계속 나무를 다듬으면서 생각을 하는데 명상하는 듯한 그런 직업인 거 같아요.

　　만족하십니까.
만족하죠. 대단한 만족은 아니고 자연스러운 만족인 거 같아요. 우리가 의식 안 하고 숨 쉬잖아요. 목공일이 저한테 그래요. 그림도 저한테 그렇고요. 공기가 좋고 말고 없잖아요. 저한테는 그냥 삶이에요. 물론 돈을 벌기 위해서 하는 거지만 직업이고 천직인 거 같아요.

　　일하시면서 한 달에 얼마 정도 버십니까.
많이 벌 때는 400만 원, 450만 원도 벌었는데 지금은 예술하면서 일을 좀 줄이고 있어요. 처음에는 200만 원 못 벌 때도 있었지만 이제 11년 경력이니까 조금씩 올랐죠.

주문이 의자 만들어 달라 이런 겁니까.

창호 전문이에요. 인터뷰하면서 저도 새삼 느낀 건데 제가 좀 특별한 경우이기는 한 거 같아요. 조울증 있는 사람들 중에서 그래도 아빠의 도움을 많이 받고 예술의 도움도 받았잖아요. 친구와 인간관계도 그렇고요. 이 글 읽으시는 분들이 공감이 안 되는 얘기들이 있을 수 있잖아요. 전 솔직하게 제 입장을 얘기한 건데 한편으로는 내가 주변 사람들의 도움을 많이 받았구나 되돌아보게 되네요.

폐쇄병동 모두 4번 자의입원…
아픈 이들에 대한 연민 생겨
살면서 주변 사람들 도움
많이 받았다는 걸 깨달아

선생님한테 부모님은 어떤 존재일까요.

아버지의 경우는 그냥 신이죠, 부처님(웃음). 성격이 너무 인자하시고 동네에서도 별명이 부처님이에요. 그리고 사랑하는 아들이 아프니까 아픈 손가락처럼 데리고 있으면서 혼자 자립할 수 있게 했잖아요. 그동안 마음고생이 얼마나 심했겠어요. 자식이 자랑스러워하는 아빠의 모습이 있잖아요. 다 공감할 수 있는 자랑스러움. 첫 개인전이 아빠가 처음으로 자랑스러워고 뿌듯해 하는 결실을 보여드리는 자리였죠.

조증 걸리고 우울증 걸려서 청춘을 다 떠나보내고 일도 못하고 돈도 못 벌고 그렇게 살아가는 사람들이 많아요.

아빠한테 그런 얘기를 하죠. 가끔 아빠가, 나를 힐난만 할 때 "아빠, 아빠가 잘 몰라서 그렇지 사실 조울증이라는 게 생각보다 심하다, 나도 아빠가 데리고 있으니까 지금까지 한 거지, 사회 일도 꾸준히 못하고 지내는 정신장애인들이 많다"라고요. 아버지가 이런 환경을 만들어주지 않았으면, 예술 안 했으면, 솔직히 저도 그랬을 거 같아요.

손에 흉터가 많아요. 본인 손에 대해 어떻게 생각하십니까.

목공일해서 그런 것도 있고요. 저는 얼굴에 다친 건 약을 바르는데 손에 생긴 건 좀 멋있는 거 같아 그냥 둬요. 아빠 손이 멋있거든요. 사람마다 시각의 차이인데 일하다가 생긴 목수의 손이라는 게 자연스럽고 멋있게 느껴져요. 얼굴은 싫죠(웃음).

사람은 어떤 존재라고 생각하십니까.

사람요? 누구나 상처나 외로움을 안고 살아가잖아요. 그런데 그것을 말이나 글로 알고 이해하는 것과 실제 그 사람들과 함께 생활하면서 공유하는 건 다르잖아요. 직접 경험해 보니까 사람들이 누구나 갖고 살아가는 상처와 외로움을 제대로 볼 수 있었어요. 그걸 경험한 나와, 그 이전의 나는 다른 거 같아요. 나쁜 사람도 있고 싫은 사람도 있겠지만 인간에 대한 연민이 폐쇄병동에 있으면서 생겼던 거 같아요. 이해하게 된 거죠.

결혼은 언제쯤 하실 겁니까.

어릴 때부터 독신주의였고 지금도 마찬가지예요. 예술가들은 그런 사람들이 많아요. 동거하는 거. 서구의 한 형태 있잖아요. 유럽처럼 결혼 안 하고 동거하면서 애 안 갖고, 그런 건 괜찮아요. 외로우니까 그런 정도는 괜찮은 거 같아요. 결혼하고 애 낳고 할 생각은 없어요.

헛헛한 시간이 지나가고 있었다. 기자는 돌아오는 길에 그의 말을 곱씹고 있었다. 슬픔이든 아픔이든 기억은 시간이 지나는 방법밖에 없다는 그 말을.

2020.03.18

윤종현(갤러리 유진목공소 대표·화가)

"나의 인생 4기는 정신장애인과 세상을 연결해 주는 징검다리의 시기"

이주현(한겨레신문 기자)

인터뷰를 한 후 정리를 하면서 기자는 그가 쓴 책을 한 번 더 읽기 시작했다. 《삐삐언니는 조울의 사막을 건넜어》라는 조울증에 대한 글이었다. 신문사 기자인 그는 삶의 어떤 부분에서 "운이 좋았다"고 말했다. 그의 청춘은 말 그대로 좋았다. 강원도 원주에서 교사인 부모님 밑에서 별다른 경제적 어려움 없이 공부를 했고 1993년 서울대 사회학과에 입학한 그때까지는.

대학 2학년이던 1994년 그에게는 이유를 설명할 수 없는 우울이 찾아왔다. 일년 후 복학. 그때까지 조울증이 뭔지 그는 몰랐다. 미숙한 청춘이었다. 누구나 그렇듯 사랑이 있었고 헤어짐이 있었다. 기억들은 청춘의 상흔처럼 다가왔다 멀어졌다. 그리고 졸업이었다.

모든 계층의 사람을 만날 수 있고 세상을 더 알고 싶다는 생각에 1997년 한겨레신문사에 입사했다. 선배들은 좋은 사람들이었고 그들은 축복처럼 그를 환영했다. 수습과정을 거쳐 정식 기자가 된 후 그는 열정에 찬 일에 몰두했다. 2001년 조증이 찾아왔다. 오랜 시간 일해도 피곤하지 않았고 자기 업무 외에도 터져나오는 아이디어에 온몸을 맡기며 일했다.

그러나 조증의 높이가 높을수록 울증은 더 깊게 패인다. 그는 울증으로 8개월간 휴직한 후 복귀했다. 그때도 선배들은 그를 옹호했고 배려했다. 그의 말대로 삶의 어떤 순간들은 그에게 "운이 좋았다."

그리고 2006년 한 번의 조증이 큰 파도를 몰고 올라왔지만 병식(病識, 병에 걸린 상태를 인식하는 것)이 생긴 후 그는 그 파도의 높이를 조절하면서 직장생활을 해나갔다. 그리고 지금도 '운이 좋게' 좋은 정신과 주치의를 만나서 "돈을 내고 우는" 작업들을 해 나가고 있다.

2012년 스페인 카미노 데 산티아고를 걸었다. 거기서 그는 노트에 이렇게 적었다. "1기(10대)는 온실 시기. 2기는 질풍노도와 헤맴의 시기. 3기는 조울과 친구 맺는 시기. 황금시대. 나는 지금 3기를 지나고 있다."

4기는 무엇이냐고 물었다. 그는 정신장애인과 세상을 이어 주는 '징검다리'가 되고 싶다고 했다. 24년 차 기자로서 그는 정신적 질환의 병리적 해석뿐만 아니라 법의 문제, 제도의 문제, 그리고 삶의 문제를 포섭할 수 있는 저널리스트적인 글을 쓰고 싶다고 말했다.

정신장애인을 자식으로 둔 부모는 자식이 전문직은 언감생심이고 하다못해 일을 하면서 밥벌이라도 하길 고대한다. 부모가 죽은 후 남은 자식이 어떤 삶을 살까에 대한 불안에 생의 불면을 뒤척이게 된다. 일을 한다는 것, 즉 노동이 인간성을 회복시킨다는 고전적 의미보다 노동이 인간을 존재하게 한다는 식으로 받아들일 수 있을까. 직장을 잡고 결혼하고 늙어가는 평범한 생애주기를 모두 잃어버린 당사자들. 어떤 위로가 필요할까.

그래서 그를 만나고 싶었다. 어떻게 일을 하는지, 아침에 몇 시에 일어나는지, 몸이 아프면 어떻게 하는지 등 아주 작은 것들도 물어보고 싶었다.

이주현(46) 작가(한겨레신문 기자)를 만난 건 마포구의 한 카페에서다.

원하지 않은 강제입원을 당할 경우 입원에 동의한 부모와 의사에게 증
오심을 갖는 경우가 많습니다. 작가님은 어땠습니까.

정신질환의 가장 큰 어려움은 질병을 인식하지 못한다는 거예요. 질병인식불
능증이죠. 병이라는 걸 모르기 때문에 주변의 반응이 부당하다고 생각해요.
처음 폐쇄병동 입원했을 때 내가 반발해서 부모님이 병원에서 나오게 했는데
며칠 지내다가 길거리에서 쓰러졌어요.

그때 부모님이 말라리아 약이라고 하면서 수면제를 건네줬는데 그걸 먹
고 잠이 드니까 병원으로 데리고 온 거예요. 병원에서 눈이 뜬 거죠. 석 달 입원
해 지냈는데 질병인식불능 때문에 입원 자체가 나에게 맞지 않는 조치라고 생
각했어요. 그래서 가둔 사람들에 대한 분노, 저에게 아프다고 하는 사람들에
대해 엄청 분노했지요.

〈마인드포스트〉를 보니까 강제입원에 대한 문제의식을 갖고 있더라고
요. 지금 생각해보면 당시 저는 입원이 필요했다고 생각해요. 조증이 심한 상황
에서 입원하지 않고 바깥에 있었다면 굉장히 많은 실수를 저질렀을 거 같아요.
인간관계도 파탄이 났을 수 있어요. 제때 약을 먹지 않았다면 상태가 더욱 악
화됐을 거라고 생각합니다.

첫 입원 당시에 노트에 "나는 이제 부모님과 끝이다"라고 적었었는데
굉장히 분노했던 건가요.

지금은 분노하지 않아요. 입원 당시엔 물론 몹시 화가 났지만 그 와중에도 무
의식적으론 부모님이 저를 사랑한다는 걸 알았던 거 같아요. 병원으로 보내온
아빠의 편지도 그 당시에 보기 싫었는데 안 버리고 간직하고 있었던 걸로 봐서
부모님이 저를 걱정했다는 걸 알고 있었고 언니나 동생도 저를 염려해서 병원
에 보냈다는 걸 알 수 있었어요. 어렴풋하게나마 나를 '미쳤다'고 몰아세우는

건 아닌 것 같다는 느낌을 가졌던 것 같아요.

정신병원 안에서 조용히 지내야 빨리 나갈 수 있다는 걸 여러 번 경험을 통해 알게 됐다고 했습니다. 우스우면서도 슬픈 느낌이 들더군요.
난리 치면 안 내보내 줄 거 같아서 그렇게 한 거죠. 사실 조용히 있지는 않았어요. 조울증이 조용히 있으라고 해서 조용히 있어지는 게 아니잖아요. 의사가 오면 내보내 달라고 침대 위에서 소리치기도 하고 특이한 행동도 하고. 부모님이 가톨릭 신자들인데 나는 불교에 귀의하겠다고 해서 침대 위에서 하루에 108배씩 절하고 그랬어요.

의사한테 소리치고 간호사에게 화내고. 알코올중독 때문에 들어온 환자들에게도 "나중에 퇴원하면 술 마시자"고 했고요. 그들의 회복 의지를 저해하곤 했죠.

정신과 폐쇄병동이 아우슈비츠 수용소처럼 느껴졌다고 했어요. 그때의 기억을 더 듣고 싶습니다.
갇혀 있다는 상황 자체가 아우슈비츠 수용소랑 비슷하다고 생각했어요. 자유를 빼앗긴 상태가 너무 분노스러워서 그랬어요. 그때 병원에서 읽은 책이 빅터 프랭클의 《죽음의 수용소에서》였는데요. 조증일 때는 자기 삶에 지나치게 의미를 부여하거나 과장하는 경우가 있잖아요.

병원에 갇혀 있는 생활이 아우슈비츠와 똑같다고 생각했고 빅터 프랭클이 수용소에서 관찰했듯이 저도 병원에서 사람들을 관찰했죠. 나에게서 자유를 빼앗는다 해도 나는 최후의 '나의 자유'를 지키겠다고 다짐한 거예요. 그때 제 심리 상태가 폐쇄 감금에 대한 엄청난 좌절이었죠.

조증의 봉우리가 높으면 울증의 골도 깊다고 했습니다. 조증과 울증 가운데 언제가 가장 위험합니까.

전 조증일 때가 더 위험하다고 생각해요. 무슨 짓을 할지 모르고 행동이 예측이 안 된다는 점에서요. 조울증이 무슨 병인지 알게 되면 조증을 겪고 난 후 울증이 찾아온다는 걸 알아요. 조증일 때는 조증 상태가 공포스럽고 마치 높은 곳에 올라가서 떨어질지도 모른다는 불안감이 있어요. 또한 조증 뒤엔 반드시 울증이 온다는 걸 알기에 두려워요.

2001년 처음 조증 앓았을 때는 몰랐어요. 그런데 2006년에 재발해서 조증에 휩싸이면서 감정이 고양되고 팽팽한 긴장 상태가 이어졌습니다. 좀 있으면 우울의 세계가 올 거라는 걸 알고 두려워했죠. 조증일 때 정신이 예민해지는데 예를 들어 어떤 할머니가 거리를 지나가는데 머릿속에서 오만 가지 생각이 다 일어나는 거예요. 별 근거 없이 표정만 보고 할머니가 오늘 딸과 싸웠을 것이라는 억측을 했어요.

그런 게 무서운 일이죠. 좀 더 가면 망상이 되고 거기서 또 한 발 나아가면 다른 사람들한테 입밖에 내어 얘기를 할 수 있잖아요. 그게 두려웠어요. 조증을 그대로 방치하면 잇따라 오는 울증도 더 심해집니다.

조울병이 가장 직접적으로 영향을 끼치는 것이 잠이라고 했습니다. 무슨 말입니까.

건강한 생활이란, 잘 먹고 잘 자고 잘 배변하는 것이 기본 아니겠어요. 정신질환에서 가장 잘 안 되는 게 잠인 거 같아요. 잠을 잘 자는 게 아픈지 안 아픈지를 진단하는 중요한 척도 같아요. 조울증은 조증일 때 잠을 안 자도 힘이 나고 울증일 때는 계속 잠이 쏟아집니다. 일정한 수면 패턴을 유지하는 게 건강의 기준인 것 같아요. 모든 정신질환은 잠이 제일 중요해요. 잘 쉬려면 마음이 안정돼야 합니다.

조울증이 발현되면 많은 이들이 회사를 그만둘 수밖에 없습니다. 작가
님의 경우는 회사가 배려해 준 겁니까.

저는 운이 좋았어요. 신문사 들어간 지 4년 차였던 27살에 발병했어요. 어렸기
때문에 막내 측에 속하니까 선배들이 많이 봐줬던 거 같아요. 저희 회사가 공
동체적 분위기가 있는 데다가 어린 기자가 아프다고 바로 회사를 그만두게 내버
려두지 않았습니다. 또 장기 휴직(병가휴직)이 가능했어요.

제가 운이 좋았다고 말할 때 정신질환을 앓고 계신 분들께 좀 미안해져
요. 신분이 정규직이고 병가휴직을 몇 달간 쓸 수 있었기 때문에 다시 돌아가
서 일할 수 있었던 거죠. 저는 고용 안정성이 제일 중요하다고 생각해요.

조증 심할 때 정말 민폐 많이 끼치잖아요. 그럴 때는 관계가 회복되기
힘들다고 합니다. 관계가 회복되지 않은 채로 우리는 살아야 할까요.

어떤 사람과는 관계가 회복되기도 하고 어떤 사람과는 예전 관계로 돌아가기
힘들기도 해요. 발병 이전으로 되돌릴 수 없다면 그냥 체념하고 모른 척하고
살아가야죠(웃음). 제가 (조증 때) 만약 돈을 엄청 많이 빌렸다 그러면 그건 갚
아야죠. 그걸 모른 척 할 수 없잖아요.

(사람과의 관계에) 실수했다면 그건 짐짓 눈감고 살아야지 어쩔 수 없어
요. 그걸 갖고 괴로워하기 시작하면 한도 끝도 없을 거 같아요.

2001년 조증을 거쳐 2003년 의사로부터 약을 먹지 않아도 된다는 말
을 들었어요. 20개월 정도 약을 먹었다고 하는데 조울증은 약을 먹는
경우가 많지 않나요.

약을 먹고 있습니다. 정신과 의사들을 대상으로 한 설문조사 결과를 들은 적 있는데 조울증이나 조현병이 재발하면 약을 평생 먹는 게 좋다고 얘기하더라고요. 저는 2001년 조증이 발병했을 때는 처음이었기 때문에 의사가 2년 뒤 약을 끊어도 좋다고 판단한 것 같습니다. 그때부터 2006년 재발하기까지 3년 동안 약을 안 먹었어요.

어떤 약을 드십니까.

저는 라믹탈 100밀리그램, 아빌리파이 2.5밀리그램을 먹습니다. 라믹탈은 상태에 따라서 200밀리그램까지 먹기도 해요. 아빌리파이는 우울할 때 추가로 처방받았어요.

조울증이 완치되는 병이 아니라고 했어요. 그럼 평생을 관리하며 살아야 한다는 의미로 받아들여야 할까요.

네. 평생 약을 먹어야 된다고 생각해요. 스스로를 잘 살펴서 조증으로 가고 있거나 우울감이 있다고 생각되면 주변 사람들에게 도움을 요청하고 적극적으로 의사에게 얘기를 해야 돼요. 제가 원래 라믹탈을 먹다가 4월부터 아빌리파이를 추가로 먹기 시작했는데요. 부서를 옮기면서 일이 많고 스트레스가 많았어요. 너무 스트레스를 받으니까 의사 선생님이 더 추가해 준 거거든요. 당시엔 힘들어서 진료 예약 날짜를 앞당겨서 급히 병원에 갔고 약도 추가로 처방받았어요. 환자들은 자기 상태를 보고 의사에게 적극적으로 얘기해서 도움을 청해야 해요.

조증이든 울증이든 핵심은 의사를 찾아가는 것이라고 했습니다. 그런데 정신과 의사에게 상처를 받는 경우도 많죠.

저도 그랬어요. 여러 번 상처받고 기분 나쁘고 그랬죠. 그래도 지금은 좋은 의사를 찾았어요. 좋은 의사를 만나기가 어려운 건, 정신질환뿐 아니라 다른 병도 마찬가지 아닐까요? 정신과 의사는 특성상 만나서 얘기를 많이 해야 되고 의사가 상처를 주면 상처를 받지만 다른 병도 자신에게 맞는 의사를 찾아서 어쩔 수 없이 병원을 바꾸기도 하죠. 의사를 찾는 데는 약간의 인내심이 필요해요.

우울증일 때 아침에 일어나는 게 힘들 거 같은데 결근하거나 지각한 적은 없었습니까.

힘들 때는 겨우겨우 회사에 가곤 했습니다. 지각할 때도 있지만 그래도 가긴 갔죠. 그러나 무단결근은 하지 않았어요. 진짜 몸이 아프면 사전에 연락해서 휴가를 썼습니다. 학교 다닐 때는 우울증일 때 강의실에 안 가기도 했지요. 그러나 학교는 돈 내고 다니지만 회사는 돈 받고 다니는 데잖아요. 그러니까 책임을 져야죠.

진보적 신문사의 기자를 선택한 건 젊은 시절 권위주의 체제를 아파했던 이들에 대한 심리적 죄의식 때문이었습니까.

아니요. 93학번은 그렇게까지 죄책감을 느끼거나 하는 학번이 아니었어요. 저는 운동권도 아니었고요. 제 주변을 봐도 당시 학생운동을 안 해서 죄책감을 가지는 경우는 별로 없었어요. 제가 기자가 된 이유는 세상을 좀 더 알고 싶었기 때문이에요. 죄의식이 아니라 호기심이 강했죠. 기자는 세상을 알 수 있는 가장 좋은 통로다, 많은 사람을 만날 수 있다, 대통령부터 노숙자까지 다 만날 수 있는 게 기자다, 이렇게 생각했죠.

신문사 수습기자 시절에 비로소 "난 아팠던 것이다"라고 노트에 적었어요.

수습기자 시절(1997~1998년)엔 체력적으로도 힘들고 스트레스도 과중했습니다. 당시엔 잘 몰랐는데 3~4년 뒤 조울병 진단을 받고 되돌아보니 당시 저의 상태가 경조증과 울증에 잇따라 휘둘린 거였어요. 경조증 시기엔 좌충우돌하면서 남에게 민폐도 많이 끼쳤고, 뒤이은 울증 시기엔 에너지가 고갈돼서 발제도 취재도 제대로 하지 못했어요. 당시엔 일상생활이 파괴될 정도는 아니어서 그게 병이라고 생각하지 않았는데 후일 돌이켜보니 그 뒤에 찾아올 본격적인 조울병을 예고한 것이었습니다. 그래서 깨달았죠. '아, 수습할 때 그때 내가 아팠구나, 단지 조울병이 어딘가에서 뚝 떨어진 것이 아니라 계속 나와 함께하면서 실체를 완전히 드러내지 않았던 것이었구나'라고 생각하게 되었습니다.

정신장애인 입장에서 볼 때 작가님은 훌륭하게 회복되고 성공한 사람입니다. 이 말이 맞다고 생각합니까.

책을 낸 뒤 정신장애 당사자와 가족 여러분들을 만날 기회가 있었습니다. 그들에게 가장 간절한 것은 일자리였어요. 급여 수준과는 별도로 일을 통해 '내가 쓸모 있는 사람'이라는 보람을 느끼고 자신의 가치를 확인하는 것이 회복에 가장 중요하다고 했습니다. 그런 점에서 보자면 저는 성공한 사람이라고 할 수 있겠습니다.

그런데 이 '성공'의 과정을 '극복'이라고 표현하는 건 좀 어울리지 않겠네요. 운이 좋았다, 이렇게 표현하고 싶어요. 조울병이 처음 발병했던 2001년엔 일상생활을 유지하기가 어려울 정도로 많이 아팠고 그래서 병원에 장기간

모든 관계는 상처 남겨⋯ 상처인 걸 알아도 사랑해야 병식 아는 것만으로도 치료 단계에 들어선 것

이주현(한겨레신문 기자)

입원했었습니다. 이때 회사를 그만두지 않을 수 있었던 것은 회사의 질병휴가 제도 덕분에 급여의 일정액을 받으면서 장기적으로 쉴 수 있었기 때문이었죠.

뿐만 아니라 회사 동료들 역시 저를 많이 걱정해주고 보살펴 줬어요. 몇몇 분들은 제가 정신과 병원에 입원을 할 만큼 힘든 상태라는 것을 알고 있었지만, 편견을 갖지 않고 대해 주셨어요. 정말 운이 좋았습니다.

다만, 누구나 그렇겠지만 밥벌이는 힘든 일입니다. 저는 20여 년 동안 신문사에서 산전수전 겪은 끝에 제가 스트레스에 매우 취약한 사람이라는 것을 진심으로 받아들이고 있습니다. 힘에 벅찬 일을 맡으면 끙끙대며 어떻게든 마무리하고 싶어 하지만 자신을 몰아붙이며 몸과 마음이 상하기도 합니다.

조울병이든 아니든 누구나 몸과 마음의 건강 상태를 스스로 면밀하게 살펴보는 일은 중요합니다. 저는 심신의 건강과 균형을 중요시하면서 온전한 하루하루를 살아가는 것을 성공이라고 부르고 싶습니다. 그런 의미에서라면 아직 성공에 이르지 못했고 앞으로 성공하고 '싶은' 사람입니다.

정신장애인 자식을 둔 부모는 작가님처럼 전문직이 아니더라도 일하면서 살아가길 원합니다.

책을 낸 인연이 이어져 한국정신장애인가족협회 서울지부 회원분들을 만나게 됐습니다. 정신장애인 당사자를 비롯해 그 부모님들에게 가장 절실한 것이 '일자리'였습니다. 생계를 스스로 꾸릴 수 있다는 희망과 일을 통한 보람이야말로 당사자와 그 가족에게 회복과 치유의 단초라는 얘기였습니다. 그래서 서울지부 회원분들은 백방으로 당사자들이 일할 수 있는 일자리를 적극적으로 발굴하는 활동을 벌이고 계십니다. 그 과정을 보면서 감동을 받았습니다. 결국 가족들의 노력과 사랑이 세상을 변화시키는 동력이 되는 것 같습니다.

까미노 데 산티아고를 걸으면서 "1기 (10대)는 온실, 2기는 질풍노도와 헤맴의 시간, 3기는 조울과 친구 맺는 시기. 황금시대. 나는 지금 3기를 지나고 있다"고 했습니다. 4기는 뭐가 될까요.

4기가 있다면 정신질환을 앓는 사람들과 세상을 연결해주는 징검다리의 시기가 아닐까요. 《내 아들은 조현병입니다》(론 파워스 지음)를 읽었는데 저널리스트인 저자는 엄청 취재를 많이 했어요. 조현병 아들 둘을 두고 있었는데 한 명은 자살하는 등 아픔이 컸어요.

그런데 파워스는 자기 이야기뿐 아니라 정신질환 관련 법체계, 논문 및 의학 자료, 환자와 그 가족 등등 정말 취재를 많이 해서 썼거든요. 그런 글을 쓰고 싶어요. 사람들의 삶과 제도, 치료 방법을 망라해서 쓰고 싶어요. 그래서 징검다리의 시기가 되면 좋겠다고 생각합니다.

병원 입원 때 의사가 건네준 케이 레드필드 재미슨의 《조울병, 나는 이렇게 극복했다》를 읽고 병식을 가지게 됐다고요. 지금 병식이 없는 조울증 환자에게 어떤 조언을 해주고 싶습니까.

정신질환의 어려운 점은 자신이 깨닫기 전까지는 아무리 옆에서 이야기해 줘도 잘 몰라요. 어쩌면 정신병이라고 하는 자체가 그 병에 걸렸다는 자체를 모르는 것, 즉 질병인식불능증까지를 포함하는 거 같아요. 그래서 병식을 갖게 된다면, 자신이 병에 걸렸다는 것을 아는 것만으로도 이미 치료 단계에 들어선 거라고 생각해요.

《조울병, 나는 이렇게 극복했다》라는 책이 좋은 점은 담담하게 병을 받아들이게 한다는 점이에요. 증상들이 자세하게 묘사돼 있어서 읽다 보면 '미친 사람'이 아니라 어떤 인생의 굴곡에서 일어나는 일로 받아들일 수 있거든요. 너무 공포스럽거나 자신에겐 이런 일이 벌어지지 않을 거라는 완고한 생각을

정신질환자에 대한 혐오, 언론도 일정 책임 있어

치유는 단지 아프지 않다는 걸 넘어 잘 살고 있다는 느낌

버려야 병식을 가질 수 있어요.

저는 병과 싸우다가 연애 한 번 못하고 청춘이 다 지나가 버렸다는 탄식이 나올 때가 있습니다. 작가님은 어떻습니까.

청춘을 20~30대라고 한다면, 저 역시 조울병과 함께 청춘을 보냈다고 할 수 있겠습니다. 조울의 파고 속에서 표류하느라 중심을 잡지 못하고 타인과 상황에 휘둘리는 일이 많았습니다. 그 때문에 스스로를 탓하기도 했고요. 그러나 다행스럽게도, 청춘의 매일매일이 의미가 있었던 것은 아니지만, 기억할 만한 가치가 있는 날들도 많았습니다. 걷기나 달리기의 즐거움을 알게 됐고, 여행도 다녔고, 진심을 나누는 친구들을 만나기도 했습니다.

물론 '나'를 돌보는 데 초점이 맞춰져 있었기 때문에 결혼제도에 편입할 엄두를 내지 못한 것 같습니다. 겉으로 보면 운동도 열심히 하고 두루두루 잘 돌아다니고 씩씩한 듯하지만 실제로는 조울병과 스트레스로 무너지지 않을까 겁내면서 이사나 결혼, 출산, 육아 같은 중차대한 프로젝트에 임할 자신감이 없었어요. 이재에 밝지도 않은 저는 최근 이사 오기 전에 18년 동안 서울 마포의 한 빌라에서 줄곧 전세를 살았습니다. 집주인도 좋은 분이었기 때문에 집을 옮기지 않은 측면도 있지만 곰곰이 돌아보니 변화를 두려워하는 보수적인 성향이 가장 큰 원인이었던 것 같아요. 이렇게 안정추구형이 된 데는 아무래도 조울병 같은 불안한 변수가 영향을 끼쳤던 것 같습니다.

누구라도 그렇겠지만 작가님에게 사랑은 미완의 상처처럼 느껴집니다. 도대체 사랑이 뭘까요?

어려운 질문이네요. 그런데 사람과 사람이 만나며 누굴 만나든지 그 관계는 상처가 남기 마련이죠. 그 사람이 저를 먼저 떠날 수도 있고 먼저 죽을 수도 있는 거고. 아무리 좋았다고 하더라도 그게 식어갈 수도 있는 거고. 미완의 상처라기보다도 모든 관계는 상처를 남긴다는 말이 맞는 거 같아요. 그런데 그 상처를 그냥 감내할 것인가, 아니면 '나는 그런 상처 안 받을래'라고 해서 연애도 사랑도 시도하지 않을 것인가, 무엇이 옳은 일일까요? 상처라는 걸 알면서도 사람들은 그래도 사랑을 하는 거잖아요.

책 내용에 조현병은 거의 언급되지 않았더군요.
제가 책을 쓴 이유는 조울병을 앓은 경험을 바탕으로 '흔들리며 걸어왔던' 시간을 다른 사람들과 공유하고 싶었던 겁니다. 입원 중 조현병 환자를 만났겠지만(병원에서 다른 환자들의 병명을 정확히 알긴 힘듭니다) 그 병에 대해 자세히 알아볼 기회는 없었습니다. 출간을 계기로 비로소 조현병 당사자들을 만나게 됐고, 조울병 외 다른 정신질환에 대해서도 점차 눈을 뜨게 됐습니다.

정신장애인에 의한 사건이 발생하면 사회적 혐오가 더 심해집니다.
언론인으로서 그 부분에 대해 큰 책임감을 느끼고 있습니다. 최근 〈마인드포스트〉 옴부즈만센터에서 자문위원을 맡아 미디어의 정신장애 보도의 문제점을 절실히 느끼게 됐습니다.
미디어의 역할이 정말 중요합니다. 혐오를 보도하고 키우면 당사자들은 약을 끊거나 치료를 거부하거나, 연대 활동을 포기함으로써 악순환에 빠지기도 합니다. 언론이 바뀌어야 정신질환 당사자의 회복 가능성이 커지며 그만큼 우리 사회의 포용력도 높아진다는 데 깊이 공감합니다.
정신질한과 관련한 기사를 쓸 때 기자들은 스스로에게 물어야 합니다 몇 달 전 오스트레일리아의 공익기구인 마인드프레임(Mindframe)의 '자살 및 정신질환 보도 관련 가이드라인'을 읽어봤습니다. 언론 스스로 왜 나는 정신질환 기사를 쓰려고 하는지, 나의 관점과 서술이 새로운지, 당사자의 삶의 맥락을 풍부하게 보도하고 있는지 등 점검해 봐야 할 체크포인트를 제시하고 있습니다. 언론인들은 '나쁜 기사'를 쓰지 않으려고 주의해야 할 뿐 아니라 좋은 기사를 쓸 역량을 길러야 할 의무가 있습니다. 언론은 늘 스스로 되물어야 합니다.

우리의 목표는 치료가 아니라 치유여야 한다고 말했습니다. 좀 더 설명해 주시면요.

비유하자면, 치료는 곪은 데가 있으면 도려내는 개념이라고 생각합니다. 그러나 치유는 저처럼 질병이 완쾌되지 못하더라도 가능하다고 생각합니다. 치유는 내가 잘 살고 있다는 느낌인데 그 느낌은 단지 아프지 않은 것이라기보다는 다른 차원인 듯합니다. 나는 정상이다, 정상적으로 살고 있다, 이런 차원을 뛰어넘어 행복과 보람을 느끼는 상태, 그것이 치유라고 생각합니다. 질병이 다 낫지 않더라도 치유를 위한 노력을 할 수 있고 스스로 만족감을 느끼는 치유의 상태에 도달할 수 있을 거라고 생각합니다.

나이 육십 세쯤 되면 작가님은 뭘 하고 있을까요.

알 수 없네요. 내일 일도 모르는데…(웃음) '필즈상'을 받은 수학자 허준이 교수가 한 대학교의 졸업식 축사에서 이런 말을 했던 것으로 답을 갈음해도 될까요. "여러 변덕스러운 우연이, 지쳐버린 타인이, 그리고 누구보다 자신이 자신에게 모질게 굴 수 있으니 마음 단단히 먹기 바랍니다. 나는 커서 어떻게 살까, 오래된 질문을 오늘부터의 매일이 대답해줍니다." 저는 자신에게 모질게 굴지 말고, 마음을 단단히 먹고 살려고 합니다. 다만, 제 소박한 꿈이 있다면, 강변에 작은 집을 지어 살고 싶습니다. 지인들과 같은 마을에서 살면서 가족의 단위를 넘어 정다운 이웃들과 느슨한 연대를 이루며 우정을 쌓으며 살고 싶어요. 물론 그 꿈을 육십 세에 이룰지, 칠십 세에 이룰지는 알 수 없지만요.

인터뷰를 끝낸 후 아차 싶었다. 책을 갖고 오지 않았던 것이다. 그에게 사인을 받고 싶었는데 기자는 쓴 입맛을 다셨다. 오후가 저물어가고 있었다.

2020.09.07

* 이주현 작가와의 인터뷰 내용은 2022년 11월 현재 기준으로 일부 수정 및 보강했다.

"우린 구름 뒤의 별, 구름이 걷히면
  반짝이는 존재들"

정현석(당사자)

20살 때 정신병원에 첫 강제입원을 당했다. 9개월을 그곳에서 '무료하게' 머물렀다. 어느 날 그 무료함을 이기기 위해 입원된 동료 네 명과 '음모'를 꾸몄다. 반입돼 들어온 포도수스 1.5리터 5개를 창가 양지바른 곳에 내놓았다.

여름이었다. 포도주스는 빠르게 숙성돼 포도주로 변했다. 밤 10시 취침시간. 침대에 누워 마지막 순찰 플래시가 지나가기를 기다렸다. 이윽고 순찰이 끝나고 고요해진 병동. 그와 동료들은 창밖 가로등 불빛을 의지해 숙성시킨 포도주스의 '포도주'를 거나하게 마셨다. 그리고 새벽에 서로 노래를 불렀다.

간호조무사들이 달려왔고 이들은 독방에 갇혀 사지가 묶였다. 하루이틀의 강박의 시간이 지나고 다시 모였을 때 그와 동료들은 웃었다. 뭔가 해냈다는 거. 무료하고 할 것이 없는 병동에서 그들은 그 사건을 하나의 작은 '혁명'이라고 불렀다. 물론 그다음부터 포도주스는 반입이 허용되지 않았다.

정현석(40) 씨는 그 '혁명'의 주동자였다. 그는 첫 퇴원 후 10년을 밖으로 나오지 않았다. 집에서 컴퓨터 게임을 하고 온갖 드라마를 섭렵했다.

어느 날 어머니가 하는 작은 회사에서 일을 도왔다 처음에는 한 시간도 하기가 힘들었다. 그러나 시간이 지나면서 적응이 됐고 그는 그렇게 세상으로 한 발자국씩 걸어 나오기 시작했다. 바리스타와 동료지원활동가 등을 거치며 그는 비로소 세상을 바라보기 시작했다.

돌아보면 왜 그렇게 해야 했는지, 왜 그 긴 시간을 스스로 세상과 격리되는 걸 선택했는지, 그리고 이제는 어떻게 살아야 하는지를 스스로 깨달았고 스스로 운명을 개척하기 시작한 것이다.

4년째 사랑하는 사람과 열애(熱愛)를 이어 나가고 있고 친구들도 하나씩 둘씩 생겨나기 시작했다. 주변은 그렇게 풍요로워졌다.

현석 씨는 정신장애인이 치유의 길로 나가기 위해서는 반드시 일이 '개입'돼야 한다고 주장했다. 일은 인간에게 존재의 이유를 부여한다. 노동이 곧 존재다. 그래서 노동을 한다는 것이야말로 사회적 가치로서의 자신을 만들어내고 키워가는 것이라 생각한다. 착취가 아니라면 노동은 인간의 존엄을 지탱하는 뿌리가 된다. 그를 만난 건 만추(晩秋)의 가로수 은행잎이 떨어져 내리던 오후의 한 카페에서다.

중학교 때 '왕따'(집단 따돌림)를 당했는데 지금도 그 기억이 남아 있습니까.

그때는 너무 고통스럽고 힘들었는데, 주변에 바로 알렸으면 (중학교) 2년 동안 힘들지 않았을 거라 생각해요. 2년 동안 끙끙 앓다가 선생님한테도 말하고 엄마한테도 말했어요. 주변에 도움을 요청하니까 친구가 공부하는 법을 알려주더라고요. 그러니까 뭐든지 말을 해야 도와 주는 것 같아요. 혼자 앓고 있으면 안 도와 주는 것 같더라고요.

그 왕따의 기억이 현재까지 삶에 영향을 미친다고 생각합니까.

저는 왕따 때문에 정신장애인이 됐다기보다는 우울증이든 조현병이든 조울증이든 충격이 누적돼서 어느 순간 심지에 불이 붙어 터진 것 같아요. 어렸을 때 방학 때마다 우리를 떨쳐놓고 서울로 일하러 가던 엄마의 뒷모습을 보고 울었던 충격이 있었죠. 또 시골 친구들하고 헤어져 서울에 왔을 때 그 순간도 큰 충격이었고, 왕따 등 여러 가지 충격들이 절 힘들게 했던 요소가 아닌가 생각해요.

복합적으로 작용한 건가요.

방학 때마다 엄마랑 아빠랑 헤어지고 막 울었을 때, 시골 친구들과 초등학교 6학년 때 떨어지고 서울로 올 때 엄청 울었거든요. 서울생활은 적응 못했죠. 내가 사투리를 쓰니까 말할 때마다 서울 애들이 웃잖아요. 그래서 말도 안 하고 지내고… 그게 힘들었어요. 농한기가 되면 아버지는 목수일 하러 가시고 어머니는 서울 공장 일하러 가시고.

정신병원에서 포도주스로 포도주를 만들어 먹었습니다. '일탈'이 아닌 하나의 '혁명'이라고 했는데 왜 혁명이라고 생각했습니까.

통제된 공간인데 나름 우리가 제한된 재료를 가지고 알코올을 창조했잖아요. 다섯 명이 한 방에 모여서 취했고 노래를 불렀어요. 물론 다음날 독방에 다섯 명 다 갔지만 통제된 공간에서 일탈했고 나와서 또 웃었어요. 우리가 뭔가 해낸 것 같다는 생각 때문에.

그 혁명적 일탈 이후 어떤 처벌을 병원에서 받았습니까.

바로 알코올 분해 일어나는 주사 맞고 묶여서 밤을 보냈죠. 우리가 취해서 노래를 부르니까 조무사, 간호사가 쫓아왔죠. 포도주스 1.5리터 다섯 개를 비웠어요. 그때가 여름이었는데 창 밖에다 뚜껑 열어가지고 널었거든요. 왠지 될 거 같은 거예요. 와인, 이거 될 거 같지 않습니까. 아이디어를 제가 냈거든요. 포도가 발효된 게 와인이니까 이것을 햇볕에 널어버리자. 밖이 엄청 더운 날이라 그날 저녁에 맛을 봤는데 이것은 알코올이다 싶었죠.

정신병원에서 강박이나 폭행을 당해 봤습니까.

제가 강남성심병원에서 3개월을 채우고 한양대병원에 입원했을 때, 12월쯤에 외할머니가 돌아가셨는데 안 내보내 주더라구요. 당시에 대선이 있어서 사람들이 투표하러도 가고 떡국도 먹으러 가는데 나는 안 내보내 주는 거예요. 나중에 엄마 말이, 내보내 주면 더 안 좋은 영향을 끼칠 것 같아서 그랬다는데 나는 거기에 반항해서 집기류를 집어던졌죠. 의자랑 TV를 밀어버리고… 그래서 1박 2일 동안 묶였죠. 초발하고 처음 묶여서 입원했을 때는 내 의식이 없었잖아요. 근데 내 의식이 살아 있는데 묶여 있는 건 처음이라서 무서웠어요. 또 대소변이 마렵다 하면 풀어줄 줄 알았는데 기저귀를 채우고 소변이 마렵다 하니까 관을 대더라고요. 그때 스무 살 때였으니까, 상상도 하기 싫어요.

정신병원에서 통신의 자유가 보장돼야 한다고 주장했었어요. 아직도 통신의 자유가 보장되지 못하는 정신병원들이 많습니다. 이 문제를 어떻게 풀어야 할까요.

저는 말이 안 되는 처사라고 생각해요. 통신의 단절은 외부하고의 단절인데 이 급변하는 세상에 통신이 안 된다는 건. 정신병동은 교도소보다 더 심한 거 같아요. 교도소는 사람들 들어오면 바깥 얘기도 듣고 하는데 정신병동은 텔레비전밖에 없어요. 병원 내 공중전화에서도 이상한 얘기한다 싶으면 스위치 내려버려요. 내가 하는 얘기를 듣는다는 거잖아요. 말이 안 되죠. 그건 사찰이잖아요. 통신의 자유를 보장해야 한다는 건 가장 기본적인 거 같아요. 폐쇄병동에 가두는 것도 말이 안 되는데 말이죠. 연락이 끊어져버리면 친구들하고 다 관계가 끊어져요. 3개월, 6개월 입원 기간이 길어지면 다 떨어져 나가요. 인맥이 다 단절되는 거예요.

당신에게 정신병원은 어떤 의미인가요.

정신병원은 나를 리셋(reset·초기화로 돌아감)해 버린 듯해요. 20살 이전과 이후의 삶이 갈린 거죠. 정신병원에 있으면서 좋았던 기억들은 다 없어지고 마음속에서 뭔가 잃어버린 느낌이예요. 지금 난 41살이 아니라 21살 같아요. 그 안에서 아이가 되어 나온 거 같고 그 9개월의 시간이 내 삶, 21년 동안의 삶을 지워버린 것 같아요. 병 때문에 지워진 건지 그 공간에서의 삶 때문에 지워진 건지 모르겠지만 지워진 것 같아요.

첫 정신병원 퇴원 후 10년간 골방에서 지냈다고 했습니다. 어떻게 지냈습니까.

내 방에서 구형 컴퓨터로 옛날 게임을 하고 TV에서 하는 드라마 다 섭렵하면서 (지냈죠). 졸리면 자고 먹고 싶을 때 먹고, 집안 식구들 다 일하고 저 혼자 집에 있었거든요.

그 10년 동안 바깥으로 거의 나오지 않았죠.
그나마 나오기 시작한 게 어머니가 차리신 공장에서 일할 때 그때 회복이 빨랐던 듯해요.

통신의 단절은 관계의 단절 자유를 침해해 일을 했을 때 자극이 오고 회복도 빨라져

그때 사람들이 있는 공동체로 나오고 싶지는 않았습니까.
생각은 있었는데 잘 안 되더라구요. 그나마 나를 빠르게 회복시켜 준 건 일이었어요. 내가 어느 인터뷰에서 말했지만 병원에서 먹는 약이 제일 나쁘고, 방안에서 먹는 약이 다음으로 나쁘고, 일하면서 먹는 약이 제일 좋고, 더 좋은 건 일을 하고 사람들을 만나면서 먹는 약이다, 이렇게 말한 적이 있어요. 약을 먹더라도 일을 하고 사람을 만나면서 먹을 때 약의 효과가 제일 좋더라구요. 정신장애인들에게는 일이 제일 중요하다고 생각해요. 내가 일을 했을 때 자극이 오고 회복 속도도 빨라지는 것 같아요.

지금도 골방에서 침묵하며 살아가는 정신장애인들이 있습니다. 이들이 공동체로 나오기 위해서는 무엇이 필요할까요.
이 사람들도 뭔가 자극이 필요할 거예요. 자극을 경험한 동료지원가가 방문한다든가 자극을 경험한 사람들의 글이나 그런 내용을 담은 매체를 접한다든가 그런 것도 자극이 될 수 있죠. 자극이 있어야 돼요, 밖으로 나가고 싶은 자극.

어떤 게 가장 큰 자극입니까.

제일 좋은 건 조그만 일거리라도 가지고 시작하는 거죠. 사람들 만나고.

바리스타 생활을 7년간 했습니다. 그 일이 당신에게 어떤 긍정적 영향
을 미쳤다고 생각합니까.

전 바리스타 자격증도 있어요. 서초에서 4년, 스타벅스에서 1년, 서울대에서 3
년 했어요. 제가 4대보험을 처음 지급받은 첫 번째 직업다운 직업이었죠. 보통
사람들하고 일대 일로 만날 수 있었던 순간이었죠. 그분들에게 음료를 내어 주
고 내가 한 마디씩 건네며 오늘 날씨 좋네요, 오늘 머리 하셨네요, 옷 참 이쁘네
요, 이렇게 대화하면서 사람들하고 친해질 수 있었던 계기가 되었어요. 바리
스타 일을 하면서 10여 년 만에 회복이 되고 비당사자들한테도 다가갈 수 있었
던 계기가 만들어진 거죠.

동료활동가로서 활동하셨습니다. 동료지원활동은 동료지원 그 이상
의 의미라고 했습니다. 무슨 의미입니까.

정신장애인이 천 명이면 천 명마다 고유한 스펙과 기술이 있어요. 천 명의 동
료지원가가 나올 수 있거든요. 그러니까 천 개의 백신인 거고 천 개의 치료제
인 거고. 다 값어치가 있는 활동가들이라는 거죠. 우리 당사자가 제일 잘할 수
있는 일이고요. 제도적으로 지원이 돼서 직업화된다면 좋겠어요.

그 활동을 하면서 스스로 회복됐다고 생각하십니까.

같이 회복되는 거 같아요. 동료지원활동가를 하면서 다른 동료들을 만나고 경
험도 들으면서 공감도 해 주고. 비슷한 경험을 해 봤기 때문에 금방 느낄 수 있
죠. 아예 다르지만 비슷하단 말이에요. 비슷한 경험을 바탕으로 또 다른 당사

자들에게 도움을 줄 수 있고.

어떤 종류의 일을 하고 싶습니까.

지금은 다른 일을 하고 있지만 시간이 지난 후에는 정신장애인 당사자들에게 도움이 되는 일을 하고 싶어요. 제가 사회복지사 공부를 하고 있거든요. 사회복지사 자격증이 있는 노후의 당사자가 돼서 노후의 당사자들을 케어할 사회복지 당사자가 되고 싶어요. 그런 시설이 생긴다면.

왜 그 일을 하고 싶습니까.

그분들과 함께 살아가다가 함께 생을 마감하는 것도 의미 있지 않을까요. 도우미도 되고.

사랑하는 사람이 있습니까. 사랑을 통해서 정신장애가 긍정적으로 바뀌던가요.

네. 만난 지 4년째예요. 아주 큰 버팀목이고 지지대인 거 같아요. 내 편이고 가족들보다 더 힘이 돼요. 요즘은 더 많이 통화하고 얘기하고 가족들보다 날 더 잘 알죠. 같이 아파하는 사람이니까. 같은 약을 먹고 같은 아픔이 있으니까. 가족들도 이해 못하는 아픔을 아니까 더 힘이 되죠.

사랑을 통해서 마음이 많이 변하던가요.

미안한 감정이 많이 있죠. 마음만큼 잘 못해주는 거 같아서요.

정신장애인도 결혼해서 잘 살아갈 수 있다고 생각하십니까.

살아갈 수 있는데 집안에서 그렇게 못 만들어 주는 거 같아요. 제도적으로 보면 아이가 태어났을 때 아이의 육아에 대한 지원들도 있었으면 좋겠는데 그런 게 전혀 없잖아요. 육아 지원도 비당사자 위주로 맞춰져 있잖아요. 그러니까 그럴 바에는 커플로 살자, 이런 얘기를 가끔 해요.

무슨 말입니까.
결혼, 혼인으로 엮이지 말고 평생 커플로 살다가 죽기 직전에 호적에 묶는 것도 괜찮지 않냐, 죽기 전에 혼인식하자고.

사랑하는 사람은 버팀목이자 내 편 부모님께 잘 살 수 있다는 걸 보여드리고 싶어

아기는 낳으려고 하십니까.
우리는 안 낳기로 했어요. 자신이 없어요. 육아에 대한 자신도 없고 경제적으로 빈곤하기도 하고. 요즘 육아하는 데 몇 억이 든다고 하잖아요. 그리고 건강한 아이가 태어날까 걱정도 있고요. 둘 다 정신과 약을 복용한지 20년이 넘었고 또 아이까지 아프다면 아이한테도 미안하고.

토론장이나 집회에서 정신과 의사들을, 혹은 정신의료 권력을 비판하는 걸 자주 봤습니다. 의사들과 의료권력은 당신에게 어떤 의미입니까.
교집합 부분도 있고 차집합 부분도 있어요. 어느 정도 도움이 되는 부분이 있는 건 맞는데 우리들의 말도 들어볼 필요는 있어요. 무조건 자기네들 생각이 맞다 위주로 진료할 게 아니라 우리들 말도 들어가며 진료한다면 더 치료가 잘될 거예요. 예를 들어 동료지원가들이나 정신장애인들과 함께하는 자리를 자주 연다면 도움이 될 텐데 너무 본인들 고집에 빠져 있는 거 같아요. 매너리즘이라고 할 수 있고.

　　약 먹으면서 의사 욕한다고 하셨는데.
(웃음) 약을 먹으면서 의사 욕하는데 어쩔 수 없는 물고 물리는 관계인 거 같아요. 의사가 싫다고 약을 안 먹을 수는 없어요. 그럴 바에는 타협점도 찾고 같이 할 부분은 함께 의논도 하고. 우리가 전혀 도움이 안 되는 존재가 아니란 말이에요. 도움 되는 일도 있을 거고.

　　우리가 20년 동안 몸으로 경험한 이야기를 하면 더 좋은 약이 나올 수도 있지 않을까요. 의사들은 호르몬, 화학 물질에만 의존할 게 아니라 우리들의 목소리를 들으면 더 도움이 될 수 있다 이거죠. 신약이 나오는 데 도움이 될 수 있겠다는 거죠.

　　제도와 법을 만들 때도 우리들과 함께했으면 해요. 이번에 보니까 절차보조인 사업*도 이상한 방향으로 흘러가는 것 같더라고요. 정신장애인이 주축도 아니고 정신장애인들은 나쁘게 말하면 '따까리'라고 하는 말도 나오는데 그러면 안 되죠. 절차보조인 사업만은 말 그대로 정신장애인 권익옹호 사업이 돼서 저희들이 주축이 되는 게 맞죠.

　　비정신장애인으로 살았다면 당신은 어떤 삶을 살았을 거라 생각하십니까.
솔직히 비장애인으로 살았다면 내 삶도 그렇게 좋지는 않았을 거 같아요. 약을 먹고 안 먹고의 차이이지 내가 잘난 사람은 되지 못했을 거라 생각해요. 차라리 정신장애인으로 살아온 20년의 경험이 바탕이 돼서 나에게 또 다른 힘과 용기, 지혜를 준 거 같아요. 사랑하는 이에게 도움이 되는 사람이 된 것도 정신장애인이 됐기 때문인 거 아닌가 싶죠.

저는 정신장애가 다시 와도 괜찮겠다고 말하고 싶어요. 왜냐면 잘 극복한 내 삶이 그렇게 창피하지 않으니까요. 물론 21년 중에 10년을 감췄지만 오픈한 시간 동안 많은 사람을 만났고 많은 긍정적인 영향을 줬다면 줬으니까요. 토론 현장에도 나가 보고 대학교 교육의 현장에서 학생들을 만나보고 종사자들 앞에서 강의도 하고, 이런 경험들이 있었죠. 내가 대학교 겨우겨우 들어가 졸업했으면 어떤 삶을 살고 있을까 생각해도 글쎄요, 지금 어디 골방에 갇혀 있는 취업준비생의 모습이 아니었을까, 라는 생각도 들고.

정신장애인이기 때문에 삶이 불행하다고 생각하십니까.
그런 건 아닌 거 같아요. 그러니까 불행해진다기보다는 정신장애인 되고 나서도 어떻게 삶을 살아가느냐에 따라서 바뀔 수 있어요. 정신장애인 됐다고 방에서 생을 마감하면 불행하고 그걸 깨고 나와서 사람들을 만나고 얘기하고 경험을 나누고 한다면 충분히 값어치가 있을 거 같아요.

정신장애인 하나하나가 꽃이 되고 열매가 될 수 있지 않을까요. 꽃이 되지 못하고 열매 맺지 못하는 정신장애인들이 많다는 게 좀 아쉬운데 꽃이 되고 열매가 되는 정신장애인들이 많아졌으면 좋겠어요. 그 열매가 누군가에게 도움이 되고, 우리는 모두 그 과정일 수 있어요. 꽃이 되고 열매가 되는 과정요. 저는 도움이 되는 열매가 되고 싶어요.

부모님에 대해 어떤 마음이 듭니까.
저는 삼형제 중 큰아들임에도 불구하고 아픈 손가락이죠. 우리 엄마는 나보다 하루만 더 살고 싶다고 해요. 작년에 엄마를 내가 일하는 현장에 많이 모시고 다녔어요. 강연장이나 토론장에. 엄마 아빠가 없어도 나 이렇게 살 거다, 걱정 마라 하고 보여주려고요. 눈 감는 순간에도 좀 걱정 안 했으면 좋겠다는 생각으로 그렇게 모시고 다녔어요.

원망은 없었나요.

제가 혼자 살 수 있을 거 같다고 엄마가 말을 하더라고요. 걱정만 했는데 너 아픈 것도 공부가 되는 거 같다고. 제가 신문에 가끔 나온 거 보여주면 좋아하더라고요. 조선일보 인터뷰도 있었고 비마이너나 에이블뉴스 같은 데 제가 시위하는 것도 나오잖아요. 그걸 보여주면 엄마가 뿌듯해 하시는 거 같더라고요.

당신에게 치유란 어떤 의미라고 생각하십니까.

내 병을 받아들이고 내 병과 함께 살아갈 준비가 됐다면 치유가 아닐까 생각해요. 그러니까 내 병과 함께 가는 거. 영화 〈뷰티풀 마인드〉를 보면 마지막 장면까지 환청, 환시가 주인공 내쉬와 함께하잖아요. 그런 것처럼 환청, 환시가 있어도 그럼에도 불구하고 잘 살아낼 수 있다면 그게 치유이지 않을까 생각해요.

나는 약을 안 먹어야 치유야, 나는 당사자 복지카드가 있으면 치유가 아니야, 이런 게 아니라 그냥 약을 먹어도 병에 걸렸어도 장애를 입었어도 사회에서 함께하고 있음이 치유이고 행복인 거죠.

정신장애인들에게 한마디 부탁드립니다.

내가 어디 문학수업 시간에 썼던 글인데 "우린 구름 뒤의 별이고 구름이 걷히면 반짝이게 될 거야"란 구절이 있는데요. 지구에서 별을 보면 그 별이 탄생의 순간에도 반짝이고 그 별이 생을 마감하는 순간에도 반짝이고 별이 아파도 반짝이고 건강해도 반짝이거든요. 그런 것처럼 다 반짝이고 있는 소중한 존재들이니까 너무 우울해하거나 아파하지 않았으면 해요. 다 빛나는 존재니까, 우리는 다.

2018.11.13.

● 2018년 12월부터 2019년 7월까지 8개월에 걸쳐 정신질환자 절차보조 시범사업이 진행되었다. 정신질환자의 입원 치료 과정 전반에 대한 이해를 돕고 각종 절차를 보조하기 위한 사업으로 2016년 헌법재판소의 정신보건법 헌법 불합치 결정 사유 중 하나로 언급한, 강제입원으로부터 환자의 권리를 보호할 수 있는 '절차보조인의 조력'과 같은 절차 부재를 보완하기 위한 것으로 동료지원 서비스를 함께 제공하고자 기획되었다.

2부

사랑하고 일할 수 있는
능력의 숭고함

"부모와 가족이 힘을 쏟은 만큼 치료의 결과는 반드시 나타나"

윤문강(심지회 아버지모임 대표)

아들은 중학교 때부터 공부와 담을 쌓고 그림만 그렸다. 인문계 진학보다는 전문대학이라도 가서 기술을 배우면 배곯지 않고 살 수 있을 거라 생각했다. 그래서 Y공고 디자인과로 아이를 보냈다. 아이가 발병한 건 자신의 욕심 때문이었을까.

아들은 고등학교 3학년 때 발병했다. 공고의 특수한 선후배 관계에서 오는 폭력적 스트레스, 선생에게 당한 폭력 등이 아이의 병을 만들어버린 거라 그는 생각했다. 후회했지만 어쩔 수 없었다.

부산상고를 나온 그는 30년 동안 은행에서 일했다. 지방으로 내려가 근무하던 그때, 아들은 첫 발병해 병원에 입원했다. 경찰이 부모 동의하에 아이를 정신병원에 보낸 것이다. 그는 부모로서 죄책감을 느꼈다. 괜히 공고로 아이를 보내 이런 병을 만들어버렸다는 죄의식. 그리고 왜 하필 이런 운명을 자기가 받아들여야 하는지에 대해 고민해야 했다. 다행히 아들은 급성기를 넘기고 바로 퇴원했다. 병에 무심해서 완쾌된 줄 알고 약도 끊어버렸다.

재발은 그렇게 찾아왔다. 이후 그는 은행을 퇴직하고 아들의 치유에 모든 것을 걸었다. 최선을 다해 케어한다면 아들은 회복할 수 있다는 믿음도 가졌다. 그리고 실제 그 노력 이후 아이는 회복의 길로 들어섰다.

지금은 서울의 사회적기업에서 무기계약직으로 일하고 있다. 월급도 190만 원이나 타면서 말이다.

돈만 쓰고 잠만 자고 맥없이 살던 아이가 회복돼 아침부터 저녁까지 일을 하고 돈을 벌어오는데 좋아하지 않을 부모가 있겠는가. 그는 마흔이 넘은 아들이 결혼까지 해줬으면 좋겠다고 생각했다. 그러나 그 욕망은 참기로 했다. 결혼 후 이혼을 할 수도 있고 그럼 아이에게 더 큰 마음의 상처를 남기게 될 것이고 그렇게 되면 아들은 직장을 잃을 수도 있을 것이고 병이 재발할 수도 있다는 걸 깨달았기 때문이다. 그냥 지금, 여기에서의 삶을 행복하고 감사하게 살면 된다는 걸 그는 받아들이기로 했다.

현재 그는 조현병과 정신장애를 가진 자식을 둔 부모 모임인 '심지회'에서 아버지 모임 대표로 일하고 있다. 자신의 치료 과정과 케어 과정을 부모들과 정보를 나누고 힘을 실어 주는 역할을 하고 있다. 윤문강(76) 선생을 만난 것은 날이 온화하게 풀린 어느 날 오후였다.

아들이 발병 당시 어떤 행동을 했던가요.

아들이 중학교 때 공부는 안 하고 매일 만화만 그리고 있더라고요. 공부에는 취미가 없는 거 같아서 Y공고 디자인과에 넣었어요. 그림을 좋아하니까 공고라도 보내서 취직이라도 쉽게 하자 생각했는데 제가 실수를 했다 할까, 잘못 판단했다 할까 싶어요. 그 실업학교가 인문계 학교보다 군기가 센가 봐요. 선배들이 때리고 왕따시키고 하니까 우리 애가 희생자가 된 것 같아요.

졸업반 때 졸업 작품 만든다고 며칠 합숙하면서 스트레스를 많이 받았나 봐요. 그땐 선생이 때려도 폭력으로 인정도 안 했거든요. 어느 날 갑자기 발병해서 얘가 남의 오토바이를 훔쳐 타고 도망갔어요. 절도죄로 걸린 거죠. 경찰서 잡혀가서 보니까 조현병이 생긴 거예요.

아들의 병을 인지하는 데 얼마나 시간이 걸렸습니까.

그 전에도 약간 증세가 있었겠죠. 우리는 그런 데 상식이 없었고 또 우리 집안에 그런 정신병력을 가진 사람도 아무도 없었어요. 집사람이 큰 교회 전도사이기 때문에 밤낮으로 바쁘거든요. 그래서 관심을 못 가지다가 아들이 스트레스가 폭발했나 봐요. 경찰이 (오토바이 절도죄로) 구속시키려는데 딱 보니 조현병이에요. 병원으로 바로 입원시켰죠.

아들이 조현병이라는 사실을 알게 됐을 때 심정이 어땠습니까.

제가 휴가를 내서 병원에 가보니까 철장 같은 곳에 강제로 가둬놨더라고요. 보자마자 막 끄집어 내 달라고 그러고, 나가면 잘 하겠다 그러고, 다시는 그런 짓 안 한다고 그러는데, 조현병이 이런 거구나 그때 실감이 됐죠. 의사가 퇴원시킬 때까지는 어쩔 수가 없지 않습니까. 그래서 그냥 그대로 (뒀어요).

나는 지방에 근무하고 있으니까 아내에게 맡겼는데 급성이라서 그런지

딱 2주 만에 빨리 좋아지는 게 참 신기하더라고요. 재발만 안 했으면 그걸로 완쾌됐을 거라고 생각했을 거예요. 6개월 만에 재발했거든요. 이건 약만 먹는다고 낫는 병이 아니더라고요. 약 먹으면 잠만 자고. 주변 회원들 얘기 들어보면 똑같아요. 자고 먹고 동물처럼 사는 게.

그래서 은행을 그만둬야겠다 생각했어요. 아내한테 맡겨놨다가는 안 될 것 같고, 평생 은행에 있었기 때문에 돈도 있고, 그만 두면 시간도 충분히 있었으니까요. 애가 그림을 좋아하니까 그림학원, 만화학원, 또 기술학원을 보냈죠. 한 군데만 해서는 하루 일과가 안 되니까 최소한 아침에 나가서 저녁에 들어올 수 있는 걸 찾으려고 엄청 뛰어다녔어요. 장애인 디자인학교가 있어서 거길 보냈는데 친구도 사귀고 재미있어 하더라고요. 일단 애가 학교 같은 데 가서 하루 종일 있다 오니까 가족들은 일단 편하잖아요.

조현병임을 처음 알게 됐을 때 심정이 어땠습니까.

저는 두 가지죠. 내가 그때 공고를 안 보냈으면 이런 일이 없을 것이라는 죄책감과 왜 하필 우리 애한테 이런 병이 생겼나 하는 안타까움. 가족 병력을 보니 처갓집에 친척이 그런 사람이 있더라고요. 그래서 이건 내 운명이다, 할 수 있는 데까지는 하고 나머지는 하나님께 맡기자 했죠.

재활도 하고 학교도 보내고, 폴리텍이라는 기술대학이나 만화학원에도 보내고. 아이가 하고자 하는 건 내가 다 보내줬어요. 돈이 문제가 아니니까. 그런데 마음이 아픈 건 가정이 어렵고 한부모 밑에 있는 아이들은 그렇게 할 수가 없잖아요. 그럴 때 국가가 어떻게 (도움을) 줘야 하는데.

미신으로 치료하려 한 적이 있었습니까.

전 기독교 신자라 미신을 믿지 않는데 사실 우리가 막다른 골목에 가며 아무리 신앙이 좋다 해도 뭐든지 해 보고 싶거든요. 그렇다고 제가 점쟁이를 찾아간다든지 굿을 하는 건 아니지만요. 경기도 파주에 어느 목사님이 병을 잘 고친다고 해서 그분 교회를 찾았어요. 파주에 일주일에 세 번씩 갔죠. 거기 갔다 왔다 하면 하루가 걸려요. 거기 3년 정도 매달렸어요.

애가 만화 수집광이에요. 방이 가득할 정도로. 제가 몰래 몰래 버렸거든요. 그런데 그걸 알고 만화책 찾아내라는 거예요. 이미 쓰레기장에 버렸는데. 그래서 며칠간 밥도 안 먹고 학교도 안 가고, 제가 진짜 힘들었어요. 그래서 그 만화책을 찾아온 적이 있어요. 인부들 시켜서 쓰레기장 다 뒤졌어요. 그게 제일 힘들더라고요. 그건 진짜 밤에 칼로 덤빌 때보다 훨씬 힘들어요. 전혀 대화가 안 되더라고요.

아들은 몇 번 입원했습니까.
두 번이죠. 한 번 입원하고 육 개월 뒤에 한 달간.

둘 다 강제입원이었습니까.
물론이죠. 힘들었어요. 그때는 119나 소방서에 요청해도 병원에 얘기하라 그래요. 그리고 병원에 갈려니까 동네사람들이 다 알아버리고 들통이 나버렸죠. 강제입원하는 것도 그렇게 힘들더라고요.

아드님 치료 과정에서 잘못한 부분들이 있다면 어떤 것들일까요.
저는 애가 하고 싶다면 할 수 있는 데까지는 다 해 주겠다 했죠. 돈도 많이 들어갔는데 특별히 후회되는 건 없어요. 공고를 내가 보내지 않았다면 이런 일이 없었지 않았을까 그런 생각은 있어요. 항상 미안하죠. 그건 진짜 미안합니다.

아들은 지금 뭐하고 있습니까.

지금 정립전자라고 광진구에 있는데 한 직원이 백 명 정도 되는 곳이에요. 서울시 사회적기업인데 장애인만 근무하는 게 아니고 일반 비장애인도 근무해요. 여의도 정신장애인협회에 찾아갔더니 (그 회사에) 추천을 해 주더라고요. 그런데 다섯 명 추천하는데 우리 애는 여섯 번째 후보로 추천해 주더라고. 다섯 명 합격에 후보는 대기자로 놔두는 거죠. 조현병 환자들은 일을 오래 못한대요. (협회에서) 기다려라, 그러면 넣어줄 테니까. 그래서 나중에 들어갔어요.

아버지께서는 아드님이 어떤 삶을 살았으면 좋겠습니까.

애가 나이가 마흔 넘어 가니까 결혼을 해서 행복하게 사는 걸 봤으면 제일 좋겠는데 그걸 고민하고 있어요. 다른 욕심은 없어요. 왜냐하면 그 회사가 정년까지는 보장해주거든요. 그런데 장애인법에 의해서 취직한 사람은 월급이 최저임금 수준 이상은 안 올라가더라고요. 승진도 안 되고. 임금도 190만 원으로 제한되더라고요.

지금 9년차거든요. 그게 얼마나 억울합니까. 만약에 다른 회사에서 한 9년 다녔으면 월급도 올랐을 테고 계장이나 대리쯤 됐을 텐데요. 그런데 이거는 장애인이라는 특별 케이스로 들어왔기 때문에 어쩔 수 없다고 그러더라고요. 제가 장애인협회 물어보니까 그쪽에서 그래요. 그거는 장애인복지법을 바꿔야 된다고.

자식이 정신질환을 가지면 가족들은 죄책감을 가지거나 우울증에 빠지기도 합니다. 이에 대해 조언하고 싶은 말씀이 있습니까.

저는 그런 경험을 한 번도 안 해 봤어요. 그런 거 있잖아요. 지성이면 감천이라고. 자기가 할 수 있는 걸 다 하면 하늘도 감동해서 일이 잘 이루어진다고. 포기하지 말고 끝까지 하면 좋은 일이 생긴다는 신념으로 (살아왔어요).

이게 다른 병하고 달라서 부모가 50살 정도 됐을 때 발병하는데 부모는 금방 6, 70살 돼버리거든요. 체력적으로 떨어지고 경제적으로 뒷받침이 안 되잖아요. 전 경제적 어려움이 없기 때문에 별 고민을 안 해 봤어요. 하지만 부모들이 수입도 없는 데다가 돈이 자꾸 들어가면 얼마나 절망이 되겠어요. 그렇다고 탄식만 하고 있다고 해서 해결되는 건 아니잖아요.

우리 애처럼 취직을 해서 한 달에 190만 원 번다는 게 사실 쉽지는 않거든요. 그렇더라도 우리가 최선을 다하면 좋은 결과가 오지 않겠나 생각했죠. 대부분의 아버지들이 열심히 하다가 포기하고 엄마한테 알아서 하라고 그러는 경우가 있잖아요. 부부간에 힘을 합쳐야 되는데 어느 한쪽이 미뤄버리면 안 되죠. 의사 선생이 그러더라고요. 부모와 가족이 힘을 쏟은 만큼 결과는 반드시 나타난다고요.

아들의 정신병원으로 인해 선생님이 깨달은 게 있습니까.

하나님이 나한테 시련을 통해 그런 걸 준비하신 게 아닌가 싶어요. 이게 없었더라면 또 다른 문제가 생겼겠죠. 예를 들어 이혼을 했을 수도 있고. 이혼을 하면 더 불행해질 수도 있는 건데, 아내와 다투기도 했지만 우리가 아들을 위해서 더 이상 싸워서는 안 되겠구나 (싶었어요). 어차피 이렇게 된 거.

옛날에 당신이 그때 아이를 공고에 안 넣었으면 이런 일이 없었을 텐데, 그거 백날 얘기해 봤자 아무런 도움이 안 돼요. 받아들여야죠. 지금은 좋은 대학 나와도 실업자가 되는 사람들도 있는데 우리 아이는 직장생활도 하고 친구도 만나지 않나, 그래서 우리가 어느 정도 타협을 했어요. 이건 최악은 아니고 최선도 아니지만 중간쯤 가는 거 아니냐. 그러니 이 정도로 우리가 살고 있는 것만 해도 감사한 일이다, 그렇게 생각해요.

사회가 보여 주는 정신질환자에 대한 편견적 시선을 느낄 때가 있습니까.

우리가 그 사람들의 머릿속에 들어간 것도 아니고 모르지 않습니까. 그런데 우리 스스로 위축돼서 자꾸 숨기잖아요. 그게 가장 슬픈 일이에요. 친척 간 대소사 있으면 애를 데리고 가지도 않고 투명인간 취급하잖아요. 우리가 전과자도 아니고 나쁜 짓을 한 것도 아니고 우리 애들 책임도 아니고 이건 병인데, 그걸 가지고 우리 스스로 위축돼 버려요.

그거는 비합리적인 사고라고 생각해요. 우리가 숨긴다고 해서 남이 도와 주는 건 아니죠. 비정신장애인과는 너무나 다른 세계인데 우리는 비장애인의 세계에 갖다 놓고 비교를 하는데 그럴 필요가 없다고 생각해요. 편견을 우리 스스로 만든 거예요. 당당하게 모임도 많이 만들고 캠페인도 하고 그래야죠. 그렇게 싸워야지 이건 숨겨서 해결이 안 되거든요.

사회적 편견은
우리 스스로 만들고 있어
조현병은 부모 잘못도
당사자 잘못도 아닌 질병 인식해야

심지회는 2003년 만들어졌습니다. 어떤 목적으로 만들어진 겁니까.
(처음 만들어질 때) 저는 없었어요. 지금의 회장이 10년 전에 만들었어요. 그분 딸은 태어날 때부터 장애가 있었고 나중에 조현병으로 중복장애를 가졌는데 그분이 젊었을 때부터 아이 장애 재활에 올인했더라고요. 그분이 어머니들과 함께 자조모임을 꾸린 게 시작이죠.

어떻게 참여하게 됐습니까.
저두 한 6~7년 전에 우연히 그런 활동을 하고 있다는 걸 듣고 참여했죠. 한 달에 한 번씩 모이는데 거기 가서 발표도 하고요. 작년에 심지회가 엔지오(NGO) 서울시 민간단체로 등록도 했더라고요.

그런데 이사들끼리 의견 충돌이 있어서 해산하려고 했어요. 회비도 잘 안 들어오고 해서 그만두고 그냥 옛날처럼 어머니들 몇 명 모여가지고 하자 그 런 합의를 했어요. 그래서 을지로에 있는 심지회 사무실에 일주일마다 상담을 나갔는데 가 보니까 이게 파산하게 돼 있었어요.

그래서 아버지들 몇 분 연락해서 어머니들이 십 년 동안 했고 서울시 등 록까지 했으니 이걸 그만두면 10년 한 게 허사가 되니까 우리가 좀 도와서 살 리자, 그래서 몇 분 힘을 모아서 지난해 12월에 총회를 했어요. 이사를 남자 반, 여자 반으로 하고요. 회장은 그 분이 일 년만 더 하기로 했죠.

심지회는 어떻게 운영됩니까. 국가 지원을 받습니까.
엔지오 비영리단체로 등록하니까 서울시에서 사업계획서를 내래요. 사업계 획서를 내면 예산을 배정해 주겠다고. 사업계획서 1천500만 원 신청했어요. 우리가 회비를 받아서 운영하지만 사업은 사업대로 지원을 받고 서울시 감사 도 받고 그렇게 해야죠.

심지회가 정신장애인 권리와 관련해 정치집회나 시위를 한 적은 있습 니까.
10년 동안 많이 했더라고요. 정신건강복지법 재작년 통과할 때 국회 앞에서 시위하고 서명운동 하고. 단독으로는 못하고 여러 장애인 단체하고 합쳐서 했 어요. 시위는 우리 회비 모아서 했어요.

심지회 회원들은 가족과 함께하는 교육 프로그램 '패밀리 강사'로 등록

돼 있더군요. 회원이 되려면 그 강사 프로그램을 이수해야 합니까.

전부는 아니고 일부만요. 그건 직접 심지회와 관련된 건 아니고 개별적으로 자기가 자격증 따서 활동을 하고 있는 거죠.

심지회에 참여하려면 어떤 자격이 필요합니까.

자격은 없습니다. 정회원이 있고 특별관리 회원이 있거든요. 회비를 내면 정회원이 되고 가족 중에 환우가 있어야 회원이 됩니다. 일반 사람들은 특별회원이나 후원자로는 되는데 정회원은 안 되죠. 그렇게 돼 있습니다.

심지회가 추구하는 궁극적 목표는 뭡니까.

우리 정관에도 나와 있습니다마는 우리가 우리 권리를 찾지 못하는 건 우리 가족들의 책임이라는 거죠. 단체를 통해서 정부에 건의도 해야 하는데 우리가 자꾸 숨잖아요. 또 가족들이 조현병에 무지해서 치료도 못 받는 사람들도 많아요. 조현병 환자가 20만 명 추산된다는데 실제 등록한 사람은 10만 명도 안 돼요. 이렇게 무지하고 애들 치료도 제대로 안 하니까 이 문제를 드러내 놓고 정부에 요구해서 우리 권리를 찾자는 거죠.

정신장애인을 둔 부모나 가족들이 정신장애인 권리 옹호를 위한 시위나 정치적 집회를 하지 않는다는 지적이 있습니다.

다른 장애인하고 우리 조현병 가족들하고는 너무나 구조적으로 다른 면이 있어요. 정신장애인은 사회 활동을 못하는 장애인이잖아요. 그러면 가족들이 해야죠. 다른 장애인들은 자기가 직접 하잖아요. 발달장애인은 부모들이 젊기 때문에 힘이 있고. 우리는 부모가 나이 들어서 애들이 발병하면 본인도 못하고 부모도 못하잖아요. 이러니까 다른 데와 힘의 차이가 나는 거죠. 그래서 단결이 안 되더라고요.

임세원 교수 사건(2018년 12월 31일 임세원 강북삼성병원 정신과 의사가 내 담한 환자의 흉기에 찔려 사망한 사건)이 발생했습니다. 정신장애인 당사 자 가족으로서 어떤 마음이 드십니까.

우리가 가족으로서도 그분과 유가족들한테 정말 미안하고 사죄해야죠. 그런 데 그 환자가 치료를 정상적으로 받은 사람이라면 그런 일이 일어날 수 없는데 1년 동안 병원에 나타나지 않다가 갑자기 나타나 가지고 (범행을) 했기 때문에 가족 책임이 100% 있다고 보거든요. 가족도 사정이 있겠지만 우리가 애들을 제대로 간호 안 하면 언제라도 이런 사고가 일어날 수 있다는 거죠. 그게 끔찍 하더라고요.

저도 그렇고 가족 안에서 (폭력을) 경험한 사람들이 많거든요. 나도 우리 애가 식칼을 들고 왔다든지 그런 경험이 있는데 그 환자도 가족들한테 그런 끔 찍한 행동을 했을 거예요. 그게 밖으로 튀어나온 거죠. 의사가 그러더라고요. 조현병 치료에 의사가 책임을 모두 질 수가 없고 가족이 50~70%의 책임이 있 다고. 가족이 협조를 안 하면 하버드 의과대학 나온 사람이라도 안 된다고 그 러더라고요.

우리나라 정신보건시스템의 가장 큰 문제가 뭐라고 생각하십니까.

제가 그저께 정신의학자 어빙 고프먼의 《수용소》라는 책을 읽었어요. 시설에 강제로 구금돼 있는 사람들에 관한 책인데 거기 보면 미국이 의료적으로 잘 돼 있다 해도 이건 한국하고는 너무나 똑같더라고. 정신병원에서 인간의 모든 권 리를 박탈당하고 의사들이 마음대로 통제하는 게 우리나라와 똑같지 않나 생 각해요. 정신병원에 가더라도 빨리 기한을 단축해서 나와야죠. 그리고 자타해의 위험성이 없는 사람을 정신병원에 입원시키는 건 범죄행위라는 거죠. 그 책에서 그렇게 써놨더라고요.

우리 부모들도 힘드니까 아이를 병원에 집어넣어버리는 걸 반복해요. 오죽해서 병원에 넣겠습니까마는 정신병원에서 환자가 인격이 아닌 물건으로 다뤄진다는 건 미국 환자들의 얘기가 아니라 우리 애들의 얘기예요. 언제 우리 애들에게 닥칠지 모르는 일이다 생각하니 잠이 안 오더라고요.

정신병원을 다 없애야 한다는 주장도 나옵니다. 정신병원에 대해 어떻게 생각하십니까.

구조적으로 문제가 있다면 구조적으로 바꿔야죠. 뭐가 잘못됐으니 싹 없애버리고 하는 건 아니죠. 우리 속담에 구더기 무서워 독을 깨버리는 것과 똑같잖아요. 독을 깨버리면 간장이 없고 우리가 음식을 못 해먹잖아요. 똑같은 거예요. 잘못된 것은 바꿔서 계승을 해야지 이건 아주 극단주의지요. 공산주의 아니면 민주주의, 그 중간은 없다, 그거잖아요. 사회민주주의도 있는데.

정신건강복지법 시행 이후 강제입원이 어려워졌다는 지적이 나옵니다. 어떤 입장이십니까.

의사 두 사람의 사인을 받아 와라, 본인의 정신이 황폐하지 않는 이상 본인의 동의를 받으라 하죠. 그런데 동의를 해줄 환자가 별로 없겠죠. 아무리 제도를 잘 만들어도 악용할 수 있는 거고, 제도가 그렇더라도 사람이 어떻게 운영하느냐에 따라 좋아질 수 있죠. 우리는 너무 이거 아니면 저거다라는 사고를 하니까 사회적으로 시끄럽고 문제가 잘 안 풀리잖아요.

정신병은 병 중에서도 특이한 병인데 이걸 병이라 하기도 그렇고 장애라 하기도 그렇고 참 애매한데 이런 거는 가족들의 컨센선스(합의)가 이뤄져야죠. 단지 공무원, 정신과 의사, 인권 운동가 몇 명 모여서 이렇게 합시다, 한다고 해서 그게 제대로 될까요.

정신장애인이 지역사회로 나와서 살려면 어떤 정책적 노력들이 필요합니까.

우리가 시스템은 있더라고요. 그룹홈도 있고 단계별로 돼 있는데 그런 단계를 제대로 거쳐서 정상적인 직장까지 연결되는 경우는 별로 많지 않거든요. 대부분 건너 뛰어가고 집에 와 있으면 이게 또 나빠져서 또 폭발해 버리고. 법적으로 과정을 잘 밟도록 해서 취직할 때 가산점도 주고 해야죠. 병원에 있는 아이를 갑자기 집에 데려다 놓으면 사고 칠 가능성이 많거든요.

체계적이고 단계적으로 해야 직장에 가더라도 오래 버틸 수 있는데 갑자기 퇴원해 직장에 들어가면 적응 못 해요. 우리 정신과 애들은 (직장에서) 1년을 버티는 경우가 10% 밖에 안 돼요. 직장에서 버티지 못하고 자꾸 나가버리는 거예요. 다리 하나 없고 팔 없는 사람들은 열심히 잘 하는데 왜 똑같은 장애인인데 너희들은 제대로 일도 못하냐는 거죠.

초발 정신장애인을 둔 가족에게 어떤 조언을 해 주고 싶습니까.

항상 얘기하지만 이것이 우리 잘못은 아니고 또 애들 잘못도 아니고 어떻게 보면 참 운이 나빠서 그랬다 할까요. 그렇게 생긴 병인데 가족들이 잘 간호하고 잘 참고 이렇게 하면 반드시 좋은 결과가 나타나요. 물론 확률은 떨어지지만요.

그러나 10%라 하더라도 내가 어떻게 하느냐에 따라 10% 안에 넣을 수 있거든요. 그런데 상태가 좋아도 내가 별로 관심을 두지 않고 관리를 제대로 안 하면 10% 안에 못 들어가는 거예요. 그러니까 그 10% 안에 넣을 수 있는 거는 보호자와 가족들의 책임이 있다고 봐요. 우리가 재산을 많이 물려 주는 게

조현병은 가족 협력 없이는 치유되지 못해 가족이 잘 케어하면 반드시 좋은 결과 있을 것

중요한 게 아니라는 거죠.

나는 그런 얘기를 해요. 엄마 아빠가 맞벌이를 하다가 한 사람이 그만두면 수입이 반으로 줄어들겠지만 애를 살리는 게 더 중요한 거라고요. 사실 생활비 적게 쓰고 자동차 탈 거 전철 타고 버스 타도 애를 살리는 게 중요하지 않습니까. 어차피 부모들은 애하고 같이 영원히 가지 않잖아요. 그러면 일을 포기하고 아이를 살리는 게 더 중요하지 맞벌이한다고 애를 제대로 간호하지 않으면 돈은 좀 모일지 모르지만 애의 장래는 놓치는 거잖아요. 난 그렇게 항상 얘기해요.

아들을 돌보면서 어떨 때 행복하던가요.
요새 월급날 되게 빨리 오더라고요(웃음). 애는 월급날이 되게 느리게 온다고 생각하겠지만요.

통장을 아버지께서 관리하십니까.
아니 엄마한테. 맨날 돈만 쓰던 놈이 돈을 벌어오니까 기분 안 좋은 부모가 없겠죠. 그러니까 얘도 철이 들었는지 엄마가 저렇게 좋아하니까 내가 좀 힘들었지만 보람이 있죠. 그동안 돈도 쓰고 망신도 많이 당했지만 그래도 내가 이렇게 했기 때문에 오늘날 이런 즐거움이 오지 않았나 생각해요. 이 세상에 공짜는 없어요. 반드시 우리가 한 만큼 돌아와요. 만약에 그게 안 오더라도 그렇게 함으로써 부모가 후회는 안 하거든요. 그래서 제가 한 지난 일들을 후회 안 해요.

그런데 사람이 욕심이 있어요. 애가 담배를 피우니까 담배를 끊었으면 좋겠다는 생각이 들어 클리닉에 가서 해 봤는데 부작용이 오는 거예요. 의사가

윤문강(심지회 아버지모임 대표)

그래요. 의지가 강한 사람도 담배를 못 끊는데 그거까지 애한테 요구하는 건 지나친 욕심이다라고요. 그래서 나도 포기했죠. 포기할 건 포기하고 하루하루 행복하게 살면 되지 않나 생각하죠.

아들이 결혼을 하면 좋겠지만 결혼은 책임감이 따르잖아요. 결혼할 수는 있지만 이혼도 할 수 있잖아요. 이혼은 더 큰 상처가 오거든요. 그리고 환자이기 때문에 상처가 크고 더 병이 나빠지면 직장도 못 다닐 수 있잖아요. 그걸 생각하니까 그냥 결혼도 좋지만 하루하루 건강하게 사는 게 더 중요한 게 아닌가. 그렇게 결론을 내렸어요.

정부가 정신장애인과 가족들에게 무엇을 지원해야 한다고 생각하십니까.

우리가 정부에 우리 애들 책임지라 그렇게 할 수는 없고요. 정신병원 퇴원했을 때 필요한 정책들을 정부가 강제규정으로 해서 실행하면 애가 재활하는 데 많은 도움이 되지 않겠나 생각해요. 심지회라든가 이런 단체에 지원을 해 주면 부모가 나서서 잘할 수 있겠죠. 부모들이 제일 잘 알 거 아니에요. 공무원은 근무 시간에는 하겠지만 근무 끝나면 잊어버리거든요. 우리는 24시간 할 수 있죠. 그러니까 그런 단체에 정부가 지원을 해야 된다 생각하죠.

정신장애인들에게 한 말씀 부탁드립니다.

평생 짊어지고 가는 병이 많잖아요. 고혈압이라든지 당뇨라든지요. 그런데 그 사람들은 정신적으로 문제가 없기 때문에 자기가 컨트롤 할 수 있어요. 그런데 우리 환자들은 다르잖아요. 그래서 정신장애인이 됐잖아요. 그러면 대체 누가 해 줘야될 거 아니에요. 안 그러면 더 망가지니까.

대신 해 줄 수 있는 게 보호자이고 가족인데 가족이 소홀히 하면 우리 애

들이 정말 기댈 데가 없잖아요. 아무리 정부가 좋은 시설과 호텔에서 살게 해
줘도 아무 소용이 없어요. 자기 힘으로 돈을 벌고 돈 번 것을 쓸 줄도 알게 만드
는 게 가족들한테 달려 있어요. 가족이 아니면 누구도 할 수 없어요. 힘들더라
도 끝까지 이 병을 짊어지고 가는 데까지 가는 것, 그 길밖에 없다고 생각해요.

2019.01.31

윤문강 선생은 아들이 달리다쿰(조현병 자조모임)에서 아내를 만나 2021년 10월 3일 결
혼했고 회사 가까운 신혼집에서 행복하게 살고 있다고, 훗날 기자에게 연락을 했다.

윤문강(심지회 아버지모임 대표)

"우연히 좋은 의사 만날 가능성은 없어,
보호자의 헌신과 노력이 중요"

삼각산취생(아름다운동행 카페지기)

'아름다운동행'이라는 카페가 있다. 정신장애 당사자와 부모, 가족이 서로 지지하며 치유를 모색하는 사이버 공간이다. 가입 회원수는 7000여 명에 달한다.

기자는 10여 년 전 카페 회원이 100명도 안 됐을 때 몇 달간 이 카페에서 활동을 했었다. 그때 기자는 여타 정신장애인들이 겪었던 비슷한 고통들로 타들어가는 정신의 흉터를 핥으며 여러 이야기들을 카페 글로 올린 기억이 난다. 고통을 호소했을 때 거기, 당사자 보호자들이 함께 슬퍼했고 함께 보듬었다.

이후 정신병원에 입원하고 10년 넘게 그 카페를 떠났다. 가끔씩 들어가서 회원들의 글을 읽기는 했지만 직접 글을 쓰지는 않았다. 회원 100명도 안 됐을 때 지지해 주던 그 회원들은 어디로 간 것일까. 카페를 훑어보니 그들은 이제 폭넓게 활동하지는 않는다는 걸 알게 됐다.

스스로 아프거나 자식이 아플 때 이 사이버 카페는 고통을 호소하는 자리가 된다. 서로가 서로를 부축하고 위로하며 함께 걸어가는 것. 그 걸음의 끝에 치유가 있겠지만 그 치유에 가까이 다가선 이들은 고의는 아니지만 그 카페를 떠나게 된다. 그건 잘못된 것이 아니라 너무나 자연스러운 삶의 흐름이다.

물론 자식이 치유되고서도 환우 당사자와 가족의 올바른 치료법을 위해 피드백을 주고 검증된 병원과 의사를 소개하는 이들도 있었다.

이 카페 주인장인 삼각신취생(70) 씨가 그랬다. 2009년 대학생이던 아들이 발병하게 된다. 아들은 거리를 헤맸고 눈동자가 풀려 있었고 숟가락질도 못했다. 신문을 갖다 주니 신문도 읽지 못했다. 집 근처 신경외과에 가니 정신과로 가라고 했다. 찾아간 병원 여성 정신과 의사는 아들과 대화를 하더니 "군대 가기 싫어서 꾀병 부리는 거 아니냐"고 질책했다. 그는 화를 벌컥 냈다.

옆방에 있던 신경외과 의사가 자기 방으로 그를 데려가 정신분열증인 거 같으니 큰 병원으로 가라고 조언했다. 정신과 의사가 아닌 신경외과 의사의 권유를 받아 찾아간 것이다. 결정적인 조언은 그렇게 예상치 못한 곳에서 온다. 큰 병원에서는 바로 입원을 권유했다. 그리고 2주 후에 퇴원한다.

행운일까. 자식이 발병하면 굿하고 기도원 가고 심리상담하고 한약 먹고 오만 가지 비과학적 치료를 한 뒤에야 비로소 늦은 한숨처럼 병원을 찾는 많은 보호자들에 비해 그의 아들의 치료 과정은 너무나 다행이었던 건 아닐까.

30대 중반의 아들은 지금 아르바이트

를 하며 자기 삶을 찾아가고 있다. 그 역시 카페를 떠날 수 있지 않았을까. 그러나 그는 남았다. 그리고 초발 환자들과 부모들이 호소하는 슬픔에 귀를 기울였다. '아름다운동행' 카페에서 주요한 병증은 조현병이다. 그러나 여기에 조울증도, 중증우울증 환자와 가족들도 들어온다. 그는 그들에게 지혜를 나누고 있었다.

그를 만나고 싶었다. 자신의 이름과 얼굴을 밝히지 않는다면 인터뷰에 응하겠다고 했다. 물론이다. 쌍문역 인근 카페에서 그를 만났다.

슬하에 몇 남매입니까.

하나에요. 제가 결혼을 우리 세대에 비해 늦은 36살에 했어요. 늦게 본 아들인데 병에 걸리니 집사람하고 저하고 인생을 헛산 거 같더라고요. 아들 병 치료에 올인했어요. 몇 년 동안은 일도 팽개치다시피 하고. 입원하고 일주일 뒤에 보호병동에서 면회를 시켜주더라고요.

갔더니 애가 벌써 달라졌어요. 병을 인정하더라고. 보호병동 내부에서 생활하는 걸 의사가 보여주더라고요. 시설도 좋았고. 그런데 나쁜 시설들도 있고 종사자들이 폭력을 쓰는 개인병원들도 있는 모양이에요. 서울과 수도권의 대학병원들은 거의 호텔급이나 마찬가지예요.

입원 보름 만에 교수님이 맞는 약을 찾았으니까 퇴원해서 통원치료하라고 해서 퇴원시켰어요. 그때가 추석 전날이에요. 내가 지금도 후회하는 게 있어요. 추석에 차례 지내는데 맏이인 제 집에 동생들이 다 옵니다. 그때 우리 애가 약을 세게 먹어서 좀 이상하게 보이잖아요. 애를 차례에 참석을 시킨 거예요. 동생들이 왜 그러냐고 물을 거 아니에요. 그래서 털어놨어요. 그걸 두고두고 후회해요.

조현병에 대한 편견은 형제들도 다르지 않아요. 우리 애가 사촌들하고 관계가 좋았는데 관계 회복이 안 돼요. 사촌들이 이해를 못해 준 거죠. 내가 카페 회원들을 만나면 친부모, 직계 가족 빼고는 형제들한테도 병을 알리지 말라고 그래요. 병식이 좋아져서 회복이 됐는데도 쟤는 정신병자, 이렇게 생각해요.

동생들과 집안일 때문에 만나지만 관계가 단절돼요. 그게 편견이에요. 조현병 걸린 가족이 있으면 친구들을 안 만나게 돼요. 우리 집사람도 동창 모임에 나가면 아들 취직할 때 되지 않았냐, 결혼은 했냐 묻죠. 듣기 싫거든. 고향 친구들과도 완전히 단절돼요. 조현병 가족이 있으면 병에 걸린 당사자가 제일 고통스럽겠지만 가족의 삶도 엉망이 됩니다.

초기 증상 때 혼란스러웠을 거 같습니다.

그나마 다행인 게 의사를 잘 만났어요. 처음부터 한 번도 의사를 안 바꾸고 그대로예요. 의사를 잘 만난 거죠. 아들이 퇴원하고 일주일마다 외래를 가는데 저한테 의사 선생이 도봉구정신건강센터(현 정신건강복지센터)를 얘기하더라고요. 갔는데 초발 환자에 대한 프로그램이 없어요. 다 40대 이상의 만성 환자들 프로그램만 있어요.

도봉구정신건강센터는 서울시 자치구 중에서 상위 다섯 군에 들어갈 정도로 잘 운영되는 곳이었어요. 그런데도 프로그램이 없어. 그 얘기를 주치의한테 했더니 삼성동에 서울시광역정신건강센터(블루터치)에 자치 프로그램이 있을 거라고 권해서 가봤는데 역시나 (없어요). 진행 중인 프로그램은 중간에 인원을 더 받을 수도 없대요.

그러면서 보호자 교육 프로그램을 받아보라고 권해서 인터넷 사이트 '아름다운동행'을 알게 됐고 가입하게 됐어요. 그때가 2009년 11월쯤.

선생님은 운이 좋았던 거 같습니다.

운은 좋았는데 너무 늦었어요. 의사도 다른 건 다 좋은데 늦었습니다, 라고 해요. 지나고 생각해 보니까 아들이 고3 때 전구기(前驅期, 증상이 나타나는 시기)가 있었어요. 애가 하나였으니 부모 사랑을 독차지했잖아요. 애도 성적도 좋고 속 안 썩이고 잘 컸어요.

고3 때 담임선생이 학교에 좀 오래요. 애가 학습 태도가 불량하고 수업 시간에 자꾸 졸고 성적이 떨어지고 있다고. 알았다고 하고 애를 잘 타일렀어요. 그게 고3 스트레스라고 생각했는데 전구기였던 거예요. 성적이 나빠서 재수를 했고 서울 A대학에 입학해서 일 학년 때는 잘 생활했어요. 그런데 2학년 때 그렇게 된 거예요.

'아름다운동행' 카페는 정신장애인 카페가 아니라고 분명히 밝히셨더 군요.
조현병이 발병하면 보호자들이 잘 처리해서 치료되는 경우도 있을 것이고 예후도 나쁘고 대처를 잘못해서 정신장애로 가는 것도 분명히 있습니다. 우리 카페는 조현병 초기 치료 쪽만 다루겠다는 거예요.

제가 카페 가입해서 2년 뒤에 운영자가 되고 3년쯤 뒤에 40대 이상 만성 환우 코너를 만들었어요. 초기 치료 쪽만 다루지 말고 40대 이상의 환자가 치유도 안 되고 재활도 안 되니 대책을 세워보자, 해서 보호자들이 운영하는 시설을 만들어보려고 부지 매입도 하러 다니고 그랬어요.

'아름다운동행' 카페는 등록 자격이 조현병 환우와 그 가족으로만 한정 되는 겁니까.
아니죠. 우리 카페에 조울증 환우들도 많이 와요. 그런데 카페가 조현병 카페로 시작을 했잖아요. 아무래도 조울은 잘 모르잖습니까. 조울증 환우들이 가끔 들어와서 글도 올려요. 그런데 와 보니 조현병은 잘 모르니까 활동을 안 하게 되더라고요. 조현병으로 자격을 제한하지는 않아요. 우울증이나 다른 질환의 환우들도 다 가입시킵니다.

치료 중심의 의료기관이 부족하고 실력이 검증된 조현병 전문의가 부족하다고 했습니다. 조현병 전문의가 많지 않습니까.
전 의료 쪽은 정말 문외한이었어요. 그런데 카페 생활을 오래 하다보니까 회원들 중에 의사 몇 분도 있고 정신과 의사도 있어요. 그런 분들을 오프라인에서 만나면 이런 얘기를 해요. 서울대학교에서 조현병 보는 의사 티오(TO·자리)가 두 명이랍니다. 이 사람들이 거기서 수십 년씩 일을 해요.

조현병을 공부한 전공의들은 자리가 안 나니까 개업을 해요. 개업을 하면 조현병만 해서는 먹고살기가 힘들어요. 그래서 조현병 전공해 놓고 알츠하이머나 노인성치매 이런 걸 2주 동안 공부하고 개업을 한대요. 게다가 개업해도 조현병 환자를 볼 기회가 없고 일반 정신과 환자들을 보게 되고 그러다 보니 전문성이 없어진다는 거예요.

지방 대학병원에서 조현병으로 좀 이름이 있는 의사도 옷을 벗고 개인병원 차려 나가면 조현병 환자를 볼 기회가 거의 없대요. 일반 정신과 환자들만 보게 되니까 조현병 환자는 대학병원에 근무할 때의 지식만 갖고 보게 된다는 거죠. 의사들이 개인병원 차리면 공부를 열심히 안 한다는 얘기죠. 그러니 뒤떨어질 수밖에 없다는 겁니다.

예를 들어 '최소 약물' 주장하는 의사가 있어요. 저도 2011년 정도에 그 의사 이론에 혹했어요. 약을 처음에 먹으면 부작용이 심하잖아요. 그러니 누구라도 그 얘기 들으면 혹하게 마련이에요. 그런데 그 의사가 운영하는 카페에 들어가서 보면 조현병에 대해 지식이 쌓인 사람이 보면 열에 여덟은 잘못 알고 있는 거예요.

조현병에 대한 지식이 없는 보호자들이나 초발 환자들은 거기에 넘어가는데 조금만 지식이 쌓인 사람들이 보면 다 틀렸다는 걸 알 수 있어요. 우리 아들도 증상 잡힌 게 약물 복용하고 일 년 넘어서면서였어요. 엄청난 용량을 복용했어요. 의사는 그만큼 치료가 늦어서 그렇다고 해요. 제 입장에서 얘기했어요. 선생님, 다른 병원에 가서 진단 한번 받아 봐도 되겠습니까. 그분이 인격자예요. 보통 의사들은 그런 말 들으면 싫어할 건데 그분은 대뜸 가 보시라고 그래요.

카페에 이런 글이 있더군요. "우연히 좋은 의사를 만날 가능성은 거의 없다. 노력과 시간은 배신하지 않는다. 보호자의 노력과 헌신만큼 환우는 좋아진다"고요. 그런데 너무 오랜 시간 맞는 의사를 찾아다니는 건 심신이 소진되는 일 아닐까요.

그 글을 쓴 사람이 콩깍지라는 닉네임을 쓰는 지방에 계시는 환우 엄마예요. 그분 딸이 대학교 때 발병해서 대구에 있는 병원에 입원시켰어요. 몇 달이 지나도 차도가 없으니까 그때 카페에 가입을 했어요. 그리고 (정보를 얻고) 이 양반이 딸을 사설 구급차에 태우고 서울의료원 K 교수를 찾아가요. 코로나19 일어나기 전입니다.

그 의료원 응급실에서 대기했어요. 거기 당직의가 다른 의사를 소개해주겠다는 걸 거부하고 버텼어요. 난 K 교수 기다리겠다고. 그래서 그 교수가 간호사 연락을 받고 진료가 없는 날인데도 나왔어요.

그 선생에게 진료받으면서 급속히 좋아졌어요. 서울의료원에 두 달 입원했는데 지금도 지방에서 서울의료원으로 외래를 와요. 그래서 그런 말을 한 거예요. 카페 '아름다운동행' 역할은 우리가 전문가가 아니고 보호자 입장이니까 초발 환자의 보호자들이 시행착오를 줄이는 경험을 공유하는 겁니다.

조현병 전문 의사들 소수…
조현병에 집중할 수 있는
의료 체계 만들어야
'아름다운동행' 카페는 보호자들의
시행착오 줄이는 경험 공유 공간

보호자는 초조한 마음에 대체의학이나 검증되지 않은 방법을 찾고 한약을 먹이고 민간요법, 무속적 방법, 식품영양학적 방법을 다 시도해 보고 절망하게 됩니다. 이들에게 어떤 조언을 해 주고 싶습니까.

저도 아이가 발병하고 정신건강센터 가족 모임을 갔어요. 가면 50대, 60대, 80대 보호자들이 와요. 우리 자식이 나이가 50살인데 지금도 집에 누워있다 이거야. 병 난 지 30년이 지났는데도 그런대요. 들어보면 교회에서 기도로 치료하려 했다는 사례도 있고 또 조현병을 심리치료한다고 심리상담 다니다가 병을 키운 사례가 많았어요.

지금은 그분들이 약물치료에 대한 의문을 갖지 않습니다. 저부터도 아이 발병한 2009년에 약물치료를 하면서도 이게 약물로 낫는 건가 싶었어요. 그때만 해도 의사들도 확신이 없었을 거라는 생각이 들어요. 2010년에 의학전문지나 각종 중앙 일간지에 조현병을 한의학으로 치료해 완치했다는 사례들이 대서특필 된 적이 있어요.

그래서 저도 거기를 갔습니다. 거긴 보험이 안 돼서 약값이 엄청 비싸요. 제가 애 데리고 도봉구에서 부천까지 갔다 오면 하루가 걸립니다. 그 1년 6개월 동안 그 한의원에 갖다 바친 돈이 2000만 원이 넘어요. 다행히 저는 한약으로 치료하면서도 겁이 나서 양약을 안 끊었어요. 그런데 그 한의사 지시대로 약 끊은 사람들은 다 재발했어요. 그럼 신문 기사가 가짜였냐? 그건 아니에요.

기자들이 전문 지식이 없잖아요. 일시적으로 몇 달 좋아진 걸 갖고 재발에 대한 검증 없이 완치됐다고 기사를 쓴 거죠. 전 한약을 먹이면서도 돌다리 두드리듯이 양약을 안 끊어서 그렇지 당시에 카페 회원들 중에도 양약 끊고 한약만 먹은 이들이 재발이 크게 됐어요. 그 후로는 아무리 약물을 투여해도 안돼서 난치가 된 사례들이 몇몇 있어요.

플라시보 효과를 강조했습니다. 환자에게 치료의 희망을 심어주어야 한다고요. 돌보는 가족이 지쳤는데 이런 마음을 가진다는 건 어려운 일 같습니다.

우리 카페 들어오면 회원들이 다 엉엉 우는 소리, 죽는소리를 합니다. 우리가 처음에 이런 얘기를 했어요. 이미 병은 온 거고 죽는소리 해봐야 무슨 소용이 있느냐, 도움이 안 된다, 이미 카페 가입할 때 조현병이 난치라는 걸 알고 오지 않았느냐, 이왕이면 긍정적으로 치료하자, 우리가 목표로 하는 건 약을 먹으면서 정상적으로 사는 건데 우리의 장래는 생각하지 말자, 확신을 갖고 부모로서 할 수 있는 최선을 다 해 보자고 이야기합니다.

의사들이 공부하지 않고 선진 의학 정보에 어두운 이가 있다고 했습니다. 의사들이 화날 수 있겠습니다.

아까 제가 다른 병원으로 가보겠다고 했잖아요. 소개를 받아서 갔는데 그 의사는 좀 이름이 있는 분이에요. 명문대 교수까지 한 최고 정신과 의사라고 해서 갔는데 아들이 복용하는 약을 가지고 갔어요. 아들이 아빌리파이하고 인베가약을 먹고 있었는데 그 약을 보여주니까 의사가 그 약을 몰라요.

그 당시에 인베가 나온 지가 2년 됐고 아빌리파이도 나온 지 5년 됐어요. 그런데 그걸 의사가 몰라요. 5년 전에 나온 아빌리파이를 모른다는 건 우리 상식으로 있을 수가 없어요. 그만큼 공부를 안 한다는 얘기예요. 그분이 개인병원 의사치고 정신과 명의로 소문난 분이에요. 그런데도 몰라요.

또 하나는 아까 최소 약물 주장하는 의사. 그 의사는 아빌리파이가 여성전용 약물이라고 해서 남자가 쓰면 안 된다고 그래요. 의사가 착각을 한 거야. 대학병원에서 여자들이 리스페달 계통 약을 먹으면 생리불순 부작용이 있는데 그럴 경우 대한병원 의사들이 아빌리파이로 바꿉니다. 그걸 보고 아빌리파이가 여성 전용 약이라고 착각을 하는 거예요. 그 의사에게 약물을 아빌리파이로 바꿔달라고 하면 여성 전용 약이어서 쓰면 안 된다고 얘기를 한대요.

또 하나. 처음 조현병 약물치료가 시작됐을 때 약물을 섞어 쓰면 안 된다고 했습니다. 하나만 쓰라고 한 거죠. 복합처방을 절대로 하면 안 된다는 게 초기 이론이에요. 그런데 2000년대 들어와서 복합처방이 대세가 됐는데 그 의사는 2015년 당시까지도 복합처방을 쓰면 큰일 나는 거라고 알고 그렇게 주장했어요. 복합처방이 대세가 된 지 10년이 지났는데도 몰라요.

1세대 정형약물은 부작용이 심했어요. 그런데 2세대 비정형 약물이 1990년대 초중반 식약청 인가를 받고 보편화되면서 부작용이 없어서 약물 치료를 제대로 시작하게 됐어요. 약물 치료가 2000년대 들어와서 시작된 거죠. 2000년대 초 대학병원에서 사용하기 시작했고 그 당시 의학을 공부한 의사들만 약물 교육을 제대로 받은 거죠.

그전에는 의대생들이 약물 교육보다 심리 쪽을 했어요. 대학병원은 교육도 시키고 환자 치료도 해야 하니까 끊임없이 공부를 해야 되잖아요. 그렇지만 개인병원은 먹고 살아야 하니까 공부하고는 담을 쌓게 돼요. 그러니 모를 수밖에요.

조현병을 마음의 병이 아닌 뇌의 질환이라고 했습니다. 여전히 조현병을 마음의 병으로 접근하는 시선도 많습니다.

저부터도 아들이 발병하고 처음에는 뇌의 호르몬 이상이라는 걸 이해하기 힘들었어요. 발병하고 심리치료를 해서 잘못된 사례가 가장 많습니다. 심지어 우리 카페 운영자 한 분도 약물치료를 못 받아들였어요. 약물 반, 심리상담 반 이렇게 생각한 거죠.

그러다가 4년 정도 지나 아들이 재발을 했어요. 재발하고 약물을 세게 쓰니까 그간 이해되지 않았던 부분이 싹 해결이 됐어요. 그전에는 약물 부작용 때문에 약하게 약을 쓰고 심리상담을 병행했는데 재발을 하니까 할 수 없이 약을 강하게 썼을 거 아니에요. 그러니까 여태까지 해결 안 된 게 해결이 된 거예요. 그래서 이분이 약물 치료를 100% 믿게 됐어요.

카페 글들을 보면 최근보다 옛날에는 오진이 많았어요. 조현병을 우울증으로 오진하는 사례가 가장 많습니다. 전문성이 없는 의사한테 가면 우울증으로 오진을 많이 해요. 요즘은 중증우울증은 약물치료를 하지만 가벼운 우울증은 심리상담으로 치료해요.

제가 아는 유명한 사례가 있어요. 5~6년 전에 카페에 가입한 KBS 고위관계자예요. 이분 아들이 의대생인데 대학교 1학년 때 발병을 했어요. 집안도 잘살아요. 강남의 유명한 개인병원 의사 열 곳을 다녔는데 다 우울증이래요. 그래서 3년 동안 우울증 심리치료만 열심히 한 거야. 그래도 안 나으니까 마지막으로 젊은 의사한테 갔는데 의사가 정신분열증이라고, 빨리 서울대학병원으로 가보라고 해요. 서울대병원에 갔더니 조현병이야. 조현병인데 늦었어. 3년 동안 허송세월을 한 거지. 그 기간 동안 다른 약을 써도 안 돼서 병이 깊어졌는데 서울대병원에서 클로자릴을 쓰니까 2년 만에 좋아졌대요. 2년 뒤에 의대 복학하려고 했는데 의대는 복학이 안 된대요. 병의 치료가 늦어버린 거예요.

저희 카페 회원 한 분이 이런 얘기를 해요. 대한민국 최고 의료기관인 서울대학병원에 심리치료하는 의사가 없다라고요. 조현병하고 조울증을 분석적 치료로 접근하면 병을 악화시켜요. 문제는 전문성이 없는 의사들이 약물치료를 해야 할 환자에게 심리치료를 한다는 거예요. 지금은 덜하지만 옛날에 그런 게 많았어요.

조현병의 잘못된 치료 방식의 예를 팔다리를 다치거나 암에 걸렸을 때 심리상담이나 종교적 방법으로 치료하는 것과 같다는 비유를 했습니다.

약물치료를 해야 돼요. 뇌의 호르몬의 이상이 왔으니까 뇌의 병인데 이건 정신력이나 의지로 통제가 안 되잖아요. 약물치료를 할 수밖에 없는 것을 다른 방법으로 치료하려는 건 팔이 부러졌거나 암에 걸렸는데 상담으로 치료하는 것과 똑같아요. 팔이 부러졌는데 상담해야 되겠어요? 조현병이 뇌의 질환인 거는 과학적으로 입증이 됐잖아요. 그걸 카페 초기 환자들의 보호자들이 이해하기 힘드니까 이해하기 쉬우라고 비유를 한 겁니다.

정신질환, 특히 조현병은 의료장비나 의학적 데이터에 의해 진단되는 병이 아니라 의사의 임상 경험이 절대적이라고 했습니다.

지금도 조현병이 오진이 많습니다. 실제 개인병원에서 5~6년 동안 조현병인 줄 알고 치료했는데 조현병이 아니라는 경우도 있어요. 카페에 대표적인 사례가 있어요. 정부 차관급 되는 공무원인데 딸이 고등학교 때 발병했어요. 인천의 대학병원에서 조현병 진단을 받고 5년 동안 치료를 했는데 그 의사가 그만두고 다른 의사가 왔는데 조현병 아니라고 그래요. 그런 경우 많습니다.

조현병을 진단하는 건 엑스레이 찍고 진단하는 게 아니에요. 뇌 사진으로 진단하는 방법이 개발 중이라고 하지만 아직은 조현병 진단을 본인이나 가족, 친지들이 진술하고 의사의 전문 지식과 경험으로 하는 거거든요. 결국은 조현병을 많이 진단해본 의사만이 정확한 진단을 할 수 있어요.

병원의 명성과 정신과 전문의가 유능한 것은 별개라고 했습니다. 많은 이들이 병원 명성만 보고 치료를 맡기지요. 이 경우 어떤 문제가 발생할 수 있습니까.

좋은 병원이라고 하는 A 병원, B 병원의 경우 조현병 환자를 반기지 않아요. 거기는 돈 되는 과만 육성해요. 조현병은 약물치료 비용이 거의 안 들어요. 산정특례 안 해도 건강보험 하면 한 달 약값 몇 만 원 정도 나오니까 돈이 안 되는 거죠. 육성을 안 해요.

이 병원들은 돈이 안 되니까 정신과를 형식적으로 유지할 뿐 유능한 의사가 없다는 거예요. 하지만 부모들은 자식이 병 나니까 좋은 병원이라고 무조건 거기로 가요. 우리가 그런 병원들 가지 말라고 말 못하잖아요. 그래서 돌려서 말한 겁니다. 병원의 명성과 정신과가 유능한 거는 별개에요. 또 대학병원이라고 다 정신과가 유능한 건 아닙니다. 우회적으로 카페에서 강조하는 겁니다.

치료에서 가장 중요한 문제는 의사를 잘 선택하고 의사의 지시에 충실해야 한다는 것이라고 했습니다. 어떤 방식으로 의사를 잘 선택할 수 있습니까.

A급 대학병원 의사들이 신(神)이 아니에요. 거기서도 치료 안 되는 환자들 많아요. 그렇지만 A급 대학병원들은 잘못될 확률이 적다는 거죠. 카페의 수많은 사례를 보면 개인병원에서 몇 년 동안 증상이 안 잡히다가 A급 대학병원에 가서 금방 잡히는 경우가 압도적으로 많아요. 그래서 시행착오를 줄이고 좋은 의사한테 가는 게 확률적으로 치료의 가능성이 높아요.

또 유능한 의사라고 해도 자신(가족이나 당사자)과 궁합이 잘 맞아야 한다고 했습니다.

이런 경우가 있어요. 일반적인 얘기는 아니고 카페 회원이 개인병원 의사를 추천하는 경우가 있어요. 그건 검증이 안 됐잖아요. 그 의사가 특정한 경우에 환자하고 궁합이 잘 맞을 수는 있지만 일반적으로 다 맞는다고 볼 수가 없죠. 함부로 추천하지 말라는 겁니다. 그래서 우리 카페는 객관적으로 누구나 인정하는 검증된 의사만 추천하자 그 얘기입니다.

정신장애인 인권 보장은 빠르고 정확한 치료와 복지의 확대로 귀결된다고 했는데 어떤 의미입니까.

2009년에만 해도 책에 보면 조현병의 30%는 치료되고, 30%는 입·퇴원 반복하고, 30%는 평생 입원해야 된다고 했습니다. 3분의 1 법칙이었어요. 그런데 5~6년 전에 미국에서 출판된 정신질환에 관한 책을 보니까 비정형약물치료가 본격화되면서 초기 치료 잘하면 사회복귀율이 60%가 넘는다는 보고가 있어요. 불과 5~6년 전 얘기에요.

제가 느끼기에도 아들이 발병한 2009년 당시하고 5년 전이 틀리고 요즘이 또 틀립니다. 치료 기법도 발전하니까 갈수록 사회복귀율이 높아질 거라는 얘기입니다. 그렇지만 치료에 실패하거나 초기 대처를 잘못하거나 부모 지지가 없고 본인의 노력도 없으면 만성화돼서 40살 넘으면 장애인으로 갈 수밖에 없잖아요.

그러니 발병 10년 차 미만에서는 정부가 유능한 의료기관을 많이 제공해야 된다는 거죠. 민간병원은 정신질환이 돈이 안 되니까 육성을 안 해요. 그나마 조현병에 유능한 의사가 국공립병원에 있어요. 정부에서 지원하지 않으면 발전할 수가 없어요.

치료에 실패해서 만성화되면 사회적 복지 확대해야죠. 발병 초기 10년 정도는 치료 기회를 확대하고 유능한 의사를 많이 육성해서 치료 기회를 제공해 줘야죠. 만성 정신장애를 막는 게 국가로서도 득이잖아요. 만성화된 정신장애인에게 복지로 쓰는 비용보다 치료를 해서 사회에 복귀시키는 게 멀리 보면 더 득이죠.

정신장애 당사자운동 단체가 인권·복지 쪽만 하지 말고 정부를 상대로 좋은 병원을 만들고 좋은 의사를 육성해 지원하라는 목소리를 높여 달라는 얘기입니다.

요양 위주나 상담 위주가 아닌 적극적 약물치료로 치료 중심의 진료를 하는 병원이나 의사를 찾기 어렵다고 했습니다. 이는 병원 중심의 논리, 약물 중심의 왜곡된 치료 방법이라는 비판이 있을 수 있겠습니다. 과거에 조현병 치료하는 정신과 전문병원은 만성 환우를 수용하는 의미였어요. 치료보다는 요양이었죠. 장기입원해서 병원 수익만 위주로 하는 병원이었다는 거죠. 거기 의사들도 환자들이 만성이고 치료가 안 되니까 형식적으로 케어하고 약이 맞으면 좋고 안 맞으면 만다, 그런 식이었어요. 적극적으로 치료하려는 생각을 안 하는 거죠. 거기서 장기입원의 폐단이 생기는 거예요.

입원시킬 필요가 없는데 병원 수익을 위해, 또 돈 많은 보호자들은 집에 있으면 골치가 아프니까 장기입원 시킨단 말이에요. 그런데 소위 말하는 대학병원에서는 장기입원을 시킬 필요가 없는 거예요. 제 아들도 2주 딱 되니까 의사가 퇴원

우연히 좋은 의사 만날 가능성 없어… 노력하고 찾아야 해 중·고등학교 교육 과정에 정신질환 관련 넣어야

하라고 했거든요. 병증이 치료되고 입원이 더 이상 필요 없을 때 바로 퇴원을 시키는 겁니다.

조현병 치료에 전문성이 있는 신촌세브란스라든가 서울대학병원에 가면 진단이 정확하고 약 찾으면 바로 퇴원시키지 환자가 더 있고 싶다고 해도

나가라고 그럽니다. 그러니까 그건 정확히 구분이 돼야 합니다. 보호자나 당사자도 치료 중심의 병원을 가야 치료가 되는 거지, 요양 위주의 병원으로 가면 안 된다는 겁니다.

　이런 경우가 있어요. 경기도의 C 병원은 조선일보나 KBS에서 환자 인권을 존중하는 좋은 병원이라고 기사화했어요. 우리는 그 병원이 최고 나쁜 병원이라고 합니다. 아는 사람들은 최고 나쁜 병원이라고 해요. 거기 갔던 초발 환자들이 거기서 몇 달 동안 방치가 되는 거예요. 요양으로는 좋은 병원일 수는 있죠. 기자들이 개념이 없으니까 조현병 병원 중에 가장 좋은 인권 병원이라고 해요.

　여기 입원하면 의사 얼굴을 일주일에 한 번 보기도 힘들대요. 실제 겪어 본 사람들은 다 재발해요. 카페 회원들 중에 그런 사람들 굉장히 많습니다. 또 병원비는 엄청 비싸요. 그게 폐단이에요. 요양하는 병원이 있고 치료 중심의 병원이 있어요. 요양병원은 도저히 가족이 돌볼 수 없을 때, 재활은 힘들고 가족이 돈 여유가 있을 때 그때 가야죠. 치료 가능성이 있는 환자들이 그 병원에 가면 안 된다는 거예요.

　당사자 운동가들은 그들이 병원에서 받았던 치료가 아닌 감금에 깊은 트라우마를 입은 사람들입니다. 그들에게 병원은 폭력적 공간입니다. 우리가 강제입원이라는 말을 하잖아요. 그건 보호입원으로 용어를 바꿔야 합니다. 조현병의 특징이 병을 부인하는 거잖아요. 그럴 때 어쩔 수 없이 부모 동의하에 입원시키는 걸 보호입원이라고 그러는 거예요. 그럼 백 명의 보호입원 중에 진짜 나쁜 부모는 그중에 한 명은 있겠죠.

　나쁜 부모들이 법을 악용해서 강제입원시키기도 하고 재산 다툼으로 그렇게 할 수 있습니다. 그건 극소수의 얘기이고 대다수 부모들은 자식 치료하기 위해 눈물을 머금고 입원을 시킨다 이거예요. 이건 분명히 구분돼야 합니다. 빈대 한 마리 잡겠다고 초가삼간 태울 수는 없지 않습니까.

지금은 코로나로 입원이 더 힘들어요. 병이 났는데 1년 동안 병원 치료를 못 받아요. 눈물로 (자식을) 설득해도 안 되는데 어떻게 해야 되냐. 보호입원 시켜야 합니다. 죽어도 안 되는데 어떻게 해야 되느냐. 그래도, 본인이 사설 응급팀 싫다고 해도 그래야 합니다.

트라우마가 많이 남지 않겠습니까.

사례들을 보면 그렇게라도 해서 입원시켜서 치료가 된 환자들은 다 고맙다고 합니다. 재산 다툼 등으로 환자가 아닌데 병원에 감금하는 사례가 없다고는 얘기하지 않겠습니다. 또 부모가 병 치료를 위해 강제입원시켰는데 이걸 부모가 자기를 학대하기 위해 입원시켰다고 주장하는 환자도 있어요. 그건 병증이 사라지지 않고 남아 있는 거예요.

우리 카페에 30대 후반의 여성 환자가 있어요. 비혼의 공무원인데 카페에 가입할 당시만 해도 부모에 대한 원망이 굉장히 많았어요. 아버지가 자기를 학대해서 병이 났다는 거예요. 강제입원을 세 번이나 당했지만 부모가 그렇게 해 준 것에 고맙다고 해요. 병증이 사라진 거예요. 지금 굉장히 좋아졌어요.

그렇지 않은 경우가 더 많지 않습니까.

물론 그렇지 않은 경우도 있는데 열에 아홉은 치료를 위해 입원시키는 거지 억지로 감금하는 사례는 백에 하나라는 얘기예요. 강제입원 트라우마로 고통받는 환자들이 분명히 있어요. 있지만 대부분의 경우는 어쩔 수 없이 강제입원을 해야 되는 사례들이 더 많고 그런 트라우마는 병이 나으면 깨끗이 없어져요.

보호자의 병식이 환자의 병식보다 중요하다고 했습니다. 왜 그렇습니까. 초발 환자들은 사리분별이 힘들어서 치료를 거부합니다. 이때 보호자가 똑바로 중심을 잡아서 치료해야 하는데 굿을 한다든가 기도원에 넣는다든가 심리치료를 한다든가 한약을 준다고 해서 몇 년을 허비하고 말아요. 병원에 가야 하는데 보호자가 교회 기도원에 넣어요.

세상에 2009년, 2010년 그때도 굿하는 사람 많이 봤어요. 지금도 굿하고 기도원에 있는 사람들이 많아요. 그래서 보호자가 병에 대해서 알아야 된다는 얘기에요. 초기 단계에서 보호자의 병식이 절대적입니다.

보호자의 역할은 당사자에게 물고기를 잡아 주는 역할이 아닌 스스로 물고기를 잡는 방법을 가르쳐 경제적으로 독립하게 해야 한다고 강조했습니다.

우리 애가 초기 치료 후 1년 넘어가니까 병증이 잡히더라고요. 대학에 복학시켰는데 남들 4년 8학기면 졸업하는데 우리 아들은 14학기 만에 졸업했어요. 인지 기능이 떨어지니까 중간에 휴학하고 해서 8년 만에 졸업한 거예요. 그 와중에 재활을 혹독하게 시켰어요. 알바도 시키고.

그랬는데 대학교 4학년 때 재발을 했어요. 취업 스트레스와 졸업 작품을 단체로 만들어야 해서 밤샘 한 달하고 재발하더라고요. 재발하면 그 후유증이 2년 가요. 지금은 알바를 하고 있지만 거기까지가 보호자로서의 한계에요.

우리 보호자가 할 수 없는 부분이 있어요. 나머지는 본인이 해야 돼요. 제가 대신 일해 줄 수 없잖아요. 보호자로서 병 치료하고 재활까지는 해 주는데 나머지 삶은 보호자의 한계라는 거예요. 우리 보호자들도 카페에서 이런 얘기를 해요. 보호자도 나이를 먹고 정년퇴직하고 재취업하면 월급이 반 토막 나잖아요. 벌어놓은 재산은 없고 경제력은 유한한데 아들 돌보려고 돈을 많이 까먹는다 이거예요.

　노후가 걱정인데 보호자들 소망이 뭐냐면 자식이 자기 밥벌이라도 할 수 있었으면 하는 거예요. 사회적으로 남들에게 눈에 띄는 직장이 아니고 소소한 거지만 자기만족을 느끼면서 작은 행복을 찾아 사는 겁니다. 지금 박 선생(기자를 지칭) 정도만 돼도 좋겠다는 게 보호자들의 소망이에요. 수입이 적어도 자기 만족감을 느끼면서 자기 행복을 찾고 스스로 일을 하는 게 소망입니다.

　항정신병약은 부작용이 심하니 최소 용량으로 복용해야 한다는 최소
　약물주의 이론은 왜 잘못됐습니까.
최소약물 주장하는 사람들이 잘 몰라요. 그건 거대한 오류예요. 저부터도 최소약물 이론에 혹했던 사람 중의 하나예요. 왜 그러냐면 최소약물 주장 나왔을 때 카페 운영진들이 다 거기에 관심이 있었어요. 그 의사가 한 정신장애 관련 카페에서 상담을 해줬어요.

　그러다가 환우들한테 이상한 얘기를 해서 카페에서 갈등을 일으켜서 나갔어요. 그래서 자기가 카페를 만들어요. 그 사람이 카페 만들 당시 거제도에서 병원을 운영했어요. 그 카페 개설해서 최소약물 주장하니까 약 적게 쓰고 빨리 줄여준다고 하니까 다 좋아해요.

　우리가 심지어 이런 얘기를 해요. 약이 환자를 죽일 정도 되는 고통을 받아야 치료가 된다고요. 그런데 약 줄여준다는데 안 좋아할 수 있겠어요. 그런데 그 의사한테 간 열에 여덟은 다 재발해요. 처음에 혹했는데 나중에 검증을 하니까 피해자들이 속출하는 거예요.

　심지어 '아름다운동행' 정기 모임에 가면 그 의사 추종자들이 와서 선전을 해요. 그 의사 만나서 좋아졌으니까 한번 가 보라고. 그런데 나중에 이 사람들이 또 몰려와서 말해요. 그 의사한테 사기당했다고. 정신질환 이거 의료분

쟁의 대상이 될 수 없습니다.

모든 약은 최소 용량으로 쓰는 게 맞아요. 최소 용량 싫어하는 사람이 누가 있어요. 그런데 최소 용량이 어느 정도가 최소 용량인지 아무도 모르는 거잖아요. 몇 년이 지나고 사례가 쌓이다 보니까 결과적으로 약을 세게 쓴 사람이 치료가 빨라요. 초기에 2년 정도 약물로 고통스러워도 약을 세게 쓴 쪽하고 그 의사처럼 약하게 써서 재발되는 것하고는 차이가 나죠.

박 선생 질문대로 약을 세게 쓰면 하루 종일 잠만 자고 침만 흘리고 활동을 못 하잖아요. 그렇게 2년 혹독하게 치료하고 나서 서서히 줄이면 거의 재발 없이 일상생활로 복귀해요. 그런데 처음에 약을 약하게 쓰면 병이 한 번에 잡혀요. 그럼 금방 좋아집니다. 활발하게 움직이게 돼요. 그렇지만 조금만 스트레스 쌓이면 바로 재발해요. 재발에 이르는 시간이 몇 달이냐가 문제지 결국은 일 년 내에 재발해요.

우리 카페 회원 중에 25살 먹은 잘생긴 환자가 재발을 일곱 번 하는 걸 제가 봤습니다. 그가 모임에 와서 독하게 약을 세게 쓰겠다, 약 안 줄이겠다고 하고서는 또 약을 줄여요. 또 재발하죠. 그동안의 치료가 무의미하게 되는 거예요. 결국 최소 용량은 허구다 이거예요.

그리고 아까 그 의사는 카페에서 사이버로 진단하면서 키 얼마에 몸무게 얼마면 어떤 약을 먹으라고 표준화시킵니다. 우리가 그런 얘기를 해요. 환자마다 병증이 다 틀리고 환자마다 맞는 약도 틀리고 용량도 틀린데 남자고 키가 얼마고 몸무게가 얼마면 요만큼 써라? 그건 있을 수가 없어요. 그 의사는 환자들을 갖고 돈벌이 시험 대상으로 삼은 거예요.

우리 보호자들이 피를 토하는 건 (우리 아이들을) 돈벌이하는 시험 대상으로 삼는다는 거예요. 물론 그 최소 용량 치료법으로 했을 때 다 나빠지는 건 아니에요. 열에 한둘은 좋아져요. 그렇지만 한두 명이 좋아질 뿐 나머지 80%

는 다 재발해서 그게 두세 번 이어지면 난치가 된단 말이에요.

처음에 고통을 참고 2~3년 약을 정상적으로 복용하면 시간이 흘러 회복할 수 있는 환자가 순간적인 고통을 못 참아서 (최소 용량에) 현혹돼 약을 줄이면 다 재발하고 말아요.

그 의사 지금 경기도 A시의 모 병원에 있는데 거기 갔던 우리 카페 피해자들이 그렇게 비판합니다. 20~30년 전에나 있을 법한 병원이라는 거예요. 우리 카페에 관련 글도 많아요. 최소 용량은 옛날에 구원파(다미선교회)가 휴거된다고 해서 멀쩡한 사람들이 거기 돈 갖다 바치고 했던 것과 똑같아요.

조현병 자식을 둔 부모와 가족에게 어떤 조언을 해 주고 싶습니까.
제가 그때 지금 정도의 의식 반만 가졌어도 아들의 치료 재활 기간이 훨씬 단축됐을 거예요. 보호자들이 이구동성으로 하는 얘기입니다. 정신의학이 생긴지가 얼마 안 된 대신에 굉장히 빨리 발전합니다. 지금은 일 자녀 세대, 이 자녀 세대이잖습니까. 옛날 우리 때는 일고여덟 명 낳고 먹고 살기 힘드니까 그중에 조현병 자식이 생기면 포기한다고 그랬어요.

그런데 지금 부모들은 자식이 병에 걸리면 목숨을 겁니다. 자식이 한두 명뿐이니까 거의 목숨을 걸어요. 시행착오 않고 빨리 치료를 시작하면 완벽한 사회 복귀는 모르겠지만 제한적으로 일상생활이 가능하다고 봅니다.

문제는 아직도 전문 지식이 없어요. 그래서 중·고등학교 교육 과정에 정신교육을 포함시켜 달라고 우리가 주장합니다. 저부터도 이런 병이 있다는 것조차 몰랐어요. 우리 카페 회원 중에 충남 지역의 고등학교 교사가 있는데 남편이 병이 난 거예요. 이분이 교사로 있으면서 자기는 몰랐는데 제자들 중에 이 병에 걸린 애들이 있더라고 그래요.

그런데 보호자들이 쉬쉬하고 감추려 한다고요. 실제 보호자가 탁 털어

놓으면 도와줄 수 있는데도 그런다는 거죠. 우리가 이런 얘기를 해요. 우리 보호자부터 병에 대한 편견을 버려야 한다고요. 저부터도 익명을 쓰잖아요. 결국 내가 형제들에게 병을 알린 거 때문에 우리 아들이 고통받고 있어요.

간혹 카페에서 당사자운동에 대한 이야기가 나올 때가 있어요. 우리 부모 입장에서는 환우가 회복이 된 후에 스스로 판단해서 뛰어들든가 말든가 해야지 부모가 결정하면 안 된다고 그래요. 그래서 중·고등학교 과정에 정신질환 교육이 있으면 빨리 대처가 되고 덜 헤매겠죠. 그러면 회복률도 많이 올라갈 거고요.

인터뷰가 끝나자 그가 저녁을 먹고 가자고 했다. 기자는 곱창집에서 그의 못다 한 이야기를 들었다. 어둠이 짙게 내려와 있었다.

2021.04.02

"주어진 삶의 풍경을 아름답게 느끼는 찰나의 감사함, 그것이 회복은 아닐까"

서정필·오승애 부부(광주 영농법인)

그는 광주 시내에 아파트 두 채를 갖고 자신의 사업장도 있었으니 크게 어려운 삶을 살지는 않았다. 그러나 아이가 중학교 1학년 때 집단 따돌림과 학대를 당하면서 삶이 크게 흔들리기 시작했다. 2000년 초엽이었다.

정신장애에 대한 정보가 하나도 없던 시절. 아니, 정보가 있었지만 수도권에 집중돼 있었고 지방에는 정신건강복지센터가 있는지도 몰랐던 시절이었다. 그와 아내는 이후 12년을 아이의 치유에 모든 걸 바쳤다. 그의 말대로 '셀 수도 없는' 아이의 입·퇴원을 지켜보면서 스스로 정신적으로, 육체적으로 소진돼 버렸다.

그는 아이를 데리고 광주 광산구의 한 농촌으로 들어왔다. 그는 "여기서 다 포기하고 죽으려고 했다"고 말했다.

우연처럼 아이가 마지막 입원했던 병원에서 센터의 존재를 알려줬다. 그리고 그 센터를 통해 정신장애인 가족교육 모임인 '패밀리링크'를 알게 됐다. 조현병에 대해서는 다 알고 있다고 생각했던 그는 뒤늦게 깨닫게 된다. "아, 나는 이걸 실천하는 법을 몰랐구나."

이후 그와 아내는 서울에서 중앙 심화 과정까지 교육을 이수하고 패밀리링크 광주전남 지부 초대 지부장이 됐다. 그리고 그는 비로소 아이와 '눈높이'를 맞추는 것이 무엇인지를 깨닫게 됐다.

아이는 중학교를 자퇴한 후 검정고시를 거쳐 전문대에서 사회복지학을 전공했다. 이후 전남 지역의 한 병원에 계약직으로 들어가 일하기 시작했다. 9년이 그렇게 흘렀다.

그는 지난해부터 지인들과 정부 기관의 도움으로 사회적 농업을 시작했다. 멀리서 당사자 아이를 데리고 오는 사람, 부부끼리만 와서 아이 돌봄을 하소연하는 사람, 심적으로 지쳐버린 사람들이 그렇게 하룻밤을 보내고 갔다. 많은 이들이 그의 농장을 찾았고 다시 돌아가 당사자 아이를 돌봤다. 무엇을 해 준다기보다는 그들에게 농장이 하나의 '쉼'이 되기를 바랐다.

많은 이들이 묻는다. 회복이 무엇이냐고. 그는 완전한 회복에 대해 "모르겠다"고 말했다. 다만 집에서 나오지 않던 아이가 밖으로 나와 무언가 의미있는 삶을 살아가게 된다면 그것이 회복의 한 부분은 아닐까라고 했다.

비트겐슈타인은 "말해질 수 없는 것에 대해 침묵해야 한다"고 말했다. 모두가 회복을 말하지만 우리는 어쩌면 회복이 무엇인지 모르는 것은 아닐까. 그 말하지 않는 가운데서 살아가는 움직임, 그것이 혹 회복은 아닐까. 어느 날 아침 눈을 떠보니 주어진 삶의 풍경들이 참 아름다웠다고 느끼는 찰나의 감사함, 그것이 회복은 아닐까. 그러므로 기자 역시 침묵할 수밖에 없다.

지난 15일 시정필(84) 씨와 아내 오승애(57) 씨를 만나러 광주로 내려갔다. 서정필 씨가 건넨 명함에는 '천사베리영농조합법인 이사'라는 직함이 찍혀 있었다. 우리는 함께 점심을 먹고 인터뷰를 시작했다.

아드님은 처음에 어떻게 발병했습니까.

서정필 중학교 1학년 때 학교 폭력으로 발병했어요. 12년 동안 입·퇴원을 셀 수 없이 했죠. 서울·경기 쪽은 가족 교육이나 세미나도 풍성한데 광주는 전혀 없었어요. 전문가나 의사 같은 리더도 없고요. 제가 광주 지역에서 발 벗고 나섰죠.

아드님은 졸업을 했습니까.

서정필 검정고시 거쳐서 야간 전문대 사회복지과를 나왔어요. 그때 저와 아내도 아들과 같은 학과에 입학해서 같이 다녔습니다. 우리는 대학을 졸업했으니 1년이면 되는데 아들은 2년 다녔어요. 1년은 같이 다니고 나머지 1년은 혼자 다닌 거죠. 수업도 같이 듣고, 리포트도 같이 공유하고요. 그렇게 졸업했어요.

당시 정신질환에 대한 정보가 없어서 많이 헤맸을 거 같습니다.

서정필 정보가 하나도 없어서 애먹었습니다. 12년을 헤맸어요. 여기로 올 때 다 포기했어요. 여기서 같이 죽자. 그 시점에 패밀리링크를 알게 됐어요. 가서 교육을 들었는데 다 아는 내용이에요. 아들이 10년이나 아픈데 제가 무슨 자료라도 안 찾아봤겠어요. 그런데 책장을 넘겨보니까 내가 다 아는 부분인데 실천을 안 했구나 싶었죠. 그래서 아들과 눈높이를 맞추게 된 거죠.

오승애 12년 동안 병원 들락날락하면서 정신건강복지센터가 있는지도 몰랐어요. 의사가 절대 그런 말을 안 해요. 나중에 마지막으로 입원했던 병원 원장이 센터를 찾아가 보라고 해서 그렇게 아들을 거기 보내게 됐어요. 그 당시에 광주광역정신건강복지센터가 생겼는데 각 구 (기초)정신건강복지센터에 패밀리링크 교육받을 사람을 추천하라고 했나 봐요. 그래서 갔어요.

패밀리링크 책자는 어떻게 구입하신 겁니까.

오승애 광역정신건강복지센터에서 교육이 있으니까 가 보래요. 가서 패밀리링크 책자 받고 한 시간 강의를 들었는데 남편에게 빨리 오라고 불렀어요. 받아야 될 교육 같아서요. 거기서 기본 교육, 지역 심화교육하고 중앙 심화교육까지 갔어요. 저희가 패밀리링크 9기예요. 광주에서는 1호고요. 이미 8기까지 전국에서 다 모여서 교육을 했더라고요.

서정필 그때 교육받고 아이 눈높이에 맞춰지니까 아이가 그때부터 회복이 되는 거예요. 6개월 뒤에 아이가 계약직으로 직장에 들어가게 됐죠.

아드님이 몇 번 입원했습니까.

서정필 셀 수도 없죠. 때로는 손발 다 묶여서 입원하고. 인권의 사각지대였어요. 아이도, 부모도 힘드니까 대응할 힘조차 없어요. 그래도 아들이 다닌 병원은 대한민국에서 3%만 들어간다는 병원이었어요. 그 병원에서 오라고 해서 갔더니 아들은 사지가 묶여 있는데 저보고 담당자가 "관리 못 하겠으니까 다른 병원으로 데려가세요"라고 해요.

오승애 병원도 환자를 가려 받는구나 싶었죠.

서정필 아이는 악을 쓰는데 부모로서 대응해야 하니 비참하더라고요. 앰뷸런스에 태워 다른 병원으로 갔죠. 생각해 보면 그때 병원에서 간호사나 전문의가 다독였으면 아들이 여기까지 안 왔을 거예요. 거긴 병원비가 대학병원보다 더 비싸요. 그런데 거기서 환청도 더 심해지고 아이가 힘들어하니까 우리도 힘들었죠.

아드님을 케어하면서 아쉬웠던 부분, 실수를 했던 부분이 있었겠죠.

서정필 저는 서울·경기 지역 가족들이 행복한 사람들이라고 생각해요.

거긴 교육을 늘 접할 수 있잖아요. 저는 그래요. 열 개를 교육받으면 하나만 실천해서 아이에게 접목해라, 그럼 빨리 회복될 것이다, 라고요. 그 교육을 빨리접했다면 이 골짜기 농촌까지 들어오지는 않았을 거예요.

실수했던 부분이?
서정필 실수는 아니고 조현병에 대한 교육을 좀 더 일찍 접했다면 좋았을걸 하는 아쉬움이 있죠.

정신장애인을 둔 가족은 자녀와 어떻게 대화해야 합니까.
서정필 부모라는 타이틀을 내려놓고 친구처럼 눈높이를 맞춘다면 굉장히 회복에 좋아요.

억압하지 말라는 건가요.
서정필 내가 반복적으로 글을 쓰는 게 있는데 '소통하고 공감하고 서로 지지하고 함께한다'는 거예요.

실제적으로 어렵지 않았습니까.
서정필 물론 어렵죠. 어렵지만 부모 입장에서 내려다보지 말고 친구 입장에서 바라보면 조금 더 좋아지지 않을까 싶죠.

많은 부모들이 당사자를 케어하면서 깊은 우울감과 정신적 어려움을 겪게 됩니다. 이들에게 어떤 조언을 해 주고 싶습니까.
서정필 실례로 광주에 두 자녀가 조현병 환자인 가족이 있어요. 아빠가딸들에게 말을 심하게 하면서 폭행을 해요. 우리 보는 데서는 안 하는데 집에서는 그러는가 봐. 제가 우리 집에 불러서 같이 밥 먹고 차도 마시면서 딸들에게 따뜻하고 친구처럼 대하라고 자주 말해줬어요.

그런데 동생이 자살을 했어요. 나도 그때 힘들더라고요. 왜 적극적으로 조언하지 못했을까. 일 년 정도 지나 식사 초대를 했어요. 식사 중에 그가 "왜 내 손을 안 잡아줬냐"고 그래요. "왜 우리 딸 손을 안 잡아줬냐고". 내가 5~6년 동안 만날 때마다 애한테 그렇게 하지 말라고 했는데도 불구하고 그렇게 말해요.

내가 느낀 게 있어요. 가족하고 당사자는 힘드니까 주변의 조언을 못 들어요. 내 소리를 못 듣는 게 아니라 힘드니까 듣고 말아버리는 거예요. 아이가 자살하니까 원망할 사람을 찾다가 서정필한테 왜 손 안 잡아 줬냐고, 버려뒀냐고 그래요.

마음이 너무 아팠어요. 내가 내린 결론은 가족은 정말 반복 교육을 해야 한다, 내가 뺨을 한 대 맞더라도 리더를 해서 반복 교육을 해야겠다, 였어요.

**아들 중학생 때 발병…
정보 없이 12년을 헤매
심리적 소진으로 마지막 찾아간
시골에서 치유를 다시 모색**

어쨌든 선생님이 광주에서 이쪽으로 내려오시고 패밀리링크를 알게 되면서 실제적으로 여기서 출발한 거죠.

서정필 그렇죠. 광주 시내에 아이 엄마 친정어머니 소유의 65평짜리 건물이 하나 있어요. 거기서 교육을 시작했죠.

오승애 패밀리링크 교재 갖고 1과부터 10과까지 훑어 주고 교제했어요. 돈을 받은 게 아니니까 그냥 오시라고 해서 한 30~40명이 왔어요. 저는 헤맸던 12년의 세월이 너무 안타까웠어요. 서울 가는 데 고속도로로 갈 것이냐, 논둑길로 갈 것이냐 하면 헤매지 않게 고속도로로 가는 길을 가르쳐 주고 싶었던 거예요. 우린 논둑길을 12년 돌아서 온 거잖아요.

부모는 자식이 아프면 자신의 죄 때문이라고 죄의식을 느낍니다. 이들에게 어떤 조언을 해 주고 싶습니까.

서정필 물은 엎어졌고 주워 담을 수 없죠. 그러나 부모로서는 최선을 다해야 해요. 이때 고기를 잡아서 아이 손에 넣어줄 거냐, 고기를 잡는 방법론과 그물을 만드는 법을 가르쳐줄 것이냐.

광주에 굉장히 부자인 분이 있는데 정신장애인 자식에게 평생 먹고 살 돈을 이전해 주니 어느날 아이가 사라졌어요. 친척이 아이 재산을 뺏으려고 서울로 데리고 간 거예요. 좋은 데 구경시켜 주고 (재산 포기에) 도장 찍으라고 해서 다 빼돌렸어요. 결론은 그래요. 아이에게 어떻게 그물 쳐서 고기 잡는 법을 가르쳐줄 것이냐가 중요해요.

당사자 자식을 위해 형제들에게 잘 돌봐달라면서 돈을 맡기는 건 위험하다는 의견도 있습니다.

서정필 그건 아니라고 봐요.

오승애 예를 들면 아이들이 돈 쓰는 방법을 모르잖아요. 우리 아이는 제가 시장을 데리고 다니면서 가르쳤어요. 은행 업무도 그렇고요. 아이 월급을 다 적금으로 넣었어요. 반은 아이 통장에, 반은 엄마 통장에.

서정필 은행에 1억 원짜리 적금을 넣었어요. 아이 연봉이 2천만 원 정도 돼요. 그런데 아이 앞으로 다 넣는 것은 아니라고 생각했어요. 보이스피싱이 있으니까요. 그래서 아이 5천, 엄마 5천으로 나눠서 넣죠. 신종 보이스피싱이 있으면 제가 카톡으로 교육을 시킵니다.

당사자 자식과 여행도 다니고 맛있는 것도 먹으면서 추억을 쌓으라고 조언을 합니까.

서정필 아이가 쉴 때 맞춰서 여행도 자주 갑니다. 저희는 정해진 규칙이 있어요. 한 달에 한 번씩은 꼭 가족이 외식도 하고 영화도 봐요.

오승애 처음에는 무얼 하든 애하고 무조건 같이 해야 한다고 생각했어요. 패밀리링크 교육을 받고 그렇지 않다는 걸 알게 됐죠. 운동을 해도 애가 두세 달을 안 가더라고요. 배트민턴 3개월, 탁구 3개월. 그러다 보면 아이가 자기에게 안 맞는 거 같다고 말해요. 그건 끈기가 없는 거잖아요. 그런데 그게 싫어서 안 하는 게 아니라 병식이 없는 거거든요. 처음에는 몰랐어요. 얘가 왜 한 가지를 끝까지 못하나. 그게 아니더라고요. 거기에 맞춰져야 되더라고요.

하다가 그만둬도 괜찮다?

오승애 괜찮다고 그러죠. 운동도 하고 요가도 하고, 기타도 접해 보고 드럼도 해 보고요. 끈기가 없는 게 아니라 병식하고 연관이 된 거라는 건 나중에 알게 됐죠. 지금은 내가 이해하고 맞춰져야 한다는 생각을 하게 됐죠. 그 과정에서 아이도 많이 성장이 됐고요.

부모는 딱 한 가지 걱정이 있어요. 내가 죽고 난 다음에 이 아이를 어떻게 할 것이냐라는.

서정필 걱정이 되죠. 그러나 우린 교육이 다 끝났어요. 저는 그랬어요. 먹거리는 내가 농사지을 동안 책임지마, 하지만 더 이상은 아빠에게 바라지 말고 너희들(아이와 여동생)이 저축을 열심히 해서 살아가야 한다고요. 이 집도 아픈 당사자들에게 쉼의 공간으로 배려하려고 하니 의지하려고 하지 말라고 말했습니다.

직업을 갖고 돈을 벌면 치유의 길로 들어간 걸로 생각할 수 있을까요.

서정필 그게 다는 아니지만 엄청 빠르죠. 그런데 아이가 직장을 다닌다고 회복됐다고 생각하면 큰 오산입니다.

오승애 우리 아이하고 같이 병원 계약직으로 들어간 여자아이가 있어요. 소아과 쪽이었는데 간호사랑 트러블이 심했나 봐요. 계약 기간 다 못 채우고 그만뒀는데 트라우마 때문에 취업을 안 하려고 해요.

직장 생활을 못 하니 나이 든 엄마가 용돈과 생활비를 대주려고 지금도 돈을 벌고 있대요. 안타깝죠. 이건 아닌데 싶어도 제 삼자라 참견하기라 그래요. 저는 아이가 다니는 병원의 아이 상사에게 아이가 힘들어하는 부분을 이야기하고 잘 봐달라고 부탁을 했어요. 상사가 간호사 출신이고 또 자기 부하 직원이니까 관심을 가져요.

그렇게 9년을 끌어왔어요. 그리고 아이가 집에 오면 기분을 풀어 줘야 돼요. 별일 없었냐고 물어 주고 속상했던 일이 있으면 신경 쓰지 말라고 슬쩍슬쩍 얘기해 줘요. 직원들이랑 부딪히기도 하면 '그 사람 성격이 그러니 네가 이해를 해라'라고 말해 줘요.

아이가 취업하면 자기가 알아서 잘 하겠지, 이건 아니죠. 이 아이들은 장애를 갖고 있잖아요. 정상적인 사람도 스트레스 받고 힘들어서 그만두겠다 하다가 다음날 출근해요. 얘들은 그들보다 더 심하잖아요. 스트레스를 적절하게 풀어 줘야죠.

부부가 함께 패밀리링크 강사로 활동하고 있습니다. 강사가 되려면 어떤 과정을 거쳐야 됩니까.

오승애 패밀리링크 기초과정, 지역 심화과정하고 서울에 가서 일박이일 중앙 심화과정을 받아요. 가 보니까 전국에서 삼십여 명이 왔어요. 우리 앞에 8

기까지 선배들이 있어요. 깜짝 놀랐죠. 그전에는 서울에 교육이 있는 지도 몰랐거든요. 가족 교육이 있으면 한 번도 안 빠지고 서울까지 갔어요.

가족 모임과 가족 교육이 왜 중요합니까.

서정필 내가 이론적으로는 다 알고 있었지만 방법론을 몰랐는데 교육이 방법을 제시해 줍니다. 패밀리링크 책자에 보면 참새 얘기가 있어요. 참새가 새끼에게 먹이를 물어다 주잖아요. 그런데 어느 날 어미 참새가 죽어요. 그럼 참새 새끼들도 죽죠. 그 비유로 나를 비춰봤을 때 아이들 교육을 더 시키는 거죠.

오승애 패밀리링크에 교육 동영상이 있는데 처음에는 거실에 인터넷 동영상을 틀어놓고 살다시피 했어요. 의사하고 전문가들이 교육한 건데 그걸 일 년을 틀어놓고 들었어요. 아이가 처음에는 끄라고 하더니 나중에는 귀가 열린 거예요. 그러면서 "엄마, 나도 회복될 수 있어"라고 해요. 초창기 교육을 받으러 갈 때 아이가 시간이 있으면 데리고 다녔어요.

그 동영상을 늘 틀어놓으니까 나중에 귀가 열린 거네요.

오승애 그렇죠. 제가 패밀리링크 광주전남 초대 지부장이 됐어요. 그러니 더 열심히 강의를 들었죠. 운전면허 따는 건 어려운 게 아니지만 따고 난 다음이 문제잖아요. 직접 몰고 다녀야 되니까. 똑같아요. 패밀리링크 강사 자격을 따는 건 쉬운데 그 뒤에 공부를 더 해야돼요.

가족지원활동가가 정신장애인 자녀를 둔 부모를 찾아가면 쉽게 마음의 문을 열지 않는다고 합니다. 어떻게 그들에게 다가갑니까.

서정필 저는 가족지원활동가나 패밀리링크에서 전문용어를 절대 쓰지 않습니다. 가족들의 눈높이에서 쉽게 풀어서 얘기해요. 그러니 내가 말하는 게 아무것도 아니거든. 전문 용어도 안 쓰니까 우습게 보기도 해요. 그래서 마음이 아플 때도 있어요.

교육 받으면서 아이 눈높이에 자신을 맞추는 법을 알게 돼 아이 핸드폰 요금 자동이체 말고 직접 내게 해야… 집밖으로 나오는 방법론

그래도 강의를 들으면서 부모들이 마음을 엽니다. 제가 책에 없는 것, 이론적으로 없는 것을 풀어서 얘기하니까 가족들이 좋아해요. 실례로 아이가 방에서 안 나온다고 해요. 그럼 제가 나오게 하는 방법을 가르쳐 드릴까요? 하면 눈이 커지죠. 어떻게?

우리가 공과금을 전부 다 자동이체로 돌리는데 그걸 모두 수동으로 바꾸세요. 아이들이 핸드폰 요금 안 내면 끊기죠. 그럼 핸드폰 요금 내러 가자고 하면 나서요, 안 나서요? 나서죠. 그럼 바로 요금 내러 가지 말고 '밖에 나왔으니 떡볶이 먹으러 가자' 그러면 아이와 첫 대화가 되는 거죠. 그러니 요금 내지 말고 끊어질 때까지 놔두세요.

요금 내러 가면서 운동도 되고 아빠가 옷 사 줄게 하면서 쇼핑도 하고. 시장에서 콩나물도 사고. 아이하고 물건 살 때는 많이 사지 말고 한 번 끓여 먹고 없어질 정도로 사야 돼요. 그래야 또 나가지. 이런 훈련이 돼야죠. 이 방법론을 써서 아이가 밖으로 나가게 만들어야죠. 아이가 '방콕'한다는 건 엄마, 아빠의 잘못이죠. 아이 잘못이 아니에요.

부모도 너무 오랜 시간 그렇게 하니까 지쳐버리지 않겠습니까.

서정필 모르는 사람이 질문하면 그 소리가 나와요. 그런데 하나하나 실천하면서 아이가 따라오면 얼마나 재밌어요. 부모가 지칠 시간이 없어요.

오승애 저도 처음에 그랬어요. 은행 가서 업무를 보면 엄마 이건 뭐야, 저건 뭐야 자꾸 물어봐요. 자꾸 질문하니까 갑갑하더라고요. 하나하나 가르쳐 주니까 지금은 신경을 안 써요. 자기가 더 잘 아니까.

한 정신장애인은 가족이 나를 절대적으로 믿고 있다는 것을 느낄 때 회복하겠다는 의지가 생겼다고 합니다.

오승애 아이한테 신뢰감을 심어 줘야 돼요. 우리는 아이 앞에서 무릎 꿇고 손들고 엄마·아빠가 미안하다, 용서해 달라면서 울었어요. 우리가 너무 무지해서 너를 그렇게 만들었다, 네 마음을 이해하지 못해서 미안하고 네가 폭행을 당해서 속상해했던 걸 못 풀어 줘서 미안하다, 앞으로 엄마·아빠가 잘할게, 그렇게 울고불고했어요.

서정필 그랬더니 아이가 "야, 똑바로 안 들어"라고 해요(웃음).

오승애 아이가 애들한테 당한 걸 우리한테 풀면서 대리 만족을 한 거야. 그리고 아이가 엄마·아빠 마음을 알게 된 거죠. 우린 진심으로 눈물을 흘렸어요. 가짜로 하면 아이들은 금방 알아차려요. 저는 가족들에게 진심으로 아이를 대하라고 말해요.

무슨 말을 하든 알았어 하고 건성으로 하지 말고 그건 엄마가 들어줄게, 하지만 이런 건 해 줄 수 없다고 명확하게 말하라고 그래요. 그렇게 대화를 해야죠. 우리 아이가 나중에 "나를 정말 위해 주는 사람은 엄마, 아빠, 동생, 가족뿐이야"라고 고백하더라고요.

정신건강복지법의 강제입원 문제가 여전히 논란입니다. 강제입원을 없애면 안 될까요.

서정필 부모 입장에서 얼마나 힘들면 강제입원을 시켰겠어요. 급성기 때는 감당이 안 되고 가정이 전쟁터보다 더해요. 그때 강제입원은 인정해요. 하지만 당사자 입장에서는 얼마나 고통스러우면 그렇게 휘젓고 하겠어요. 저는 하소연하는 부모들에게 위해(危害)의 부분이 없다면 강제입원은 안 된다고 말합니다.

그럼 어떻게 해야 하냐고 물어요. 저는 아이가 물건을 들고 때리고 깨부수고 하는 부분을 아이 모르게 사진으로 찍으라고 해요. 강제입원은 근거가 있어야 돼요. 자·타해 위험성은 말로 하는 게 아니라 근거를 확보해야 돼요. 그래야 경찰에 신고해서 아이 상황을 이야기할 수 있는 거죠. 귀찮으니까 무조건 강제입원 시키는 부모도 있어요. 그건 아니죠.

정신장애인을 위한 사회적 농업을 하고 있습니다. 어떻게 시작됐습니까.

오승애 우리가 패밀리링크 교육받고 2013년부터 우리 집을 오픈했어요. 전국에서 와요. 당사자 데리고 와서 일박이일 하고 가거나 부모들만 와서 상담하고 가시는 분도 있고요. 그렇게 9년 가까이 했는데 가까운 분이 우리 농장을 둘러보고 가서 A 센터장에게 우리 집 실사를 한번 하라고 했대요. 왔는데 당장 서류 넣으라고 그래요.

급하게 사업계획서를 써서 넣었어요. 우리가 어떻게 살았고 어떻게 가족들과 힐링하고 교육했는지를 다 써서 냈죠. 그리고 나서 광산구에서 실사가 나오고 광주시, 농림부에서 와서 보고 그렇게 작년 12월에 선정이 됐어요.

가족이 직접 농촌에 살면서 사회적 농업에 도전해본 건 저희가 첫 사례예요. 저희 목적은 힐링하고 가족 교육이에요. 여기 교육장으로 오면 패밀리링크 교재로 강의하고 대화법이나 케어하는 방법 등 실제적 교육을 시킬 거예요. 그리고 여기 텃밭을 줘서 농작물을 가꿔보고 나눠 먹기도 하려고요.

사회적 농업이면 이윤을 내려는 건 아니죠.

서정필 없어요. 우리는 나눔입니다. 지원금은 5년 동안 3억 원. 일 년에 6000만 원씩 나오는데 보고서가 복잡해요. 절대 부정하면 안 되고요. 시설 쪽에 3분의 1, 교육에 3분의 1, 농자재 쪽에 3분의 1을 6000만 원 안에서 쓰게끔 해요.

참여하려면 자격이 있어야 합니까.

서정필 자격 없습니다. 정신장애인 가족이나 당사자면 돼요. 같이 힐링하고 나 이렇게 힘들어요, 하면 힘든 부분도 같이 얘기해서 풀어 보고.

오승애 제 소망은 젊은 당사자들을 훈련시켜서 취업으로 연결하고 싶어요. 우리가 영농법인이니까 정신장애우들 취업까지 여기서 할 수 있어요. 그러면서 한두 명이라도 취업을 해서 같이 하면 어떨까. 밖으로 나가는 것도 취업이지만 이것도 취업이거든요. 여긴 인력이 많이 부족해요. 우리도 아로니아 딸 때 알바를 쓰거든요. 한두 명 정도라도 여기 취업해서 같이 생활했으면 해요.

어떤 경우에 당사자는 치유됐다고 말할 수 있을까요.

서정필 방콕하는 아이가 밖으로 나올 수 있으면 회복의 시작입니다. 완전한 회복은 저는 모르죠. 그런데 중간에 아이가 어느 정도 회복하면 떠나요. 아이가 밖으로 나오고, 복학해서 졸업하고 사회생활을 전혀 안 하던 아이가 시장을 보고 집안일을 하고. 그런 걸 보면 저도 기분이 좋아요. 그런데 그 정도 되면 어느 날 사라지고 연락이 두절돼요.

오승애 패밀리링크 교재에 그런 게 있어요. 당사자가 조현병에서 회복돼서 공부를 다시 하고 사회생활 잘한다고 해서 완전한 회복이 아니거든요. 다만 어떻게 보면 설거지 하나 못하는 걸 할 수 있게 되고 자신을 건사할 정도만 되면 어느 정도 회복이라고 생각돼요. 그 이상 되면 좋겠지만.

서정필 부모들은 아이가 아프기 전의 상태를 요구하는데 그 요구까지 가려면 머리가 아프죠. 방콕한 아이가 나와서 밖에서 뭘 하려고 한다, 혹은 과거에 못했던 부분의 연장선상에서 뭔가를 하려고 한다면 회복이라고 생각합니다.

오승애 우리 아이가 "엄마 나 자꾸 까먹어"라고 하면 저는 "까먹어도 괜찮아"라고 얘기해 줘요. 당사자 입장에서는 처음 까먹지 않았던 시기로 가고 싶은 욕망이 있잖아요. "엄마, 옛날 기억이 하나도 안 나, 잊어버렸어" 하면 "엄마도 생각이 안 날 때도 있잖아"라고 얘기해 줘요. 그걸 민감하지 않게 그대로 받아들이자고 생각해요.

아드님이 어떤 삶을 살았으면 좋겠습니까.

서정필 돈을 많이 벌어서 행복한 것이 아니라 작은 것에 만족할 줄 아는 사람이면 된다, 현재의 삶이 절대 너한테는 부족한 삶이 아니다, 삶을 하나씩 단계를 밟아가서 행복을 추구할 수 있는 사람이 된다면 나도 행복하고 너도 행복할 것이다, 라는 바람이 있죠.

오승애 저도 그래요. 행복을 큰 걸 찾지 말고 작고 잔잔한 걸 찾자, 내 안의 소확행(소소하지만 확실한 행복). 오늘 맛있는 걸 먹으면 행복해하고 어디 여행 갔다 와서 오늘 재밌었다 하면 그걸로 만족하고.

아드님 때문에 많이 우셨겠죠.

오승애 나는 12년을 눈물로 길바닥에서 보냈어요. 너무 힘들었어요.

서정필 인생이란 게 참. 산 너머 산에 큰 행복이 있다고 해서 갔더니 그 행복은 또 저만치 가요. 내 안에 작은 행복을 어떻게 가꿀 것인가, 내 안의 참 행복을 어떻게 끄집어내서 아름답게 만들 것인가, 이게 큰 행복이라고 생각합니다. 아울러 작은 긍정의 힘이 큰 기적을 이룬다는 믿음으로 가족과 마음 아파하는 당사자가 함께 회복의 힘을 얻기를 바랍니다. 우리가 살아가는 사회가 건강한 사회가 되었으면 하는 소망으로 최선을 다하자, 그렇게 기도할 뿐입니다.

그가 하룻밤 자고 가라고 권했다. 그러고 싶었다. 하지만 밀려 있는 기사들을 써야 했다. 부부는 기자에게 삶은 감자와 삶은 계란, 과일을 바리바리 싸서 손에 쥐어줬다. 그리고 서정필 이사가 "차비 하세요"라며 흰 봉투를 내밀었다. 기자는 돈을 좋아한다. 그렇지만 뭔가 삶이 아득하게 느껴졌다.

2021.07.21

서정필·오승애 부부(광주 영농법인)

"내가 몸을 움직여서 돈을 벌었다?
그럼 눈빛 자체가 달라져요"

김성모(가족경영기업 미성테크 대표)

아들은 음대 3학년 때 발병했다. 그때 아들은 독일 유학을 준비 중이었다. 국내 콩쿠르에서 입상하고 대학 음악제에서 금상을 탔다. 동아음악콩쿠르를 준비하고 있을 때 아들에게 급성기가 찾아왔다. 아들은 당시 살던 아파트 14층에서 뛰어내리려 했고 그는 아들을 껴안고 옆으로 같이 넘어졌다.

급성기 행동이 심해지면서 그는 아들이 뛰어내려도 무사할 아파트 4층으로 이사했다. 조현병 진단서를 들고 갈 곳이 없었던 그는 인터넷에 조현병을 쳐보았다. 거기서 심지회(한국조현병회복협회) 사이트가 딸려 나왔다. 그곳에서 조현병 교육을 받았다. 당시 그는 경기도 안산시에서 10여 명 규모의 작은 회사를 운영하고 있었다.

그때까지만 해도 아들이 질병을 이기고 제자리로 돌아와 다시 음악을 할 줄 알았다. 하지만 4~5년이 지나면서 물어야 했다. "도대체 이 병은 뭔가."

아들은 음악의 길을 가지 않겠다고 선언했다. 그는 아들의 결정을 존중했고 회사에서 일을 시켜봤다. 하지만 인간관계에서 아들은 불화를 일으켰다. 회사에 혼자 일할 수 있는 작은 공간을 주면서 주문이 들어온 오카리나 제작을 시켰다. 자기 속도대로 하라고 했다. 아들은 아프면 집에 가고 늦게 출근했다. 하지만 두 달 후, 아들은 300만

원의 이익을 냈다.

그는 그 사업 성과를 등록된 정신건강복지센터에 알렸고 센터는 사업성을 치켜세웠다. 그는 센터 정신질환자들 몇 명을 자기 회사에서 일하게 헸다. 그때, 알았다. 이 당사자들이, 자기 존재감 없이 친구로만 표현되고 해석되던 이들이, 일을 하고 싶어 했다는 것을.

그는 서울시 금천구에 미성테크라는 장애인표준사업장을 만들었다. 16명의 정신장애인들이 일을 시작했다. 8개월이 지날 무렵, 3명이 기초생활수급권 자격을 포기했다. 그들은, 표준사업장은 장애인들이 일하는 장소이지만 최저임금법 제7조의 '정신장애인에게는 최저임금 규정이 적용되지 않는다'는 규정을 거부한다.

그는 당사자들에 취업하고 노동을 하게 되면 어떤 방식으로든 독립생활로 나갈 수 있다고 믿는다. 노동이 곧 치유. 현재 그는 심지회 부회장으로 일하고 있다. 특히 직업재활 쪽을 주시해왔다. 직업이 정신질환의 치유에 도움이 된다는 걸 개인적으로 체감하면서다.

김성모(63) 미성테크 대표를 만난 건, 서울 금천구 미성테크 사무실에서다.

처음에는 그 병이 뭔지 몰랐겠지요.

1~2년 치료받으면 제자리로 되돌아올 줄 알았어요. 4년이 지나니까 도대체 이게 무슨 병이지 싶었죠. 의사 권유로 정신건강복지센터를 찾았는데 큰 도움은 못 됐어요. 답답한 마음에 인터넷에 조현병을 치니까 심지회가 뜨더라고요.

아들이 26살 때 발병하고 몇 년 뒤에 처음 입원했습니까.

입원은 생각도 못 했어요. 최근에 경증으로 장애인 등록을 했는데 등록장애인에 대한 정책이 많더라고요. 아들이 스스로 음악의 길로 가지 않겠다는 결정을 한 이상 뭔가 직업을 갖는 게 좋겠다 싶었어요. 등록장애인들은 사회복지사들이 붙어서 일을 가르쳐 주고 복지 혜택도 있고요. 그게 등록자들에게만 자격이 있어서 장애 등록을 한 계기가 됐어요.

아들 발병 후 1년 지나면 제자리로 돌아올 줄로 생각… 무지함 깨달아

가족경영기업이 뭡니까.

제가 안산에서 직원 일곱 명이 일하는 회사 사장이니까 아들에게 거기서 일을 시켰어요. 도저히 사람들하고 동화가 안 돼요. 싸우고 해서 사회적 관계 형성이 안 돼요. 4년 정도 있다가 포기하고 어떻게 할까 고민하는데 아들이 이런 말을 해요. "아버지, 제가 아파서 이런 말을 하는 건 아니지만 아프지 않은 친구들도 지금의 내 상태보다 더 안 좋은 친구들도 많다고요." 뒤통수를 한 대 맞은 거 같았어요.

아들이 콩쿠르도 입상하고 두각을 보였으니까 (치료돼서) 돌아가 그 일을 할 줄 알았거든요. 그때 아들에게 맞는 일을 하게 해야겠다 생각했어요. 그때 우리나라에서 세계 오카리나 카니발이 열려서 오카리나 주문이 많이 들어왔어요. 손이 많이 가는 거라 포기하려 했는데 아들이 해 보겠다는 거예요.

안산에서요?

공간을 마련해서 아들에게 네 속도대로 해 보라고 했죠. 납기까지는 두 달 여유가 있었거든요. 아들이 아프면 집에 가고 늦게 출근하고 하면서 두 달을 했는데 한 달에 150만 원의 이익이 나더라고요. 이렇게 하면 되겠다 싶어서 정신건강복지센터에 가서 얘기했더니 사업성이 좋다는 거예요. 그래서 정신질환자들을 우리에게 배치해 달라고 했죠.

격주로 일을 시켰는데 이 친구들이 엄청 좋아해요. 이 아픈 친구들도 일을 하고 싶어 했구나라는 걸 처음 알았어요. 그 당시에 심지회에서 공부할 때였는데 병식에 대한 것, 약 복용, 회복의 개념 등을 들었는데 (제 생각이) 그 병이 낫지 않는다 하더라도 일을 하면서 경제생활을 한다면 이들에게 도움이 되지 않을까, 그게 시초가 돼서 일을 시작하게 됐죠.

정신장애인에 일자리를 만들어 주기 위해 기업을 세운 겁니까.

가족이 경영을 하면 좋은 게 정신장애인이라도 가족이기 때문에 근로보호작업장처럼 저임금으로 하지 않는다는 거예요. 공공 일자리처럼 단기간 하는 것도 아니죠. 장기근속할 금액을 주고 무엇보다 아픈 질환에 대해 이해도가 높잖아요. 일하다가 집에 간다든지, 병원에 간다든지, 이런 건 일반인은 모르죠. 가족이 운영하면 이해도가 높기 때문에 이 친구들이 장기근속하는 데 도움이 돼요.

비장애인도 같이 일을 합니까.

비장애인도 똑같은 작업을 해요. 정신장애인들이 일을 하는 속도는 일반인들하고 비교해서 35% 정도의 능률밖에 안 돼요. 아들이 아프지 않았다면 몰랐겠죠. 이 친구들이 힘들어할 때를 이해하는 건 내 자식이 가장 힘들 때를 봐놓아서 그렇죠.

작업장 반장님이 38세 정도인데 처음 입사할 때 근무를 못 했어요. 왔다가 나갔다가 5분도 못 있고 또 나가고⋯ 사회생활을 처음 했거든요. 지금은 엄청 좋아졌어요. 처음 속도는 35%지만 점점 이게 올라오는 거예요.

미성테크가 몇 년도에 만들어졌습니까.

미성테크는 1993년에 개인사업자로 안산에서 시작했고 서울에서 정신장애인들하고 일하는 것은 2021년 10월 1일부터입니다. 이제 8개월 정도 됐죠. 서울시 지원이 조금 있었고 3월 이후로는 제가 독자적으로 운영하고 있습니다.

최저임금법 제7조는 정신장애인에게 최저임금을 지급하지 않아도 된다고 규정합니다. 미성테크도 정신장애인에 이 법을 적용합니까.

장애인 표준사업장은 최저임금 이상을 줘야 하는 조항이 있어요. 직원도 열 명 이상이 돼야 하고요. 또 임신부, 노약자 편의시설이 갖춰져 있지 않으면 안 돼요. 근로작업장이나 보호작업장 요건하고는 또 다른 겁니다.

저도 최저임금 이하로 주기로 했다면 표준사업장 운영을 안 했겠죠. 이 친구들도 정상적으로 직장생활을 해서 지역사회로 돌아가려면 최저임금 이상은 받아야 한다고 생각해요. 증상에 따라 일 능률이 안 올라온다 하더라도 직장이니까.

보호작업장은 최저임금법 적용이 안 된다는 의무가 있나요.

그런 조항이 명시돼 있어요. 최저임금법 제7조가 있어서 대부분 근로작업장에 한해서 그래요. 장애인들이 갈 수 있는 곳이 장애인복지법에 따른 장애인보호작업장, 또는 장애인근로작업장이 있고요. 정신건강복지법에 따른 직업재활시설도 있어요. 이 세 군데는 최저임금법 적용에서 제외할 수 있어요. 그래서 보호작업장을 많이 하고 있죠.

저희는 시작할 때 최저임금을 준다고 했고 그걸 지키려고 노력하고 있어요. 그걸 못 지키면 저희 장애인표준사업장 자체 인가를 반납해야 합니다.

정신장애인 취업률이 9%로 전체 장애유형 중 가장 낮습니다. 특히 안정적 일자리보다 단기나 파트타임 등 불안정한 일자리가 대부분입니다. 이건 무엇을 의미하는 걸까요.

정신장애인들이 학력은 높은데 취업률이 낮고 소득도 낮죠. 제가 정신장애인들과 일을 처음 시작할 때 사업주 입장에서 생각해 봤어요. 정신장애인들의 직업 의식이 사장 입장에서 보면 가볍게 보여요. 부정적인 자기 생각을 갖고 있고 상황에 맞지 않는 행동도 하고요. 경직된 행동에 고집성까지 있죠.

보통 회사 들어가면 실패해도 좋다는 말을 듣잖아요. 정신장애인들은 실패하면 다른 일을 하지 않아요. 발달장애인이나 일반 장애인들은 시설을 바꾸거나 기계를 넣어주면 능률이 일반인들하고 똑같아서 쉽게 써요. 하지만 정신장애인들은 한 번 쓰고는 거의 쓰지 않으려고 해요. 골치 아프다는 거죠. 사장 입장에서는 회사 이윤을 남기려고 하니까 정신장애인들이 적응하기 힘들죠.

현장에서 일을 해보니까 정신장애인들에게 레벨링을 해야 할 거 같아요. 1에서 10까지 레벨을 만들 때 1에 가까운 사람들은 병원 가는 횟수가 많겠죠. 그리고 10쪽에 있는 사람들은 동료상담사나 심리상담가를 만나면서 지역 사회에서 직장생활을 할 수 있는 시스템을 만들어 주면 돼요. 정부가 만들어 줘야 일자리가 늘어나겠죠. 막연히 기존 장애인 정책으로는 아니라고 봐요.

중요한 게, 5레벨 정도 이상은 무조건 4대 보험에 들게 하는 거죠. 5레벨부터 10레벨까지는 4대 보험을 들어서 이들이 사회보험을 내게 되면 정부가 장애인을 지원해 주는 것보다 스스로 국민연금 우산 속으로 들어가는 거잖아요. 10년만 넣으면 수급권자가 되죠. 또 4대 보험을 들면 부모님을 피부양으로 할 수 있어요. 일하면서 세금도 내죠. 세금 내면 애국자 아닙니까.

기자는 정신장애를 갖고 일할 때 가장 힘들었던 게 인간관계였습니다. 제가 아들의 현실하고 맞지 않는 행동들을 봐왔죠. 바리스타는 발달장애인들이 많이 하죠. 정신장애인도 자격증을 따지만 현장에서 안 맞는 사람들도 있어요. 서비스를 직접 해야 하니까요. 여기는 자기가 맡은 제조업 파트에서 그냥 일하면 되잖아요. 근무 과정에서 갈등이 있으면 근로지원인들이 업무 협조를 지원하기 때문에 제조업도 정신장애인들에게 맞는 직종이지 싶어요.

여기서는 가만히 내버려둬도 사회적 관계 형성이 돼요. 예를 들어 폭식을 해서 살이 찌거나 아니면 살이 많이 쪄서 밥을 안 먹는 친구가 있어요. 밥을 요만큼만 먹어요. 그런데 직장생활을 하면서 비장애인들이 밥을 먹는 걸 보고 자기 식단 조절이 자동으로 돼요. 폭식하던 친구도 자기 그릇이 크니까 스스로 줄이고.

엘리베이터를 타면 러시아워 시간대에 사람이 많이 타니까 내려야 할 데에서 내리지 못해요.

당사자들에게 일자리 제공하니 너무 좋아해··· 병 낫지 않아도 일이 중요하다 생각

그런데 지금은 그냥 내려요. 이건 약으로 할 수 없잖아요. 직장을 다니면서 스스로 이게 되는 거예요. 여기 일하는 당사자들의 부모들이 시설이 좋고 식사도 좋다고 그래요. 다른 근로보호작업장에 갔다가 환경이 안 좋다고 울고 오는 어머니도 있어요. 여기는 너무 좋대요.

실제 여기서 변화되지 않은 사람은 한 명도 없어요. 지난 6개월 동안 증상으로 퇴사한 사람이 딱 한 명이에요. 이곳이 근로작업장과 다른 건 일단 본인이 휴가나 월차를 써요. 휴가가 없을 때는 엄마가 대신 와서 근무를 합니다.

잠깐 아들이 기분을 돌려서 하루, 일주일 지나면 다시 제자리로 오거든요. 그걸 최대한 활용해요. 직원이 아파서 병원에 가야 하는데 출근했다 가면 정상근무로 해 주고 장기적으로 근속할 수 있는 부분을 챙기는 거죠.

정신장애인에게 일단 일자리를 정해 배치한 후 후속 작업으로 지지 상담, 일의 지식을 제공해야 한다는 이론도 있습니다.
10레벨을 말했잖아요. 근무하다가 아프면 밑의 레벨로 내려와서 치료를 받으면 자연스럽지 않을까요. 우리 특성상 이런 자리가 많이 만들어지면 좋겠죠. 외국에서는 지역사회 이마트 같은 곳에서 장애인들이 만든 제품을 원가가 100원이면 120원에 사 가는 지원을 해줍니다.

일반 장애인은 조금만 거둬 주고 물리적 시설을 지어주면 스스로 살아갈 수 있지만 정신장애인은 앞으로 고꾸라져 있다고 말했었죠. 왜 그렇습니까.
신체장애인들은 손만 잡아 주고 물리적으로 조금 도와 줘도 일을 해요. 물건을 넣으면 아웃풋이 그대로 나오기 때문에 장기적으로 갈 수 있어요. 정신장애인은 똑같이 투입하면 35%가 아웃풋으로 나와요.

산업 현장에 가면 생산성을 내야 하는 부분에 이들을 투입하기가 힘들어요. 현실적으로 차이가 있는 걸 인정해야죠. 그럼 정신장애인들이 장기근속하고 정년까지 일할 수 있는 직업들이 개발돼야죠. 그냥 몇 년 모으면 국민연금 수급자가 된다는 게 아니라 정부가 사회통합적 부분에서 직업 개발을 해야 하는데 장애인공단에서는 그 역할을 못 하고 있어요.

정신장애인의 직업의식이 가볍다고 했는데 무슨 의미입니까.
가볍다고 해서 나쁘다는 뜻은 아니에요. 현실을 직시하자는 거예요. 이 부분을 가둬놓고 우리를 써달라고 한다는 건 현장에서 한 달만 쓰고 우리(회사)는 안 써요, 라고 하게 되는 거죠. 독일에서는 중증 당사자에게 별도로 사회통합 지원금이라고 고용지원금을 지원해요. 우리도 정신장애인을 고용해서 생산성이 떨어지는 부분에 국가가 보조를 하는 게 좋지 않을까 싶어요.

특히 직무 실패 경험의 과다가 가장 어렵다고 했는데 실패의 경험이 일을 못 하게 하는 겁니까.
가령 회사에서 제품을 만들었는데 그중에 하나만 돼도 좋다고 하죠. 그런데 이건 정신장애인들에게는 트라우마로 박혀요. 이 작업을 했는데 내가 안 돼, 그럼 다른 작업을 아예 안 해요. 실패를 생각하니까 계속 실패를 하는 거죠.

실패하지 않는 방향으로 만들어야 한다?
피해갈 수 있는 방법이라든가 실패가 돼도 실패가 아니고 한 과정이라고 해서 다시 리프레시(재충전) 시켜서 성공하는 쪽으로 유

직무 실패는 당사자에게 트라우마··· 실패도 과정이라고 격려할 필요

도를 해줘야 직무의 연결이 쉽지 않을까요.

아까 근로지원인 말씀하셨는데 사회복지사를 의미합니까.
근로지원인은 장애인 제도에서 활동보조인과 똑같아요. 근로지원인은 사업장에서 근로하는 시간 내에서 도와 주는 분이죠.

그들은 비장애인들입니까.
장애인공단이 주관을 하는데 소정의 과정을 거치죠. 장애인공단에서 파견할 때 중증장애인 본인과 사업주의 허락이 동시에 있어야 합니다. 우리의 경우 하루에 4시간 하면 2만 원의 자부담이 있어요. 근로지원인들에게 지급해야 하는 돈이 부담이 되지 않을 정도로요.

왜 회사가 돈을 내야 합니까.
남용을 막기 위해서 그런 거 같아요. 이건 중증장애인에 한해서만 쓸 수 있어요. 우리 작업장에서는 근로 시간에 중증장애인 옆에서 근로 활동을 도와 주는 거예요. 회사 입장에서는 도움이 되죠. 더 큰 도움은 내 자녀가 이 근무장에 있으면 엄마가 여기서 근로대행으로 근무를 할 수 있어요. 근로 대행을요. 지금은 제도가 초기라 자격이 느슨한데 정신장애인 부모들이 이 부분에 참여를 많이 했으면 좋겠어요.

정신장애인과 일을 하면서 온갖 합리적 이유로 현실적인 도피에 대한 몸부림을 치고 있다는 걸 느꼈다고 했습니다. 정신장애인의 자기합리화일까요.
엄마들이 저한테 얘기를 해요. 출근을 못 하겠다고 할 때 얘기를 해서 당사자 자식을 이길 수 없다고요. 보통 사람들은 회사에 안 가는 이유가 뭔지를 묻는데 정신장애인은 안 간다는 논리를 계속 만들어요. 온갖 합리적인 이유를 만드는 거죠. 저는 그 부분까지도 공감을 해 줘야 한다고 생각해요.

일반인들이 회사에 고용돼서 일할 때 무단결근을 하면 경영주 입장에서는 같이 못 간다고 얘기하잖아요. 정신장애인에게는 그렇게 하기가 그래요. 출근 못 하는 이유가 나쁘다 좋다를 떠나서 당사자가 합리적인 이유라고 주장하는 그 부분을 받아 줘야죠.

정신장애인은 익숙해진 일만 하고 새로운 것을 개척할 진보적 의식이 결여돼 있다는 비판도 있습니다. 정말 그런가요.

현실하고 맞지 않는 행동성이 있죠. 당사자들은 우스갯소리도 심각하게 받아들여요. 늘 긴장을 하고 있는 거죠. 직장인들은 아침에 구호를 외치는데 정신장애인들은 생각만 해요. 미성테크가 근무시간 유연성을 부여하려고 4시간 근무로 9시, 11시, 오후 2시에 시작을 했어요.

그런데 자기가 어떤 일을 하고 다른 사람에게 연계하고 가야 하는데 자기 일만 해놓고 퇴근해요. 이걸 주지시켜도 안 돼요. 그런 행동이 나왔을 때 생각해보면 음성증상*의 연속성일까, 그런 특성들을 계속 갖고 있구나, 이런 행동이 생산성을 떨어뜨리는 부분이구나 싶죠.

지금 다 4시간씩 일을 하고 있습니까.

처음 시작할 때는 4시간, 6시간, 8시간 했었어요. 지금은 일감이 줄었고 계속 고정비가 들어가잖아요. 금전적 지출 때문에 올해 일사분기부터는 11시부터 오후 4시까지로 통일했어요.

치료되지 않은 정신장애인에게 일자리를 달라고 국가에 요구하는 것
은 앞뒤가 맞지 않는 논리일까요.

다시 물을게요. 어디까지가 치료가 됐다고 말할 수 있는 기준일까요. 이건 병
하고 상관없어요. 직장인이 몸이 힘들어도 나가서 일을 하잖아요. 정신질환
자체가 물리치료처럼 계속 받는 게 아니에요. 심리치료 받으면 시간이 들겠지
만 가장 큰 문제는 사회관계 형성이잖아요. 집에만 있는다고 해서 사회와 단절
되는 건 아니죠.

치료의 연장선에서 보면 직장생활 자체도 저는 치료라고 생각해요. 학
자들도 직장을 병행했을 때 치료 효과가 높다고 데이터를 내놓고 있어요. 사회
관계 형성에서 직장을 다니면서 치료하는 게 맞다고 봅니다.

정신장애인들이 주체가 되는 특화된 장애인표준사업장을 쉽게 설립
할 수 있어야 한다고 주장했습니다.

정신장애인들만의 특화된 사업장이 더 많아야 하는 건 당연하고요. 지금 의료
기술이나 약물, 사회복지사의 지원이 굉장히 많아졌잖아요. 그럼 그만큼 당사
자나 가족들이 (치유돼서) 많이 나와야 될 거 아니에요. 사회적 비용이 투입됐
는데 결과물이나 의미가 없잖아요. 정부 돈이 들어갔으면 결과물로 당사자가
나아졌다는 데이터가 있어야죠.

여기 온 16명 중에 3명이 수급권을 포기했어요. 월급을 최저임금 이상
을 주고 일자리가 계속되면 수급권자를 포기하겠다고 해요. 그리고 발달장애
인하고 비교를 많이 하는데 발달장애인은 계기가 있으면 쉽게 열 명을 모을 수
있어요. 정신장애인은 쉽지 않아요. 저도 몇 년 해봤지만 정신장애인 열 명 모
으기가 힘들어요.

장애의무고용율이라고 해서 중증장애인은 2명에 더블 카운터를 해 주

김성모(가족경영기업 미성테크 대표)

는 제도가 있어요. 즉 장애인사업장이 중증장애인 한 명을 쓰면 두 명으로 인정해 주는 제도예요. 그럼 표준작업장을 중증 다섯 명이 해서 열 명으로 인정받아 쉽게 만들자는 거예요. 표준사업장은 여러 가지 정부 제도가 있잖아요. 케어팜**의 경우 3년 동안 10명을 모으면 몇 억 원씩 나가요.

자기 돈이 몇 억씩 나간다고요?
표준작업장을 하면 중증장애인 한 명당 일억 원까지 지원금이 나와요. 그래서 한 15억 원까지 쓸 수가 있어요.

고용장려금 형식으로?
표준작업장 시설 운영에 들어가는 자금하고 편의시설 제공 운영비와 인건비도 몇 개월분을 지급하는 걸로 알고 있어요. 개인사업자가 그걸 하기는 힘들죠.

정신장애인들이 단순히 장애인 일자리를 구하기보다는 자신이 하고 싶은 직업을 정하고 그와 관련된 곳을 찾아가 청소부터 시작하라는 조언도 있습니다. 맞다고 생각합니까.
저는 정신장애인들이 일을 하는 것에 찬성해요. 엄마들이 하는 소리가 자식이 잠만 잔다는 거예요. 예전에는 기술을 배우려면 허드렛일을 먼저 배웠잖아요. 저도 그 허드렛일을 먼저 배웠어요. 기술을 배울 때는 헝그리 정신이라든가 기술에 대한 기본을 갖추는 게 유일한 방법이었어요. 요즘 정신장애인들 학력이 높잖아요. 그들이 각 분야에서 실력을 발휘했으면 좋겠어요. 돈의 많고 적음을 떠나서 혼자서라도 할 수 있는 것부터 시작해야죠. 창업도 좋고요.

정신장애인들이 창업하는 것에 대해 찬성합니까.

저는 굉장히 찬성하죠.

망상에 의해서 창업을 하려고 하는 이들이 많잖아요.

그 부분은 깊이 생각해 보지 않았지만 뭔가를 하려 한다는 것에 대해서는 찬성해요. 다만 그게 병적인 부분하고 연결이 된다면 한 번쯤은 걸러져야겠죠. 특히나 금전과 관련된 부분이라면 가족이 개입을 해야겠죠.

미성테크에서 지난해 정신장애인 16명을 고용했는데 현재 남아 있는 당사자들은 몇 명쯤 됩니까.

13명인데, 이달에 한두 명이 더 그만둘 예정이어서 열 명. 표준사업장은 열 명이 최소 인원이거든요. 제가 목표로 하는 게 대기업이나 큰 업체에 장애를 고용 연계하는 거예요. 성공한다면 더 인원을 늘릴 예정이고요.

현재 1000명이 고용된 사업장은 장애인 20명을 고용해야 합니다. 중증장애인은 더블 카운터잖아요. 그럼 중증장애인 9명이 일하면 18명의 효과가 되는 거고 거기에 일반 장애인 두 명이 있으면 합해서 스무 명이 되잖아요. 그걸 조그만 회사가 한다는 건 무리죠. 대기업들이 계속 많이 해 줘야 하지 않을까 생각해요.

공기업에서는 벌금을 낼지언정 장애인을 직원으로 고용하지 않으려고 합니다.

교육청의 경우 장애인을 직접 고용하도록 법이 바뀌었고 서울시는 장애인 고용이 충족이 됐어요. 관공서는 평가 때문에 장애인들을 직접 고용하는 추세로 가고 있어요. 아직 부족한 건 있어요. 군 연관된 관공서나 국방연구소는 아예 고용이 안 돼요. 대신 공기업들은 고용이 늘었어요.

결국 치유는 노동과 노동의 대가로 받는 임금이 큰 부분을 차지하는 건가 봅니다.

엄마들이 얘기하는 게 평생을 내가 애한테 돈을 받아보리라고 생각하지 못했다고 해요. 그걸 돈의 잣대로만 재는 건 의미가 없죠. 그동안 부모한테 용돈만 받았는데 내가 몸을 움직여서 돈을 벌었다? 그럼 눈빛 자체가 달라져요.

그가 갑자기 천정을 가리켰다. 거기에는 "일자리, 우리에게 회복이고 새로운 출발이다"라는 표어가 걸려 있었다.

언젠가 정신병원에 입원한 50대 아들을 위해 글을 못 읽는 70대 노모가 아들 간식비와 입원비를 내는 걸 본 적이 있습니다. 생이 누추하다는 감정이 들었습니다.

저는 화가 나는 게 하나 있어요. 보통 신체가 병이 나면 재활을 하잖아요. 의료보험도 본인 부담이 굉장히 적어요. 정신장애인은 재활기관 들어가려면 1년 이상 대기해야 돼요. 내가 아픈 것도 억울한데 시설에 돈을 내고 재활하는 거잖아요. 화가 좀 나요.

제가 표준작업으로 처음부터 가려 했던 이유도 일의 질과 상관없이 직장이라는 데를 들어왔으면 최저임금 이상을 주는 게 기본이고 그래야 적금도 들 거 아닙니까. 결혼했으면 애 과잣값을 내야 되고 아파트에 살면 관리비라도 내야 하잖아요. 이런 건 스스로 벌어야 되지 않을까요.

외국은 20세 성인이 되면 다 집을 나가요. 자연스럽게 독립이 되고 아플 때 정부 개입을 쉽게 하죠. 우리는 부모가 계속 데리고 있잖아요. 대학원 가고 군대 가고 그러다가 발병하죠. 저는 직업으로 가는 게 맞다고 봐요.

다양한 직업군을 만들어서 2시간이든, 4시간이든, 6시간이든 정규직으로 가는 길들을 만들어놓으면 정신질환 발병이 돼도 불안정한 시기를 지나 안정적 상황이 되면 직업재활을 해야 한다고 생각해요. 최소 5년간은 치료에 노력을 하는 게 좋겠고, 발병하고 3년 후부터 재활 들어가고 빠르면 일 년이라도 빨리 일을 시작하면 좋지 않을까 싶어요.

발병해도 안정기 오면 직업재활 선택… 3년은 치료 집중하고 이후 직업 가져야

사회관계라는 건 모두 직업과 연결이 되잖아요. 독일 마이스터 제도도 마찬가지죠. 직업을 갖는다는 건 단순히 돈만 번다는 게 아니라 사회생활의 기본적인 모든 게 들어가 있어요. 희로애락이 다 들어가 있는 거예요.

장애인복지법 제15조 폐지되면서 많은 변화의 부분들이 있어요. 걱정스러운 건 주거 문제와 직업 문제에요. 어머니들이 그래요. 집에서 잠만 자는데 활동보조인이 뭐가 필요하냐고. 그럼 직업을 갖고 일을 할 때 활동보조인들이 도와 줘서 직장을 나가게 하는 게 맞지 않은가. 결국 직업을 통해서 가족 부담을 덜고 당사자는 앞날의 희망을 가질 수 있다고 봅니다.

하실 말씀이 더.
우리 현실을 인정하고 한 발자국이라도 나가야 해요. (국가) 탓만 한다고 되지 않아요. 당사자 단체나 전문가들이 응집해서 성숙한 태도로 정신장애인 관련 의제를 요구하면 (국가가) 저들에게는 절실한 무엇이 있구나, 라고 느낄 수 있는 큰 그림을 그려야죠. 이런 걸 할 수 있는 리더가 나왔으면 좋겠어요.

김성모(가족경영기업 미성테크 대표)   **205**

그가 기자에게 준다며 회사에서 만든 메모꽂이 판촉물과 오카리나를 바리바리 싸기 시작했다.

2022.05.24

● 일반 사람들에게는 있지만 조현병인 사람들에게는 결여된 특성을 음성증상(negative symptom)이라고 한다. 사회생활이나 대인관계를 유지하는 데 필요한 다양한 능력과 기술이 부족한 것을 의미한다. 반면 양성증상(positive symptom)은 일반사람들에게는 없는데 조현병인 사람에게만 나타나는 증상이다.

●● 복지와 농업을 결합해 사회적 약자를 돌보는 곳을 네덜란드에서는 '케어팜(Care Farm)'이라고 부른다. 네덜란드에서는 농장에서 제공하는 케어(돌봄, 복지, 재활 등) 서비스가 국가 보건복지 체계 안에 들어오면서 농장 운영의 지속가능성을 보장함으로써 활발한 활동이 이루어지고 있다. 국내의 경우 해피트리요양원, 더힐링팜 등 케어팜의 이념과 가치를 실현하고 있는 곳이 생기기 시작했다.

행복은 추구하는 게 아니라, 느끼는 것

"6개월 시한부 인생이라고 생각하면
삶에 중요한 게 뭔지 나타나"

이명수(경기도광역정신건강복지센터장)

미국의 정신의학자 제임스 길리건은 미국 정치 역사에서 민주당과 공화당이 집권했을 때 사회적으로 나타나는 자살률을 연구했다. 그는 미국 내 자살률은 민주당보다 공화당 집권 시에 더 많이 발생했다는 일련의 결과물을 도출하게 된다. 살인 사건 역시 마찬가지였다. 왜 그럴까.

인간은 살아가면서 많은 수치심과 죄의식을 내면화하는 과정들을 겪는다. 그게 형이상학적 죄의식이든 윤리적 도덕적 죄책감이든 우리는 삶의 '부끄러운' 부분들을 감추고 살아가려고 노력하는 존재들이다. 그 죄의식을 종교적 행위를 통해 승화시키고 일상에서는 그렇지 않은 듯이 살아가는 것이다.

제임스 길리건은 인간의 수치심과 죄의식을 나눠서 분석했다. 인간이 수치심 때문에 참을 수 없는 고통을 느낄 경우 자기 안의 수치심을 타자에게 떠넘기면서 그 수치심을 넘어서려는 심리를 보인다. 이때 살인이 발생한다.

또 수치심이 극도에 이를 때 인간은 탈출 수단으로 자살을 선택하게 된다. 이때의 죄의식은 타자가 아닌 자신을 꾸짖는 감정이다. 길리건은 이 수치심과 죄의식을 반대 방향에 서 있지만 서로 뗄 수 없는 관계로 규정한다. 미국 공화당 정권에서 더 많은 살인과 자살이 발생하는 것은 보수적 가치를 내세울 때 인간은 더 많은 수치심과 죄의식을 느끼기 때문이라는 결론을 길리건은 도출한다.

인간은 자살을 한다. 자기 자신의 삶을 부정하는 이 극단적 선택 의지는 오직 인간만이 할 수 있는 '자유 의지'이다. 길리건은 자살이 사회경제적 스트레스를 받을 때 나오는 반응 중에서 가장 극단적인 삶에 대한 반응이라고 했다.

우리나라는 지난 13년 동안 OECD(경제협력개발기구) 자살률 1위를 차지해 왔다. 지난해 옛 소비에트 연방 국가였던 리투아니아가 OECD 국가에 가입하면서 이 나라의 자살률이 OECD 1위를 차지했다. 기자는 의문이 들었다. 여기는 어떤 나라이기에 이처럼 자살을 많이 하는 것일까.

추운 지방의 사람들이 알코올 중독자가 많듯이 술로 인한 충동적 자살 의지가 만연할 것일까. 아니면 프란츠 파농이 파악했듯이 식민지의 야만적 폭력 문화가 이런 결과를 만들어 낸 것일까. 리투아니아 역시 구 소비에트의 연방국이었으며 식민지였으니까.

이명수(51) 경기도광역정신건강복지센터장은 그 이유를 만연한 알코올의 문제와 함께 삶과 죽음을 바라보는 그 국가의 독특한 심리가 개입돼 있을 것이라고 분석했다.

이 센터장은 인간이 자살을 하는 이유는 경제적 훼손 때문만이 아니라 인간으로서의 존엄성이 훼손될 때, 즉 수치심이 극단으로 오를 때 자신의 삶을 포기하게 된다고 밀했다. 죽음이 너무 무거워서도 안 되지민 그렇다고 가벼워서는 안 된다는 의미로 받아들여야 한다는 지적이다. 그러면서 죽음 충동이 생기면 그 행위에 대한 급박한 심리를 조금 내려놓고 6개월 간 미뤄 놓으라고 조언했다. 그러면 반드시 해결방법이 생긴다고 했다.

연세대 의대를 나온 이 센터장은 대학에 들어가서야 자신이 문과 체질이라는 걸 알게 된다. 잠시 방황했지만 인문학적 요소가 다분한 정신과를 택했다. 이후 존경하는 스승을 따라 아주대로 적을 옮기면서 정신장애의 필드에서 활동을 하게 된다. 서울자살예방센터장을 거치면서 그는 인간과 자살에 대한 깊은 고민을 하게 된다. 왜 자살하는 것일까.

경제적 어려움과 신체적 고통이 겹칠 때, 그리고 미래에 대한 희망이 사라질 때 인간은 가장 친숙하고 두려운 방식으로 자신이 이 고통의 세계에서 사라지기를 바란다. 어쩌면 그 이유 이외에 내가 아프고 돈이 없고 외로울 때 내 곁을 지지해 줄 수 있는 사람이 한 명도 없는, 사회적 관계망이 다 훼손됐을 때 인간은 죽음을 바라보게 되는 것은 아닐까. 그렇다면 국가의 자살예방 정책은 어디서부터 출발해야 할까.

이 센터장을 만난 건 이런 궁금함 때문이었다. 강남에 있는 그의 진료실을 찾았다. 창밖은 이미 어두워져 있었다.

정신과는 어떻게 택하신 겁니까.

저는 문과를 갔어야 했는데 이과를 오다 보니까 의과대학에서 정신과가 가장 문과스러운 영역 중에 하나였죠. 정신과에서도 뇌과학을 하는 분들도 있지만 그중에서도 지역 정신보건은 가장 문과적인 영역의 성격이 강하고 그렇게 흘러서 하게 된 거예요.

사회적 관계망의 훼손이 자살의 주요 원인이라는 연구결과도 있습니다.

동의해요. 자살을 하는 자체가 관계망을 끊는 거잖아요. 세상으로부터의 이별이니까. 그들이 보는 관점에서 사회적 관계망은 끊어졌다고 하는데 옆에 있는 사람이 보기에는 끊어진 게 아닐 수도 있죠. 관점의 갭(차이)이죠.

우리나라는 13년 동안 OECD(경제협력개발기구) 자살률 1위였습니다. 그런데 2018년 북유럽의 리투아니아가 자살률 1위를 기록했습니다. 이 나라에 대해 의문점이 생기더군요.

리투아니아가 옛 소련 연방 국가죠. 이들 나라의 자살률이 지금도 높아요. 리투아니아가 1위를 기록한 건 OECD에 가입하면서부터죠. 야구를 보면 방어율이 1위여도 규정 이닝을 못 채우면 순위에 못 들어가잖아요. 그런데 리투아니아가 방어율 1위였는데 규정 이닝이 미달돼서 순위에 안 들어갔다가 규정 이닝을 채우면서 OECD 국가 자살률 1위가 된 거죠. 옛 소련 연방국인 벨라루스 같은 나라에서 자살률이 높은 걸로 나타납니다.

술 때문에 그런 걸까요.

술도 연관성이 있고요. 삶과 생명에 대한 태도도 (있겠죠). 구 소련 연방국의 자살률이 왜 높은지는 심도 있게 들여다보지 않아서 단정적으로 이야기하기는 어려워요.

　죽음이 이슈화되는 문화적 가벼움이라고 했습니다. 이건 무슨 의미입
　니까.
죽음은 무거운 주제잖아요. 그런데 죽음을 가볍게 다루고 있는 건 아닐까 생각
이 들어요. 영국의 작가 줄리언 반스가 《웃으면서 죽음을 이야기하는 방법》을
썼어요. 죽음은 인간이 가질 수밖에 없는 두려움의 최종적 이슈인데 너무 두려
워하다 보니까 삶이 오히려 자유로워지지 못하는 거죠.

　결혼식이 너무 장난스러워지고 있잖아요. 유쾌하고 축하공연도 하고 신
랑신부가 춤도 추고요. 저는 반대하거든요. 결혼은 숭고한 예식이에요. 너무
가볍지 않아야죠. 죽음 자체도 가볍게 다뤄나가는 건 아닐까 생각해요.

　우리는 유명인의 우울증이나 자살을 과거형으로 언급합니다. 반면 선
　진국은 우울증을 현재진행형으로 고백합니다. 이는 한국의 어떤 문화
　적 특성 때문일까요.
(유명인들이) 인터뷰에서 과거에 너무 힘들었고 극단적인 생각도 했었고 시
도도 했었다고 하죠. 그러면서 그걸 극복했다고 미담의 형식으로 이야기를
해요.

　2006년 서호주의 제프 갤럽 총리 같은 경우 "나는 지금 우울하다. 내 건
강이 중요하기 때문에 총리직을 내려놓겠다"라고 하잖아요. 선진국은 현재 자
기가 갖고 있는 고통에 대해 밝히고 회복을 위해 도움을 요청하는 게 자연스러
워요.

　국민들도 '아, 그럴 수 있겠다'라고 생각하게 되고 결국 자신이 힘들 때
적극적으로 문제를 해결해 나가거든요. 우리는 무용담처럼 잘 해냈다는 자기

과시형이 있죠. 현재 '내가 힘들어서 이렇게 하고 있어'라는 이야기는 잘 안 하는 거 같아요. 극복을 해야 하고 극복했으니까 '난 괜찮아졌어'를 강조하는데 이건 내가 힘든 걸 극복하지 않으면 약한 사람으로 취급당할까봐 두려워하는 건 아닐까 생각돼요.

우리나라의 자살자 수는 1997년 IMF(국제통화기금) 이후 급증했습니다. 이때의 자살률 증가는 경제적 훼손 이외에 다른 의미도 내포하고 있습니까.

IMF 체제에서의 자살은 분명히 경제적 훼손이 큰 의미를 내포해요. 경제적 훼손 때문에 2차, 3차적으로 문제들이 생기고 자존감도 떨어지면서 상실을 겪잖아요. 돈의 상실이자 정치적 관계의 상실이기도 하잖아요.

자본주의 국가에서 돈에서 큰 리스크가 생기면 관계도 틀어지고 사랑하는 가족관계에서도 갈등이 생겨요. 그게 중요한 역할을 하는 거죠. 2008년 세계 경제위기 때도 마찬가지였어요. 국내 또는 세계적인 위기 때 자살률은 올라가는 패턴을 보이고 있죠.

**선진국은 자기 고통 밝히고
도움 요청 자연스러워
한국은 정신적 고통 과거형 처리…
선진국은 현재진행형**

1년에 1만5천여 명이 극단적 선택을 합니다. 이는 우리 정치공동체의 어떤 모순과 문제를 건드리는 걸까요.

문화적 가벼움과 관계가 있는데 문제 해결 수단으로서 자살을 선택하는 거잖아요. 우리나라에서 유난히 많은 이유는 뭘까. 장래의 문제가 생겼을 때 그걸 해결하는 수단으로 스스로 목숨을 끊는 행위를 선택하는 걸 여러 옵션보다 우선적으로 생각하는 건 아닐까요.

또 학습이론이 있어서 한 가정에서 부모가 문제가 닥쳤을 때 그걸 해결하는 수단으로 자살을 선택했다면 그걸 보고 학습이 돼서 아랫 세대가 좌절이 생겼을 때 그걸 실행할 수 있는 거죠. 기성세대가 자살을 하는 방식을 아랫 세대가 학습을 하는 거죠.

핀란드 자살예방 7대 전략 안에도 '문제 해결 수단으로서 알코올 남용을 해결한다'가 있을 정도로 자살과 술의 연관성이 높다고 했습니다. 지금도 그런 생각이십니까.

지금도 그렇게 생각해요. 경기도에서 알코올 예방 사업을 올해부터 시작했어요. 경기도 31개 시·군 중에서 중독관리 통합지원센터가 7군데 밖에 없어요. 경기도 차원에서 알코올 문제를 해결하자라고 해서 하는데 그걸 자살예방과 연결을 시켰어요.

그런데 알코올 중독 문제는 정책적 우선순위가 높지 않아요. 그러면 알코올 문제를 잘 예방하는 것이 자살예방에 분명히 효과가 있다는 논리로 정책입안자들을 설득하는 거죠. 예방 의학자들도 우리나라에서 알코올 문제가 다 해결된다고 가정하면 현재 자살 문제의 30%는 해결할 수 있다고 분석하거든요.

밤 시간대에 핫라인으로 전화상담이 오는 경우 절반 이상이 술에 취한 상태예요. 술이 최종적인 자살을 시도하는 행위에 있어 두려움을 억제하는 효과를 갖고 자살 충동을 강화시키는 역할을 해요. 중추적 신경을 억압하는 효과 때문에 우울증이 더 악화되니까 극단적 선택을 생각하는 거죠. 핀란드가 문제 해결 수단으로서의 알코올 남용 예방을 해결하는 건 자살예방 전략에서 타당하다고 생각해요.

유럽처럼 밤 10시에 술집들이 문을 닫는 것처럼 정부 차원에서 심야 시간 강력한 알코올 제재 정책을 펴면 자살률이 떨어질 거라고 했습니다. 이게 안 되고 있잖아요. 두 가지로 생각하는데 우선 노르웨이에 한 번 갔는데 거기는 술 사기가 굉장히 어렵더라고요. 술집도 별로 없고 마시려면 펍(pub)에서 마셔야 돼요. 또 맥주를 사려면 지정된 데로 가야 되고 위스키 같은 독주를 사려면 더 먼 데를 가야 돼요. 맥주를 파는 데가 동(洞)에 몇 군데가 있다면 위스키를 파는 데는 동에 한 군데 정도 있는 거예요. 위스키를 사려면 굉장히 멀리 가야 해요.

미국도 그래요. 미국은 맥주는 좀 더 쉽게 살 수 있죠. 어쨌든 선진국에서는 담배 사는 게 더 쉬워요. 술을 훨씬 통제를 많이 하죠. 또 다른 하나는 언론에서 자살 보도를 안 하면 자살률이 줄어들 거라고 생각해요. 언론에서 자살에 대해 보도를 하지 않고 술을 유럽 형식으로 팔면 자살률이 떨어질 거라고 추측을 하는 거죠.

술의 문제로만 규정할 경우 자살이 가지는 광범위한 사회적 원인들이 은폐되지 않습니까.

자살이라는 최종적인 행위가 있을 때 그 앞에 여러 단계가 있잖아요. 경제적 문제, 관계적 문제 등 근본적인 원인이 있죠. 이 원인을 무시하고 술 때문에 자살률이 높아진다고 말하는 건 안 되죠. 노르웨이가 술 문제 해결했다고 자살 안 하는 건 아니잖아요.

보건복지부 2018년 자살실태조사를 보면 자살 시도자의 47%는 자살 시도 때 죽고 싶었다고 답했고 13%는 죽고 싶지 않았다고 응답했습니다. 죽음을 결행하면서도 살고 싶어 하는 인간 내면의 무순성과 부조리를 어떻게 이해해야 할까요.

저희가 자살예방을 하는 데 있어 유일한 고리는 그 사람이 죽고 싶은 마음과 살고 싶은 마음을 동시에 가지고 있다는 거예요. 100% 죽고 싶다고 생각하는 사람은 없겠죠. 죽고 싶기도 하면서 동시에 살고 싶기도 하다는 양가감정이 있어서 자살예방 상담이 성립하는 거죠. 이 양가감정이 저희가 기대하는 희망의 마지노선이라는 거죠.

지역당 1개의 자살예방센터가 있고 인력도 1~2명에 그칩니다. 어떻게 문제를 해결해 나가야 할까요.

4~5명인 데도 있고 7~8명인 데도 있어요. 지자체의 투자 정도에 따라 달라요. 센터가 없는 곳도 있어요. 센터가 없는 곳에는 정신건강복지센터에 자살예방 팀이 1~2명 돼요. 경기도는 31개 시·군 중에서 25군데에 자살예방센터가 있어요.

미국은 자살예방 민관협력체계인 NAASP(National Action Alliance for Suicide Prevention)가 있습니다. 한국의 현실은 어떻습니까.

한국은 국회에 자살예방포럼이라는 게 있어요. 그게 일본을 벤치마킹한 건데 일본에도 국회의원들이 만든 자살예방포럼이 있고 거기에 NGO(비정부기구)도 참여하고 있어요.

우리나라는 그걸 따라서 국회 자살예방포럼이 2년 전부터 형성됐고 거의 매달 국회에서 포럼을 했죠. 거기 많은 민간단체들이 들어갔고 보건복지부 자살예방과도 같은 테이블에 들어와 있고 기자들도 들어와 있어요. 그게 단시간 안에 자살예방 공동체처럼 만들어져서 이런 형태로 활성화돼 있습니다.

2015년 12월에 비영리단체 '라이프(LIFE)' 운영위원장을 맡았습니다. 이를 공동체 운동이라고 했는데요.

NGO죠. '삶을 말하다'라는 슬로건을 가지고 하는데 구성원들이 정신과 의사는 한두 명밖에 없고 다른 지역에서 일하는 분들이 많아요. 마케팅하는 분들, 일반 회사원, 미술하는 분들, 음악하는 분들 등 자살에 관심이 있는 민간단체 사람들이 모여서 하는 공동체 운동이죠. 사람을 살리는 말이 있고 죽이는 말이 있어요. 보이스 오브 라이프(voice of life)라고 우리가 사람을 살리는 말들을 어떻게 만들 것이냐, 라는 운동을 하고 있어요. 라이프 콘서트도 하고 마케팅을 통해서 추진해 오고 있죠.

라이프 콘서트는 어떤 건가요.

토크 콘서트죠. 15분 정도 연사들이 나와서 삶에 대한 이야기를 하는 거예요. 한 20여 회 정도 진행됐죠. 요즘은 빈도가 줄었는데 일 년에 한두 번 정도, 많이 할 때는 대여섯 번 정도 해왔어요. 다음 주에도 합니다.

자살 마케팅이 존재하고 이들은 자살을 매개체로 자신의 이익을 취하려는 행동을 한다고 했습니다. LIFE가 이를 경계한다고 했는데 자살을 통해 이익을 얻는 집단이 있다는 건 이해가 잘 안 됩니다.

이해가 안 되시죠. 어떤 경우냐면 제가 자살 시도를 했었다, 자살 생각을 했었다고 하면서 책을 쓰는 거예요. 그리고 강의나 강연을 하고.

'죽고 싶지만 떡볶이는 먹고 싶어' 이런 류의 책을 말하는 건가요.

그 친구는 우울증 치료를 받았잖아요. 상담을 받은 내용을 이야기하는 거고 그 책의 제목은 죽고 싶지만 동시에 살고 싶다는 양가성을 드러내는 상징적 표현이죠. 그거를 이익을 취하려는 자살 마케팅이라 생각하지는 않아요. 자살 마케팅은 예를 들면 자살하려고 아파트 옥상에서 밑을 내려다보니까 떨어지면 너무 아플 것 같았다라고 하는 이야기를 끄집어내서 강연을 하거나 말을 하는 거죠.

그걸로 돈을 번다?

그렇죠. 그 강연이 하나의 아이템이 되는 거죠. 그분이 어느 정도의 진정성을 갖고 있는지 저는 몰라요. 잘 모르는데 그런 느낌이 많이 들어요. 왜 그런 느낌을 가지냐면 저도 어머니가 자살을 하셨어요.

그런데 제가 자살 유족들에게 강의를 할 때 똑같은 얘기를 해도 정신과 의사로서 얘기를 하면 벽을 쳐요. 답답해서 제가 저희 어머니도 자살하셨다, 저희 외할아버지도 자살하셨다, 나도 당신들과 똑같은 경험을 가지고 있는 자살 유족이라고 얘기하면 벽이 없어져요. 저는 같은 얘기를 하는데 왜 유족이라 밝히면 벽이 없어지고 안 밝히면 벽이 생길까. 듣는 사람의 태도도 영향을 주는 거죠.

그러면 자살 마케팅을 하는 사람들은 자기도 심각한 고통을 겪었다고 얘기해야 '말발'이 더 잘 먹히고 그러지 않겠냐는 생각이 드는 거죠. 증거가 있는 건 아닙니다.

인간의 자살은 모두 자신의 문제로 인해 발생하는 이기적 행위일까요. 지금도 세계 곳곳에서는 독립, 인권, 민주주의를 위해 자신을 도구로 자살하는 이타적 자살도 있지 않습니까.

독립운동 하시는 분도 이타적 자살을 했죠. 만약 저에게 그런 이타적 자살을 할 수 있느냐고 물으면 할 수 없을 거 같아요. 그렇게 하는 이들은 굉장히 숭고한 이들이죠.

미디어의 폐해를 지적한 적이 있습니다. 구체적 대안을 제시할 수 없는
상황에서 실직 가장 같은 특정한 사항을 자살과 관련지어 부각시키는
것은 위험하다고 했습니다. 그럼 어떻게 접근해야 합니까.

지상파 방송국의 PD가 인터뷰를 왔어요. 한 지역에서 실직 가장이 연쇄적으로 자살을 했다, 그러면서 첫 번째 질문이 왜 실직 가장들은 이렇게 자살을 하는 걸까요, 라고 질문을 했어요.

그럼 제가 방송에서 실직 가장은 이래서 자살을 한다고 얘기를 해요. 이게 보도가 되면 우리나라 실업자 200만 명 중에서 한 명이라도 '나는 무슨 자격으로 살고 있는 거야. 실직 가장은 죽는다는데 나는 무슨 낯짝으로 살고 있는 거야. 나는 죽어야 마땅하지 않나'라고 생각을 하게 돼요. 미디어의 폐해죠.

실직 가장이면서도 안 죽고 어떻게든 버티고 있는 분들이 있잖아요. 그럼 그분들이 버티고 있는 그 고통을 부각을 하면서 그럼에도 불구하고 어떻게 이들을 도울 수 있을지를 더 부각해야 된다는 거죠.

수능 비관 자살도 마찬가지예요. 수능 시험 끝나면 중앙자살예방센터에서 모니터링을 하거든요. 수능 비관으로 자살했다고 쳐요. 수능 못 본 애들이 한두 명이 아니잖아요. 그럼 걔네들 중에 '나도 죽어야 되나'라는 생각을 갖도록 하는 게 미디어의 폐해라는 거죠. 원인과 결과를 가깝게 매치시키면 이 원인적 요소를 갖고 있는 이들이 다 영향을 받는다는 거죠.

정신장애인의 자살률은 비정신장애인의 8배라는 연구결과가 있습니다. 정신장애인들이 가지는 자살 충돌은 어디서 온 겁니까. 약물입니까 아니면 다른 심리적 문제입니까.

정신장애인의 자살에 대해 가장 먼저 관심을 보인 사람이 저라고 생각해요. 자살예방사업에 있어서 정부는 일반인들을 많이 생각해요. 그런데 저는 정신건

윗 세대가 문제해결로
자살 택하면
아랫 세대도 학습
한국 여성 자살률
여타 국가들보다 높은 수준

강복지센터나 사회복귀시설에 등록돼 있는 분들의 자살을 제로로 만드는 것이 가장 중요하고 효과적인 자살예방 전략이라고 이야기를 많이 해요.

그래서 서울시광역정신건강복지센터장으로 있을 때 서울의 센터 서비스에 등록돼 있는 사람들의 자살률을 매년 조사하고 그걸 지표화하기 시작했죠. 그랬더니 8~9배 높게 나타나고 있다는 걸 계속 밝혀왔던 거죠. 공공서비스 영역에 들어와 있는 사람들의 자살률도 제대로 막지 못하는데 일반인들의 자살은 더 막기 어렵다는 거죠.

그래서 정신장애인의 자살률에 대한 걸 부각시켰어요. 미국의 자살예방 전략 중에도 중증 정신질환자들이 퇴원했을 때 자살률이 높으니까 심도 깊은 지역사회 서비스가 동반돼야 한다는 결론이 나와요. 미국도 자살예방 전략에 중증 정신장애인의 자살을 막고자 하는 노력은 굉장히 중요하다는 요소로 들어가 있죠. 우리도 그래야 한다는 거죠.

그냥 일반 대중의 자살을 막는다는 건 말은 좋지만 되게 힘들어요. 정신장애인이 약을 복용하지 않고 치료 중단으로 인해 증상이 악화될 수가 있잖아요. 게다가 그들은 핸디캡도 있어요. 정신장애인으로 살아가면서 좌절이 더 많을 거 아니겠어요. 일반인들도 계속 좌절을 반복하다보면 낙담해서 자살을 하게 되는 경우가 있는 것처럼 정신장애인은 사회적 좌절을 경험할 가능성이 훨씬 더 많고 핸디캡도 많아요. 낙담할 일이 더 많다는 거죠.

우울증은 여성이 남성보다 두 배 많은데 자살 사망률은 남성이 여성보다 두 배 높습니다. 이는 남성이 가지는 본성, 혹은 생계를 책임지고 문제를 앞장서 해결해야 한다는 남성 문화에서 비롯된 것일까요.

외국은 남자가 여자보다 네 배가 높습니다. 반대로 얘기하면 우리나라 여성 자살률이 훨씬 더 높다고 보는 게 맞아요. 어느 나라나 남자의 자살률은 여성보다 두 배 이상 높고 심할 경우 서너 배 더 높아요. 우리나라의 경우 두 배 차이가 난다면 남자가 여자보다 두 배 더 많이 자살하는 게 중요한 게 아니라 우리나라 여성이 다른 나라 여성들보다 더 많이 자살한다는 게 중요하다고 봐야죠.

왜 그런 걸까요.

자살에 대해서 왜라는 질문을 자꾸 하면 저도 잘 몰라요. 요인들이 있겠죠. 남자와 여자의 임금 격차도 요인이겠죠. 우리나라의 출산율이 낮은 것과 여성 자살률이 높은 건 사실은 같은 얘기라는 논리도 있어요. 우리나라 여성의 관점에서 봤을 때 애를 낳지 않으려고 하잖아요. 그러면서 다른 나라에 비해서 더 많이 자살을 해요. 그만큼 힘들다는 얘기겠죠.

잠을 죄악시하고 근로를 하지 않는 이들을 사회적 실패자로 보는 시선이 우리 사회가 가진 집단적 광기 아닐까요.

어렵네요. 집단적 광기라는 게 우생학적으로 우월한 그룹이 열등한 그룹을 정의한다는 건가요. 클리닉에 오는 분 중에 근로를 하고 싶은데 못하는 사람도 있어요. 청년들이 일을 하고 싶은데 못하는 경우도 되게 많고요. 취업했다가 스트레스로 금방 낙오가 되는 경우가 있어요. 그렇지만 그런 사람들을 사회적 실패자로 보지 않아요.

영국에는 중앙정부에 '외로움부'가 있고 한국의 부산에서는 '외로움치유와행복증진을위한조례'가 제정됐습니다. 사회가 이제 외로움이라

이명수(경기도광역정신건강복지센터장)

221

는 추상적 심리를 구체적으로 해결하려는 의지로 읽힙니다.

제가 페이스북에 쓴 게 있는데 우울감은 어떻게 해결해 볼 수 있겠는데 외로움은 되게 어려운 거 같아요. 요즘은 청년들이 일인 가구들이 많잖아요. 한번은 제가 집에 혼자 있는 시간이 며칠 되면서 약간의 외로움을 느꼈는데 평상시에는 그런가 보다 했어요.

그런데 여기서 청년들과 얘기를 많이 하다보니까 밤이 되면 외롭고 공허하다는 이야기를 많이 들었죠. 지금의 내가 겪는 외로움은 우리 병원에 치료를 위해 오는 친구들의 외로움의 천분의 일, 십만 분의 일이나 될까라고 넋두리처럼 쓴 게 있어요. 우울증이 치료되도록 돕는 과정에서 가장 어려운 감정이 외로움 같더라고요.

외로움은 약물치료로도 어려워요. 외로움을 극복하기 위해서 무엇을 해야 하느냐, 라고 하는데 그 청년들은 사회적 관계를 맺는 데 굉장히 많은 실패를 했고 그걸 헤쳐나갈 용기도 결여돼서 뭘 어떻게 해야 하는지 모르는 경우가 많아요. 외로운 감정을 극복해 나가는 게 어려워요. 여기 앉아서 얘기하는 것만으로는 어려워요. 영국의 외로움부가 의학적 범주를 넘어서 사회적 활동, 네트워킹을 지원해 주는 사업이 아닐까 추정이 되네요. 중요하다고 생각해요.

외로움은 약물치료도 어려워 우울하지 않은 상태에서 선택과 결정을 해야

자살 생각이나 충동을 행위로 옮기는 것을 연기하라고 했습니다. 그리고 누군가에게 말을 걸라고요. 일단 뒤로 미뤄두고 누군가에게 말을 하면 해법이 생긴다고 했습니다.

제가 라이프 단체 운동을 하면서 가끔 얘기하거든요. 탤런트 최진실 씨가 2008년에 자살하지 않았다면 지금도 텔레비전에 나오겠죠. 그때 자살 충동을 조금만 미룰 수 있었다면 지금까지 우리 옆에 있었겠죠.

지금 내가 죽고 싶다고 생각을 해도 한 달 뒤, 두 달 뒤에 똑같은 생각을 할런지는 모른다는 거죠. 내가 이혼을 하고 싶고 회사에 사직서를 쓰고 싶은데 그때 감정적 균형이 깨져서 우울한 상태에서 판단을 하면 부정적인 결과가 나타난단 말이에요. 그래서 어떤 선택을 할 때에는 내가 우울하지 않은 상태에서 선택과 결정을 해야죠. 말이 쉽지 결코 쉬운 일은 아니죠.

제가 의사로서 권유를 해서 그렇게 하도록 격려를 하는 거지 정작 우울한 사람은 그렇게 하기가 쉽지 않죠. 사직을 할 수 있고 이혼도 할 수 있고 얼마든지 그렇게 할 수 있다, 그런데 그 결정을 감정적으로 균형이 있는 상태에서 결정을 했으면 좋겠다(라고 조언해야죠). 우울이 회복된 다음에 어떤 결정을 할지를 생각해 보자고, 끝내는 것에 대한 결정을 연기해 보자고 권유하거든요.

그래서 우울한 상태에서 이혼을 하려다가 우울증이 개선된 상태에서 이혼을 안 하게 되는 커플이 가끔은 있어요. 그런데 이혼이나 회사를 그만두는 건 사실 죽는 거에 비하면 훨씬 가벼운 거잖아요.

자살에 대해서는 더더구나 역설적이긴 한데 우울한 상태에서 죽어야 되나 살아야 되나를 결정하는 건 거의 대부분 죽음 쪽으로 치우칠 수밖에 없어요. 때문에 지금은 너무나 죽고 싶지만 그 결정을 좀 더 미뤄보자, 미뤄볼 수만 있다면 어떡하든 해결방법은 나올 수 있을 것이라는 거죠. 자살 충동을 연기해 보라는 거예요. 자살을 생각하는 분들에게 해 주고 싶은 말이 있냐고 인터뷰에 나오면 제가 그런 얘기를 종종해요.

의료급여 정신질환자에 대한 정액수가가 건강보험의 67% 수준입니다. 어떻게 생각하십니까.

당연히 올려야 됩니다. 의료급여 조현병, 건강보험 조현병이 같은 진단명인데 수준이 다르잖아요. 외래에서는 다행히 나아졌어요. 외래 오시는 분들은 의료급여든 건강보험이든 똑같이 처방을 하고 면담도 다 동일하게 해요. 그런데 입원이 문제잖아요. 당연히 올려야죠. 예를 들어 다른 과의 경우 의료급여 당뇨환자는 건강보험 당뇨환자와 동일하게 하잖아요. 정신과만 그렇지 않죠.

왜 이렇게 만들어졌을까요.

5공 시절, 88올림픽 할 때부터 국가가 돈은 없고 조현병 환자들을 입원은 시켜야 되겠고 하니 민간 정신병원에다 저수가 장기입원 체제를 강제하면서 그렇게 굳어졌다고 봅니다. 장기입원은 불허되고 있지만 저수가는 유지되고 있죠.

　예전에는 국가나 사회가 저수가 장기입원에 공히 합의가 됐다면 지금은 사회가 많이 변해서 장기입원을 악(惡)으로 보잖아요. 그런데 저수가 체제는 유지가 되는 거죠. 저는 지역사회 정신보건 인프라가 확대되는 것에 있어서 첫 단추는 의료급여 정신질환 환자들에 대한 치료비 수준이 최소 건강보험이랑 동일하게 가는 게 시작이어야 한다고 생각합니다.

　미국이 왜 그렇게 입원기간이 짧고 지역사회 인프라가 많이 발달했냐면 거긴 입원비가 너무 비싸요. 미국에서 병원에 한 달 입원하면 1천500만 원이 나와요. 우리나라는 150만 원이죠. 미국은 하루 입원비가 1500달러예요. 우리나라 한 달 입원비가 그 정도 되잖아요. 그러니까 미국은 의료비가 많이 들기 때문에 의료비를 절감시키기 위해서 다른 옵션들을 굉장히 많이 만들었던 거예요.

　미국에서 대통령이 되려면 두 가지 정책이 꼭 중요하대요. 하나가 의료비 정책, 또 하나는 중동(中東) 정책이에요. 뉴욕 주의 의료급여 예산이 전체 주 예산의 22%예요. 5분의 1이 이 예산이에요. 그러니까 이 의료비를 어떤 식으로든 절감시켜야 하는 건 보건의료정책에서 굉장히 중요한 거란 말이에요.

그러니까 입원을 시키면 굉장히 럭셔리한 서비스를 쫙 붙여서 최대한 빨리 퇴원시키죠. 그러면서 싸고 대체적인 서비스를 하는 게 경제 정책이면서 동시에 보건의료 정책이에요. 우리나라는 정부의 의료비가 낮다 보니까 그런 '뜨거운 감자'를 손에 안 들고 있어요. 그 비용 절감용 서비스 체계를 만들 필요가 없는 거예요. 입원시키는 게 제일 싸니까. 그렇기 때문에 지역 서비스 인프라가 더 확대되려면 정부가 의료비 자체를 정상화시키는 데서 시작이 돼야 합니다.

사법입원제를 어떻게 이해하십니까.

찬성합니다. 사법이라는 단어가 주는 뉘앙스가 정신질환 범죄자라는 연결성이 있어서 싫을 수도 있는데 그 명칭은 바꿀 수 있다고 생각해요. 그런데 인신구속에 대한 판단은 법적으로 권한을 가지고 있는 사람만 할 수 있다는 원칙을 지켜 나가야죠. 정신과 의사한테 인신을 강제적으로 구속할 수 있는 권한을 주는 게 옳으냐는 질문에는 그렇다고 하기가 힘드네요.

독일의 경우 판사가 2만 명입니다. 우리나라는 2900명이에요. 독일의 경우 사법입원만 담당하는 전담판사가 있습니다. 몇 십 년 동안 그 일을 하면 판사는 사회복지사가 돼 버리죠. 그런데 한국은 인력도 모자라고 순환보직이기 때문에 전문성을 갖출 수 없다는 비판도 나옵니다.

독일이 처음부터 지금처럼 설계가 되지는 않았을 거잖아요. 그 방향성에 대해서 동의가 되는 것이 중요하지 지금 당장 1년 이내에 독일 같은 시스템을 만들어야 한다는 것은 아니죠. 독일이 그 시스템을 만들기 위해 얼마나 노력하고 어느 정도의 공적 자원을 투입하고 인력을 키웠는지에 대한 노력을 살펴봐야죠. 그걸 간과한 채 결과만 가지고 우리는 그렇게 안 되니까 할 수 없다라고 하는 건 아닌 거 같아요.

우리가 살아가는 건 삶이 주어졌으므로 살아가야 한다는 맹목적인 삶에의 의지 때문일까요.

요즘에 여기 오는 분들이랑 많이 하는 이야기가 뭐냐 하면 이게 존재론적 심리학에서 나오는 얘기인데 가령 내가 6개월의 시한부 선고를 받았다고 가정했을 때 내가 여태까지 중요하다고 생각했던 것 중에 중요하다고 남는 건 무엇일까, 그리고 여태까지 별로 중요하지 않다고 생각했던 것 중에 중요한 것으로 새롭게 부각되는 건 무엇일까에 대한 얘기를 해요. 결국 여전히 중요하다고 남는 것, 그리고 새롭게 중요하게 부각되는 것들의 가치를 실천하면서 사는 게 가장 가치지향적인 삶이 아니겠는가라는 이야기를 많이 해요. 우리가 살아가는 데에 있어 저는 시한부 인생을 사는 태도로 살아가면 가장 가치로운 삶을 살 수 있다고 생각을 해요.

사람마다 중요하다고 생각하는 가치가 다 다를 수 있겠지만 누구는 갑자기 가족이 중요하다고 생각하는 사람이 있겠죠. 전에는 가족만 보면 짜증나고 하다가 내가 6개월 있다가 죽는다면 가족이 너무 소중해지고 하는 그런 사람도 있을 거고요. 돈에 대한 가치를 중요하게 여겼는데 6개월 있다 죽으면 돈이 무슨 의미가 있겠냐고 생각해서 태도가 바뀌는 사람도 있겠죠.

결국 시한부 인생일 때 중요하다고 생각하는 가치를 지키면서 살아가는 사람들이 많아지면 사회가 더 평화롭고 가치로워지지 않을까. 또 자기 만족감이나 삶의 충만함이 더 높아지지 않을까 생각합니다. 그래서 여길 찾는 사람들과 그런 얘기를 나누곤 합니다.

동의를 하던가요.

저도 시한부 인생에서 뭐가 여전히 중요한가라는 리스트를 다 작성하지 못했거든요. 결국 그걸 보물찾기처럼 찾아나서는 거겠죠. 딱 했을 때 정답이 바로 튀어나오기는 어려울 거 같아요. 그럼 그 모호함을 그냥 내버려두는 게 아니라 보물찾기하듯이 하나씩 하나씩 모래를 치워가면서 찾아나가는 작업을 인생에서 해야 되는 게 아닌가 생각해요.

완전한 치유라는 게 있다고 생각하십니까.

사회적으로 열심히 일하고 사랑하는 사람을 만나 결혼하는 건가요? 프로이트가 정신건강의 정의를 일하고 사랑할 수 있는 능력을 의미한다고 했던 것처럼 그걸로 정의하자면 일하고 사랑하면서 살아가는 그런 정신을 말할까요?

저는 정신질환과 정신장애를 구별합니다. 조현병 진단명을 가진 분들 가운데 회복이 안 돼서 기능적으로 핸디캡이 있는 분들을 저는 정신장애로 봐요. 조현병 진단을 가진 분들도 정상적으로 일하고 사랑하고 결혼하고 애 낳고 사는 분들도 많아요. 완전히 치유돼서 살아갈 수 있는 분들이 꽤 많다고 저는 생각해요. 그런데 조현병 진단을 가진 분들이 다 정신장애는 아니라고 생각해요.

정신장애 정의가 제도적으로 바뀌면 달라질 수 있겠죠. WHO(세계보건기구)에서도 정신장애 기준이 의학적인 거잖아요. 손상이 있고 손상이 다 회복되지 않아서 기능적 장애가 있을 경우 그걸 정신장애라고 하잖아요. 그런데 새로운 장애 개념은 의학적 손상만이 아니라 사회적 핸디캡이 있어도 잘 살아갈 수 있는, 넓은 의미에서의 장애로 보는 거죠.

조현병을 가지고서도 완전히 치유된 정신질환자들이 많고 장애로 인해 고전하는 분들도 있어요. 또 고전하지 않고 약을 드시면서 잘 지내시는 분들도 있어요. 이분들은 그냥 그대로 잘 살면 되죠. 저도 고혈압 약을 먹고 있는데 먹어가면서 혈압 관리하면서 사는 것처럼 그분들도 그렇게 살아나가면 되는 거죠.

정신장애인은 어떤 삶을 살아가야 할까요.
기회가 공평해져야 하다고 생각해요. 정신장애인이라는 이유로 기회를 박탈당해서는 안 되고요. 기회를 잘 활용할 수 있도록 옆에서 서포트를 해 줘야 해요. 공평하게 부여된 기회에서 그 기회를 잘 잡으시는 분들도 있고 못 잡으시는 분들도 있겠죠.

그러면 못 잡은 분들을 사회적 실패자로 바라보는 시선들이 있을 걸로 추정해 볼 수 있겠죠. 기회가 공평하게 주어졌다고 가정했을 때도 여전히 잘 안 되는 난치성 정신장애인들이 있죠. 그분들은 인권이 보장되는 환경 속에서 편안하게 지낼 수 있도록 도와야 한다고 생각해요. 그런 면에서 정신요양원의 모형이 만들어져야 한다고 생각합니다.

정신요양원은 병원도 그래야 하듯이 환경적으로 인권친화적이어야 해요. 어쩌면 병원보다도 더 좋아야 한다고 생각해요. 삶의 터전이 돼야죠. 병원은 치료를 받고 빨리 나가야 되는 곳이니까 치료에 최적화된 환경이 만들어져야 되는 건 맞지만 회복이 안 되는 이분들에게는 거기가 치료의 현장이자 삶의 현장이죠. 그래서 인권 친화적이고 복지적인 시스템이 마련돼야 해요.

인터뷰를 마치고 창밖을 보았다. 어두워져 있었다. 이 센터장이 건넨 커피 한 모금을 마셨다.

2019.10.09

"삶의 아주심기는 자기만의
숲을 찾았을 때 가능해"

이영문(국립정신건강센터장)

영등포에서 태어났다. 아버지는 당시 내무부 공무원이었다. 1962년 출생하고 얼마 후 아버지는 결핵에 걸렸다. 당시에는 폐병이라고 불렀다. 아버지는 자신의 건강을 지키기 위해 내무부를 떠나 한직을 돌았다.

그는 아버지를 따라 경북 영주로, 전라도 익산으로, 경남 울산으로, 대구로 떠돌았다. 초등학교를 네 군데나 옮겼다. 떠남과 정착은 그의 삶의 모형이 돼 버렸다. 법이자 이데올로기였던 아버지는 그렇게 허약한 존재였다. 한 군데 뿌리박지 못하고 자신의 유년을 떠돌게 만들었던 존재. 삶에서 부재를 실존으로 받아들이게 했던 아버지. 그러나 아버지를 그는 사랑했다.

중학교 시절 그는 몸이 아팠다. 일 년을 집에서 쉴 때 그의 손에는 문학책이 들려 있었다. 문학을 통해 그는 세상이라는 거대한 물체를 바라봤고 이따금 그 막막함과 고독에 한숨을 짓고는 했다. 문학은 그에게 생의 호명이었을까.

고등학교 때 문학반에 들어갔다. 문둥이 시인이라고 불렸던 한센병 시인 한하운의 시들이 좋았다. 그는 한하운에게서 삶의 '소외(疏外)'를 보았다. 너무 일찍 체험하고만 삶의 비루성. 그리고 정신적 고통과 육체적 고통 앞에서 글을 썼던 작가들에 대한 내면의 존중심이 그의 문학적 천착에는 뒤섞여 있었다.

그 시절, 당시 문필을 날리던 작가 이건영의 소설 〈회전목마〉를 읽었다. 정신이 아득했다. 그곳에서는 정신장애인들의 이야기가 나왔고 그는 다시 한 번 병든 자들의 '소외'를 처절하게 마주하게 된다.

30년도 지난 훗날 그는 이건영 작가를 자신의 행사에 초빙했다. 그리고 말했다. "선생님, 고등학교 때 선생님 소설을 읽고 정신과 의사가 됐습니다. 선생님은 한하운 시인만큼 저에게 영향을 주었습니다." 이건영 작가는 문학을 접고 기술직 공무원이 된 이후 건설부 차관까지 했지만 어린 그에게 그는 영원한 소설가였다. 그의 말을 듣고 이건영 작가는 깜짝 놀랐다. 운명은 이렇게 얽혀 있다.

소외에 대한 사유. 난마처럼 얽혀 있는 지난한 인연의 그물망 안에서 그는 병과 정신의 질병으로 인해 스스로 삶 바깥으로 유형을 떠나야 했던 인간 실존의 문제에 몸을 떨고는 했다. 그것은 인간이 가지는 최후의 슬픔인 천형(天刑)이었다. 하늘의 운명을 거스르지 말 것. 그러나 그것은 얼마나 아프고 어려운 일인가.

부재한다는 건 슬픈 일이다. 어린 시절, 아팠던 아버지의 현존하는 부재처럼.

연세대 의대 시절에도 그는 문학과 사

230

회현실에 대해 고민하며 1980년대를 관통해왔다. 1991년 2월 정신건강의학과전문의 자격증을 딴 그는 당시에는 전무했던 '탈시설화'와 '탈수용화'를 외치는 몇 안 되는 정신과 의사였다.

정신장애인들이 인간의 존엄을 갖고 살아갈 수 있는 사회를 그는 꿈꿨다. 그와 뜻을 같이 하는 이들이 모였다. 함께 공부했고 사회에 목소리를 냈다. 32살의 젊은 나이에 정신건강의학과 교수가 된 그의 삶은 순탄했다. 그러나 그는 생에 의문을 품었다. 이 세계가 이 자체로 정의로운 것인가.

그는 아주대의대 교수 자리를 박차고 나왔다. 좀 더 인간적인 정신진료와 새로운 정신장애 담론을 만들고 싶다는 이유에서다. 그러나 운명은 그를 황야에 서 있게 하지 않았다. 이후 국립공주병원장을 거쳐 지난달 26일 국가 정신건강 컨트롤타워인 국립정신건강센터 센터장으로 부임해 취임식을 가졌다.

이영문(57) 센터장을 만난 건 겨울 초입의 바람이 불어오는 날 국립건강센터 센터장실에서였다. 문을 열고 들어가자 그가 반갑게 인사했다.

1980년대에 '정신보건연구회' 공부 모임을 만들었습니다. 연세대학교 의대의 모임이었습니까.

1980년대가 아니고 1992년이에요. 제가 전문의를 딴 게 1991년 2월. 1980년대 말에 정신보건법 논쟁이 있었어요. 그 당시에 정신장애인은 위험하다는 사회방위적 목적으로 법을 만들려고 했죠. 당시 보건사회부(보사부)가 추진을 했는데 뜻있는 분들과 정신과 학회에서 정신장애인 인권이 보장 안 된다면서 거부해서 폐지를 시켰죠.

이후 우리가 정신보건법을 만들어보자 해서 연세대 정신과 선배였던 김병후 선생과 배기영 선생님, 몇 분이 주동이 돼서 시작이 됐죠. 그때 그 양반들 30대 후반, 저는 갓 전문의 따서 새파란 나이였고. 겁 없이 탈수용화 이야기를 할 때였죠. 정신과 연구를 하자고 해서 다섯 명의 정신과 의사들이 모여서 시작을 하는데 이 모임에 사람들이 한 명씩 들어와요.

황태연 선생(현 국립정신건강센터 정신건강사업부장)도 레지던트 신분으로 참여했고 중독 분야의 기선완 선생(현 국제성모병원 정신건강의학과), 또 트라우마 연구로 알려진 김중기 원장(현 마음과마음 원장)도 들어오고 정신보건 1세대 간호사들과 교수님들도 들어왔어요.

사회복지학 쪽에서는 문용훈 태화샘솟는집 관장, 지금 자활기관 기관장으로 있는 이봉원 선생(전 태화샘솟는집 관장), 사회복지사 그룹에서도 오고 김통원 교수(성균관대 사회복지학과 교수)도 오고 정신보건연구회에 다 모인 거죠.

그 모임을 이끈 핵심 그룹이 연세대 의대 팀입니까.

연세대 출신의 김병후 선생이 처음에 이끌고 그 다음 배기영 선생, 제가 3대 회장으로 일했죠. 1992년부터 해서 정신사회재활협회를 만들 때까지 3년간 매주 월요일마다 오후 7시에 모여서 공부했죠.

다른 나라 정신보건법도 공부하고 외국에서 공부하고 오신 분은 초빙도 하고요. 그렇게 하면서 정신보건에 하나하나 눈을 떠갔던 게 정신보건연구회입니다.

그 연구 모임이 주축이 돼서 정신보건법 제정 운동을 하게 된 겁니까.
그때 두 가지를 만들었어요. 하나는 100페이지 정도의 정신보건 백서를 만들었어요. 그건 어디서 연구비를 받아서 한 게 아니고 우리끼리 회비 내서 만든 거죠. 다른 하나는 정신보건법 초안을 만들어서 당시 보건복지부 질병관리과와 계속 논의를 했죠.

일개 임의단체에 당시 보건복지부가 도움을 줄 수 있었던 건 다 개개인의 역량 때문이었어요. 드래프트(초안)를 낼 때 우리 의견을 보건복지부가 받아들인 건 참신했기 때문이거든.

그럼 보사부가 1980년대에 만든 정신보건법 틀을 완전히 거부하신 거네요.
완전히 거부했죠. 그때는 법제 체계가 재활도, 정신보건 사업비라는 내용도 없었고 오로지 수용만 있는 아주 허접한 거였어요. 당시에는 당사자 단체도 없었고요.

정신보건법이 통과된 배경을 보면 당시 국립서울병원(국립정신건강센터 전신)에 국회의원이 와서 '정신보건법을 통과시켜줄 테니 국립서울병원을 이전하라'고 농간질을 부리던 시절이에요. 여(與)든 야(野)든 (국립서울병원이 있는) 광진구에서 국회의원이 되려면 무조건 이런 요구를 했어요.

어쨌든 정신보건연구회가 1992년 4월에 창설돼서 3년 반 활동하고 1995년 2월에 정신사회재활협회가 사단법인으로 새롭게 출발해요. 그해 말에 정신보건연구회를 발전적으로 해체했죠. 그리고 정신사회재활협회로 힘을 모으자고 해서 이부영 선생이 초대 회장을 하고 다음 회장을 제 은사이신 이호영 선생이 역임했죠. (해체된) 정신보건연구회는 최근 40대 젊은 정신과 의사들이 부활시켰어요. 그 모임이 우리 후신이죠.

정신보건법 제정 운동을 하면서 아쉬웠던 점은 무엇이었습니까.
그때 너무 몰랐죠. 좀 더 진보적인 법을 만들었어야 했는데… 당시 여의도 질주사건이 있었고 대구 노래방 방화사건이 있으면서 정신질환자의 위험성을 계속 부각하는 언론 프레임이 굉장히 많았어요. 그때 좀 더 진보적인 법을 왜 못 만들었을까 그게 좀 아쉬워요.

이만큼 진보한 걸 만들어도 현실에서는 이만큼 내려온다는 걸 그땐 몰랐던 거죠. 당시 민변(민주사회를위한변호사모임)에서 정신과 의사의 진단과 보호자에 의한 입원이 불법이라고 주장했지만 그런 것까지 컨트롤하기가 어려웠어요. 그건 보건복지부에서 받아주지 않았으니까.

사회환경적으로 낙후된 점도 있었고 시대 상황 역시 군부독재가 끝나는 '87년 체제'가 시작된 지 얼마 안 됐으니까요. 노동조합 운동도 막 시작 단계였고 그러다보니 1990년 시작되고도 외국 문헌을 얻는 것이 굉장히 소중한 시기였던 거 같아요.

1990년대 '수용시설에서 지역사회로'를 모토로 운동을 했습니다. 너무 시대를 앞서간 건 아닐까요. 당시에는 외면받았을 거 같습니다.
많이 외면당했죠. 더 앞서가도 됐는데 결국은(웃음). 정신보건센터를 만들었잖아요. 그 센터를 처음 만들 때는 외국 이름을 따온 거예요. 그래서 (중요한) 기능을 다 넣자고 했어요. 센터에 외래 기능도 넣고 그랬는데 정신과 학회 회원들의 반대에 부딪혔죠.

개원 의사 중심의 모임들이 성명서를 내고 정신보건센터 설치되면 자신들의 무엇을 위협한다는 식으로 반대 성명을 냈어요. 지금 생각하면 우스운 일이죠. 기세등등하게 반대가 들어오니까 그럼 외래는 안 하겠다, 특별한 경우를 빼고는 외래를 하지 않겠다, 나머지 사업만 하겠다고 했죠. 이렇게 센터가 시작됐어요. 그게 너무 아쉬워요.

지금 생각으로는 '원 스톱 서비스'로 센터에서 이뤄지면 굳이 입원하지 않아도 되는 사람들이 (많을 건데요). 그래서 외국에 비해 반쪽짜리 센터가 된 거죠.

인터뷰 준비하면서 선생님은 정신과 의사 이전에 진리를 찾는 구도자 같은 느낌을 받았습니다. 도를 닦고 있는 겁니까.

(웃음) 그건 아니고요. 진실하고 진리는 다르잖아요. 정신건강의 참된 것은 무엇일까라는 건 계속 고민하고 있죠. 그건 당연히 정신건강을 앓는 당사자들의 해방이고 자유인 게 맞죠. 그게 궁극적인 목표죠. 그 과정에서 전문가들과 컨슈머(소비자) 그룹이 대립할 수밖에 없는 구조를 갖고 있는 거죠.

그럴 경우 어떤 길을 가야 될 것이냐. 당연히 컨슈머 쪽으로 가야죠. 저의 이런 생각은 동료를 배반하는 결과가 되잖아요. 질병 없는 사회가 되면 굶어 죽는 직업이 의사예요. 전문직들도 그래요. 모두가 죄를 짓지 않으면 법이 필요 없으니까 판검사나 변호사들 굶어 죽죠. 다들 진실되게 살면 목사나 신부들도 못 살고 종교가 없어지겠죠. 그러나 자기 정화(淨化)하면서 가야 한다는 마음은 변함이 없습니다.

2016년 국가인권위원회 정신보건법 토론회에서 강제입원 피해를 겪은 정신장애인에게 "대신 사과하면 안 되겠나"라고 말했습니다. 가해자는 따로 있는데 왜 선생님이 그런 말을 하게 된 겁니까.

이정하 '정신장애와인권 파도손' 대표가 그러더라고요. 제가 처음으로 사과를 한 정신과 의사라고요. 글쎄, 나라도 사과해야 하지 않겠나 싶었어요(웃음). 제가 생각하는 전문가의 자격은 자기 잘못을 수용할 수 있어야 해요. 그리고 모르는 걸 모른다고 자기 잘못을 수용해야죠.

참된 정신건강은 정신장애인 당사자들의 해방과 자유 정신건강 전문가는 자기 잘못을 수용할 수 있어야

문학적 표현으로 네거티브 케이퍼빌리티(negative capability·소극적 수용력)이죠. 포지티브 케이퍼빌러티(positive capability·적극적 수용력)는 칭찬을 들으면 쉽게 반응하는데 네거티브 케이퍼빌리티는 자기비판과 자신에 대한 부정적인 부분을 감내하는 능력이거든요. 이게 원래 시인들이 쓰는 용어에요.

영국 시인 키츠가 시인은 "네거티브 케이퍼빌리티를 갖고 살아야 한다"고 얘기하잖아요. 궁핍을 이기고 결핍을 이기고 부정적인 걸 이기는 거죠. 그게 자연을 대하는 태도라고 얘기했죠.

안정적이던 아주대 의대 교수직을 그만두고 이후 '치료 공동체 소통과 담론'이라는 사회단체를 만들어 활동했습니다. 경제적 이익이 없는 단체를 만들고 교수직을 버리면서까지 이 일을 했어야 했던 이유가 있었습니까.

2006년에 아주대 정신과 교수직을 사직했죠. 왜냐하면 그때 오전에는 수원시 정신건강복지센터에 있고 오후에는 아주대 병원의 전문의로 앉아 있었잖아요. 지역사회 정신보건사업을 할 때였으니까 지역에서는 이분들이 환자가 아니고 동료잖아요. 같이 밥 먹고 담배도 피우고 하다가 오후에 진료시간이 돼서 병원으로 돌아오면 아까 같이 밥 먹었던 우리 센터 회원이 외래를 오는 거야.

그때도 저는 의사 가운을 입지 않고 진료를 봤지만 이 환우들이 와서 접수비 1만8천 원을 내요. 그게 웃기는 상황이잖아요. 밖에서는 이렇게 친구처럼 만났는데 오후가 되면 다시 외래를 보는 것이 말이죠. 이쪽은 공공보건의 세계고 저쪽은 그냥 민간 영역이죠. 이런 것에 대한 밸런스 맞추기가 힘들었어요. 또 정신과도 그렇고 한국 의학에 대한 불신감이 컸어요. 그래서 그냥 차라리 커뮤니티(지역사회)로 나가자. 그때는 다큐멘터리를 찍을 생각도 했어요. 논문 백 편보다 다큐멘터리 한 편이 낫겠다 생각했죠. 그때가 45살 때였어요. 저는 32살 때 일찍 의사가 됐고 (기복 없이) 바로 이렇게 왔죠. 그런 생각을 하고 사직서를 냈는데 학교에서 반려가 됐어요.

당시 경기도지사가 김문수 씨였어요. 어느 날 경기도정신보건사업 행사에 그가 왔어요. 저는 자유로워지기 위해 떠나겠다고 얘기를 했는데 김 지사가 그걸 보고 감동을 받았대요. 그러면서 경기도 정신보건사업을 좀 키우겠다, 아주대학이라는 학교가 아니라 이영문 선생이라는 한 분에게 투자를 하겠다고 한 거예요.

그러면서 학교가 나를 눌러 앉으라 했죠. 학교로서는 나를 이용해서 경기도의 이익을 좀 보고 싶었겠죠. 사직을 학교에서 반려를 시켜서 그러면 정신과만 하지 말고 내가 의대생들에게 가르치던 의료인문학으로 발령을 내 달라 해서 2007년 2월까지 정신과 진료를 하고 3월 1일자로 인문사회과학 의료인문학 교수만 하게 됐죠. 두 번째 그만둘 때는 학교에서는 그러려니 하더라고 (웃음).

조현병은 상태(state)일 뿐 기질(trait)은 아니라고 말했습니다. 무슨 의미인가요.

기질 개념으로 하게 되면 그게 그 사람의 특성이 돼 버려요. 그러니까 그 사람의 얼굴 생김새, 지능 등은 부모로부터 받은 기질이죠. 그러나 정신질환이라고 하는 건 내 본성의 부분이 아니라 상태의 변화일 뿐이에요.

예를 들면 정신분열의 증상은 상태가 반영되기 때문에 다 다양해요. 환청도 개인의 백그라운드가 다 반영된 증상이란 말이지. 환청의 종류가 다양하니까 그건 일시적 상태로 나타나는 거라 보는 거죠. 사회적 발현이에요. 평화나 안정감이 있는 사회에서는 그 발현이 느리거나 경미하게 나타나요.

과거의 자연 상태에서 성장했던 환경에서 발현이 되면 이 사람이 정신질환 상태로 가겠느냐는 거죠. 그래서 사회적 질병이라고 하는 거죠. 이건 정신과 의사들이 반대합니다. 그렇게 이 선생처럼 순진하게 봐서는 안 된다고요. 저는 동의가 잘 안 돼요.

정신건강복지법은 어떤 방향으로 바뀌어야 합니까.

지금 사회적 합의나 정비가 되지 않은 상태에서 한쪽에서 선언적 인권에 대한 문제가 마구 쏟아지고 있어요. 그런데 누군가는 급성기나 악성 변형이 돼 있는 상태에 있을 수도 있단 말이죠. 이때는 이 상태를 처리하고 보호할 수 있는 방안이 있어야 하는데 그게 사회방위적인 거죠.

사회방위적 요소와 사회통합적 요소가 같이 가야 하는데 균형이 안 맞죠. 사회통합적이라는 머리는 앞서 가는데 사회방위적 장치가 무너져 있으면 이게 이뤄지지 않는 거예요. 준비되지 않은 탈수용화나 사회가 받아주지 않는 탈시설화는 (무리다).

특히 한국사회처럼 지나치게 자본화돼 있는 사회에서 사회방위적 부분

정신질환은 기질이 아니라 상태···
사회적 환경 따라 상태는 변해
의료급여와 건강보험은
일원화해야 정신과적 문제 풀려

을 좀 챙겨야 하지 않나 생각해요. 그렇게 따지면 사회통합적 방향으로 어느 세월에 갈 거냐는 반론도 생기죠. 급성기에 대한 처우 개선 문제나 병원 응급 시스템 구축도 나오는데 여기에 대해 충분히 보완이 안 되고 있다고 생각해요.

그러다보니 입원하는 인풋(input)에 대해서만 조절하면 된다고 생각하고 추가진단, 입원적합성심사위원회 등이 있는데 (활용 비율이) 굉장히 낮잖아요. 추가진단 같은 경우는 별 의미가 없는데 그걸 보완하기 위해서는 과감하게 제3자로 일원화해야 해요.

사법입원제가 필요하다는 말씀입니까.
당연하죠. 사법입원제가 우리나라 여건에서 어렵다면 제3의 기구에 의한 평가가 있어야 돼요. 100퍼센트 사법입원이 위험한 이유는 악용이 될 수 있어요. 당사자의 위험도가 낮고 가족들도 지역사회 생활을 원하는데 사법입원제가 강하게 되면 상식적인 우리의 평가가 묵인돼 버린다는 거죠.

의료 분야의 평가와 판단이 사법에서는 왜곡될 수 있다?
우리나라 법적인 제도가 3심 제도이지만 위험한 경우에 대해서만 법이 판단을 하잖아요. 정치인들은 정치적으로 해결해야 하는데 다 지금 법으로 가 있어요. 지나치게 법적 기구에 의존하면 상당히 위험해요.

그렇지만 사법입원이나 준사법기구가 판결을 하면 그 사법기구의 결정을 존중해야죠. 그것에 대해 당사자 컨슈머들이 치열하게 논의를 해야되는 거고요. 그리고 입원 기간을 제한해야 해요. 지방자치단체를 포함해서 국가에서 운용하는 베드(병상)에만 입원할 수 있게 해야죠.

기간은 어떻게 하실 겁니까.

우리나라 여건이라면 브리프(brief) 입원, 단기입원을 규정하는 게 보통 한 달이거든요. 외국 문헌에도 그렇고요. 흔히들 외국의 입원기간이 2주다 일주일이다 얘기하는데 그건 그 나라의 보험제도 때문에 그렇다는 걸 몰라서 하는 거예요.

미국의 경우는 입원비가 비싸니까 입원 기간이 일주일도 안 돼요. 미국 주립병원 한 달 입원료가 500만 원에서 800만 원입니다. 민간 대학병원의 한 달 입원료는 2000만 원을 육박해요. 그러니까 거기는 무조건 빨리 퇴원을 시켜야 된다는 거죠.

단기라는 말은 영어로 숏텀(short term)이라고 하는데 이건 잘못된 용어예요. 브리프(brief)라는 용어를 써야죠. 간결입원. 브리프 입원이 아니면 익스텐디드 하스피털라이제이션(extended hospitalization·연장입원)이죠. 그 둘 다 목적이 있는 입원이에요. 흔히 숏텀과 롱텀(long term)으로 구분하잖아요. 이건 입원 기간을 두고 구분하는 거죠.

목표가 있는 입원을 브리프 하스피털라이제이션이라고 할 때 이게 한 달이에요. 나머지 30일 이상은 무조건 하스피털라이제이션이죠. 어떤 경우는 1년8개월도 있고 2년도 있어요. 예를 들어 경계성인격장애는 먹고 자고 숙식할 수 있는 곳이 다양합니다. 그래서 입원기간을 한 달 이내로 하고 강제입원 심사를 제3자가 하는 것이 중요해요.

제3자에 의한 심사기구를 두려면 돈이 많이 들어요. 국가가 돈을 더 써야죠. 막연히 보호자가 없다는 이유로 익스텐디드(연장)가 아니에요. 그건 사회적 입원이죠. 사회적 입원은 익스텐디드가 아니에요. 그걸 명확하게 하면 돼요. 보호자가 없어서 병원을 못 나가는 경우에는 공공후견제도가 정말 면밀하게 들어가야죠.

또 보호자가 있어도 보호자 사정 때문에 못 나가는 경우도 명백하게 기간을 정해서 사회적 입원으로 치료해야 되는 거고요. 특히 재활이 필요한 경우에는 재활훈련을 할 수 있는 목표가 있는 익스텐디드 하스피털라이제이션을 하면 돼죠.

10년 전 어떤 행사에서 치유의 과정을 말하던 당사자가 있었습니다. 그는 회복이 됐다고 했고 그 회복 팁을 우리들에게 말하던 사람이었습니다. 그런데 지난해 자살했습니다. 완전한 치유라는 게 있는 걸까 회의가 들더군요.

제가 자살예방센터장도 했고 자살예방 1세대인데 지금 자살에 대한 문제를 보건과 복지의 틀에 맞춰서 바라보는 시각은 문제가 있어요. 저는 자살에 대해서는 인문학적 가치를 가지고 철학적 문제로 봐야 한다는 쪽이거든요.

자살예방이라고 하는 단어가 사실 안 맞는 거예요. 질병 예방은 맞아요. 그러나 자살은 예방을 할 수 있는 게 아니죠. 내가 질병 상태도 아니고 인생에서 자기 존재에 대해 충분한 성찰을 한 이후에 내가 자살을 해요. 할 수 있다고 봐요 인간은. 그것을 문제 삼아서는 안 된다는 거예요.

이게 자살예방센터장으로서 굉장히 부적절한 말일 수 있습니다. 그러나 자살을 하려는 분은 그만큼 자신과 주변에 대해 충분히 생각을 하신 분이라는 거죠. 그래도 우리는 최대한 자살을 막을려고는 하죠. 그런데 치유가 되지 않고 행복해지지 않을 거 같아서 선택하는 분들도 있어요. 그리고 나의 젊음을 기억하지 못해서 기억을 잃어가며 죽는 것은 존엄하지 않다고 해서 존엄한 죽음을 선택하신 분들이 많거든요. 암 환자들 중에서도 그래요. 그것도 다 수동적인 자살이거든요. 그런 문제라고 봐요.

그분이 만약에 그 순간 환청과 망상에 의한 자살이 아니라면 충분히 치유가 되고 잘 살다가 자기의 죽음에 대한 권리를 자기가 주장했다고 저는 봐요. 단순히 현실도피적 이유만으로 그 자살이 설명되지는 않아요. 많은 학자들 중에도 자살한 이들이 많아요. 인문 쪽의 사람들을 만나서 얘기를 해 보면 자살한 사람들이 굉장히 많아요. 그분들을 비난하지 말아야죠.

그리고 지나치게 의료적으로 자살 문제를 컨트롤할 수 있다고 하는 것 자체는 안 된다고 봐요. 자살이 무슨 질병입니까. 자살예방 클리닉을 쓰게? 우울증 클리닉은 질환이니까 돼요. 같은 이유로 학습부진 클리닉이란 말을 쓰면 안 돼요. 학습 부진이 무슨 병입니까. 게으름도 병이 아니에요. 이걸 다 질병화시킨 거죠.

퇴원환자의 개인 정보를 경찰과 정신건강복지센터에 알리는 행위가 왜 위법합니까. 다른 시각으로 보면 사회 안전의 확보를 위해 통지가 필요하지 않을까요.

안 됩니다. 그게 사회방위적 요소가 강하기 때문이죠. 개인이 동의할 수 있는 능력이 있다면 자기 정보를 통제할 수 있는 사람은 그 사람이죠. 그럼 그 사람의 동의를 받아서 제출을 해야죠.

정신질환을 갖고 있는 사람들에게 동의할 수 있는 능력이 없다고 보는 거예요. 아주 심한 지적장애 아동은 판단능력이 없다고 보잖아요. 그것하고 똑같이 보는 거죠. 아니면 무시하거나. 그게 범죄하고 연관이 돼 있다면 그건 가능해요.

범죄는 당연히 우리가 협조를 해야죠. 그러나 명백한 사유가 없는데도 정보를 달라는 것은 위법이죠. 경찰의 지나친 해석이란 말이죠. 검찰도 똑같은 짓을 하지 않습니까. 검찰은 신념만 가지고도 수사를 해요. 이게 특수부예요.

행정입원의 중요성을 역설하셨습니다. 안인득 사건 이후 응급입원과 행정입원이 모두 늘어났습니다. 이를 긍정적으로 받아들여야 할까요.
만약에 시장·군수가 제대로 이해를 하고서 행정입원을 지시했다면 그건 사회 방위적 측면에서 맞는 거고요. 이런 것도 행정입원 처리가 되는데요, 보호자가 있고 주변에서 항의가 들어왔어요. 여기에 명백한 급성 증상의 위험이 있다는 판단을 전문가가 했어요. 그렇지만 당사자는 설득해도 입원을 안 하려고 해요. 이 경우에는 행정입원으로 받아 줘야 한다는 거죠. 행정입원 절차가 있으니까 그 기간 안에 평가해서 다른 입원 유형으로 넘어가야죠. 우리나라는 너무 안 해서 문제죠.

어차피 행정입원도 강제입원 아닙니까.
강제입원이라 하더라도 기간이 정해져 있으니까 그 기간 동안 평가를 해야죠.

강제입원보다 행정입원이 훨씬 낫다?
강제입원보다는 그렇죠. 그게 그나마 공권력의 보장을 받잖아요.

건강보험심사평가원 자료에 따르면 조현병은 90%가 정신병원 입원비에 지원되고 있습니다. 정신병원으로 들어가는 국가 예산을 어떻게 지역사회로 돌려야 할까요.
그게 예전부터 숙제인데요. 의료급여와 건강보험으로 나눠지잖아요. 의료급여의 경우 단일수가로 묶여 있는 걸 풀어야죠. 그런데 풀기 전에 의료급여에 대한 예산은 건강보험 예산에서 다뤄지지 않거든요. 완전히 다른 거죠. 의료급여는 사회복지로 돼 있는 돈이고 건강보험은 보험료에서 내는 거니까 이게 일원화가 돼야 해요. 우리나라의 보험제도 문제에요.

정신과는 의료급여 환자가 더 많이 입원하니까 일단은 정신질환을 앓는 사람이 가난해지거나 나중에 수급권자가 되기 때문에 의료급여에서 다루는 거죠. 그런데 의료급여 예산에서 입원에 드는 비용이 어마어마하잖아요. 치매 다음으로 많아요. 그걸 지역사회로 전환한다면 서울 같은 경우는 한번 해볼 만 해요. 매칭 포인트가 50대 50이니까.

그런데 서울이 아닌 곳은 8대 2예요. 중앙이 8, 지방이 2. 수원의 경우 중앙이 800이고 수원이 200이에요. 경기도는 그냥 패스죠. 그러니까 수원시는 적극적으로 의료급여 환자를 퇴원시키려고 하지 않아요. 200만 내면 한 사람을 입원시킨다고 생각하니까요.

그러면 어떻게 해야 하냐면 너희(수원시)가 부담해라 하는 거죠. 수원시가 1000을 다 부담해서 입원을 시켜라. 이렇게 지자체로 넘겨버리면 시도 재정을 아끼려고 노력을 많이 할 겁니다. 그런데 그 비용을 감당을 못하죠.

어쨌든 빨리 퇴원시키려고 하겠네요.

그렇죠. 미국의 정신보건사업의 역사가 그렇거든요. (입원비용을) 중앙정부가 지방정부의 역할로 내려버렸잖아요. 지역사회 정신보건센터는 연방정부에서 주정부를 패싱(passing)하고 인건비부터 시작해서 모든 걸 카운티 정부(한국의 군에 해당)에 다 주는 구조예요. 그래서 정신보건센터는 늘어났는데 입원비용은 주정부보고 내라고 하니까 주정부는 입원환자들을 퇴원시켜버리는 거죠.

그래서 미국의 지역사회 정신보건이 1960년대에 엉망이 돼 버렸어요.

지역사회가 준비가 안 된 상태에서 정신보건 시스템이 실패한 이유가 그래요. 돈의 흐름을 잘 (파악)해야 해요. 예를 들면 정신과에서 예산이 많이 드는 건 사회적 돌봄이잖아요. 이 돌봄 지원을 해야만 거기 동료지원가가 가정방문을 하면 수가가 나옵니다. 그리고 집에서는 어머니가 돌본단 말이에요. 그렇게 집에서 돌보는 게 케어(care·돌봄)잖아요.

정신장애뿐만 아니에요. 치매 할머니를 돌보는 가족이 있으면 소셜 케어(사회적 돌봄) 비용을 집으로 줄 수도 있죠. 이런 것을 건강보험에서 같이 노력을 해 보면 낫지 않을까 싶어요.

세월호 사건은 국민을 외상후스트레스장애(PTSD)로 빠지게 했다고 분석했습니다. 우리 국민이 큰 국가적 충격에 빠졌을 때 그 충격을 대하는 태도는 어땠다고 보십니까.

저는 지역사회 대처는 훌륭했다고 봐요. 다만 정부가 잘못했죠. 정부 차원의 컨트롤은 취약했지만 정신건강복지센터들이 경기도를 중심으로 일찍 심리지원을 했어요. 당시 저는 국립공주병원장이었는데 지역 단위로 해서 팽목항을 가고 한쪽은 안산을 가고요.

저는 팽목항에서 24구의 사체를 찾지 못한 분들이 있어서 12월까지 끝까지 있었죠. 시신을 찾을 때까지 가족을 돌봐야죠. 팽목항에는 사체를 못 찾으니까 매일 아우성이었죠.

사체 하나가 인양되면 우루루 몰려가서 다 울죠. (사체를) 찾으신 분도 울고. 일주일에 한 구 정도 사체가 올라와요. 그 과정들을 12월까지 있으면서 봤어요. 한 명 한 명 찾게 되고 최종적으로 (미수습 사체) 9구가 남았을 때까지 우리 공주병원 직원들이 있었어요.

이영문(국립정신건강센터장)

위로하신 겁니까.

뭐 위로가 되겠어요. 그냥 같이 있어 주는 거죠. 배를 인양하고도 끝내 못 찾은 게 4구예요. 그 중에 2명이 학생이었어요. 지금도 그 두 가족들을 제가 만나고 있습니다만 그분들은 어디 가서 자기 얘기를 하기도 어려울 정도죠. 그 안에서 사체라도 찾아서 가신 분들과 그것조차 못하신 분들이 누가 더 불행하냐를 거기서 따지는 건 참… 그랬던 기억이 나요. 국민들은 훌륭했다고 봅니다.

연장선에서 여쭤볼게요. 최근 포털에 보니까 세월호 팽목항에 아직까지 철수하지 않고 계시는 가족들이 있더라고요. 그 기사 댓글에는 이를 부정적으로 표현하는 게 많더군요.

그건 진짜 그 사람들의 심정을 몰라서 하는 말이에요. 그분들은 다른 걸 바라는 게 아니고 그냥 그렇게 하지 않으면 살기가 어렵기 때문이에요. 의미가 없으니까요. 물론 거기에서 올라오신 분도 있죠.

아직 사체를 못 찾았는데 두 분은 올라와 계시고 그중에 한 가족이 남아 있는 걸로 알고 있는데 그분들은 그냥 거기에 있어야 한다고 생각을 하는 거죠. 그분들의 자유예요. 저도 몇 번 그만 올라가자고 했어요. 이걸 비난하면 안 돼요. 댓글 비난은 우리 사회의 성숙하지 못한 태도죠.

국립공주병원장 시절부터 '사람이 희망'이라는 말을 자주 하더군요. 이 안에 어떤 의미가 담긴 겁니까.

어려운 질문이에요(웃음). 제 명함을 보시면 제 아이디가 'humanishope'(사람이 희망이다)이죠. 사람이 희망을 가지지만 사람에게 절망을 주기도 하잖아요. 그런데 긴 세월로 보면 그 절망을 이길 수 있는 힘도 사람이더라고요.

예전에는 (사람이) 굉장히 큰 희망이라고 생각했는데 어떨 때는 희망이

3부 행복은 추구하는 게 아니라, 느끼는 것

아니다는 생각이 들기도 했고 과연 희망일까 이런 생각도 했어요. 여전히 의심스럽지만 그래도 사람이 희망이라고 생각해요. 나이가 들수록 좀 더 명확해지네요.

한국인은 '행복 결핍'이라는 사회적 질병을 앓고 있다고 했습니다. 우리는 왜 행복하지 못할까요.

행복은 추구한다고 되는 게 아닌데 지나치게 강박적으로 추구해요. 행복 또한 제 강의 테마이기도 해서 공부도 하죠. 그리스 시대로 올라가 행복에 대한 정의를 저는 거꾸로 아리스토텔레스부터 해요.

아리스토텔레스가 말하는 '유다이모니아(Eudaimonia)'는 말 그대로 좋은 삶이에요. 유(Eu)가 좋은 삶(good life)이란 뜻이죠. 좋은 삶을 살면 그게 행복인 거지. 그런데 우리는 행복을 어떤 목적의식적으로, 이렇게 하면 아파트를 사거나 내가 돈을 이만큼 벌고, 학벌을 이만큼 성취하면 행복해진다고 착각해요. 그러나 행복은 느끼는 거지 추구하는 게 아닙니다. 그래서 오늘 행복을 느끼지 못하면 내일도 행복을 못 느낄 것이라고 얘기해요.

그리스 철학에서는 행복하기 위해서는 하루하루 열심히 사는 것이 행복한 게 아니라 어떤 삶이 좋은 삶인지를 먼저 확인하고 그렇게 살라고 하더군요.

소크라테스는 지행합일(知行合一)을 강조해요. 내가 좋은 삶을 살면 행복을 느끼는 건 당연한 거야라는 거죠. 그런데 아리스토텔레스는 중용(中庸)을 여기에 끼워 넣어요. 중용을 넣어서 하루하루 좋은 삶을 사는 것에 대한 기준을 좀 더 명확하게 가르쳐준 거지.

소크라테스가 이야기하는 지행합일은 너무 어렵다 이거죠. 소크라테스는 알면 저절로 행한다고 했거든요. 그런데 아리스토텔레스는 그렇게 해서는 민중과 교류가 안 된다 한 거죠. 그래서 아는 거하고 행하는 거하고 분리해서 알고 난 후에 행하라고 말하죠.

수원시에서 영화와 정신장애라는 주제의 토론을 많이 했습니다. 특별히 기억에 남는 영화가 있습니까.

일 년에 많이 할 때는 4번, 적게 할 때는 2번 정도 했어요. 우리 당사자들이 같이 봤으면 싶은 영화는 임순례 감독의 〈리틀 포레스트〉예요. 임 감독은 제가 좋아하는데 무엇이 행복인가를 느끼게 해 주는 영화였어요.

그 대사에 '아주심기'라는 단어가 있어요. 마늘을 아주심기를 할 때 한 번만에 아주심기가 안 된대요. 내용이 뭐냐면 고향을 떠났다가 돌아왔다가 다시 떠났다가 오거든요.

두 번을 떠났는데 극 중의 김태리가 두 번째 올 때는 "아주심기를 하기 위해서 온다"는 대사가 나와요. 아주심기는 한 번에 이뤄지는 게 아니고 자기만의 숲을 찾았을 때 아주심기가 된다는 얘기죠. 자기만의 작은 숲을 가져라, 라는 데에는 그런 의미가 있죠.

여전히 의심스럽지만 그래도 '사람이 희망'이라 생각해 삶의 아주심기는 자신의 숲을 만들었을 때 가능해

건강권 확립은 건강형평성에 달렸으며 건강형평성 보장을 위해 유급휴가를 쓰지 못하는 노동자와 영세 자영업자들에게 기본소득을 주는 유급병가제도를 제시했습니다. 지금도 같은 생각이십니까.

서울시 공공보건의료재단에서 연구하고 지금 시행하고 있는 제도인데요. 처음 시행해 보는 거거든요. 일반 직장 같으면 병가제도가 있어서 할 수 있는데 그냥 자영업을 하면 그게 불가능하죠. 예를 들면 택배하는 분들은 그날그날 버는 일이 중요하니 쉽게 수술을 못 받잖아요.

그런 분이 허리수술이 일주일 필요하다면 서울시가 생활임금 기준으로 열흘치의 생활임금과 진단비를 드리는 거예요. 그러면 일주일 동안 일을 쉬고 수술을 받아도 그 돈을 서울시가 100퍼센트 주는 거죠. 그걸 포퓰리즘이라고 비난도 하는데 영세하면서 의료급여는 아닌, 건강보험의 말(末) 쪽에 있는 분들이라면 도울 수 있는 방법이 아닌가 해서 유급병가를 실시했어요.

기본소득제가 한국 사회에서 실현될 수 있을까요.

논란은 많겠지만 가지 않겠나 생각이 들어요. 원래 기본소득은 보수정권에서 나온 겁니다. 이 기본소득제는 복지 중심의 국가를 건설하자는 사람들도 반대를 해요. 왜냐하면 기본소득 안에 '퉁쳐서' 복지를 소홀히 한다는 거죠. 어쨌든 핀란드에서도 실험을 했고 우리나라에도 한 번 실험을 해 볼 가치가 있다고 생각해요.

청년들을 중심으로 한 기본소득제도를 도입해서 신청자를 받아서 해 보는 것도 괜찮다고 보고요. 성남시나 경기도에서 지금 하고 있는 게 24세 생일을 맞는 모든 청년들에게 100만 원 정도를 온라인 상품권으로 줘요. 격려비죠. 일 년에 100만 원. 그러면 지역화폐로 풀어지니까 지역경제가 활성화되고요. 세금은 다시 각 지자체로 돌아오게 돼 있거든요.

핀란드가 한 150만 원을 주더라고요. 핀란드 경제 수준이 우리나라보다 약간 더 높죠. 그래도 그 소득이 높다고 하는 이유는 오로지 일을 하지 않은 상태에서 자기의 새로운 삶을 창조하기 위해서 그 돈을 쓰거든요. 근로소득이 아닌 상태이기 때문에 그렇게 낮지 않다고 보는 거죠. 그래서 핀란드 수준으로 하자면 150만 원, 우리나라 수준으로 보자면 월 100만 원 정도라도 시험을 해 본다면 글 쓰고 싶은 사람은 글을 쓰고 얼마든지 그렇게 (자아를 실현하면서) 살 수 있다고 저는 생각합니다.

김근태기념치유센터 설립추진위원입니다. 국가폭력에 관심을 갖게 된 계기가 있었습니까

국가로부터 정신장애인들이 강제입원 당한 자체가 폭력을 당했던 거라고 생각했거든요. 요양원에서 20년을 보낸 건 거꾸로 폭력을 당한 거잖아요. 저는 치료와 재활에 관심을 두다가 인권은 2005년 이후에 시야에 들어왔어요.

보니까 치료재활과 인권은 처음부터 길이 다르더라고요. 쉽게 말해 저도 치료자로서 폭력 유발자가 된 거죠. 그렇죠? 내가 이 사람을 치료하기 위해서 폭력을 행했을 수도 있다라는 윤리적 폭력 문제에 들어가게 되더라고요. 윤리적 폭력은 국가가 가장 많이 했죠. 외국도 국가가 저지른 폭력이 엄청나게 많고요. 전쟁 일으키는 건 다 국가폭력이죠.

우리나라에서도 진실과화해위원회, 과거사진상규명위원회가 있는데 당시 국군에 의해 죽은 사람도 있고 북한군에 의해 죽은 사람들도 있고 민간학살이 수없이 많았죠. 다 국가폭력이죠. 그런 문제를 큰 틀에서 트라우마로 다루는 걸 외국에서 보게 된 거죠. 그래서 조금이나마 인권운동하시는 분들과 함께하려고 했죠. 그중에 대표적인 분이 김근태 (전 의원).

박정희 시대는 급진적 산업사회 시기였지만 동시에 정신건강은 돌봄 받지 못했던 영역으로 남아 있었습니다. 정신과 의사로서 그의 시대를 어떻게 평가하는지 궁금합니다.

매우 속도전으로 빨리 했을지는 몰라도 야만과 폭력의 시대였죠. 정신건강을 아주 해롭게 했다고 생각해요. 민주주의라는 건 골치 아프고 말도 많고, 하나 결정하는 데 굉장히 까다롭다고 여겨진 그런 시대였죠. 그러나 민주주의라는 게 힘들지만은 정신적으로 그게 건강해요. 왜냐하면 다 담론을 쏟아내니까요.

제가 잘 쓰는 말이 담론(談論)인데요, 담론은 디스코스(discourse)잖아요. 코스(course)가 아니라는 뜻이잖아요. 이렇게 가는 게 아니고 구불구불하게 가다가 이쪽 길이 아니다 싶으면 다른 길로 가는 게 담론이거든요. 이런 과정을 거쳐서 가는 게 정신적으로 건강하다는 거죠.

독재는 쉬워요. 쉬운데 독재를 하게 되면 (국민의) 스트레스 지수가 다 올라가죠. 우리 한국사회의 많은 문제들을 꼭 박정희만을 탓할 수는 없지만 여전히 군사문화, 검찰문화 등이 남아 있잖아요. 권력으로 통제하려고 하는 시스템이 지금까지도 연결돼 있는 거죠. 부정적입니다.

박정희는 굉장히 부정적인 인물이었다고 생각합니다. 그렇지만 우리나라에 아프리카에서 새마을 운동을 공부하기 위해서 온단 말이에요.
이 충돌되는 모순을 어떻게 바라봐야 할까요.
새마을운동 자체를 하는 건 뭐라고 그럴 수는 없죠. 그 자체는 문제가 없는데 새마을운동을 만든 근거가 어디에 있냐 생각해봐야 해요. (서구에서) 근대국가를 만들 때 가장 많이 썼던 게 사람을 근면하게 만든다는 거였죠. 사람을 근면하게 만들면서 소위 이성적인 기준에서 벗어나면 다 죽이죠. 그것이 인간들을 더 퇴화시키는 요인이 된 거죠.

정신과 의사로서 생애에 꼭 이루고 싶은 게 있다면 뭘까요.
그런 건 생각 없이 살아왔는데 (웃음). 아까 박 기자가 나한테 얘기해 준 거 하고 비슷해요. 뭐 진리를 찾는 구도자와 같다고 얘기했는데 구도(求道)라는 걸 생각해본 적이 없어요. 제가 종교가 없으니까.

다만 정신건강 자체가 이 세상을 바꾼다고 생각해요. 제가 아는 다큐 작가들은 다큐 한 편이 세상을 바꾼다고 생각해요. 글을 쓰는 분은 자신의 글 하나가 세상을 바꾼다고 말하죠. 이런 식이거든요. 마찬가지로 저는 정신질환의 가치가 세상과 우리 한국사회를 바꿀 것이다, 정신질환은 위험하다는 천박한 생각들이 아니라 정신건강에 대한 올바른 가치가 공동체를 바꾼다고 생각합니다.

기자는 인터뷰가 끝날 무렵 그에게 한 가지 질문을 더 했다. 몇 년 전 국립정신건강센터가 갓 개원했을 무렵 센터를 찾았는데 역시 센터를 찾은 정신장애인들이 기자를 알아보고 이렇게 말했다. "정신장애인들은 담배도 많이 피우고 커피도 많이 마신다. 그런데 센터에는 커피자판기도 없다. 대신 센터 구내의 비싼 커피숍을 이용하라고 한다. 가난한 우리가 어떻게 매일 비싼 커피를 마실 수 있냐고." 그 이야기를 이 센터장에게 넌지시 던졌다. 이 센터장은 인터뷰 자리를 지키던 김민아 대외협력팀장에게 말했다. "그래요. 그건 우리가 챙겨봅시다."

2019.12.03

"조현병을 한방으로만 치료하는 게 합리적이냐? 그건 좀 어려워요"

이정국(성모마음정신과의원 원장)

지난해 가을 무렵 기자는 아팠다. 번아웃(소진) 비슷한 증상이 몰려왔고 잠이 잘 오지 않아 밤이면 뒤척였다. 재발 증상인가 싶어 겁이 덜컥 났다. 한약을 지어먹어야겠다는 생각이 들었다. 인터넷으로 한의원을 찾다가 한방 정신치료학회가 있다는 걸 알게 됐다.

어차피 한방 진료를 받는 김에 한방에 의한 정신치료 과정도 알고 싶은 호기심이 생겼다. 이 학회에 소속된 한의원을 검색해 퇴근 후 지하철로 그곳을 찾았다. 첫 느낌은, 응접실의 어두컴컴함이었다. 기자는 까만 얼굴 표정으로 응접실에서 진료 차례를 기다렸다.

십여 분 후 나타난 담당 직원은 손가락에 집게를 꽂고 모니터 앞에 앉게 했다. 정신건강의학과에서 사용하는 심박변이도(HRV) 측정 기계라는 걸 알게 된 건 좀 시간이 지난 후다. 측정이 끝난 후 직원은 다시 한 룸으로 기자를 데리고 들어갔는데 그곳 역시 어두컴컴했다.

직원은 문진표와 심리검사지를 몇 장 주면서 작성하라고 말했다. 예를 들면 '지금 나는… 나의 미래는' 등에 체크를 하는 형식이었다. 그 과정을 거친 후 의사가 나타났다. 그는 기자의 신체 상태에 대해 "체력이 바닥"이라고 말했다. 의사는 깨끗해 보이지

않는 침대에 기자를 눕히고 몇 군데에 침을 놓고 나갔다. 이어 10분 후 다시 직원이 들어와 침을 뽑았다. 그리고 직원은 테이블 앞에 앉아 기자에게 3개월치의 약을 먹어야 한다고 했다. 한 달에 40만 원씩, 총 120만 원. 다만 그는 "분할 납부 대신 일시불로 내면 5만 원을 깎아주겠다"는 말을 덧붙였다.

기자는 그 직원이 내미는 약정서에 사인을 했다. (이후 기자는 한 달치만 지불하고 나머지는 안 먹겠다고 알렸다) 그곳을 나왔을 때, 기자는 어떤 실망감을 느꼈다. 이게 뭔가. 모니터와 심박변이도 측정 기계, 심리검사지 이 모든 건 서양의학의 장치들이 아닌가.

그럼 서양의 의료 장치들을 이용하고 한방은 한방약만 지어주면 끝나는 것인가. 의문이 꾸역꾸역 몰려왔다. 그리고 한방이 어떻게 정신의 문제를 해결할 수 있겠는가라는 생각이 들었다. 물론 한의학적 정신치료를 부정하려는 의도는 아니다. 다만 그때 기자가 느꼈던 양의의 도구들을 이용해 검사하고 치료는 한의로 하는 프로세스의 어색함에 고개가 갸우뚱했던 점을 말하고 싶었던 것뿐이다. 한의학이 환청을 치료할 수 있는가. 한방약이 망상과 조증, 울증을 고칠 수 있는가. 그런 의문이 계속 생겼다.

그리고 최근, 한 정신과 의사를 알게 됐다. 그는 가톨릭대 의대에서 정신과를 전

공하고 이어 경희대 한의대에서 한의사 자격증을 취득했다. 동서양 의학을 모두 전공한 사례다. 인터뷰를 요청하자 그는 흔쾌히 수락했다.

이정국(51) 원장은 서울대 국어교육과에 들어갔다가 우울증을 겪은 후 심리학에 깊이 빠졌다. 가난했던 집안 출신에 심리학 전공은 불확실한 미래이기에 자퇴 후 의대에 들어갔다. 공중보건의 시절, 만성 정신병원에서 정신과 전문의로 일했다.

환자들을 위한 프로그램을 지원했지만 환자들은 '이걸 한다고 좋아지겠는가' 혹은 '좋아진다 한들 뭘 할거냐'라는 태도로 달가워하지 않았다고 한다. 이 원장은 그게 갑갑하고 힘들었다. 미래가 보이지 않는 삶도 아프지만 '나아진다고 해서 뭐가 달라지는가'라는 환자들의 실존적 질문은 그를 더 아프게 했다.

삼십대 중반 무렵이었다. 그때 갑상선암 때문에 수술을 했는데 잘못해서 성대를 지배하는 신경을 건드렸다고 한다. 후유증으로 석 달 동안 말을 못했고 그는 도서관에서 시간을 보냈다. 의사는 말이 나올 때까지 기다리라고 했지만 이 원장은 침이라든가 '사이비 의학'도 받아보고 싶을 정도로 답답했다. 그 후, 그는 한의학이 가진 철학적이고 정신적인 어떤 부분에 이끌려 한

의대 본과로 편입했다. 물론 그 환상은 길게 가지 못했다.

인터뷰에서 이 원장은 의학 시스템이 서양 주류 의학 중심으로 구성돼 있고 내담자들이 서양의학적 개념으로 한의원을 찾기 때문에 서양의학 중심의 언어로 한의학 치료가 진행될 수밖에 없다고 말했다. 특히 중증 조현병은 한의학으로 치료가 가능하지 않다는 지점과 기적적으로 정신질환을 낫게 해 주는 한의사는 없다는 전언은 기자가 가진 의문들을 풀어 주는 단서가 됐다.

한의학의 임상적 경험이 내가 많으니 어떤 부분은 섬세하게 할 수 있다는 한의사는 명의(名醫)다. 하지만 아무도 못 하고 나만 할 수 있는 새로운 치료법이라는 주장은 일종의 '사기'라고 봐야 한다는 의미다. 언젠간 기자가 인터뷰했던 정신장애인 아들을 둔 아버지 A씨는 조현병을 낫게 하는 한약을 개발했다는 한의사의 말에 넘어가 몇몇 가족이 정신과 약물을 끊고 한약만 달여 먹다가 열에 아홉이 다 재발했다는 말을 한 적이 있다. 이 에피소드에서 기자는 다시 질문을 던지고 싶었다. 한의학은 정신질환에 어떻게 접속해야 하는가. 이 원장을 만난 건 서울 중랑구에 위치한 그의 병원에서다.

**의대를 졸업하고 다시 한의대로 들어간 건 동서양 치료의 통합적 모색
을 위한 어떤 갈망 때문이었습니까.**

밖에서 보기에는 한의학이 뭔가 철학적이고 정신적인 게 양의학보다 더 커 보
이잖아요. 한의학이 심신의학이라고도 하고 도가적이라고도 하는데 정신과
의사가 그쪽에 가면 두 개를 합쳐서 시너지를 낼 수 있는 분야라고 생각했어
요. 그런데 만만치가 않더라고요. 양의학은 세분화돼 있는데 한의학은 두루뭉
술해요. 정신의학적 부분이 있지만 딱 어떤 하나로 정리가 안 돼 있어요. 여기
에 조금 녹아 있고 저기에 조금 녹아 있고 그런 식이에요.

여기, 저기는 무슨 말씀?

이 책에 요만큼 있고 저 책에 요만큼 있는 거죠. 또 한방에는 정신분열병이라
는 개념이 없어요. 양방처럼 진단명이 딱딱 떨어지고 그 병에 대응한다는 개념
이 별로 없고 증상으로 치료를 하거든요. 그러니까 통합이 쉽지 않아요.

서양 의학자들은 동양의학, 특히 한의학을 깔보는 경향이 있다더군요.

한의학이랑 서양의학 내지는 현대의학에 투입되는 물량을 보세요. 현대의학
을 하는 의사가 세계에 수천만 명이잖아요. 그런데 한의학을 하는 의사는 수십
만 명도 안 돼요. 우리나라에 2~3만 명. 일본은 한의대가 없고 의사들이 한방
교육을 받아요.

서양의학을 하는 사람들이 한약을 처방하는 거죠. 열이 날 때는 무슨 약
을 쓰면 좋다더라는 형식으로 단편적으로 이용해서 쓰는 거예요. 중국은 한의
대가 많지 않고 또 한의대가 현대의학하고 통합돼 있어요. 중의대라는 곳을 졸
업하면 현대의학을 할 수도 있고 중의학도 할 수 있고 선택할 수 있어요.

모든 학교가 다 그렇습니까.

현대의학 의대가 더 많은데 중의대가 몇 개 있어요. 중의대조차도 졸업하면 다 중의사가 되는 게 아니라 일부는 양의사를 할 수 있어요. 양의사를 선택하는 비율이 더 높죠. 중의학을 심도 깊게 연구하는 사람들은 별로 없는 거예요.

우리나라 한의대하고 의대랑 비교해 봐도 연구자들의 숫자가 비교가 안 돼요. 그러니까 이 학문이 발달하기 어렵죠. 한의학 비중이 낮을 수밖에 없죠.

한의학은 실체가 없다?

실체가 없다기보다는 투입 물량이 적어서 아웃풋이 적을 수밖에 없다는 거죠.

투입 물량은 어떤 걸 의미합니까.

돈과 사람. 연구를 하고 기술을 개발하려 해도 투입이 돼야 가능하잖아요. 그게 안 되는 거죠. 양의하고 비교하면 투입 물량이 천 대 일이나 될까. 글로벌로 따지면 비교도 안 되죠. 그러니 한의학이 양의학과 비슷한 대접을 받기가 어려워요.

동서(東西) 양 의학을 두루 공부했습니다. 정신의학 부문에서 서양의학과 한의학은 어디에서 가장 큰 차이가 있는 것일까요.

가장 크게는 질환 개념이 달라요. 양의학의 정신의학 진단이 우울증이다, 조울증이다, 조현병이다, 라고 하는데 내과 등과 비교하면 이것도 두루뭉술한 부분이 있어요. 피 검사나 조직 검사를 해서 진단하는 게 아니라 의사가 정보를 조합해서 판단을 하는 개념이잖아요. 그럼에도 불구하고 질환 개념이 있거든요.

조현병 이거는 몇 살에 시작돼서 언제쯤 심해지고 치료를 하면 어떻게 되고 치료는 어떻게 해야 되고 이런 게 시작부터 끝까지 과정이 있어요. 그게 질환 개념인데 한방은 그게 덜 해요. 그런 개념보다는 병치(病治·병을 치료함)와 증치(症治·증상을 치료함) 개념이죠.

양방은 열이 난다는 게 중요한 게 아니라 이 병이 무슨 병이냐를 알려고 해요. 그래서 무슨 병이다 하면 그 병을 치료하는 거죠. 그런데 한방은 증상을 치료해요. 인체의 밸런스(균형)를 잡아가는 개념이거든요. 질환 개념이 없으니까 연구를 할 때도 달라요. 양방은 우울증이라고 하면 우울증을 치료하는 방법이 쭉 있는데 한방은 그게 달라요.

가이드라인이 없다는 말씀입니까.

한방이 좀 더 주관적일 수 있죠. 또 타깃이 다르니까 두 개를 비교하거나 통합하는 것도 쉽지 않아요. 예를 들어 똑같은 조현병인데 A 나라에서는 이렇게 치료하고 B 나라에서 이렇게 치료하면 그 두 개를 딱 비교해서 A가 더 잘 하네 이렇게 할 수 있죠. 그런데 양방과 한방은 똑같은 사람을 놓고도 서로 치료하는 영역이 달라요. 비교하기가 쉽지 않죠.

기자도 한방신경정신의학 클리닉을 찾았다가 실망했던 기억이 있습니다. 심박변이도 측정 기계, 심리검사지 등은 다 서구의 정신치료 자원들이 아닙니까. 여기에 한의학이 어떤 의미일까요.

어려운 부분이죠. 한의사들이 치료하는 환자들은 현대의학적 개념을 갖고 병원에 오거든요. 한방적 진료를 해도 '제가 무슨 병이에요, 치료하면 어떻게 돼요' 이런 식으로 양방의학적 개념으로 질문한단 말이에요. 그럼 한의사는 다른 개념으로 이 질환을 이해하고 있다고 쳐도 이 사람이랑 소통은 현대적인 개념에 맞출 수밖에 없어요.

현대적인 여러 가지 검사를 안 할 수가 없고 그걸 공부해야 해요. 소통을 해야 하니까 한의학 교육에서도 상당 부분 현대의학적 공부를 해요. 치료 성과를 논문에 넣으려 해도 한방적인 논문은 불가능하거든요.

물론 한의학계 내에서야 낼 수도 있죠. 하지만 국제 의학지에 내려면 한방적 개념으로만 해서 넣어주지도 않아요. 그러니까 우울증에다가 무슨 탕을 썼더니 얼마나 좋아졌다 이렇게 해야지, 울증 내지는 어떤 증상이 있다고 치면 열증, 한증 이런 한방적 개념이 있는데 무슨 약을 썼더니 좋아졌다 이거는 이해를 못 하니까 받아주질 않거든요.

의학은 의사와 환자가 개념 공유해야… 한방적 치료만으로 소통 어려워

그래서 한방에는 자조적인 개념일 수도 있는데 양진한치(洋診韓治) 즉 양방적으로 진단하고 한방적으로 치료한다고 하죠.

새로 만들어진 개념입니까.

현대 한의학을 설명하는 용어이자 비판하는 용어이기도 하죠. 한방적으로 진단하고 한방적으로 치료해야 될 것 같은데 그럼 소통이 안 되죠. 대부분의 질환은 의사가 환자에게 도술처럼 확 낫게 하는 게 아니라 의사랑 환자랑 개념을 같이 공유해야 되거든요.

이 병은 이런 거니까 이렇게 끌어갑시다 하면서 환자랑 의사가 소통하죠. 또 환자의 행동인 생활에서 대하는 태도, 약을 먹는 태도 등이 의사와 환자가 공유하는 모델로 같이 가야 낫는 거거든요.

그 공유하는 개념이 조선 시대에는 환자도 의사도 한방적인 개념을 갖고 같이 갈 수 있었어요. 지금은 그게 안 되니까 한의사들은 양방적인 개념을 빌려 쓸 수밖에 없어요.

서양의학을 이용하면서 치료는 한약을 달여 주는 것으로 끝나는 겁니까.
그렇죠. 한약을 달여 줄 수도 있고 침을 쓸 수도 있고요. 또 한방적인 양생법이
라고 하잖아요. 이거는 해라, 저거는 말아라, 라고 할 수 있는 거죠.

서양의학에 일정 정도 기대는 부분에서 자괴감이 들 수도 있겠네요.
자괴감도 일부 있을 수 있죠. 한의학 내에서도 여러 이론들이 있고 입장 차이
도 있을 거잖아요. 정통적이고 아주 보수적인 한의학을 해야 된다고 생각하는
부류도 있고 일부 가치는 보존할 수 있지만 그렇게 해서는 주류 의학이 되기는
어렵다고 보는 이들도 있죠.
　그러니까 양방과 충분히 소통하고 양방적인 연구 결과를 내면서도 한방
만의 특색을 살려야 한다는 식의 주장이죠. 예를 들어 양방적 교육을 하지 말
라고 한다면 동의보감이나 한의서만 읽어야 되는데 그렇게 해서는 안 돼요. 그
럼 소통도 안 되고 좋은 기계들을 하나도 못 쓰잖아요.
　물론 맥으로 해서 임신 여부를 알고, 암이 있는지 알아내는 부분이 있지
만 찍어보면 더 정확하게 나오는데 그걸 당해낼 방법이 없으니까 어느 정도 현
대 의학을 이용해야죠. 의학은 기술이지 물리학처럼 영역이 정해진 특정 분야
학문이 아니에요. 사람을 어떻게 하면 낫게 할 것인가를 고민하고 당대의 최선
의 지식을 갖고서 그걸 해결하는 게 의학이죠. 무슨 베이스(base)가 있어서 우
리는 이 방법만 한다, 이런 게 아니잖아요.
　그러니까 의학은 그 시대에 최선의 과학 내지는 학문으로 어떻게 인간
을 치료할 것인가에 대해서 답을 내는 거죠. 현대의학은 여러 가지 이론들을
도입하는데 한방의 문제는 테두리가 딱 쳐져 있어요. 여기까지가 한의학이다,

그러니까 갑갑한 부분도 있죠. 당연히
현대의학을 받아들여야 돼요.

심각한 조현병에 대해 한방 치료는 한계 있어… 가벼운 정신질환은 가능해

한의학 정신치료는 환청을 통제
할 수 있습니까.

어느 정도는 되는데 그런 개념이 부족해요. 환청이 나올 수 있는 질환은 여러 개가 있거든요. 조현병뿐만 아니라 우울증이나 불안증이 심해져도 환청이 나올 수 있어요. 환청과 유사한 증상은 한약으로 일부 치료가 돼요. 아예 안 되는 건 아니죠.

질문을 조금 바꿔야 되는데 조현병을 한의학의 한방만으로 치료하는 게 더 합리적이냐? 그건 좀 어려워요. 조현병도 스펙트럼이 넓은 병이라 만성화되고 핵심 증상들이 막 나오는 심각한 조현병이 있고 환청 망상 등 조현병 증상이 맞긴 하지만 건강한 조현병도 있거든요. 일부 가벼운 증상들은 될 수도 있지만 조현병 본체는 한의학만으로 치료하기는 좀 힘들죠.

양의학과 한의학의 통합적 치료를 통해 시너지를 낸다고 하지만 아리
랑 노래와 랩의 결합처럼 서로 어울리지 않는 어떤 것은 아닐까요.

그럴 수도 있어요. 서로 체계가 다르고 질환에 대한 개념 자체가 다르니까요. 두 개를 등치해서 똑같이 모든 질환마다 한방·양방을 섞어서 치료하면 낫는다? 이건 아닌 거 같아요. 한방이 도움되는 영역이 있고 안 되는 영역도 있어요. 그걸 구분해야죠. 아주 심각한 조현병에 대해서 한방 치료는 한계가 있어요.

동의보감에 근거한 치료방법입니까.

아니죠. 동의보감은 한방이 근간을 이루는 책 중의 하나이지 동의보감이 한방

의 다는 아니에요. 동의보감이 허준의 이론서가 아니에요. 그 당시의 한의학 백과사전인 거예요. 당시의 중국이나 우리나라에 퍼져 있는 여러 의서(醫書)들을 다 모아가지고 종합해 놓은 거예요.

그걸 허준이 했단 말입니까.
허준 혼자서 하지는 못했겠죠. 협업을 해서 정리를 한 거죠. 그 정리를 굉장히 잘해 놓아서 지금도 가치가 있는 거지 그것만을 베이스로 하는 건 아니죠.

한의학 정신치료에서 프로이트와 융은 어떤 지위를 차지합니까.
프로이트와 융을 전통 한의학에서는 몰랐겠죠. 그런데 한의사들도 발전을 해야 되잖아요. 의학이라는 것이 기술이고 기술은 사람을 낫게 하기 위해서 필요한 거니까요. 그 당시에 퍼져 있는 지식을 활용한다는 측면에서 한의사들도 프로이트나 융에 대해서 개념을 익힐 수 있죠.

한의학에서 서양 정신의학이 프로이트를 생각하는 것만큼의 지위를 차지하는 것이 있습니까.
이제마(조선의 사상의학 창시자)의 이론에서 인간의 심리나 성격을 어느 정도 규정하고 있다고 한의사들은 생각하죠. 그런데 프로이트를 능가한다고 보기는 쉽지가 않겠죠. 이제마가 아우르고 있는 영역하고 프로이트의 영역은 실제 영향력에서 차이가 있어요. 사상의학은 단순한 심리학이라기보다는 철학에 가까운 것이죠.

한의학 정신치료에서 DSM(정신질환의 진단 및 통계 편람)은 적극 인용됩니까.

한방이 통계에서 문제가 되는 건 국제적인 보고를 할 때죠. 사망 통계를 내는데 모든 사망자에 대해 어떤 병으로 죽었는지를 보고해야 돼요. 자살이면 자살, 질병사면 질병사, 질병은 무슨 암으로 사망했는지를 우리나라 통계 당국에 보고하게 돼 있어요.

우리나라의 경우 한의사가 이 사람이 울증(鬱症)으로 사망했다 보고하면 사망통계가 엉망이 돼 버려요. 한의사들이 얼마나 포지션을 차지하느냐에 따라 다르겠지만 1%만 차지해도 1%는 다 버리는 자료가 돼 버리죠. 그럼 한국의 사망통계 자체가 의미가 없어져 버리는 거예요. 그러니까 한의사들이 양방 진단도 할 수밖에 없어요. 시스템이 그렇게 돼 있어요.

서양 정신의학은 약물로 증세를 누르는 겁니다. 조증이나 환청 때문에 날뛰고 있는 이들에게 서양 약물이 한의학 약물보다 초기 증세 극복에 더 용이하지 않을까요.

당연히 용이해요. 한약은 약의 세기나 치료 속도에서 양방하고 차이가 있어요. 좀 늦죠. 불안하거나 공격적이거나 잠을 못 자거나 이럴 때 서양의학은 부작용이 있고 없고를 떠나서 일단 가라앉힐 수 있잖아요. 한방에서는 어렵죠.

한약으로 조현병을 고친다는 용한 한의사한테서 약을 지어먹었던 환자들 열에 아홉은 재발했다는 경험담도 있더군요.

한방이 효과가 있는 영역하고 효과가 별로 없는 영역이 있는데 조현병은 한방만으로 치료하기 어려워요. 그건 한의사들도 동의해요. 그런데 한의사들도 그렇고 양의사들도 그렇고 양극단에 있는 분들이 있잖아요. 어떤 분들은 한의학만으로 치료가 가능하다고 주장을 하는데 한의사들의 주된 의견은 그건 좀 어렵다는 거죠. 일부 도움이 될 수 있지만 한방에만 의존하는 건 아닌 거 같아요 조심해라?

그렇죠. 그냥 그건 아니에요. 조심할 것도 없고.

한의학 정신치료에서 '화병'을 자주 언급하더군요. 그런데 이 화병도 국제적 질환명으로 등재한 것도 서양의학을 공부한 정신과 의사였습니다. 한의학계가 왜 먼저 등재하지 않은 것일까요.

DSM 체계가 양의학적 체계잖아요. 그럼 거기에 누가 넣겠어요. 그 시대 한의사들은 DSM이 뭔지도 몰랐을 거고 안다 해도 관심이 없었잖아요. 화병이 도입된 지가 몇 십 년 전이죠.

DSM에 보면 우리나라의 화병처럼 그 문화에 특이한 정신질환들이 몇 개가 있어요. 그런 식의 분류체계가 있었던 거예요. 그러니까 양의학자들이 보기에 화병이 서양 체계랑은 조금 다른 우리나라 문화의 정신병 같다고 해서 학계에 보고하고 인정을 받은 거죠. 이건 양의사가 할 수밖에 없어요.

그런 프로세스로 처리됐다면 한의사들도 자괴감이 들지 않았을까요.

그건 다른 얘기죠. 현대의학 체계에서 한의학적 진단을 보고하는 건 양의사들이 할 수밖에 없어요. 지금이라면 좀 다르죠. 지금처럼 한의사들이 서양의학적 진단 체계를 배웠을 때는 양의사들은 잘 모르는데 한의사들이 보기에 독특한 질환이 있다고 하면 양방적으로 예외적인 거니까 보고할 수 있어요.

옛날에는 그게 불가능했죠. 예를 들어 고고학적인 발견 중에 이집트 피라미드의 경우 이걸 이집트인들이 보고하지 않잖아요. 서양 사람들이 보고하는 거예요. 이집트인들이 보기에 이건 원래 있던 건데 왜 보고를 하지 하는데 서양사람들이 봤을 때는 아니죠. 몇 천 년 전에 이런 문명이 있었다는 건 예외적이고 역사적인 가치가 있다고 생각하는 거죠.

한의학 정신치료를 할 때 조심해야 하는 부분이 있을까요.

되는 게 있고 안 되는 게 있어요. 체계가 다르다 보니까 어디까지는 한의학에서 치료가 되고 어디에서부터는 잘 안 되는 거냐를 말하기가 애매해요. 예를 들어 환자가 정신과 의사에게 요런 거는 내가 한방에서 치료를 받고 싶은데 괜찮겠냐고 물어봤을 때 그걸 대답해 줄 정신과 의사는 없어요.

왜죠?

한방을 모르니까요. 그 치료가 효과가 있을지 없을지 모른단 말이에요. 그럼 그런 질문을 받은 의사는 할 말이 없거나 일단 모르겠으니까 그걸 하지 말아라, 라고 할 수밖에 없어요.

예를 들어 내가 암 치료를 하는 한의사인데 내가 전혀 모르는 이상한 검은 물체를 가지고 와서 이걸 먹어도 되겠습니까 물어요. 성분이고 뭐고 아무것도 몰라요. 그럼 그걸 먹어도 됩니다, 라고 한의사가 대답할 수 있겠어요? 못하죠. 그럼 한방으로 정신질환을 치료하려면 어떻게 해야 되느냐의 문제인데 결국은 검증된 한의원 내지는 한의학기관을 이용하라고 할 수밖에 없죠. 검증된 기관에 가서 물어봐야죠. 또 하나는 안 되는 건 안 되는 거예요.

한방이고 양방이고 유일한 왕도(王道)는 없어요. 기적적인 치료가 있을 거라고, 대단한 비방을 가진 한의사가 있을 거라고 생각하지만 그런 건 없어요. 한방은 점술이나 도술이 아니잖아요. 그래서 다른 데서 못 하는데 나만 할 수 있다? 이건 없어요. 그렇게 주장한다면 그건 이상한 거죠. 양의사건 한의사건 지구 전체에서 나만 할 수 있다는 게 말이 되겠어요.

양의학 정신치료에서도 그런 정신과 의사들이 있더라고요.

그건 말이 안 돼요. 내가 좀 더 잘 한다는 건 있을 수 있어요. 예를 들어 무슨 수

술을 이렇게 하는데 다른 사람들은 케이스(임상 사례)를 백 명밖에 못 봤는데 나는 수십 년 동안 수천 명의 케이스를 봤다, 증명할 수 있다, 그래서 내가 조금 더 섬세하게 이걸 할 수 있다, 이건 오케이(OK), 그런 사람들이 명의(名醫)죠.

그런데 아무도 못 해, 이건 내가 새로운 방법으로 개발해 냈어. 그럼 뉴스에 나오고 검증을 거쳐야죠. 나 혼자만 이걸 할 수 있어, 라는 건 불안한 거죠.

서양 정신의학은 정신과 약물에 있어 평생 먹고 관리해야 하는 걸로 인식합니다. 한의학은 어떻습니까.

그게 증치의 개념이라서 달라요. 양방은 질환이 있으면 그 질환에 대한 그림을 그려요. 이 사람이 어디서 시작해서 어떻게 변해가는지 쭉 따라가는데 한방은 그런 개념이 없어요.

한방의 질환관은 사람의 균형이 깨졌을 때 질환이 생기는 거라고 봐요. 양방은 바이러스든 종양이든 원인이 되는 걸 없애는 쪽으로 하잖아요. 그게 없어질 때까지 쭉 따라가는 거예요. 예를 들어 치매라든가 조현병은 뇌가 변성돼버린 거라 현대 의학 기술에서 그 원인을 없앨 방법이 없죠.

관리하면서 갈 수밖에 없는데 한방은 그런 개념이 아니라 밸런스가 깨진 거니까 밸런스가 맞아지면 돼요. 그럼 그다음에 치료할 게 없죠. 밸런스가 다시 이뤄질 때까지 두고 보는 거예요. 사람이 밸런스가 깨져서 증상이 생겼다고 쳐봐요.

양방은 우울증의 원인이 세로토닌 문제라고 하는데 한방은 그런 게 아니라 밸런스가 깨졌으니 그 밸런스를 원위치로 돌리는 노력을 한단 말이에요. 침을 놓든 양생법(養生·병에 걸리지 않도록 건강을 잘 관리함)을 썼든 돌아가면 다음에는 두고 보는 개념이죠.

양방은 환자의 변화를 따라가는데
한방은 균형의 파괴를 질환으로 봐

그게 몸과 마음의 균형을 의미
합니까.

그런 거죠. 약간 두루뭉술해서
그렇지 한방은 쭉 따라가는 개
념은 아니예요. 한의사들도 증상을 대상으로 치료만 하는 게 아니라 병에 대한
개념이 생기잖아요. 조현병이다 그러면 한의사들도 안단 말이에요. 조현병이
증상이 없어질 때가 있잖아요. 그럼 재발할 수 있으니까 양방은 약을 주면서
그걸 쭉 따라가죠. 그런데 한방은 증상이 없을 때 이걸 내버려둬야 되나? 그렇
게는 어렵죠. 그러니까 그때 여러 방법으로 관리를 하죠. 약이 아니더라도 침
이든 뭐든 해서 밸런스가 깨지지 않게 유지하는 치료를 하는데 이건 전통적인
한방 개념하고는 달라요. 현대의학적 개념이 들어온 거죠. 원래 개념으로는
치료했다 말았다, 했다 말았다 이렇게 가는 게 한방 개념이었어요.

'코로나 블루'에서 한의학 정신치료는 어떻게 개입할 수 있을까요.
코로나 블루는 일종의 우울증이죠. 정상적인 사람이 어떤 환경에 의해서 우울
증이 왔다 그러면 그건 가벼운 우울증일 가능성이 크잖아요. 코로나 블루는 코
로나에 걸려서 생기는 우울증이라기보다는 코로나 때문에 활동을 못 하고 사
회적 관계가 끊어진 것 때문에 약간 우울해져 있는 걸 말하는 거잖아요.

코로나 블루를 그렇게 가벼운 우울증으로 정의한다면 한의학으로 당연
히 도움이 되겠죠. 한방적으로 양방에는 부족한 양생이라는 개념이 있잖아요.
물론 양방에도 있지만 중시하지는 않죠.

그다음에 행동을 어떤 식으로 하고 마음가짐도 어떻게 가지도록 하고
그렇게 한방이 도식화돼 있어요. 대표적인 게 사상의학이죠. 그런 식으로 본
다면 코로나 블루에서 한의학적 치료는 의미가 있죠,

조현병과 조울증을 가진 당사자를 둔 가족이 한의학 정신치료를 선택하려 할 때 조심해야 하는 부분이 있을까요.

조현병이나 조울증뿐만 아니라 심각한 정신질환, 잘 안 낫고 오래 지속되는 이런 정신질환이 양방에서 낫지 않으니까 한방으로 가면 낫는다? 이건 지나친 기대에요. 좀 도움을 받겠다면 그럴 수 있어요.

예를 들어 조현병에 대해 한의학은 쓸모가 없는 거냐? 그렇지 않아요. 조현병으로 인해 약물 부작용이 심하고 얼굴빛도 안 좋고 기운도 없다면 양방이 도움을 못 주는 에너지를 한방적으로 도움받을 수는 있어요.

조현병 환자의 기 순환과 의욕 고취에 한방은 도움… 보완적 개념으로 봐야

기 순환이나 몸이 뻣뻣한 느낌이라든지 의욕이 없다든지 부수적 증상에 대해서 한방이 도움을 줄 수 있거든요. 그렇게 보완적으로 쓸 수는 있어도 그걸 완전히 이걸(한방)로 바꾼다? 이건 상당히 조심해야 되는 거죠.

정신질환에 대한 한의약과 한의사의 역할이 정부 관련 조직 운영과 예산 편성 등 주요 정책에서 상당히 배제돼 있는 것 같습니다.

완전히 배제돼 있는 건 아니에요. 있는데 비중이 적은 거죠. 한방과 양방, 이러니까 두 개가 대등한 개념 같잖아요. 그래서 양방에 대해서 연구비를 백억 원을 주면 한방에 얼마를 줘야 될 것 같아요?

백억 원 줘야죠.

그게 맞을 거 같죠. 그런데 양방을 연구하는 사람들이 10만 명이고 한방을 연구하는 사람은 천 명이라면 그럼 백억 원씩 같이 주는 게 맞을까요. 비중이 다를 수밖에 없어요. 아웃풋도 생각해야 되잖아요.

이건 형이랑 동생이 재산을 똑같이 나눠야 된다는 개념이 아니에요. 형네 식구가 10만 명이고 동생의 식구가 천 명이에요. 그럼 10억 원씩 주면 동생네는 떼부자가 되는 거고 형네는 굶어 죽는 거잖아요. 그러니까 비중 자체가 달라서 똑같이 할 수가 없어요. 똑같이 하면 거꾸로 동생네로 편중돼 버리는 거예요.

만약 그렇게 되면 양의학 쪽에서….

난리가 나겠죠. 그러니까 비중을 조절해야 하는데 어떻게 조절할 것이냐. 그냥 N수로 의사 수 대 한의사 수로 나눈다? 그건 합리적이지 않죠. 그럼 어떻게 기준을 세워야 될까요. 정부에서 정책 지원 예산을 천억 원으로 했을 때 그 예산을 한방하고 양방하고 공평하게 나눠야 한다면 어떻게 해야 할 것 같아요?

예를 들어 어떻게 우울증을 해결할지 안을 내놓아봐라 그러면 한의사들도 내고 양의사들도 내겠죠. 그럼 거기서 실효성이 있어 보이는 곳에다 돈을 쓸 수밖에 없잖아요. 지금 그런 식의 경쟁을 하는 거예요.

그런데 한방 쪽은 연구자들이 적고 양방 쪽은 연구자들이 많죠. 게다가 양방 쪽은 세계적으로 교류하는 의학이잖아요. 거꾸로 한의학이 글로벌화돼 있고 양의학이 우리나라에서만 한다고 쳐봐요. 그럼 학문이 발전하겠어요? 못하죠. 그러니까 수준이 다를 수밖에 없어요.

여기는 몇 명이서 하고 저기는 엄청난 사람들이 하니까 수준 자체가 달라요. 그럼 저쪽으로 돈이 갈 수밖에 없어요.

서양 정신의학이 놓치고 있는 철학은 무엇이라고 생각하십니까.

항상 하는 얘기가 서양 정신의학은 너무 분석적이고 통계에서 이기는 사람만 이기는 거죠. 취사선택하고 선택이 안 되는 건 버려져요. 그게 합리적이고 과학적이죠. 새로운 약이 나오면 옛날 약을 버리고 새로운 약을 쓰죠.

그런데 모든 게 통계로 되는 건 아니잖아요. 거기서 약간 벗어나는 개념도 있고요. 과학이라는 것은 실험을 하고 대조해서 우위를 나누는 건데 그게 인류가 찾아낸 가장 합리적인 방법이긴 하지만 절대적으로 맞지도 않거든요. 실험의 통제를 어떻게 하느냐에 따라서 달라지기도 하니까요. 또 실험으로 밝힐 수 없는 것도 있고요.

인문학적 가치를 실험을 통해서 미국문화가 한국문화보다 더 좋다 혹은 일본문화가 한국문화보다 더 좋다 이렇게 나눌 수 있는 게 아니잖아요. 병이나 인체의 경우 완전히 과학으로 설명이 안 되는 부분이 있어요. 그런 여지는 둬야 하고 그 여지를 채울 수 있는 게 한의학일 수 있죠.

현대의학이 효율적이고 많은 사람들이 공부를 하고 있으니 현대의학만 필요하고 대체의학은 다 없애도 되는 건가. 그건 아니죠. 지금 우리의 현재 개념으로는 이게 맞는 거죠. 백 년 전 개념으로 보면 한의학이 맞는 거고 25세기에는 또 어떻게 변해 있을지 모르잖아요.

한의대에도 똑똑한 사람들이 가 있잖아요. 그 사람들이 연구하고 헌신하고 있으니 그들에게도 기회를 줘서 나름의 특장점을 살려서 병행해서 가는 게 국민들 입장에서 이익이죠. 과하지만 않다면 선택권도 있을 수 있고 또 새로운 의학이나 새로운 방식이 태동할 수 있는 토양이 될 수 있는 거죠.

원장님이 동서 의학을 통해 본 인간은 어떤 존재이던가요.
이건 제가 답할 수준을 넘는 질문인 거 같아요.

우리는 잠깐 침묵했다. 밖은 이미 어두워져 있었다.

2022.01.25

"삶의 어둠 속에는 한 가닥
숨은 빛이 있어"

이근후(이화여대 의대 정신과 명예교수)

기자가 선생 계신 곳으로 가는 차창 너머로 진눈깨비가 내렸다. 크나큰 무엇을 얻기 위해서 간 것은 아니었다. 다만, 노옹(老翁)의 삶의 지혜를 들을 수 있겠다는 마음의 소망이 조금은 있었다고 해야겠다.

이근후(86) 선생은 정신과 교수로, 전문의로 이화여자대학교에서 정년퇴임을 했다. 1935년 대구에서 출생해 한국전쟁을 거친 이후 경북대 의대에 진학했다. 레지던트 시절이던 1960년 4·19 시위 때 학생회장 지위로 10개월간 감옥 생활을 했다. 전과자가 되면서 자신을 받아 주는 수련 기관이 사라졌다. 1968년 박정희 정권이 사면령을 내려 한숨 돌리려 했는데 다시 군입대 영장이 날라왔다. 선생은 그랬다. "중고등학교하고 대학에서 제대로 공부해 본 적이 없다"고.

당시 의대에서 정신과를 선택한다는 건 정신과 전문의까지 '정신장애인' 취급 받을 때였다. 연세대에 잠시 있다가 이후 이화여대 정신과로 와서 의사와 교수로 후학을 가르쳤다. 삶이란 참으로 위대하고 거대하면서도 어떻게 보면 가장 허약하고 그래서 더 안타까울 때가 있다. 선생이 그렇다.

기자는 인터뷰를 하면서 그가 정신과 진료를 하면서 깨달은 삶의 지혜 앞에서 잠시 멍했던 기억이 난다. 채플린이 말한 "삶은 멀리서 보면 희극이고 가까이서 보면 비극"이라는 전언이 머리를 치고 달아났다.

그래서 너무 긴 글이 오히려 필요가 없을 것 같았다. 어쩌면 그의 저서 《나는 죽을 때까지 재미있게 살고 싶다》(2013년) 라든가 《백 살까지 유쾌하게 나이 드는 법》(2019년), 《마음대로 안 되는 게 인생이라면》(2020년) 같은 저서들을 읽는 게 그의 생의 지혜를 깨닫는 데 더 지름길이 될 수 있을 것이다.

선생은 한 채의 빌라에서 자식들과 모여 살고 있다. 그러나 4층에 사는 그와 아내는 결혼한 성인인 아들들과 며느리들이 사는 아래층 집안의 비밀번호도 모른다. 정년퇴임 무렵, 큰아들의 제의로 그렇게 17년 넘게 살아가고 있다. 그래서였을까. 그와의 인터뷰에서 자식을 방법론적으로 사랑하는 것을 알아야 하고 무엇보다 성장한 자식을 놓아줄 수 있을 때, 자식은 더 성숙하고 건강한 삶을 살게 된다는 말을 기꺼이 수용할 수 있었다.

기자는 결혼도 안 했고 아이도 없지만 인터뷰는 앞으로 살아가기 위해 어떤 방식으로 이 세계를 보고 어떻게 세계와의 갈등을 줄이며 건강하고 이타적으로 살아가야 하는지를 되묻는 시간이기도 했다. 선생의 삶의 철학이 '그럼에도 불구하고'라는 것도 어렴풋이 이해가 됐다.

2000년대 초 한국말이 서툰 네팔 여성이 주인과 음식값 문제로 싸우다 경찰에 잡혀가 6년간 한국의 정신병원에 있었다. 선생은 이 여성을 구출해 낸 적도 있다. 책으로도 잘 알려진 찬드라 씨다. 1980년대부터 매년 선생은 네팔을 여행했다. 이화여대생들로 구성된 의료봉사단을 꾸렸고 네팔에 병원을 지었다. 의료봉사 활동은 코로나19로 세계가 멈춰버린 때를 빼고 매년 다녀왔다.

현재는 가족아카데미아 공동대표로 일을 하고 있다. 사회적 문제와 법, 인문학, 정신장애를 연구하는 그 공간을 만든 게 1995년 회갑 때였다. 그곳에서 이타적 삶을 지향하는 '정신들'이 모여 삶을 해석하고 있다.

선생을 만나기 위해 서울 종로구 평창동의 자택을 찾았다. 뿌옇게 흩어진 진눈깨비가 기자의 눈을 흐리게 만들었다.

꿈이 없는 사람은 연료가 없는 자동차와 같다고 했습니다. 인간의 나이 들어감은 이루지 못할 꿈을 하나씩 버리는 과정 아닐까요.

버린다는 말은 별로 좋지 않아요. 그래도 아직 실천할 수 있는 꿈을 쫓는다는 표현이 좋겠죠. 그럼 실천할 수 없다는 것에 버린다는 게 내포(內包)가 돼요.

버린다는 걸 앞세우면 사람에 따라 부정적인 말에 함몰돼 버리는 거죠. 같은 말이라도 내가 지금이라도 할 수 있는 꿈은 실현한다, 이러면 할 수 없는 걸 버렸다는 말이 되는 거죠. 같은 값이라면 긍정적인 말로 하자, 그래서 그런 말을 했죠.

선생님의 행복론은 길거리에서 폐지를 줍고 살아가는 이들에게는 의미가 없지 않을까요.

사람한테는 누구한테나 의미가 있는 거요. 의미의 정도라든지 농도가 다를 수는 있어요. 박 선생(기자를 지칭)에게 폐지 줍는 사람이 불행한 것처럼 보이죠. 그렇죠. 그런데 내가 보는 시각은 그 사람이 행복할 수가 있다는 거예요. 행복이라는 건 똑같은 정의의 행복이 아니에요. 그분이 어떨 때 행복할 거 같아요. 생각해 봐요.

돈이 있을 때요?

폐지가 많을 때 행복한 거죠. 폐지가 많으면 수거해서 돈이 많이 나오니까. 우리가 보기에 그분이 불행한 것처럼 느껴지지만 그분 기준에서 보면 그분한테도 폐지가 많으면 행복하다는 얘기요.

76세의 연세에 고려사이버대학 문화학과를 최고령 수석 졸업했습니다. 무엇이 선생님을 열정과 공부의 길로 이끌었을까 궁금합니다.

행복이라는 건 똑같은 방식으로 정의내릴 수 없어 정년퇴임하고 공부한 게 내 생애에서 제일 재미있어

열정이라기보다는…나는 초등학교, 중학교 때까지는 부모를 즐겁게 해 드리기 위해 공부했어요. 그게 목적이라. 공부를 잘하면 부모가 즐거워하고 내가 인정을 받는 거니까 즐겁잖아요. 그건 자기를 위한 공부가 아니잖아요.

고등학교 때는 6·25 전쟁 때니까 학교에서도 집에서도 공부할 여가가 없었어요. 지금의 젊은 사람들이 그때의 전쟁을 연상할 수 있겠어요. 못 하죠. 나는 체험한 사람인데 그건 말로 해 봐야 가슴에 가 닿지를 않아요. 젊은 사람들이 전쟁 영화를 보면 재밌으니까 전쟁도 해볼 만하겠죠.

그러나 전쟁이라는 건 그런 게 아니거든. 최악의 불행한 경험이에요. 전쟁판에 학교에 모일 수가 없으니까 공부가 부실할 수밖에 없는 거야. 학교도 군인들이 전부 병영으로 사용하기 때문에 학생들은 공부할 장소가 없어 공부가 되겠어요. 내가 대구서 공부했는데 동촌비행장에 전폭기가 출격하고 돌아오고, 출격하고 돌아오고 그래. 그 폭음 때문에 선생님 말씀이 들리지가 않아. 진도도 안 나가.

선생님도 너무 괴로우니까 열심히 가르쳐야겠다는 생각이 없는 거야. 영어도 일 년에 레슨 파이브 정도만 공부했으니 실력이 붙을 수가 없잖아요. 그러다가 의과대학에 들어갔는데 공부가 너무 어렵고 시험도 많아. 그러니 시험에 쫓기다가 공부다운 공부를 할 수가 없어. 낙제 안 하려고 아등바등한 거지.

그다음은 수련의인데 아주 즐겁지 않게 보냈어요. 그때 수련의 제도가 처음 생겼는데 봉급이 없어. 거기다가 내가 4·19세대라 그때 학생회장을 했는데 데모 선두에 서다가 5·16(군사 쿠데타)까지 연결돼서 내가 처벌을 받았어요.

전과자가 된 거지. 수련의를 할 수가 없어. 월급도 없지, 고통스러웠어.

1967년에 박정희 대통령이 사면령을 내렸어요. 죄가 없어지고 보통 사람으로 돌아간다 했는데 군대에서 또 오라는 거야. 그래 늦은 나이에 군대 가서 복무하고.

그때가 몇 살 때였습니까.

20대 후반 정도. 제대를 했는데 그때 의과대학이 전국에 여덟 개밖에 없어. 그중에 정신과가 있는 학교는 4개뿐이었어요. 나는 제일 하고 싶었던 게 학교에 남아서 교수가 되는 거였어. 그런데 공부를 잘했나, 수련의를 정상적으로 받은 것도 아니니 (교수 꿈과는) 거리가 멀어져버린 거야.

그랬더니 연세대학에 계시는 과장 선생님이 와서 일을 좀 하라고 그래. 요새는 경쟁이 심할 건데 그때는 숫자도 적고 해서 나한테 기회가 왔지. 그때부터 내가 공부를 하기 시작했어요. 수련의를 가르치려면 내가 알아야 되잖아요. 연세대에 있을 때 엄청 공부를 집중해서 했어요. 거기 3년 있다가 이화대학(이화여대)으로 옮겼지.

수련의를 가르치기 위해 공부를 열심히 했는데 뭐라 할까, 그 일은 의무적으로 부여된 거잖아요. 그러니까 재미있는 것도 있고 재미없는 것도 있고 그렇잖아. 그렇게 하다가 정년퇴임을 하고 이 의무에서 벗어난 거예요. 이제는 잘 가르칠 필요도 없고, 더 열심히 할 필요도 없어진 거지.

그러면 공부를 하지 말라는 얘기인가. 그게 아니라 내가 하고 싶은 것만 해도 된다는 거죠. 사이버대학 문화예술학과는 내가 하고 싶었던 건데 기회가 없어서 못 한 거죠. 내가 하고 싶은 데를 들어갔단 말이야. 그러니 내가 점수를 잘 따나 못 따나 누가 뭐라고 할 것도 없어. 또 공부하면서 남들을 가르쳐야 할 의무도 없어. 자유롭잖아. 그러니까 제일 재미가 있는 거야.

이렇게 길게 설명해 줘야 이게 왜 재미있는가를 알 수가 있잖아요. 정년 퇴임하고 공부한 게 내 생애에서 제일 재미있었어. 재미있게 공부하니 성적이 좋아. 나는 일등을 한 게 중학교 때 한 번밖에 없었어요. 내가 잘해서가 아니라 나보다 공부를 잘하는 애가 있는데 얘는 조숙했는지 영어를 공부 안 해.

영어 선생님이 불러다가 다른 건 다 하면서 왜 영어는 공부 안 하냐고 하니까 걔가 하는 얘기가 "자기 나라 말도 다 못하는데 외국어까지 공부해야 됩니까" 그래. 이게 중학교 일 학년이 할 소리야. 그래 걔가 성적이 떨어지니까 내가 밀려서 일등을 한 거야.

사이버대학에서 내가 일등을 하리라고는 생각도 안 했어. 그러니까 다른 사람들한테 좀 미안해. 미안한 뜻은 나이가 그 정도 돼서 얼마나 아득바득하게 했으면 일등을 할까(웃음). 오해를 하자면 그런 거죠. 다른 사람들은 직장에 나가거나 가정주부로 일하면서 틈을 내서 몇 시간 공부하지. 나는 하루 종일 공부한 거요. 그러니까 내가 공부를 잘해서가 아니라 그만큼 시간을 많이 투자하고 재미있게 집중했기 때문에 그런 거야.

다른 사람들은 직장일 다 하고 얼마나 피곤하겠어. 집에서 짬을 내서 공부하고. 그래서 전체적으로 보면 내가 하고 싶은 것을 즐겁게 하고 의무에서 벗어나 자유롭게 해서 제일 좋았다는 뜻이에요.

86년의 인생에서 선생님께서 가장 크게 깨달은 교훈이 있을까요.
내가 의과대학 다닐 때 생각은 정신과 환자들은 완전히 돈 사람이다, 나도 그렇게 생각했고 가르치는 선생님도 그렇게 가르쳤어요. 그런데 오래 환자를 보다 보니까 그게 틀렸어. 편견이야. 뭐냐 하면 그 사람이 괴로워하는 한 가지가 정신병적인 거야. 그 이외에는 건강한 사람보다 더 능력을 갖고 있는 사람이 많아요.

쉽게 얘기하자면 이 손가락이 정신이라고 한다면 요 손가락이 하나 없는 거지. 다른 신체적인 거는 다 활발하게 움직이는 거죠. 그렇게 환자를 보면서 정신과 환자라고 하면 폐인이다, 미쳤다가 아니라는 걸 깨달았어요.

그럼 이 사람은 왜 환자가 됐을까. 이유는 많은데 내가 느낀 건 이 사람들이 지나간 과거에 대해서 너무 집착해. 본드를 붙여놓은 것같이 생각을 많이 해요. 그러면 거기에 집착하고 있는 한 현실이 보이지가 않아. 우리는 지금 현재에 살잖아요. 나하고 박 선생하고 인터뷰하고 있잖아요. 이게 현실인데 이거를 제쳐놓고 어릴 때 누가 나한테 나쁜 소리를 했는데 그 원한 때문에 어금니나 우두둑 갈고 집착하고 있다면 나하고 인터뷰가 잘 될 리가 없잖아요.

환자를 보다 보니까 그런 분들이 너무 많아. 그런데 그게 객관적으로 듣기에는 별것이 아닌 게 많아요. 그러나 그 자신에게는 굉장히 큰 거죠. 우리는 과거는 추억으로 떠오르잖아요. 좋은 추억이든 나쁜 추억이든. 그러나 집착이라는 것은 거기서 떨어지지 않는다는 것이잖아. 지나치게 과거에 집착하는 거지. 그리고 미래는 아직 닥쳐오지 않았잖아요. 지금 10년 뒤에 박 선생은 뭐 하실 거예요.

모르겠습니다.
모르잖아요. 아직 닥치지도 않은 것, 모르는 것, 이것을 지나치게 걱정하는 거야. 그러니까 내 결론은 현재에 충실하라는 거죠.

성공한 이들보다 실패한 이들에게서 더 많은 인생의 교훈을 얻을 수 있다고 누군가 얘기하더군요.
정신과에 오는 사람들은 정신적인 면역력이 적다고 표현할 수가 있어요. 신체적인 면역력이 아니고 정신적인 면역력이죠. 예를 들면 박 선생이 제일 듣기 싫어하는 모욕적인 말이 있을 거예요. 그럼 내가 그 말을 했다고 합시다. 그러면 견디겠어요. 분하든지, 내가 나를 자책하든지, 방어를 못 하는 거예요.

바이러스에 전염되듯이 면역력이 없으니까 그것 때문에 자기가 고심하는 거죠. 비유하자면 대장간에서 쇠붙이를 망치로 불에 달궈가지고 두들기잖아요. 많이 두들긴 쇠가 단단한 거예요. 그러니까 우리 마음이라는 것도 그런 두드림을 많이 받아요.

두드림을 많이 받는다는 거는 실패잖아. 실패를 거듭한 사람이 좌절해서 포기하는 사람도 있지만 단단해져 가지고 면역력이 더 커지고 정신적으로 더 성숙할 수밖에 없는 거예요. 실패를 실패로 끝내지 말고 그걸 쇠를 담금질하듯이 나를 담금질하는, 스스로 만든 정신적인 백신이다, 그렇게 생각하면 마음이라는 것이 이해가 될 겁니다.

왜 같은 인간으로 태어나서 누구는 부귀영화를 누리고 누구는 가난하고 볼품없이 살아가야 하는 걸까요.

생명체의 존엄성으로 말하면 그건 평등해요. 그런데 지금 질문하듯이 다르거든. 왜 다를까를 생각하면 그건 불교에서 말하는 업(業·카르마)이에요. 내가 가꾼 대로 받는 거예요. 그러면 내가 태어날 때는 내가 가꾼 것도 아닌데 왜 어떤 기질을 받고 나왔나. 그건 내 조상들이 쌓아놓은 경험이고 그런 거예요. 그러니까 피할 수가 없는 거죠.

내가 아프리카에서 태어났다면 아프리카에 적응하는 DNA가 있을 거고, 또 미국에서 태어났으면 미국에 적응하는 DNA가 있겠죠. 한국은 또 한국이고. 다르잖아요. 그건 어쩔 수 없는 거예요. 그다음은 학습이라. 출발점은 같아도 어떻게 배웠는가, 어떻게 적응했는가, 어떻게 습득했는가에 따라서 결과가 달라지는 거예요.

용서한다는 건 한쪽 뺨을 치면 다른 쪽 뺨을 내주라는 기독교적 의미로 받아들여야 할까요.

나는 종교가 없어요. 그건 내가 무신론자라는 뜻이 아니고 종교하고 인연을 맺을 기회가 없었다는 뜻이죠. 저는 기독교나 불교를 부정하지 않아요. 그런데 오른쪽 뺨을 맞으면 왼쪽 뺨을 대라는 건 성경에 나오는 얘기인데 나는 그건 용서라고 생각을 안 해요.

정신과적으로 선의(善意)로 해석하면 용서일 수도 있지만 한쪽 뺨 때리니까 오기가 생겨서 이쪽도 때려 봐 하는 저항일 수도 있단 말이죠. 그건 종교적으로 생각해야지 달리 해석할 수는 없어요. 내가 생각하는 용서는 우리 둘이 다퉜어, 박 선생이 나한테 뭘 잘못했어요, 그러면 나한테 사죄를 해, 그럼 내가 용서해 줄게, 공식적으로는 그렇게 되는 거지.

나는 그게 틀렸다고 생각해요. 용서는 박 선생이 나를 화나게 만들었지만 내가 그 화를 성숙하게 다스리지 못하고 화를 낸 것이 잘못이야. 화를 낸 나를 먼저 용서하는 거지. 그리고 나서 박 선생에게 이야기를 하는 거지. 그게 순서지. 나만 잘못됐다는 말이 아니에요. 우리 둘이 다툰 건 박 선생도 잘못이 있고 나도 잘못이 있기 때문이잖아요. 그러면 나는 마음이 편안해져요.

그런데 사람들은 원인을 상대방한테서 먼저 찾아요. 당신이 잘못했다고 하면 내가 용서해 주겠다(웃음). 그렇게 되는 거거든. 용서라는 건 그렇게 되지 않아요. 화를 내는 걸 다스리지 못한 나 자신을 먼저 용서하라는 거죠.

용서하면 보이고 용서하지 않으면 안 보여. 박 선생이 잘못했다면 그것만 보여. 그러나 내가 나를 용서하면 박 선생도 보이고 주변도 보여요. 나는 용서를 그런 식으로 해석해요.

인간의 삶과 운명은 개척되는 걸까요.

우리 속담에 팔자 고친다는 말이 있잖아요. 내가 생각하는 팔자 고친다는 말은 운명을 바꾼다는 거죠. 그런데 운명이라는 건 의학적으로 말하자면 우리가 타고나는 DNA, 즉 기질이란 말이거든. 그건 유전자가 그렇게 돼 있기 때문에 바꿀 수가 없어요.

세상에 태어나서 죽을 때까지 주인은 나거든. 내가 선택하는 거예요. 일일이 수학 계산하듯이 해서 선택하고 행동하는 건 아니거든. 내가 한국에 살고, 자연에 접해서 살고, 아니면 아파트에 산다고 할 때 그 사는 환경에 따라서 내가 거기에 적응하는 습관이 달라지는 거예요. 그 습관이 팔자야. 팔자는 내가 고칠 수가 있어요.

아파트가 싫으면 시골 가서 조용한 데서 살면 되잖아요. 그건 내가 선택하는 거잖아. 그러나 선택할 수 없는 건 내가 타고난 DNA라는 거죠. 팔자는 고칠 수 있어요.

인간은 유한자(有限者)입니다. 인간은 스스로의 죽음을 어떻게 받아들여야 할까요.

죽음에 대해서 나도 많이 생각했어요. 젊을 때는 가르치기 위해서 살고 뭣도 모르고 살았지. 그런데 자꾸 죽음에 가까워 오는 나이로 오니까 오는 대로 받을 수밖에 없어. 오면 받아야지. 이걸 아득바득해서 어떻게 연기한다든지, 내 식대로 어떻게 한다든지 그런 건 적합하지 않을 거 같아.

오면 오는 대로 받아야지. 그게 겸손일지는 모르겠어요. 죽음을 맞이하는 사람들을 보면 그걸 거부하려는 사람도 있고, 또 우울에 빠져서 맨날 죽음만 기다리는 사람도 있고, 그걸 못 기다려서 자살하는 사람도 있고 그런 경우가 많아요. 하지만 고통스러움이 있더라도 순리대로 따라가는 게 좋지 않을까, 개인적으로 그렇게 생각해요.

인생은 가까이서 보면 비극이지만 멀리서 보면 희극이라는 배우 찰리 채플린의 말이 떠오릅니다.
동의해요. 왜 동의하냐면 그 사람은 코미디언이기 때문에 코미디언 시각으로 보니까 코미디라 그 말이죠(웃음). 코미디언 이주일 씨가 국회의원을 한 적이 있죠. 국회의원을 그만두면서 하는 말이 "코미디언 할 필요 없더라, 국회에 가니까 전부 코미디언"이라고 해요(웃음).

채플린 같은 어록을 남겼는데 그도 코미디언이기 때문에 코미디언의 시각으로 국회의원들을 보니까 코미디언보다 더 코미디언인거야. 그러니까 자기가 어떤 안경을 끼고 보는가에 따라서 그건 결정이 되는 거지. 반드시 희극이다, 혹은 비극이다 그렇게 얘기하기는 어려울 같아요. 그러나 채플린이 한 그 말은 코미디언으로서 본 시각이므로 맞는 말이죠. 다른 사람은 또 다른 시각에서 말하겠지.

아르헨티나 시인 호르헤 루이스 보르헤스는 50대에 실명을 하면서 쓴 시에서 "신이 내게 책과 밤을 동시에 주셔서 경이로움과 아이러니를 느낀다"고 말했습니다. 선생님은 시력을 잃으면서 어떤 마음이 드셨습니까.
그분 말에 동의해요. 동의를 하는데 저런 말을 하자면 엄청 고통스러워야 하는 거예요. 남이 읽으면 굉장히 성숙해서 이런 말이 나오는구나 생각하지만 내가 시력을 잃어보니까 이건 발버둥치는 거란 말이야. 발버둥을 쳐야 자기 불안이 없어지는 거야.

세상이 온통 암흑이라고 생각해봐요. 즐거울 게 뭐가 있겠어요. 보르헤스와 내가 통하는 게 있다면 '그럼에도 불구하고'라는 말을 내가 잘 써요. 시력이 안 보이는데도 불구하고…이러면 답이 나와요. 어둡다는, 여기에 매몰돼 버리면 깜깜한 거요. 그렇잖아요. 발버둥친다는 말은 아주 극단적인 건데 어둡더라도 그 틈새에 밝음이 있다는 얘기요.

그게 꼭 빛이 아니더라도 상상이나 생각, 시인이면 시이고 화가면 그림이죠. 눈 감고도 그릴 수 있잖아요. 그러니까 찾아보면 모든 어둠 속에는 한 가닥 숨은 빛이 있어요. 내가 주장하는 건 '그럼에도 불구하고'라는 단어를 자주 쓰는 거예요. 사람마다 그런 고통이 있을 거 아니요.

어디 시력뿐이겠어요. 장애인은 장애를 갖고 있는 게 엄청 불편할 거예요. 하지만 '그럼에도 불구하고'라고 하면 삶의 의미를 찾을 수 있어요. 내가 수련의를 할 때만 해도 장애인들은 밖에 나오지를 못했어요. 우선 가족들이 숨기고, 나오면 조롱감이 되니까 나오지를 못해요. 지금은 장애인을 폄하하는 단어를 써도 안 될 정도로 사회가 달라졌잖아요. 발전된 거죠.

그건 사회가 발달된 것이기도 하지만 장애인 스스로, 아니면 장애인 부모들이 '그럼에도 불구하고' 하는 뜻으로 키웠기 때문에 그래요. 내가 다리가 불편하다, 그럼에도 불구하고 뭘 해야 하지? 휠체어 타고 가면 된다는 거죠. 보르헤스의 얘기가 옳은 말이요. 그런 뜻을 장애인들은 잃지 말아야 해요.

삶의 고통은 미래의 불안에 있다고 했습니다. 미래를 불안해하는 건 인간의 고유한 존재론적 질문이 아닐까요.

그건 누구나 갖는 거지. 내가 안 가본 길을 가자면 불안하잖아요. 나보고 지금 서울 강남의 어디서 만나자고 하면 안 가봤으니까 좀 불안. 그러나 내가 사는 이 근방 어디서 만나자고 하면 눈이 어두워도 상상해 가니까 별로 불안하지 않아. 그러니까 단지 가보지 않은 미래이기 때문에 누구에게나 불안이 있는 거예요.

**오래 환자를 보다 보니까
그 사람이 괴로워하는 한 가지가
정신병적인 것일 뿐.
그 외에는 건강한 사람보다
더 능력을 갖고 있는 사람이 많아**

불안이 있지만 건강한 사람은 그 불안을 피하지 않고 직접 경험해 보는 거죠. 첫 번째 경험이 중요하니까 그다음부터는 두 번, 세 번은 찾아가기가 쉬워요. 그래서 장애인들도 첫발 내딛기가 참 어려워요. 남이 나를 멸시하지 않을까, 또는 내 능력이 비장애인에 비해서 떨어진다고 하면서 자격지심을 갖고 안 나서는 거예요.

그러지 말고 서툴더라도 나서야 돼요. 그게 출발점이 되면 거기서부터 한 단계, 한 단계 발전을 하는 거예요. 그건 내가 생을 마칠 때까지 발전을 하는 거요.

여성 정신분석학자 카렌 호나이가 분석했듯이 인간은 인정받고자 하는 신경증적 욕구가 있지 않습니까. 이를 어떻게 긍정적으로 승화시켜야 할까요.

그건 다 갖고 있는 거예요. 승화시킬 필요가 없어. 갖고 있는 거야. 무슨 뜻이냐면 이것이 병이 되자면 '지나친'이라는 단어가 들어가야 돼. 인정받고자 하는 욕구는 누구나 다 있죠. 박 선생이 여기 왔는데 내가 인정을 안 해 주면 어떠세요. 그리고 박 선생이 나를 찾아준 거는 나를 인정해주니까 찾아온 거 아니에요. 그래서 사람은 자기 존재를 인정받는 게 즐거움이에요.

그런데 이것이 병이 되자면 '지나친'이라는 단어가 반드시 들어가죠. 그런데 살다 보면 꼭 그런 공식대로 가는 게 아니요. 지나치기 때문에 성공하는 사람도 있어요. 승화라는 말을 썼는데 지나친 것도 내가 잘 활용해서 나에게 이롭고 타인에게도 이롭게 만들면 그게 성공한다는 거예요.

신경증적으로 인정받고 권력을 갖고자 하는 의지 등의 인정받음이 있어요. 정상적인 사람도 갖고 있는데 지나치면 병이 되는 거죠.

나이 들수록 성경의 "범사에 감사하라"는 말이 가장 좋다고 하셨습니다. 어떻게 감사해야 할까요.

덮어놓고 감사해야죠(웃음). 따질 것 없이 감사해야 돼요. 내가 젊을 때는 성경이 단편적으로 감사하라고 강조하니까 어떤 저항이 생겼냐면 감사할 일도 있고 감사하지 못할 일도 있는데 범사에 감사하라니 그게 무슨 말이냐, 말도 안 된다, 내가 그렇게 생각했어요. 박 선생은 젊으니까 어떻게 생각할지 모르겠는데 감사하지 않을 일이 없어요.

애매하네요, 선생님.

남이 나한테 싫은 소리를 하면 감사할 게 뭐가 있어. 내가 하던 일을 못 하게 하면 그것도 감사할 일이 아니잖아요. 그게 도처에 있어요. 감사하지 못할 일이 있다는 말이요.

그럼에도 불구하고 감사해야 한다, 이 말씀이십니까.

그럼에도 불구하고 지나놓고 보니까 그 일조차도 감사하더라 이 얘기죠. 예를 들면 누가 나를 '왕따'시켰다. 감사할 일이 아니잖아요. 왕따가 됐지만 그럼에도 불구하고 이걸 택했더니 성공을 했다. 그러면 당연히 감사하지. 그때는 감사하지 못할 일이었지만 말이요.

나이 들어서 생각하니까 범사라는 이 말이 꽂히는 거야. 범사라는 건 따지지 말라는 거죠. 다 감사하라는 말이거든. 이 말이 참 좋아요. 내가 아침에 눈을 뜨면 감사해요. 감사할 이유도 없지만 그래요. 누가 나한테 잘해줘서도 아니고. 그런데 눈 떠서 숨 쉰다는 게 감사한 거요.

이렇게 생각이 드니까 범사라는 말이 이해가 돼요. 내가 젊었을 때부터 감사 못 할 일이 있으면 달라붙어 싸우기도 하고 감사 못 할 일도 너무 많았는데 나이 들어 보니까 그 일조차도 결과론적으로 나한테 감사한 자극이 되었더라는 그런 뜻으로 얘기한 거요.

인간이 서투름을 인정하지 않고 완벽만을 추구할 때 어떤 오류가 발생합니까.

인간이 완벽하지 않는데 완벽하다고 생각하는 게 병이에요. 완벽할 수가 없지. 왜 완벽할 수 없는가. 우선 박 선생은 한국이라는 온대 지방에 사는 거예요. 갑자기 북극에 갖다 놓으면 살 수 있겠어요. 못 살죠. 그러니까 북극에서도 살고 남극에서도 살고 적도에서 살고 한국에도 살고 이런 전천후 사람이 있느냐 이 말이죠. 따지자면 없잖아요.

탐험가가 잠깐 갔다 올 수는 있지만 어디 갖다 놓아도 완벽하게 사는 사람은 없어요. 그러니까 사람이라는 것은 미완성품이에요. DNA를 갖고 나오는 미완성품을 가지고 자기에게 부여된 삶만큼 살면서 자기를 다듬어가는 거예요. 다듬어가는데 그 목표가 완벽하고 싶다는 거죠. 완벽하다는 건 없어요.

그렇게 하면 신경증에 걸릴 수도 있지 않습니까.

완벽하다는 게 신경증이요.

완벽하고 싶다는 의지는 신경증이 아니고요?

그건 소망이요. 완벽하다는 게 뭐겠어요. 실수도 하나도 안 하고 모양도 팔등신이 돼야 하고 하나의 흠도 없어야 될 거 아닙니까. 내 생각은 신(神)도 흠이 있을 거 같아. 종교인은 어떻게 받아들일지 몰라도 신도 만물을 창조했다면 코로나 바이러스 같은 건 왜 만들어가지고 애를 먹이냐(웃음).

짓궂은 어린애 같은 생각인데 그렇게라도 생각해 보면 신도 완벽하지 않아요. 완벽이라는 건 이렇게 생각하면 좋겠어요. 완벽이라는 말은 쓰지 말고 지금보다는 좀 더 나은 쪽으로 발전했으면 좋겠다는 거. 내가 처한 환경과 내 성격과 행동이 나 자신을 위해서나 타인을 위해서 조금 더 나은 수준으로 발전했으면 좋겠다고 소망하는 거죠.

선생님은 정신병원 쇠창살을 최초로 없앤 의사입니다. 그런데 아직 일부 정신병원과 정신요양시설에는 쇠창살이 있습니다. 선생님은 시대를 앞서간 걸까요.

앞서갔다기보다는 내가 체험을 해보니까 그래요. 5·16(군사 쿠데타)때 고난을 당하면서 갇혀 있어 보니까 내가 왜 여기에 와 있는가 하는 본질적인 질문은 잊어버리고 간수들이 나한테 어떻게 하는가만 생각해. 그때 간수들은 지금하고 달라서 폭력이 심하니까 내 자존심을 상하게 해서 그들과 싸우는 거야.

그 경험을 생각해 보니 정신과 환자도 개방을 해 놓으면 그런 다툼이 좀 줄겠구나 싶었어요. 내가 수련의 할 때는 전부 폐쇄병동이니까 간호사들하고 보조원들, 환자하고 싸움이 굉장히 잦았어요. 아주 작은 걸로도 다투고. 그런데 병원 문을 열어놓으니까 그 싸움이 없어졌어.

정신과 의사가 치료를 하자면 그런 싸움이 일단 없어야 되는 거요. 싸움이 일어나면 진정시키는 데 몇 달이 걸려. 그게 진정이 돼야 비로소 치료가 시작되는 거요. 개방병동을 해 놓으면 싸움이 생략이 되니까 처음부터 치료를 할 수 있잖아요. 굉장히 이상적인 생각이었어요.

이화대학 갔을 때 그때는 정신과 병실이 없었기 때문에 선배들을 설득했고 그들이 허락해줬기 때문에 된 거예요. 만일 거기에도 전통적인 정신과가 있었다면 폐쇄병동이 됐겠죠. 그런데 개방병동이 이상적인 건 사실이지만 그걸 뒷받침할 만한 경제력이 없어요.

누구 경제력요?

국가나, 그 병동을 경영하는 병원 오너(소유자). 내 생각에 울타리가 없는 넓은 장소에 병동이 있으면 마음대로 나갔다가 때가 되면 와서 밥 먹고, 면담할 일이 있으면 나무 그늘 벤치에 앉아서 얘기하고 하면 훨씬 좋아져요. 그런데 우리가 현실적으로 생각해 봐야죠. 우선 땅을 그만큼 차지하려면 경제력으로 따지면 거기 아파트를 지어야 한다고 해요. 여건이 안 되는 거지.

미국 케네디 대통령이 내건 이슈가 있어요. 정신병 환자는 그 지역에서 책임을 져야 한다. 그때 스테이트 멘탈 호스피탈(state mental hospital·주립정신병원)에 많을 때 만 명도 수용할 수 있었어요. 의사는 모자라지 그러니까 한 번 진단받은 것으로 죽을 때까지 계속 투약을 받는 거야.

그때 연구논문을 보면 (그 병원에서) 죽은 사람을 부검해 보니까 정신병이 아니고 뇌종양이 굉장히 많았다는 거야. 수용 환자는 많고 의사는 적으니까 한 번 진단 받으면 그 진단으로 죽어서 나가는 거예요. 케네디가 이걸 없애야 한다고 했어요. 대량 수용은 치료가 아니라는 거야. 정신장애인도 재활을 통해 사회에 이바지할 수 있도록 공동체가 함께 돌봐야 한다는 주장이지.

이 이슈를 내걸어서 만 명 수용 인원을 천 명으로 줄이자면서 멘탈 헬스 케어 센터(mental health care center·정신건강복지센터)를 세운 거요. 그때 국회의원들의 이슈가 뭐였냐면 '케네디 말이 맞다. 하지만 풀어놨는데 지금 그 환자들이 어디에 있는가'가 캐치프레이즈가 됐어요.

어디에 가 있었습니까.

길거리에 다니면서 쓰레기통을 뒤지고 있다, 이거지. 케네디가 내건 이슈의
후속 조치가 없고 케어(돌봄)가 부족하니까 그런 거예요.

나는 정신건강복지센터를 더 확대해서 재활에 힘을 써야 한다고 생각해
요. 환자를 완벽하게 건강하게 만들 수는 없어도 어느 수준까지는 만들 수 있
어요. 그럼 그 수준만큼 타인에게 기여할 능력이 있는 거예요. 정신과 환자라
해서 사회에 폐만 끼치는 존재들이 아니에요.

사회는 그런 편견을 없애야 되는 거고 정신장애를 가진 사람은 건강한
사람들하고 경쟁하겠다는 생각을 버리고 내가 갖고 있는 만큼 사회에 기여하
겠다고 생각하면 훨씬 행복한 생활을 할 수 있어요.

지금은 과도기이기 때문에 비장애인은 장애인을 보는 시각을 반듯하게
만들 필요가 있고 장애인은 자격지심을 버리고 용감하게 '나는 나다', '비장애
인보다는 능력이 떨어질지 몰라도 내가 가진 능력만큼은 사회에 기여할 수 있
다'는 자신감을 가져야 해요.

정신장애인들은 정신병원이 주는 폭력성 때문에 트라우마를 입는 경
우가 많습니다.

폐쇄병동에 가둔다는 게 폭력이에요. 그러나 지금 방법이 없잖아요. 차선의
선택을 한 거거든. 그러니까 폐쇄병동에 넣는 것도 치료다, 이걸 이해해야 해
요. 개방병동만이 능사가 아니에요. 폭력이라는 말은 환자에게도 있고 치료진
에게도 있어요. 그런 것을 줄이려면 치료적으로 접근해야 되고 환경적인 부분
도 개선을 해야겠죠.

제일 중요한 건 언어적이든, 비언어적이든 환자를 멸시한다든지 하는
편견을 불식시켜야죠. 그래서 정신장애인이 실낱같은 희망을 가지고 행동할

수 있는 용기를 주는 것이 폭력을 없애는 거죠.

정신병원과 정신요양시설을 궁극적으로는 모두 폐쇄해야 한다는 목
소리도 있습니다.

그렇게 되면 제일 좋죠. 노벨상을 받은 솔제니친(구 소련 소설가)이 미국에 망명
을 했어. 그러면서 이 사람이 한 얘기가 있어. 자기 조국인 소련은 거대한 정신
병동이라고 그랬어. 굉장히 좋은 표현이죠.

나는 우리 사회가 지금 그렇다고 봐요. 그런데 정신병원과 정신요양시
설을 다 해체하면 거대한 정신병동이 되는 거야. 정신을 연구하는 어떤 학자는
정상인이고 정신장애인이고 구분이 없다고 그래요. 지체가 부자유하면 우리
가 보면 알 수가 있죠. 정신은 보이는 게 아니잖아요. 그래서 이분들은 사람들
이 다 정신장애가 있다고 주장해요.

그럼 정신장애가 진짜 있는 거 하고 없는 거 하고 어떻게 구분하는가. 재
밌게 표현했어요. 정신과 의사에게 가서 진단 기준에 따라 박 선생은 무슨 병
이다 이렇게 라벨링(labeling·낙인)을 하면 환자가 되는 거야. 딱지를 붙여 주는
거지. 그런데 환자지만 정신과 의사에게 안 가고 돌아다니면 라벨링이 안 되니
까 환자가 아니잖아요. 그래서 컨펌드 페이션트(confirmed patient·확인된 환자)
와 언컨펌드 페이션트(unconfirmed patient·미확인된 환자)가 어울려 사는 게 사
회다, 이렇게 생각하거든.

저는 라벨링을 다 없애는 데는 반대해요. 치료를 받으면 좋아질 사람인
데 미확인된 환자라고 해서 사회에 섞여 있으면 본인도 불행하고 사회도 불행
한 거예요. 그건 사회든, 가족이든, 개인이든 도울 의무가 있는 거야. 우리가 문
제가 있으면 그걸 없애버리라는 말을 너무 많이 해요.

텔레비전을 보면 정치적인 얘기밖에 없어. 검찰을 개혁해야 한다고 하

는데 개혁이 검찰뿐이겠어요. 그런데 누군가 나서서 검찰을 없애자고 주장하면 그 논리가 이 논리랑 같은 거예요. 수사를 할 사람이 있어야 질서가 잡히는 게 아니겠어요. 그래서 사회적으로 부당한 행동이 나오면 그런 짓을 못 하도록 계도를 해야지 '없애라'는 건 아닌 거 같아.

수학여행을 가다가 차가 뒤집어지고 사상자가 생겼어. 그러면 교육부에서 제일 먼저 내리는 게 수학여행 금지야. 도로가 정비가 잘 안 돼서 고치고 계도할 생각을 해야지 수학여행 가지 말라고 하면 그건 방법이 아니잖아요. 그렇듯이 정신병동을 없애라는 건 방법이 아닐 거 같아요.

자녀의 자발성은 부모가 용납하는 수준만큼 자란다고 했습니다. 어떤 의미인가요.

예를 들어, 박 선생이 요 방안에서만 행동하도록 법적으로 허용이 됐다 하는 거 하고, 박 선생은 한국 내 어디든지 돌아다녀도 괜찮다 이 생각하고, 또 세계 어디든지 가고 싶으면 가도 된다는, 이 세 가지 중 어느 걸 택하겠어요.

저는 세계를 택하겠습니다.

그렇지. 그러니까 그것이 허용된 범위다 그 얘기야. 부모가 자녀를 키울 때 자녀가 어리니까 조심스럽잖아요. 사고를 당할 수도 있으니까 부모가 안심하기 위해서 자꾸 허용 범위를 좁히는 거예요. 그걸 극복하고 부모가 허락하는 울타리의 넓이가 넓을수록 애들은 더 많은 것을 배운다는 거죠.

그런데 꼼꼼한 부모들은 노인이 돼

정신장애인은 가진 만큼의 능력으로 사회 기여하겠다 생각해야 부모가 허락하는 울타리가 넓어야 자식이 성숙해져

가지고도 이래라저래라 한다고. 부모 마음이지만 그렇게 하면 자녀가 클 수가 없지. 우리나라 속담에 나무가 크면 밑에 풀이 자라지 않는다고 해요. 나무가 크다는 건 부모가 너무 크다는 거고 부모의 아집(我執)이 커버리면 자녀가 안 돼.

내가 경험한 환자가 있어요. 대학 총장도 지내고 문교부 장관도 지낸 선생인데 그 아들도 의과대학 교수라. 그런데 아들이 맨날 정신과에 입원을 해. 그래서 내가 맡았어. 이래 치료해도 잘 안 되고 저래 치료해도 잘 안 되고 교과서에 있는 대로 다 해보고 성심성의껏 해봤는데 다 안 돼가지고 선배인 주임교수를 찾아갔어.

내가 이런 환자를 맡고 있는데 치료가 잘 안 된다, 어떻게 하면 좋겠습니까 이랬더니 그 선생님 대답이 "그건 아버지가 죽어야 낫는 병"이라고 해. 내가 젊을 때니까 '아버지가 죽어야 낫는 병이라고? 그게 도대체 무슨 말일까?' 한참 생각했어요. 경험을 쌓다가 보니까 직설적이지만 그 말이 맞는 거예요.

안 죽더라도 자식이 부모를 뛰어넘어야 돼. 뛰어넘을 수가 없으니까 병이 나는 거예요. 그러니까 달리 말하면 뛰어넘을 수 있는 울타리를 많이 만들어 주는 게 건강하게 키우는 거다, 그런 논리로 말한 거예요.

부모가 아이를 사랑으로 키웠지만 아이가 정신질환에 걸리면 이는 부모의 잘못인가요.

한때 엄마들이 굉장히 섭섭해 할 때가 있었어요. 무슨 이론이 있었냐면 정신병을 만들고 안 만들고는 엄마한테 달렸다, 그래서 처방도 마더링(mothering)이라고 해서 엄마 노릇 잘하라는 처방이 있었어요. 그 처방을 받아든 엄마들이 엄청 분개했어. 남편도 키우고 나도 키우는데 왜 애가 잘못되기만 되면 내가 뒤집어써야 하냐. 한때 그런 이론이 있었어요.

그런데 엄마가 사랑으로 키운다고 하지만 그 사랑은 자기식 사랑인 거지. 이해가 될는지 모르겠는데 예를 들면 옛날에 장한어머니상 표창식에 내가 심사위원을 한 적이 있어요. 주로 어떤 엄마들이냐면 장애인 아이를 둔 어머니들이야. 그때 심사에 올라온 한 분이 소아마비 아들이 있는데 잘 걷지를 못하니까 초등학교부터 중·고등학교 때까지 업어서 날랐어. 그러니까 장하다고 하면서 장한어머니상으로 뽑으려 해.

내가 반대했어요. 절대로 장한 어머니가 아니다, 아들이 못 걷기는 하지만 아들이 갖고 있는 역량만큼은 기든지 서든지 그것까지는 훈련을 시켜야 될 거 아니냐. 그게 장한 어머니지 않냐고 했어. 소아마비 아들이 애처롭다고 매일 들쳐 업고 말이지. 그렇게 주장했는데 표결에서 그분이 상을 받았어.

나는 내 생각이 아직도 옳다고 생각해. 어머니의 사랑을 내가 부정하는 게 아니오. 사랑을 어떻게 줄 것인가라는 방법이 문제라는 거지. 엄격하게 주는 사랑도 있어요. 그런데 덮어놓고 들쳐 업고 말이지.

한 사람의 정신건강 척도는 '남의 말을 듣는가?'와 '타인을 사랑하는 능력'에 있다고 하셨습니다.
환자를 입원시켜보면 자기 생각에만 몰두해가지고 곁에 누가 있는지, 뭐가 있는지를 몰라요. 사고체계가 공상하는 시스템이 있어요. 그것만 딱 보고 있기 때문에 안 보여. 그래서 수련의가 언제 퇴원시키면 좋겠습니까 나한테 물어요. 그건 교과서에 나와 있어요.

교과서에 없는 걸 내가 가르쳐준 적이 있어. 첫 번째는 타인한테 관심을 갖게 되면 퇴원을 시켜라. 두 번째는 얼굴이 예뻐지면 퇴원시켜라. 무슨 말이냐면 긴장을 하고 있으면 얼굴 표정이 없어져요. 얼굴에 있는 수많은 근육 파이버(fiber·섬유)가 뭉쳐져서 하나의 근육이 되는 거거든.

그러니까 자극에 의해서 두 개가 움직이고 세 개가 움직이고 그런 거예요. 건강한 사람은 표정이 살아나잖아요. 그런데 자기에게만 빠져 있는 사람은 자극이 가도 안 움직여요. 그러니까 근육이 풀리면 얼굴이 예뻐지는 거야.

내가 실험적으로 한 게 입원을 하면 보호자에게 화분을 하나 사오라고 그래요. 큰 거 말고 작은 걸로. 그걸 입원실 머리맡에 나둬요. "이건 네 거다" 그 말만 하고요. 그러면 화분을 말라죽게 하는 사람두 있고 물을 줘서 살리는 사람도 있다고.

내가 레지던트한테 "잘 보고 물 주기 시작하면 퇴원시켜도 괜찮다"고 말해요. 화분에 물을 주는 건 주변에 대한 관심을 표현하는 거거든.

인간은 이타적인 삶을 살아야 합니까.

이타적인 삶을 살아야 되느냐가 아니라 이타적인 삶을 살게 돼요. 살아야 됩니까를 영어로 하면 머스트(must)야. 그게 아니에요. 사람은 자연적으로 순리적으로 살게 돼 있어요. 이기적이라고 하는 건 나만 아는 거잖아요. 어릴 때 나만 알아야 살지 남 배려한다고 하면 살겠어요.

어린애가 배가 고파서 젖을 빠는데 옆에 애가 운다, 그러면 젖 빨던 어린애가 엄마 쟤가 배고파서 우는 거 같으니까 제 젖을 주라고 말하면 그게 어린 애겠어요. 그러니까 어릴 때는 에고 센트릭(ego centric, 자아중심적)한 이기심이 없으면 살아남을 수가 없어요.

그렇게 살다가 형제가 생겨. 또 밖에 나가면 친구도 생겨. 그럼 내 맘대로 하고 싶은데 안 되잖아요. 다툼도 생기고. 그러면서 이기든지 지든지 해서 질서가 생기는 거지. 둘이 있을 때는 어떻게 적응해야 되는지 알아가는데 그게 이타심이에요. 그건 크면서 누구에게나 자연스럽게 생겨요.

그런데 그게 안 생기는 사람이 있어요. 성격장애 중에 히스테리 같은 건 자기중심적이에요. 우리 속담에도 그런 사람은 죽어서 관 뚜껑을 못질해도 철이 안 든다고 해요. 그 말이 그 말이에요. 그런데 대부분의 정신과 환자들은 이타적이에요. 어느 하나가 정신병리적인 것이지 이타적이에요.

   인간은 본성상 이타적인 겁니까.
아니, 본성은 에고 센트릭(ego centric)한 거죠. 하지만 같이 살다 보니까 이타적이 아니 될 수가 없는 거야. 둘이 사는데 내 맘대로 되나요. 그러니까 이타심이 자연적으로 되는 거예요. 그걸 통찰하고 '이타심이 이렇게 중요한 것이구나. 소통하는 데 중요한 것이구나' 그렇게 깨달은 사람은 더 잘하는 거죠. 자연적으로 생기는 이타심만 가지고도 얼마든지 사회생활을 할 수 있어요.

   '그럼에도 불구하고' 정신은 어떤 정신입니까.
지금 내가 처해 있는 상황이 내 힘으로 어쩔 수 없는 상황이 많아요. 그것을 인정하라는 뜻이에요. 가령 내가 실패를 했다, '왜 나만 실패를 해' 하고 매달리면 왜 실패했는지 보이지가 않아요. 그럼 실패했다는 걸 인정해야죠. 인정을 하면 대책이 나와요. 인정을 안 하니까 대책이 안 나오는 거요.
   인정을 하게 되면 '그럼에도 불구하고' 실패했어. '그럼에도 불구하고' 이렇게 하면 찾을 수 있는 게 많아요. 실패에 매달리기 때문에 안 보일 뿐인 거요. 누구에게나 다 기회가 있어요. '그럼에도 불구하고'라는 말은 내가 인위적으로 해서 해결이 안 될 문제, 결국 내 밖의 일에 대한 통찰이야.

   돌다리는 두들기지 말자, 정 두들기고 싶으면 일단 건너고 나서 한 번쯤 두들겨 보자라고 말씀하셨습니다. 사람은 매사에 조심해야 한다는 말과는 대조됩니다.

매사에 조심하다 보면 어디 길 가겠어요(웃음). 요새 애들한테 핸드폰 줘 놓으면 영상 찾아가지고 알아서 잘하잖아요. 글자도 모르고 뭘 누르면 나온다는 것도 모르고 덮어놓고 눌러보니까 나오는 거예요. 나오니까 또 누르고.

어른이 컴퓨터를 잘 못 배우는 이유가 매뉴얼부터 읽어보고 두드리려고 하니까 그래요. 애들은 매뉴얼을 읽어볼 필요가 없어. 두들겨보고 나오면 또 그거 두드리는 거지. 그래서 내가 젊은 사람들한테 하는 소리예요. 나 같은 노인들이야 돌다리는 두드려보면서 건너야지. 한번 자빠지면 못 일어나니까.

그러나 젊은 사람들은 기회가 있어요. 넘어지더라도 넘어진 게 바탕이 돼서 또 일어날 수 있는 기회라는 게 얼마든지 있어요. 그걸 젊은 사람들에게 권해본 거예요.

정신분석을 공부하면서 원인 없는 결과가 없다는 걸 깨달았다고 합니다. 모든 게 인과(因果)에 의해, 혹은 필연성에 의해 만들어진다는 의미일까요.

정신분석 이론에 가장 기초적이 이론이 있어요. 정신결정론이라는 거요. 그게 사이킥 디터미네이션(psychic determination)이라고. 쉽게 얘기하면 원인이 없는 결과는 없다는 거야. 우연히 만나는 것도 많잖아요. 그건 우연이 아니라는 거예요. 원인은 있는데 너무 깊이 숨어 있기 때문에 우리가 찾지를 못해서 모르는 거죠.

우연이라는 건 절대로 없다는 거요. 이런 이론이 불교의 인과론에 있잖아요. 정신분석보다 더 정교하게 있어요. 나는 그건 맞다고 생각해요. 우리가 찾을 수 없어서 없다고 그러는 거지.

그러니 박 선생이 여기 온 것도 그런 식으로 생각을 해 봐요. 왜 왔어요. 신문 기자이기 때문에 온 거잖아요. 기자는 왜 됐어. 학교를 졸업해서 내가 직업을 찾다보니까 그게 좋아서 했다, 양파 껍질 벗기듯이 자꾸 벗겨나가면 아주 핵심적인 게 나올 수도 있는데 그것까지 우리가 벗길 기술이 없다 그 말이야.

사람과 사람의 만남도 필연이라는 말씀입니까.

물론이지. 그러니까 불교에서 하는 얘기가 옷자락만 스쳐도 몇 겹의 인연이 있다고 그러잖아요. 그건 과장된 얘기인지는 모르겠지만 나는 그렇게 생각해요.

네팔에는 언제 가실 계획이십니까.

코로나 풀리면 가야지. 작년에 코로나 때문에 처음으로 못 갔는데. 1982년부터 네팔을 찾았어요. 가면 한 2~3주 머물죠.

찬드라 씨도 만납니까.

찬드라는 시골에서 와요. 내가 매년 만났어요. 내가 네팔 가는 게 항상 구정을 끼고 2월에, 대학교 방학일 때 움직이죠. 그러니까 내가 가는 날짜를 대략 알아요. 그럼 그때 와서 만나고 하죠.

정신장애인들과 그 가족들에게도 네팔 여행을 권하고 싶으신가요.

같이 간 사람도 있어요. 나는 정신장애는 정신과 의사만 치료할 수 있는 질병이 아니라고 생각해요. 우선 가족이 이해해야 돼요. 또 치료에 관여하는 사람이 엄청 많잖아요.

나는 무엇을 권하느냐면 어떤 영화 내용이 이 사람한테 비슷한 게 있으면 영화를 보라고 권해요. 그러면 통찰력이 없는 사람은 그냥 영화가 재밌다 하고 말지만 통찰력이 있는 사람은 이건 나하고 비슷한데, 그렇다면 내가 저런 평가를 받을까 하는 통찰을 하게 돼요.

또 이런 사람도 있어요. 나하고 인터뷰할 시간은 짧은데 너무 분하고 억울해서 울지도 못하는 사람이 있어요. 그럼 그는 어딘가 가서 실컷 울고 와야 나하고 얘기가 돼요. 우스운 얘기지만 내가 순복음교회에 좀 갔다 오라고 해요. 거긴 기도를 해도 통성기도를 하니까(웃음). 그럼 거기서 분노가 다 빠지잖아요. 빠지고 나면 나하고 진정한 치료적인 대화를 할 수 있는 거예요.

또 내가 재직 시에는 평생교육원이라는 게 이화대학에 있었어요. 우리 나라에서 처음 시작한 거죠. 나는 환자들에게 내가 강의를 하는 거나 정신과와 관계있는 강의는 수강 신청을 해서 들으라고 그래요.

운영하는 가족아카데미아에도 회원 중에 정신장애인이 많이 있어요. 그럼 꼭 대면하지 않더라도 소통할 수 있죠. 또 내가 강연 나가보면 내가 치료했던 환자들이 많이 찾아와요. 또 자기 친구들도 끌고 오고. 꼭 일대일이 아니더라도 그런 데서 통찰하는 사람들도 많거든요. 그런 걸 많이 활용하면 좋을 거예요.

코로나19로 세계가 단절과 비대면의 삶을 살아가고 있습니다. 코로나 19의 세계사적 의미는 무엇이라고 생각하십니까.

코로나 이후에 또 코로나가 와요. 또 온다는 건 바이러스 코로나가 아니고 심리적인 코로나 신드롬이죠. 지금은 코로나가 있으니까 기존의 불안 신경증, 공포, 공황장애, 우울증, 히스테리 가진 사람들이 좀 잠잠해졌어. 왜 그러냐면 그 불안보다 더 큰 불안을 가지고 있으니까 기를 못 펴는 거야. 그래서 환자 수가 오히려 줄어요.

그런데 바이러스를 예방접종하고 치료제가 나오고 해서 정복했다, 그러면 이게 폭발하는 거야. 그럼 기존의 정신과 환자와 정상적인 사람이 불안을 안고 살았던 그 모든 게 플러스 알파가 돼요. 내 생각은 포스트 코로나의 대폭발이 심리적으로 일어날 거라 봐요. 그게 더 무서워요. 지금부터 대비해야 돼.

정신과 의사들은 대게 그런 생각을 갖고 있을 거예요. 바이러스에 걸리면 죽잖아요. 그러나 심리적인 포스트 코로나 트라우마는 죽지는 않아요. 불안하기 때문에 사회생활을 못 하는 거야. 사회생활을 못 한다면 생산성이 떨어질 거고 그럼 그게 무서운 거야. 이게 하루 이틀에 해결도 안 돼요. 만성적으로 가 버리는 거야. 그러니 얼마나 무서운 거야.

심리적인 코로나 바이러스에 대한 면역력은 백신이 필요해요. 그런데 그 백신은 바이러스 백신하고 달라서 자기가 만들어야 돼요. 자기가 자기를 단련시켜야 되는 거지 일괄적으로 한 방씩 맞는다고 생길 수 있는 게 아니에요. 그러니까 더 무섭다는 거죠.

그리고 세계 의학사적으로 보면 이렇게 전 세계적으로 번진 재앙이 없어요. 우리가 전염병의 경우 14세기의 페스트 예를 많이 드는데 그건 유럽에 국한돼 있었어요. 그때 유럽의 인구가 1억 명 정도 됐다고 하는데 인구의 25%가 죽었으니까 4분지 1이 죽은 거지. 단지 통계 숫자로 말하면 지금 세계 인구가 75억 명이라면 75억의 4분지 1은 아직 더 남아 있잖아요.

그래도 지금이 더 무서운 게 이건 세계적인 거라. 안 간 곳이 없다는 거지. 그러니까 코로나가 진정되고 난 다음에 폭발적으로 일어날 심리적인 전염에 대한 대비를 우리가 단단히 해야 해요.

하실 말씀이 더.

지금 내가 나 혼자 앉아서 떠들면 박 선생밖에는 알아듣고 가는 사람이 더 있겠나. 그런데 책으로 이렇게 내면 읽는 사람도 있을 거고 맞다고 생각하면 스스로 생각도 하겠죠. 어쨌든 심리적인 담금질을 많이 해서 자기 백신을 만들어 놓아야 해요.

인사를 하고 나오자 선생은 "재미있게 살아야 돼요"라고 말했다. 아득했다. 오후의 날

리던 진눈깨비는 그쳐 있었다. 대신 구름 사이로 태양이 환하게 세계를 비추고 있었다.
기자는 어떤 깨우침을 얻은 듯 풍경 속을 허우적거리며 걸어갔다.

2021.02.24

"자유가 치유다, 이탈리아가 정신병원 없이도 잘 굴러가는 이유"

백재중(내과의원, 인권의학연구소 이사)

1988년 15살의 소년 문송면은 서울에서 직장을 다니던 중 수은중독으로 2년 뒤 사망한다. 올림픽이 열리던 해였다. 그 사건 이후 원진레이온직업병 사건이 터졌다. 1982년에 서울대 의대에 들어간 그는 그때 학생 신분이었다.

스스로 '최루딘 세대'를 관통해 온 그는 그 사건들을 접하며 사회적 부조리와 모순에 대해 치열하게 고민할 수밖에 없었다. 굳이 민주화운동까지는 아니더라도 자신이 발 딛은 자리에서 시대적 상황을 점검해야 했다.

그는 모순에 저항했고 원진직업관리재단이 출범하는 데 자신의 작은 노력을 보탰다. 이후 이 재단 산하에 인권친화적 병원인 녹색병원이 설립되자 자신이 5년째 근무하던 국립중앙의료원을 나와 녹색병원에 합류했다.

사람들은 말한다. 젊은 시절의 치열했던 사유가 당신의 삶에 어떤 영향을 끼쳤냐고. 그때는 그럴 수밖에 없었다거나 너무나 세상이 단단해서 나는 하나의 계란에 불과한 거 같았다고. 혹은 아팠지만 견뎌야 했던 청춘이었으며 나를 시대의 험준한 강물에 바칠 만큼 의지가 없었다고, 어쩌면 누군가는 그렇게 말할지도 모른다.

내과 의사가 된 인간 백재중(56)은 그 같은 질문으로 시대를 관통해 왔다. 그가 믿은 건 세상은 변혁될 수 있다는 거였다. 그리고 자신의 치열한 사유가 이끄는 대로 삶을 밀어왔다. 그 내과의사가 정신장애 분야에 기념비적인 책을 세상에 상재했다. 《자유가 치료다》. 이탈리아 정신보건 체계의 혁명적 변화를 가져온 정신과 의사 프랑코 바살리아(1924~1980)의 일대기와 그의 정신장애운동의 실천적 사상과 해방 운동을 연옥을 탐험하는 고고학자처럼 하나씩 파헤치기 시작했다.

이탈리아 정신장애인들의 협동조합 이야기를 담은 영화 〈위캔두댓〉을 본 이후 그 고민이 이탈리아 정신장애 해방운동의 사유로 이끌었던 것이다. 그는 국공립 정신병원들이 다수였던 이탈리아와 민간 정신병원이 다수인 한국의 정신의료 시스템이 근본적으로 다르지만 정신병원의 전면적 폐쇄라는 '방향성'만 국가 정책이 놓지 않는다면 언젠가는 정신병원이 사라진 한국 사회를 만들어낼 수 있다고 믿고 있다.

그를 만나기 위해 서울 사가정역 인근의 녹색병원을 찾았다.

바살리아를 안 게 이탈리아 협동조합을 소재로 한 영화 〈위캔두댓〉을 통해서라고 했는데 더 자세한 내용을 듣고 싶습니다.

우리나라에서 2012년에 협동조합기본법이 만들어졌잖아요. 그때 〈위캔두댓〉 영화가 공동체 상영방식으로 상영이 됐어요. 저희 병원 강당에서 처음 봤어요. 그때 협동조합기본법이 발효되면서 사회에 협동조합이라는 게 붐처럼 관심이 늘 때에요.

처음 볼 때는 협동조합 영화라고 생각하고 봤어요. 그러고 나서 저희들이 우연한 계기로 어떤 책을 출판하게 됐어요. 왜 만들게 됐냐면 일본에 사회적 공익성을 강조하는 민의련(전일본민주의료기관연합회)이 있는데 그 연합회 50년 역사를 쓴 책이 있어요. 그걸 누군가가 번역을 했어요. 그런데 수익성이 없어서 일반 출판사에서 안 받아준 거죠. 굉장히 소중한 원고인데 버릴 수도 없고.

그럼 우리가 협동조합으로 출판사를 하자라고 해서 2014년에 건강미디어협동조합이라는 출판사를 내게 된 거죠. 그때 창립총회를 하면서 다시 〈위캔두댓〉이라는 영화를 틀었어요. 그때는 두 번째 본 건데 정신장애인들이 협동조합을 운영을 해 나가는 내용을 보면서 시각이 달라졌어요. 왜 이탈리아에서는 정신장애인들이 협동조합을 만들면서까지 저렇게 해야 되는가, 사회적 배경이 뭔가, 여기에 관심이 갔어요.

그러고 나서 개인적 관심사로 이탈리아의 정신보건에 관한 자료를 찾아봤는데 단편적으로만 있고 체계적으로 정리된 게 없어요. 그러다가 우리나라 정신보건의 실태도 조사하다보니까 너무나 이탈리아와 상반되고 대조적이었어요. 결국 우리나라 정신보건의 갈 방향이 이탈리아 쪽이다 (생각했죠). 현실 조건은 서로 안 맞지만 문제는 방향이거든요. 방향을 아예 잡으면 길은 다르지만 가야된다는 생각, 저게 맞다는 생각을 하게 되죠. 바살리아가 이탈리아의 정신병원을 없애고 지금 40년이 지났는데 아무 일 없이 잘 돌아가고 있다, 거기에 정신질환자들이 사고치고 다니는 거 봤냐, 이게 보여지는 거죠. 이탈리아의 사례를 그냥 보여주자고 생각하게 된 거예요. 그래서 우리나라에는 없는 자료를 찾아서 정리를 했어요.

2014년에 작업하고 2~3년 자료 모아서 '자유가 치료다'라는 원고는 다 써놨어요. 그런데 이게 내가 하는 게 맞느냐라는 고민이 있었어요. 당사자가 아니면 전문가가 해 주는 게 맞지 않나 생각했던 거죠. 제가 인권의학연구소라는 데 관여를 해요. 거기 정신과 선생님들도 계신데 저의 자료를 선생님들하고도 회람을 했어요. (책이) 필요하겠다는 의견들이 있었고 어떻게 처리할까 하다가 결국 냈어요(웃음). 이탈리아에 이런 일이 있다는 걸 알리는 게 중요하겠다, 그다음에 평가는 같이 토론을 하면 되지 않겠나 생각했습니다.

이탈리아 정신보건시스템 알리고 싶어 책 집필 정신장애운동은 진보적 사회운동과 결합해야

바살리아의 어떤 점이 그렇게 좋았습니까.
바살리아는 정신과 의사잖아요. 자기가 정신병원에 들어가서 구금하는 게 결코 치료가 아니라는 걸 스스로 체험한 사람이에요. 격리와 강제입원이 당사자에게는 트라우마가 되는데 그것을 해체하는 작업을 한 거잖아요. 그 분이 했던 건 정신장애인 운동이 당사자들도 중요하지만 당시 이탈리아의 진보적인 사회운동하고 결합하면서 성과를 이뤄냈던 거거든요. 그런 부분에 대한 평가를 할 만하다고 보는 거죠.

이탈리아의 정신병원은 대부분 국공립이고 한국은 민간정신병원 중심이어서 이탈리아의 병원 폐쇄를 우리나라에 그대로 적용할 수 없다는 지적도 나옵니다.

적용이 안 되죠. 토대가 달라요. 그렇지만 방향이 중요하죠. 처음에는 책 제목을 '정신병원 없는 나라'로 쓸까 고민했어요. 그래야 명확하잖아요. 정신병원 없이도 나름 굴러가는 게 가능하다면, 그런 나라가 지구상에 있고 40년 동안 존재했다면 우리나라가 안 될 이유도 없다고 생각했어요. 지금 우리나라 민간 정신병원이 90%지만 정책적으로 국가가 그쪽 방향으로 키만 잡고 가면 맞다는 거죠.

바살리아의 정신보건 개혁의 핵심 철학이 지역사회 인프라 구축이었다고 생각하십니까.

바살리아가 정신병원이 해체되기 전에 지역 정신보건센터를 정신병원 있는 동네 곳곳에 만들어요. 만들면서 실험을 계속 합니다. 병원에 있는 환자들이 가서 적응하는 훈련을 계속 해요. 바살리아법이 생기고 병원이 해체되면서 자연스럽게 넘어갈 수 있도록 하는 작업들을 해 왔었거든요. 그게 있었기 때문에 가능했던 거죠. 정신병원을 대체하는 건 지역 인프라가 중요한데 그게 지역 정신보건센터잖아요. 그걸 전국에 이식하면서 성공적으로 갔다는 거죠. 바살리아법이 만들어지고 나서는 미친 법이라고 엄청난 비난이 쏟아졌죠.

1978년 법률 180호(바살리아법) 제정 이후 이탈리아의 모든 정신병원이 폐쇄되는 데 20년이 걸렸습니다. 왜 이렇게 더디게 진행된 겁니까.

그게 하루아침에 되는 게 아니기 때문에 지역 인프라가 구축되는 기간, 그다음에 환자나 전문가들이 그 시스템에 적응하면서 진행하는 시간들이 필요했죠. 그리고 제도의 체계가 잡히는 시간, 그리고 제일 중요한 건 사회적 인식인데 사회가 장애인들을 차별하지 않고 편견을 안 갖게 하는 노력들을 하는 데도 시간이 걸려요.

지역에 센터만 짓는다고 되는 게 아니고 정신장애인들이 우리와 별 차이 없다는 인식을 갖도록 차별과 낙인을 해소하기 위한 노력들을 해야 하거든요. 이렇게 해 오는 기간들이 많이 걸리는 거죠. 지리적으로 남부 지역은 좀 늦게 인프라가 닦이고 북부는 좀 빨리 되고, 또 자원의 불균형이니 행정 조직에 때라 많은 시간이 걸렸던 거죠.

바살리아가 말한 시설병(hospitalism)은 현재 한국 정신병원과 정신요양시설에서 여전히 진행 중입니다.

유럽과 미국의 경우 탈시설화의 이유는 차이가 있지만 탈시설이 되면서 지역의 정신보건센터들이 정신병원들을 대체한다는 생각과 방향이 있었단 말이에요. 근데 우리나라는 1995년 정신보건법이 만들어지면서 정신보건센터가 설립이 되는데 어설프게 설립이 되잖아요. 그러면서 정신병원도 확대되고요.

지역 건강보건센터가 있는데 이 센터가 정신병원을 대체하면서 생겨난 게 아니고 병행하면서 서로 보완관계가 돼요. 대부분의 경우는 정신병원에 종속되거나 의존하는 시스템인 거죠. 정신보건센터들이 정신병원을 보완하는 관계가 돼 버린 거예요. 그러니까 정신병원은 정신병원대로 계속 진행을 해 나간 거죠. 지역 인프라가 아직 굉장히 부족하죠.

바살리아는 "의학적 이데올로기가 폭력적 법률에 기여한다"고 했습니다. 무슨 의미입니까.

그렇죠. 정신보건 자체가 이데올로기적인 게 있죠. 의학에서 명제가 주어지면 그거에 근거해서 법률이 생길 거 아니에요. 예를 들어서 동성애 문제를 놓고 봤을 때 의학자들이 동성애는 질병이다, 치료해야 할 대상이다, 이렇게 규정하면 사회제도나 시스템, 법률 체계가 생길 거 아니에요. 그런데 동성애가 질병이 아니고 취향이고 자연스럽다, 해 버리면 질병이 아니잖아요. 그럼 이걸 갖고 법률에서 왈가불가할 조건이 없어지는 거죠.

바살리아는 정신보건 개혁 당시 시대적 배경인 68혁명, 반정신의학운동, 미셸 푸코, 자율적 시민운동인 아우토노미아 운동 등에서 영향을 받지 않았습니까. 현재 우리나라에도 이와 비슷한 사회개혁 운동과 사상운동이 있다고 생각하십니까.

바살리아법이 나올 당시에 이탈리아 분위기는 68혁명, 신좌파의 등장, 그리고 여성운동, 환경운동, 동물권 운동, 장애운동이라는 새로운 개념의 운동들이 등장하거든요. 이탈리아에서 70년대 핵심 이슈로 여성운동이 등장하면서 낙태 문제가 제기되고 아우토노미아 운동이 생기면서 다양한 대중운동이 벌어지죠. 그때 장애인운동이 벌어지는데 장애인운동이 사회운동하고 같이 갔어요. 우리나라는 약간 동떨어져 있잖아요. 사회운동 진영에서 장애인운동을 아직 안지 못해요.

그런데 이탈리아에서는 당시에 같이 갔어요. 바살리아가 정신병원 원장할 때 정신병원들이 굉장히 큰 공간이에요. 68혁명 할 때 학생운동 그룹들을 초청하고 진보적인 정치운동 세력과 캠페인도 같이 하고 어우러져서 보조를 맞췄어요. 바살리아로 상징되는 그룹들이 있어요.

민주정신의학회라고 하는 게 바살리아 혼자만이 아니라 진보적 그룹들이 사회운동의 영향을 받아서 같이 운영해 나갑니다. 그래서 바살리아법이 1978년에 통과하죠. 이탈리아에서 1978년은 굉장히 기념비적인 해에요. 바살리아법이 통과됐고 그다음에 NHS(National Health Service) 보건의료를 국가가 보장하는 영국식 개혁을 합니다. 우리나라는 NHI라고 해서 국가가 하는 보험 형태인데 이 NHS는 세금으로 모든 걸 다 해결하는 거예요.

그리고 여성운동에서 낙태죄가 폐지되는 게 1978년이에요. 1978년은 이탈리아 사회운동이 정점에 도달한 시점이죠. 그러니까 같이 가야 한다는 거죠. 정신장애인 당사자운동이 굉장히 중요하지만 당사자운동이 다른 운동들과 결합을 하면서 하나의 세력을 형성히고 그걸로 사회에 입력을 넣고 하면서 난국을 헤치고 나가야 된다는 거죠.

이탈리아의 지역정신보건센터는 1천387개 소가 있습니다. 한국은 243개 소에 불과합니다. 이런 상황에서는 한국적 바살리아법이 나와도 효과가 없을 것 같습니다.

바살리아법이라는 건 국공립정신병원이 문 닫는 거잖아요. 우리나라가 정신병원 문 닫는다고 해서 되는 게 아니잖아요. 그래서 그대로 번역해서 할 수는 없고 문제는 방향성이죠. 바살리아는 (해체로) 갔는데 우리는 더 어렵단 말이에요.

법 하나 만든다고 될 문제가 아니잖아요. 근본적인 거는 민간정신병원들의 내부 인권상황을 개선시키고 그다음에 줄여나가야죠. 그리고 지역 정신보건센터가 제대로 기능을 할 수 있어야죠. 정신병원에 의존적이거나 종속적 관계가 아니라 이를 대체한다는 명확한 방향성과 목적을 가지고서 시스템을 구축해 나가는 거죠. 그러려면 지금의 센터 정도로는 안 되고 이거보다 몇 배 커져야죠.

이탈리아의 경우는 센터에서 진료하고 투약하고 응급입원까지 다 했어요. 가정방문도 하면서 커버하고 급성기 때 자의든 타의든 며칠 있다가 나올 수 있게끔 하고요. 만약에 거기서도 안 된다면 병원으로 전원을 시키는데 정신병원 수용이 아니라 대학병원 병동에 잠깐 가서 급성기만 넘기고 바로 사회로 복귀하는 순환구조를 갖춘다는 거죠. 그런 과정 속에서 지역사회로 내려가면 재활, 고용, 주거문제 들을 지역건강센터가 같이 해결해요. 이런 과정에서 가장 핵심적인 역할을 하는 게 지역정신보건센터입니다.

이탈리아 정신보건 개혁 운동은 바살리아를 비롯한 사상가와 일부 정치인, 급진적 전문가들의 통합적 투쟁의 결과였습니다. 거기에 정신장애인은 포함되지 않습니다. 개혁의 객체나 대상에 불과했습니다. 이는 어떤 문제를 낳는다고 생각하십니까.

제가 고민하면서 봤어요. 그게 중요하다고 생각해서 그 부분에 대한 자료를 찾아서 넣어보려고 했는데 찾지를 못했고요. 바살리아가 자기 병원에서 개혁 운동할 때 장애인들이 참여하면서 같이 진행하는 것들이 나오는데 구체적인 활동 기록들이 없어요. 못 찾았죠. 그걸 꼭 넣고 싶었는데 제가 못 찾아서 못 넣은 거지 없는 건 아닐 거예요. 그걸 누가 기회가 되면 꼭 찾아서 모자랐던 부분을 보완해줬으면 합니다.

한국 정신보건센터는 '1995년 체제'로 지속되고 있다고 분석했습니다. 어떤 시스템으로 구축돼야 합니까.

지금 사회가 컨센선스(동의)를 해야 되는 부분이 정신장애인 문제는 강제적으로만 해결할 수 없다는 거예요. 다만 이탈리아 모델은 우리에게 강력한 방향성을 제시해 줍니다. 조건은 달라요. 그러면 가능하게 하는 조건이 무엇이냐를 찾아서 우리는 우리의 길을 가야 한다, 그게 대원칙이고 여기에 사회가 합의할 수 있느냐(의 문제죠).

합의를 떠나 사회적 공감대가 형성된다면 그 대원칙하에서 지역 정신보건센터를 강화하고 역할을 확대하는 투자를 하는 거죠. 지금보다 더 키우고 인력을 늘려서 지역 인프라를 구축하고 급성기 대책을 마련하고, 그러면서 자연스럽게 민간정신병원의 인권 상황을 개선하고 이를 축소시켜 나가야죠.

'1995년 체제'를 혁명적으로 변화시켜야 된다?
현재의 우리 조건에서 가장 만족스러운 법률을 만들어야 한다는 생각이에요. 저항은 있겠지만 법률 하나가 통과가 되면 바살리아에 버금가는 혁명적인 내용이 담겨질 필요가 있다는 거죠.

이탈리아 모델은 정신보건시스템 개혁에 강력한 방향성을 제시

우리나라 정신보건시스템의 가장 큰 문제는 뭐라고 생각하십니까.
시설과 입원 중심에 근간을 두고 나머지는 다 부속화돼 있는 게 핵심입니다. 일본이 그렇게 돼 있잖아요. 일본만 쫓아왔던 결과가 아닌가 싶어요. 환자들이 시설로 들어가면 눈에 안 보이잖아요. 어쩌다 사건 하나 터지면 난리치고 다 시설로 들여보내라고 하죠. 시야에서 사라져버리면 일반인들은 있는지 없는지 모르지만 장애인당사자들은 죄인도 아닌데 어딘가에 갇혀 살아야 되는 상황인 거죠. 시설에서 나와야 돼요. 올바른 의미의 탈시설화가 돼야 하고 정책 방향도 이쪽으로 향해서 가야 돼요.

민간 정신병원 감소를 위해서는 어떤 정치적 기획들이 필요합니까.
우선 강제입원율을 떨어뜨려야 합니다. 그리고 가족이나 사회적 인식이 입원만이 다가 아니고 지역사회에서 같이 살 수 있다는 공감대를 형성하면 자연스럽게 입원에 대한 수요가 떨어지겠죠. 민간병원은 수익성에 따라 움직이기 때문에 수요가 줄면 자연스럽게 문을 닫고 전환하는 병원들이 생기죠. 정신병원을 해도 돈이 안 되더라는.

지금은 돈이 되기 때문에 자꾸 확장이 되는 거예요. 그래서 돈이 안 되는 구조를 만들어 놓으면 경제적 원리에 따라 축소가 되고 다른 데로 전환하게 되죠. 문제는 그러기 위해서 정책적인 개입이나 의지가 따라야 합니다. 민간 정신병원들에 무조건 손해 보면서 문 닫으라고 하면 저항이 심해지니까 다른 요양병원이나 노인병원으로 전환될 수 있도록 문을 열어 퇴각시킬 수 있는 구조를 만드는 게 낫겠죠.

현재 한국사회에서 정신병원 전면 폐쇄는 굉장히 급진적 이데올로기로 보일 수 있습니다.

주장할 수는 있다고 봐요. 이탈리아가 이렇게 하는데 왜 못합니까. 예를 들어 우리가 최저임금 1만 원을 외치면 한 8천 원이 되는 것처럼 하나의 슬로건은 가능하다고 봅니다. 당사자 입장에서는 정신병원 폐지하라고 주장할 수 있다고 봐요. 그러면 폐지는 너무 심하지 않느냐부터 해서 살살 하자라는 얘기도 나오겠죠. 중요한 건 당사자들이 왜 폐지해야 하는지를 명확히 설득할 필요가 있죠.

왜냐하면 우리는 이것 때문에 너무나 많은 고통을 받았고 병보다는 트라우마 때문에 더 힘들다, 그래서 이건 없애자, 라는 논리로 설득해야 하겠죠. 당사자 입장에서는 민간이냐 공공이냐가 중요한 게 아니잖아요. 구조 자체가 이탈리아처럼 쉽지는 않죠. 그렇지만 그렇게 주장하고 사회적 동의를 얻어내면 가능하다고 봐요. 시간은 걸릴 수 있지만 당사자운동이 전면적으로 이런 슬로건을 내걸 필요가 있다고 봅니다.

한국의 정신보건 체제의 기득권 세력은 정신의료시스템을 바꾸려 하지 않을 겁니다. 바꾸더라도 자신들에게 유리한 쪽으로 끌고 갈 겁니다. 정신장애계의 개혁 추진 세력이 사상적으로 집단적으로 너무 약한 상황입니다.

기득권이라고 했는데 당사자, 전문가를 포함해서 정책하는 사람들 다 얽혀 있는 그 구조를 극복하려면 더 큰 힘이 있어야 해요. 당사자들이 이탈리아의 성공 사례처럼 개혁적이고 진보적인 사회운동과 결합해야 되고요.

국민들이 갖고 있는 편견도 깨뜨려야 합니다. 언론에서 그런 기사도 있었어요. 조현병 환자가 병원에 있었는데 잠깐 나와서 마트에서 뭔가 소매치기를 했대요. 왜 안 가두고 돌아다니게 하냐는 둥(웃음). 이런 언론과의 싸움도 필요하죠. 이탈리아를 보면 바살리아법이 통과되기 직전에 정신보건 관련해서 국민투표를 해요. 만약에 국민투표가 통과가 되면 정권이 흔들릴 정도의 상황이 된 거예요. 바살리아 그룹들이 연대를 해서 국민투표 발의를 하고 서명운동을 하는데 이게 국민투표까지 가면 정치적 타격이 우려가 되겠죠. 그래서 급하게 만든 게 바살리아법이에요.

정신장애와 관련해서 이탈리아는 사회당, 공산당도 강력한데 이런 정당들은 정신장애운동과 거리를 뒀어요. 가장 밀접하게 했던 데가 급진당이라고 있어요. 소수당인데 아주 진보적이죠. 당시로는 낯선 의제들인 낙태 문제와 장애인 문제를 (담론화) 하면서 정당 차원에서 결합을 해요. 서명운동 같이 하고 정치적인 힘을 쟁취한 거죠. 그래서 밀어붙인 거죠. 바살리아 혼자서 단독 플레이한 건 절대 아니란 말이에요. 바살리아를 중심으로 한 정신보건의 이런 그룹들이 있었고 이게 정치세력과 결합한 거죠.

한국의 정신요양시설 입소자 중 65%가 입소 10년 이상입니다. 6천500명이 그렇게 시설에 갇혀 있습니다. 이는 무엇을 상징하는 걸까요.

정신요양원이 정신보건법 되면서 양성화된다고 했는데요. (시설에) 아주 오래 있다 보면 이 사람들이 사회에 나가면 진짜 아무것도 못해요. 노숙자로 전락할 수도 있는데 언제까지 이 상황을 놔둬야 될 거냐가 문제에요. 그러니까 어떻게든 해결을 해야죠.

지역사회가 정신장애인을 이웃으로 받아들여야 한다고 했는데 한국 현실에서 너무 낭만적이고 온정주의적 사유가 아닐까요.

내가 볼 때는 병을 잘 이해를 못해서 그런 거 같아요. 잘 이해를 못하니까 정신장애인이면 폭력적이고 범죄적이라는 선입감을 가지겠죠. 예를 들어 제주도에 예멘 난민들이 등장했더니 이슬람이고 여성이 어떻고, 이러면서 선입관들이 허상을 만들고 이 허상에 따라서 반대를 하고 그러잖아요. 이 사람들은 재난과 전쟁을 피해서 온 선량한 시민인 거죠. 명확하게 이 사람들의 내용을 전달해주면 사람들은 대부분 수긍할 거라고 보는데요.

정신장애인에 대해 일반 시민이나 국민들이 알려고 노력을 해야 된다는 거예요. 정신장애인은 이런 병이고 범죄율도 낮고 급성기 때 괴롭지만 일상생활 하는 데 거리감 없고 같이 해 나갈 수 있다라는 캠페인도 해야죠. 막연한 불안감에서 오는 편견이 있기 때문에 차별이 따라오고 낙인으로 연결되고 범죄시하는 거거든요.

한센병 환자들은 일상생활하는 데 전혀 문제가 없어요. 그런데 한센병이라는 선입관이 있으면 악수하는 것도 무서워서 피하게 되죠. 그 사람들이 소록도에 갇혀 지내다가 그 후 사회로 나와서 사회에 적응을 못하면서 자기들끼리 주거지를 형성해서 살아나가거든요. 일상생활하는 데 아무 문제가 없어요. 사회에서 정신장애인이든 노인이든 약자, 소수자들이 섞여 사는데 우리들의 삶의 방식, 태도들이 바뀌어야 한다는 거죠.

접 정신장애인들을 만나 본 적이 있습니까.

저는 직접 환자를 보지는 않는데 이 근처에 정신장애인 병원들이 있잖아요. 내과적인 문제가 생기면 와서 진료를 받고 입원도 해요. 정신병 환자랑 우울증 환자 다 오는데 굉장히 착해요(웃음). 병원에 입원하면 진짜 얌전히 있다 가요. 사고 안 치고. 의료진도 선입관이 있기 때문에 간호사들도 조현병이라는 진단만으로 경계를 한단 말이에요. 그런데 실제 보면 조용히 치료받다가 가요. 그래서 별 문제 없이 와요. 그리고 사실 왜 계속 병원에 있을까 하는 생각도 들어요. 문제는 당장 나갔을 때 누가 저 사람들을 돌보고 스스로 뭔가를 해 나갈 수 있겠느냐, 나가서 막막한 그런 상황인 거죠.

수용과 격리에서 벗어나 사회통합을 위해서는 무엇이 필요하다고 생각하십니까.

수용과 격리에서 원래의 가정으로 돌아갈 수 있으면 최고 좋겠죠. 근데 정신장애인들이 가족과 갈등이 있는 경우가 많죠. 강제입원 사인은 가족들이 하기 때문에 그걸로 인해서 가족들과 더 틀어지는 경우가 많아요. 가정으로 못 돌아가면 별도의 공간을 마련해서 같이 모여서 살 수 있는 주거 문제가 필요하고요.

그다음에 고용 문제, 질병에 대한 관리도 필요하니까 이런 것들을 지역사회에서 마련해야죠. 지금 커뮤니티케어라는 걸 보건복지부에서 작년 1월에 발표했어요. 정부에서 커뮤니티케어 하려는 이유 중의 하나는 시설에 들어가는 비용부담을 줄이기 위한 것도 있는데 원칙상 지역이나 재택에서의 생활이 삶의 질을 높인단 말이죠.

노인들도 거동 못하고 똥오줌 못 가리는 상황이 돼서 시설 가는 건 그렇다 치더라도 본인이 거동할 수 있으면 집에서 있는 게 삶의 질이 훨씬 높아요. 그걸 가족이 못하면 사회가 서포트하는 거거든요. 그게 존엄성과 삶의 질을 유지하는 거고 비용이 더 싸요. 정신장애인 영역도 마찬가지에요. 수용보다는 지역사회에서, 수용에 들어가는 비용을 차라리 정신장애인들의 고용 문제, 주거 문제에 투자하면 훨씬 더 나은 삶의 질을 유지할 수 있죠.

갑작스러운 탈원화는 정신장애인을 노숙화, 범죄화로 이끌 수 있습니다. 이것도 감내해야 하는 하나의 과정이라고 생각하십니까.

문제는 탈시설이 맞는데 부정적인 것만 얘기하면 못한다는 거예요. 지금까지 그래 왔다는 거죠. 왜냐하면 전문가들은 인권 문제도 있으니까 다 지역사회로 나가야 되는데 지금은 그럴 여건이 안 돼서 못 나간다, 그러면서 안 해요. 문제는 이런 저런 핑계 대다보면 아무것도 못한다는 거예요. 그러니까 갈 데 없으면 노숙자가 되는데 노숙자 안 되게 만들고 나갈 준비를 시키라는 거죠.

이탈리아는 1904년 정신보건법령에서 최초 입원은 법원 판사가 결정하도록 했습니다. 우리나라는 이제야 입원 판단을 법원이 하도록 하자는 논의가 있습니다. 100년이 뒤쳐진 느낌이 듭니다.

좀 다를 거예요. 1904년에는 자의입원도 안 됐을 거예요. 그러니까 사법에 의한 입원만 됐다는 거죠. 그리고 입원하면 시민권이 박탈이 돼요. 이건 거의 범죄와 동일 수준으로 보는 거예요. 정신질환자는 범죄자에 준한다, 이런 의학적 이데올로기가 전제되기 때문에 판사가 땅땅땅 해서 강제수용(하죠). 교도소인 거예요. 내가 정신병원 넣어주세요 한다고 해서 넣어 주는 게 아니고 판사가 땅땅땅 해야 간단 말이에요.

그게 1968년도에 바뀌는데 바살리아의 이탈리아는 어떻게 하냐면 강제입원 10% 미만이잖아요. 입원도 단기입원. 예를 들어 급성기 때 정신보건센터 직원들이 가서 이 사람 강제입원 며칠 해야 되겠다 해서 입원을 시켜요. 짧은 기간 가능하고 그 이상 입원을 시키려면 사법이 개입을 하라는 거예요. 이건 뭐냐면 의료진들의 독단을 막기 위한 거예요. 하다못해 흉악한 연쇄 살인범도 일심, 이심, 삼심 거쳐서 하는데 장애인들이 무슨 죄가 있다고 의사하고 가족들이 '짬짜미' 해갖고 10년, 20년씩 가느냐 하는 거죠.

급성기 때는 의학적인 판단이 되지만 장기화될 때는 사법이 개입해서 정말로 필요한지를 제3자가 판단해서 객관적인 공권력이 개입하는 게 필요해요. 우리나라는 그런 개입조차 없이 10년, 20년 막 가는 거예요. 이탈리아를 비롯한 선진국의 사법은 장애인들의 인권을 보호하기 위해서 개입하는 거거든요. 가족들이나 전문가들이 주도하는 일방적이고 자의적인 강제수용과 구금을 막기 위한 차원이 커요.

지역 정신건강복지센터의 기능과 역할을 강화하기 위해서 시급하게 필요한 것들이 무엇이라 생각합니까.

시설과 인력이 전면적으로 지금의 서너 배는 돼야죠. 한 센터 단위당 50명. 이탈리아는 30~40명 될 거예요. 시설 키우고 24시간 운용되게 하고 투약도 가능하고 간단한 쉼터도 만들어야죠. 급성기 때 이용할 수 있도록 입원실 비슷한 개념의 시설도 만들고 가정 방문하고 응급대응팀 운영하고, 그러면서 정신병원이 아니라 지역의 일반병원과 연계해서 응급상황에서 기동 나가는 팀들도 꾸리고요.

유럽 같은 경우에는 종합병원에 응급정신대응팀이 있어요. 그래서 정신장애인 문제가 생기면 출동을 해요. 그래서 그 자리에서 상담을 하고 이 사람이 정말로 문제가 있다고 판단되면 강제로 정신병원이 아니라 대학병원이나 종합병원 병동으로 가요. 치료하고 며칠 있다가 퇴원시키든지 장기입원이 필요하다면 사법적 판단을 해서 인권 차원에서 개입을 하는 거죠.

정신장애인은 어떤 기획을 갖고 정치적 행동을 해야 합니까

바살리아 책 쓰면서 제가 좀 찜찜했던 게 이게 전문가 운동의 일환이 되고 정신장애인 당사자들의 운동에 대한 내용들이 좀 빠졌어요. 지금 우리나라의 전문가들 영역에서 개별적으로 노력을 하는 정신보건 관계자 분들이 있긴 하지만 집단적으로 하는 건 없잖아요. 이탈리아의 민주정신의학회 같은 게 안 생기고 혼자 해 나가기에는 촉박하고, 서로 이해관계가 얽혀 있단 말이에요.

나는 내과 의사이기 때문에 정신과 의사들하고는 좀 다르겠죠. 그래서 내가 책을 쓸 수 있었는지는 모르겠어요. 정신과 의사들이 저 책을 낼 수 있었을까, 냈다면 그 사회에서 왕따 당할 수도 있었을 거란 생각도 들었어요. 어찌 보면 내 전공이 아닌 다른 전공이니까 그냥 써서 낼 수도 있었던 건가 (생각하죠). 물론 정신과 의사 중에 쓸 수 있는 사람 있었을 거라 봐요. 안 나왔기 때문에 내가 기다리다가 어쩔 수 없이 쓴 거고요.

지금 우리나라에 바살리아 같은 그룹들이 있다고 보기 어려운 상황에서는 당사자들이 전면에 나설 수밖에 없다는 생각이 들어요. 당사자들이 자기주장을 계속 하고 같이 할 수 있는 연대 그룹들을 자꾸 만드는 수밖에 없어요. 사회운동 진영에 가서 호소하고. 왜냐하면 사회운동 하시는 분들도 어떤 편견을 갖고 있을 수가 있어요. 편견보다도 잘 모르는 것일 수도 있어요. 정신장애인 운동이 사회의 진보와 사회발전의 중요한 영역이라는 걸 인식시켜서 연대할 수 있는 그룹을 찾고 같이 해 나가는 거죠. 성명서를 하나 발표하더라도 같이 해 주면 힘이 되고 세력화되는 거죠. 저쪽이 막강한데 이쪽도 정치적 힘을 키워야죠. 나중에는 이게 정치적 힘 대결이 될 수 있거든요.

왜 자유가 치료라 생각하십니까.

비살리이기 옛날에 감옥에 갇힌 적이 있어요. 그래서 스스로가 그런 구금에 대

한 경험을 했고 자기가 병원을 하면서 전문가니까 구금과 격리가 치료에 도움이 안 된다라는 걸 깨달은 거 같아요. 그래서 구금이 치료가 아니고 병세를 악화시킨다는 거예요. 절대 도움이 안 된다, 그냥 풀어놓는 게 치료라고 본인이 체험한 거 같아요. 이건 의학적으로 증명할 문제는 아니고 실제 본인이 느꼈던 거 같아요. 사진에 보면 병원 벽에도 자유가 치료다, 라고 나오잖아요.

선생님도 자유가 치료라고 생각하십니까.

네. 제가 호흡기 의사거든요. 천식이라는 병이 있는데 그 병은 만성병이고 고질병이에요. 빨리 치료하면 좋아져요. 그리고 잘 지내다가 어떨 때 확 악화가 돼요. 기복이 있단 말이에요. 정신병도 마찬가지잖아요. 빨리 치료하면 좋죠. 잘 지내다가 급성기 때 적시에 부담 없이 편견 없이 치료만 하면 다시 사회로 돌아갈 수 있도록 하면 돼요. 치료도 그렇게 하면 되는 거고.

그런데 여기에 편견이나 차별이 깃들어 딱지가 붙고 조금만 하면 난리가 나고, 이러니까 당사자들은 겁이 나서 피하게 되고 도망가고 말아요. 그럼 치료가 늦어지고 더 악화되고. 그러면 강제력이 동원되고 구금해야 되고 당사자들은 또 저항하고⋯ 이러면서 제대로 된 치료가 아니라 엉뚱한 방향으로 흘러가는 거죠. 그 과정에서 당사자들이 트라우마를 받는 거고 가족간의 갈등이 커지는 거죠. 치료 과정 자체가 왜곡된 거죠.

《자유가 치료다》를 쓰기 이전과 이후에 정신장애인을 바라보는 시선이 어떻게 바뀌었습니까.

저는 신체를 다루는 의사잖아요. 그래서 신체적인 환자를 주로 보고 정신장애인들은 어쩌다 보고 이런 정도였는데 이탈리아와 우리나라 상황을 보니까 이건 해도 너무 하고 정말 엉뚱한 산으로 가고 있다 싶었어요. 누구도 노력하지 않고 사회도 무관심하고 … 그러니 뭔가 달라져야 하고 바뀌어야 한다고 느꼈던 거죠.

비정신과 의사가 정신보건 개혁 운동의 사상가를 한국에 소개했습니다. 다른 정신과 의사들이 질투할 법도 합니다.

책 서문을 쓰신 분이 정신과 의사에요. 인권의학연구소에 같이 계시는 이영문 이사님이고 저도 이사에요. 이영문 선생님은 정신보건에 대한 문제의식을 갖고 있는데 원고를 미리 보여줬어요. 처음에는 인권의학연구소 이름으로 낼까 생각도 했었는데 글이라는 게 여러 사람이 관여하면 잘 안 돼요. 그래서 혼자 나중에 내겠다고 해서 이영문 선생님 추천사를 받은 거거든요.

모르겠어요. 정신과 선생님들 중에서도 문제의식이 있는 분들이 많다고 봐요. 이미 구축된 거대한 시스템에 문제의식을 느끼지만 그 시스템 안에서 무기력을 느낄 당사자들도 많고 전문가들도 많을 거라고 봐요. 그래서 내가 이 책을 썼죠. 내가 할 수 있는 건 이것밖에 없다, 다음은 정신과 의사들의 숙제라는 거죠. 즉 이런 문제가 있는 거를 오죽하면 내과 의사가 쓰냐, 당신네들이 써야 되는 거 아니냐, 당신네들이 써야 되는데 당신네들이 안 쓰고 있으니까 내가 쓴다는 하나의 메시지일 수도 있죠. 그 다음에는 전문가라고 자처하는 당신네들이 인권을 생각하고 (지금의 시스템이) 아니다라고 생각하면 바꾸기 위해 노력하라는 거죠.

언제까지 지금의 문제가 많은 시스템에 매달릴 거냐. 인프라가 안 돼 있어 정신장애인이 지금 나가면 노숙인이 될 거라고 얘기하면서 그럼 그걸 위한 노력은 왜 안 하느냐, 왜 기존의 시스템을 바꿀 생각을 안 하고 이런저런 핑계를 대기만 하느냐, 바꾸라는 게 저의 입장에서는 메시지인 거죠. 비전문가가 건방지게 떠든다고 얘기하는 사람두 있을 수가 있겠죠. 어쩔 수 없죠. 나는 내 나름의 제3자의 입장에서 얘기를 하는 것일 수도 있으니까요.

정신장애인들이 정치적으로 조직화될 수 있다고 생각하십니까.

나는 그 과정이 치유 과정이라고 생각해요. 왜냐면 굉장히 사회적으로 위축되잖아요. 질병 때문에 그런 부분도 있을 테고 이차적으로 약으로 인한 것도 있을 테고 또 사회적 시각, 차별, 편견, 낙인 때문에 스스로 위축되는 게 있을 겁니다. 자기 입장을 주장하는 과정 자체가 치료의 과정이라는 생각이 들어요. 투쟁 자체가 치유 과정이라는 거죠.

아닌 건 아니라고 얘기를 함으로써 정당한 것을 찾아나가는 거잖아요. 장애인들끼리 연대를 구축하고 언론에서 이상한 소리를 하면 쫓아가서 뭐라 하고 국회의원이 뭐라고 그러면 가서 얘기하고 아니라는 걸 주장하면 이 사람들이 정말로 아닌가 (생각하겠죠). 가만히 있으면 그런가 보다 하겠죠. 내가 한 마디 했는데 아무도 문제제기를 하지 않으면 내 말이 맞는가 보다 생각하지 않겠어요. 그런데 한 마디 했더니 문제제기를 한단 말이에요. 그럼 내가 잘못했나 보다, 찾아보고 공부를 하겠죠.

편견과 차별을 가진 사람들에게 자꾸 얘기해서 한 번 더 생각하게끔 해야죠. 그게 문제를 해결해 나가는 과정이기도 하고 그런 과정을 통해서 트라우마를 해소해 가는 과정이 필요해요.

대형병원 중심의 의료생태계를 벗어난, 지역사회 병원 간 연대와 협동이 가능한 의료협동조합모델을 제시했습니다. 잘 진행되고 있습니까.

의료병원의 생태계가 있는데 정신보건만큼이나 의료에는 재정, 돈 돌아가는 시스템이 있고 병원 시스템이 있죠. 병원시스템의 문제는 우리나라에는 정신병원뿐만 아니라 국공립 병원 자체에 시스템이 부족해요. 공공병원이 6~7%

밖에 안 돼요. 신체적 병도 공공병원이 아주 작고 민간병원이 크죠. 그리고 전달체계가 없어요.

내가 A병원 가려면 그냥 접수하면 바로 가요. 그러다보니 대형병원인 빅5에만 몰려요. 교통이 좋아지다 보니까 대구, 부산에서 KTX 타고 와서 진료보고 돌아가요. 대형병원으로만 몰리고 지역병원은 공동화돼죠. 그게 아니라는 거죠. 공공병원들이 더 많이 만들어져야 되고 정신병원도 공공병원들이 조금 더 낫단 말이에요. 그래서 의료도 공공병원이 더 확대돼야 하고 민간에서도 공공성을 띈 병원들이 많이 만들어져야 돼요.

지금 우리나라가 거의 다 개인병원들이에요. 그래서 저희들이 민간병원 중에서 두 가지 과제, 하나는 공공병원을 많이 짓자, 또 하나는 민간병원이 너무 비대했는데 여기에 공공성을 띈 공익적인 병원들이 모이자는 거예요. 일본에서는 민의련이라고 있는데 한국에서는 작년에 출범한 한국사회적의료기관연합회라는 게 있어요. 그래서 의료협동조합 방식으로 만든 병원들이 있거든요. 그리고 사단법인, 재단법인들이 모여서 뭔가를 해 보려고 하고 있어요. 이제 시작단계입니다.

정신장애인들에게 한 말씀 부탁드립니다.

기죽지 마십시오(웃음). 위축되지 마시고 정신장애인도 당당하게 이 사회의 한 사람이라는 걸 주장할 필요가 있어요. 부당한 건 부당하다고 얘기를 해야 하고 많은 사람들한테 현실을 알려서 같이 할 수 있는 우군들을 조직화할 필요가 있어요. 현실을 바꾸기 위해서는 뭔가를 해야 하잖아요. 할 수 있는 사람들이 더 조직적으로 해 나가야 하고 그렇지 못하더라도 스스로 비관하지 말기 바랍니다.

2019.01.25

4부

이 사람들을 위한 목소리는
누가 내줄 수 있나

"당사자 스스로 병의 주인이 되는
실천 모형, 사회적 약자로서 협동해야"

이용표(가톨릭대 사회복지학과 교수)

그는 비주류다. 비주류가 역사적으로 고정된 게 아니라서 주류로 올라설 개연성은 있지만 어쨌든 현재의 그는 비주류다. 그는 굳이 정신장애인 운동 차원이 아니더라도 '휴머니스트'라면 누구나 감금과 통제에 대해 저항할 수밖에 없다는 입장이다.

대학에서 사회복지를 전공한 것도 그에게는 하나의 '운명'이었다고 한다. 책상 앞에서가 아니라 현장에서 실천가로 생활하고 싶었고 지금까지 그렇게 살아왔다. 이제는 대학에서 학생을 가르치는 교수로 일하지만 여전의 그의 관심은 정신장애인들을 감금한 정신병원의 억압에 대한 문제의식, 그리고 정신장애인의 복지 서비스를 지원받아 인간으로서의 존엄을 지키며 살아가게 하는 제도 개선에 있다.

삶이란 내가 의도하지 않더라도 다른 길로 갈 수가 있다. 그럴 때 우리는 이를 '운명'이라고 부른다. 삶이 놓여 있는 한 우리는 선택을 하면서 살아갈 수밖에 없다. 그래서 최선의 이익이 무엇인지, 현실에서 가장 효과적으로 처리해야 할 문제가 무엇인지를 확인하고 결정한다. 그러면서 우리는 삶을 배우게 된다.

이용표(57) 가톨릭대 교수는 정신장애인들이 이 같은 삶을 살아가기를 바란다. 그건 보통 사람이라면 새로울 것이 없는 삶의 자세이지만 정신장애인은 이 당연한 삶마저 해체되고 거부되어 왔다. 정신장애인이기에 소외되는 게 아니라 정신장애인이기에 상호부조하고 당당히 살아가기, 그걸 그는 꿈꾼다.

이 교수는 최근 일 년간의 안식년을 끝내고 다시 학교로 돌아왔다. 캠퍼스에 은행잎이 하나씩 떨어져 내리던 날의 오후, 그의 연구실을 찾았다.

대학에서 사회복지를 전공한 이유가 있습니까.

운명적인 거 같은데요. 내 성향이 책상물림형이 아니라 현장지향형이었던 것 같아요. 그래서 사회복지학이 구체적으로 더 나은 사회를 만드는 실천지향적인 학문이라고 생각해서 선택하게 됐습니다.

정신장애인에 대한 생물학적 원인론을 재검토해야 한다는 주장과 항정신성약물의 궁극적 치료 효과에 대해 의문을 제기하셨습니다.

생물학적 원인을 가정하는 학문이 지배적인 권력을 가진 사회에 살고 있으니까 그렇게 이해되고 보이는 측면들이 강하다고 생각합니다. 그런데 그런 패러다임이 압도적인 사회가 정신장애인 문제를 감금 이외의 방식으로 해결하려는 대안들을 제공하고 있지 못하다는 건 자명한 사실입니다.

그래서 사회구조적인 문제, 사회문화적인 것들, 관념이 만들어내는 당사자들의 정체성 문제 등을 복합적인 관점 안에서 재조명해야 한다고 생각합니다. 현재 한국 사회의 약물처방이 과도한 건 아닌지에 관해서도 성찰해봐야 합니다.

세계보건기구(WHO)가 1990년대에 정신장애인에 관한 약물복용량이 낮은 국가와 높은 국가를 비교했는데 약물 처방이 낮은 국가들이 회복률과 사회생활의 참여 등 측면에서 훨씬 더 긍정적인 결과를 가져온다는 것이 입증됐습니다.

또한 최근에 대안적인 실천방법으로 핀란드 오픈 다이얼로그(Open Dialogue) 방식이라든가 일본 베델의집 방식이 약물에 의존하지 않고 정신장애인들이 회복될 수 있다는 가능성을 보여 주는 증거들로 나타나고 있습니다.

핀란드에서 오픈다이얼로그를 배우고 오셨습니다. 오픈 다이얼로그란 뭡니까.

오픈 다이얼로그를 한마디로 정의하자면 대화에 의한 치료와 회복입니다. 열려진 상황에서 당사자들의 이야기를 듣고 그가 신뢰하는 사람들 간의 합의에 의해서 약물 복용, 혹은 회복 계획을 수립할 경우 예후가 좋다는 결과들을 핀란드에서 계속 생산해내고 있습니다.

한국은 위기 상황에서 병원에 오면 진정제를 놔서 푹 재우고 맞는 약을 찾고 이런 과정을 거치죠. 그것이 아니라 위기 상황일 때 그가 신뢰하는 친구, 가족, 자기가 이전에 만났던 치료자들이 모여서 당사자가 지금 호소하는 문제가 무엇이고 약물이 아닌 방법으로 해결될 수는 없는가, 그다음에 어떤 방법으로 치료나 회복을 도모할 것인가를 대화를 통한 참여자 간의 합의를 토대로 결정하고 행동함으로써 초기 위기들을 견뎌내는 방법입니다.

보통 조현병은 증상이 6개월 정도 나타나야 확진을 하거든요. 예를 들면 핀란드 라플란드 지역의 경우 일 년 간 데이터를 보면 신규 조현병 발생자가 한 명도 없었다가 2010년 이후에 나옵니다. 정신증 스펙트럼이 발생하는 사람들이 아무도 없다는 얘기가 아니고 이 사람들이 정신증이 발생했지만 약물을 복용하지 않는 상태에서 6개월 이내에 증상이 사라졌기 때문에 진단을 내리지 않는 겁니다. 정신증 상태가 6개월 동안 지속되지 않고 약물 처방 없이 그 상황들이 개선됐기 때문에 확진하지 않는 겁니다.

결과적으로 특정 기간 동안에 정신증 환자가 발생하지 않았다는 기록이 2010년 이후에도 핀란드에서 유지가 되고 있는 거죠. 그게 논문의 형태로 발표되면서 현재 스웨덴, 특히 영국에서 많은 관심을 갖고 북유럽을 중심으로 약물처방 없는 정신증 회복, 이런 실천 방법들이 조금씩 확산돼 가고 있습니다. 세계보건기구(WHO)도 권장 프로그램으로 소개하고 있고요.

지역사회 오픈 다이얼로그 적용방안에서 정신건강복지센터의 역할을 일반 사례 관리에서 위기지원으로 개편해야 한다고 했습니다. 무슨 의미입니까.

현재 정신보건센터는 약물 복용 여부를 체크하고 안 좋은 상황이면 병원에 의뢰하는 활동이 중심입니다. 한 지역에 (조현병 환자) 500명이 있다면 일정 시점에 열 명 스무 명 정도 위기를 경험하고 또 낫고 또 위기 경험하고 이렇게 살게 되잖아요. 이런 사람들을 집중적으로 케어하지 못함으로써 지속적으로 병원으로 이동하는 결과를 만드는 시스템이 아닌가 하고 저는 봅니다.

위기 상황 때 이분들이 정신건강복지센터를 적극적으로 활용하는데 만약에 위기 상황에서 센터를 통해 단지 병원으로 이동하는 거라면 정신건강복지센터에 연락할 이유가 별로 없죠. 바로 연락하면 되니까요. 정신건강복지센터가 당사자들에게 필요한 조직이 되기 위해서는 위기 상황에서 실체적 도움을 줄 수 있어야 합니다.

그러기 위해서는 정신건강복지센터가 내가 위기 때 내 이야기를 들어줄 사람을 등록시키는 겁니다. 우리 어머니, 내 친구 아무개, 내가 평소에 만났던 복지사를 등록해 정해 놓고 위기 시에 그들이 가서 이야기를 들어 주고, 그가 원하는 것이 괴로워서 병원에 가고 싶은 것인지 위기를 극복할 어떤 도움을 원하는 건지를 듣는 거죠.

단지 약이 아니라 누군가 밤새 내 이야기를 들어준다든가 하는 등 다른 도움들도 충분히 있습니다. 그래서 오픈 다이얼로그가 가진 신념은 정신장애가 생물학적 질병이라기보다는 사회적으로 구성되는 것이라는 겁니다. 우리 관념들로 정신장애가 구성되어 있기 때문에 이 사람들이 모여서 당사자한테 새로운 관념을 대화를 통해 만들어주면 회복될 수 있다는 겁니다. 그런 방식으로 전환을 하면 국가 전체의 의료비도 절감할 수 있겠죠.

약물 처방 낮은 사회가
회복률·사회생활 참여율 높아
정신건강복지센터
국공립병원에 위탁해야

또 우리가 현장에서 전문가로서 인정받는 거는 내가 누구를 방문한다고 해서 전문가로 인정받는 게 아니죠. 위기사항에서 도움이 되는 지원을 할 수 있을 때 전문가가 되는 겁니다. 그래서 정신건강복지센터에 근무하는 분들이 지역사회 안에 자원들을 동원해서 이분들을 안정시키고, 특히 야간의 경우에는 어떤 지역의 어떤 병원과 협력관계를 만들어서 가능하면 자의입원을 할 수 있도록 하는 것이 전문가의 일입니다.

스스로 결정하기 힘들 때는 내가 상태가 안 좋을 때 의사결정은 내가 가장 신뢰하는 사람이 누군데 이 사람이 나를 대신해서 의사결정을 하면 나는 따르겠다라는 것들을 등록하게 하는 거죠. 정신건강복지센터가 당사자들에게 등록을 하게 한다면 내가 위기 때 이런 도움을 받을 수 있겠다 생각이 들면 당사자들이 등록을 할 수 있을 겁니다.

그럼 한 달에 몇 번 만나는 것은 실적(實績)의 대상화가 되는 거죠. 몇 번 만났냐, 이런 것들로 정신건강복지센터를 평가하던 시스템 안에서는 대상화되고 자기결정의 문제, 자존감의 문제, 인권의 문제들은 사라져 버린다고 생각합니다.

정신건강복지센터의 위탁을 정신병원이나 그 운영법인에 하는 것을 폐지해야 한다고 주장했습니다.

단적으로 이야기하자면 지역사회 정신보건사업과 병원 운영은 이해관계가 상반된 체계입니다. 예를 들면 A라는 병원에서 파견된 정신건강복지센터 직원들이 지역사회 정신보건은 훌륭하게 수행을 해서 당사자들을 입원시키지 않고 지역사회에서 잘 살게 하면 그들을 파견한 입원 병실을 가지고 있는 병원은 병실이 비게 되는 거잖아요. 그렇게 되면 병원들이 진정성을 가지고 지역사회에서 잘 살게 하려는 사업에 적극적이지 않을 거라는 거죠. 그렇다면 경제적 이해관계가 없는 국공립병원에 위탁하거나 입원병실이 없는 병원에 위탁하는 겁니다.

입원 병실을 가진 병원들에게 위탁을 하게 되면 그런 문제가 드러나는 거죠. 지금 정신의료계의 권력에 의해서 이 불합리하고 왜곡된 시스템이 유지되고 있다고 저는 생각합니다.

정신건강복지법 시행되고 강제입원율이 36%로 떨어졌습니다. 무엇을 의미하는 걸까요.

굉장히 바람직한 방향이지만 좀 더 지켜봐야 합니다. 왜냐하면 이 수치는 신규 비자의 입원 발생에 대해서 비율이 나타난 겁니다. 그렇지만 이미 비자의라는 방식으로 입원돼 있는 그 많은 인구들이 지역사회로 나오고 있지 않거든요.

전체적으로 현재 입원환자들이 어떤 방식으로 입원했는지를 들여다보면 아직도 80%가 넘을 거 같아요. 위기 때 들어가고 나오고 이런 순환이 된다면 아주 의미 있는 수치가 되는데 지금처럼 비자의 형식으로 입원된 사람들이 나오지 않고 있는 상황에서 신규 입원만을 가지고 우리가 그 수치에 대해서 과대평가를 하기에는 신중할 필요가 있다고 봅니다.

한국도 베델의집 모델을 구축해야 합니까.

베델의집이나 오픈다이얼로그는 하나의 실천방법입니다. 그런데 베델의집이라는 시스템은 일본의 장애인종합지원법의 시스템이 지역사회에 적용이 된 겁니다.

베델의집이 많이 알려지게 된 거는 당사자 연구를 통해서입니다. 병적 증상이라고 일컬어지는 것들을 전문가에게 맡기고 대상화되고 수단화됐던 삶에서 스스로 분석하고 집단적인 노력으로, 증상을 꼭 없애려는 것보다는 증상이 있지만 어떻게 행복하게 사는가를 고민하는 거죠.

베델의집 슬로건 중에 '병을 되찾다'가 있어요. 대상화됐던 존재에서 자기가 병의 주인이 되는 겁니다. 예를 들면 특정한 약물을 어느 정도까지 먹고 있는데 사라지지 않는 증상이 있으면 생물학적으로 극복하는 데 한계가 왔다는 걸 인정하는 겁니다. 그래서 혼자 있고 배고플 때 우울한 게 나타나면 친구를 만나고 같이 밥 먹고 하면서 극복하는 거죠. 상호부조를 통해서 살아가는 겁니다.

사회적 약자의 처지에 있는 정신장애인들끼리 협동과 단결을 촉구하고 병을 부끄러워하거나 숨기지 않고 드러내고요. 이렇게 사는 실천 모형들은 꼭 한국에서 실현됐으면 하는 강한 바람을 가지고 있습니다. 국가가 자각을 해서 장애의 영역 안에서 균형적인 지원 제도들이 수립되면 베델의집 모델은 용이해지겠죠.

다만 그런 제도적 요건이 갖춰진다 하더라도 당사자들이 협동을 해서 극복할 수 있다는 신념을 갖고 있지 못하면 (어렵겠죠). 구슬이 서 말이어도 꿰어야 보배라고 하잖아요. 똑같은 서비스지만 그들의 잠재성을 인정하면서 제공하는 서비스와 내가 하는 걸 따르라는 서비스는 다를 수 있습니다.

저는 당사자들의 잠재력과 인권에 기반한 실천이 필요하고 당사자 스스로가 병의 주체가 되는 실천을 한국사회에서 확산시키려고 노력하고 있습니다.

정신장애인이고 기초생활수급권자면 직업을 가질 수 없습니다. 이 문제를 어떻게 해결해야 할까요.

그 문제는 일본의 경우 제도적으로 해결됐습니다. 직업을 가지고 돈을 벌어도 의료비를 지원하는 제도가 있다면 계속 직업을 가질 수 있습니다. 국가적으로 보면 수급자도 줄어들고요.

일본의 경우 장애인 정신장애인 수첩을 소지한 사람에 대해서는 수급자가 아니더라도 그 의료비를 지원하는 제도가 있습니다. 이런 제도들이 도입돼야 합니다. 그래서 의료비에 대한 부담으로 직업을 갖는 걸 회피하는 모순을 그 제도를 통해서 막는 방식으로 제도 개선이 필요합니다.

미국은 1960년대 대규모 탈원화 이후 탈원한 정신장애인들의 삶의 만족도가 높아졌다는 연구가 있습니다. 이건 무엇을 의미하는 겁니까.

미국의 탈원화 과정을 보면 1960대 후반에 노인들이 먼저 병원 밖으로 나옵니다. 그래서 초기에 탈원화에 대해서 부정적인 시각을 가진 사람들이 볼 때 노인들이 다시 너싱홈(nursing home·만성질환을 앓는 노인을 위한 전문 요양시설)으로 옮겨가니까 장소만 이동한 게 아니냐고 지적해요.

그런데 1970년대에 가면 젊은 친구들이 지역사회로 나오게 됩니다. 이들이 나오게 된 이유는 미국이 보충적 소득보장제도를 만들면서입니다. 일하지 않는 사람들에게도 최소의 소득을 보장해 주는 제도가 70년도에 시작이 된 거예요.

탈원화가 의료적으로 보면 약물 때문에 가능했다고 주장하는 사람도 많은데 미국 역사를 보면 1970년대에는 노인들이 메디 케어라는 제도가 시행돼서 밖으로 나오게 됩니다. 지역사회 소규모 시설에서 바로 문 앞에 가게가 있고 슈퍼가 있는 동네에서 간병받고 친구들이나 가족들이 쉽게 찾아올 수 있는 환경에 대한 제도가 만들어지니까 노인들이 대거 나온 겁니다.

보충적 소득보장제도가 있기 전까지 젊은이들은 밖에 나오면 먹고 살 길이 막연하잖아요. 근데 지역으로 나왔을 때 최소한의 소득을 보장해 주는 제도가 생기고 지역사회에 살 근거가 생긴 거죠. 결국은 탈원화가 가능하기 위한 조건은 지역사회에서 살 수 있는 복지제도가 얼마만큼 수립돼 있느냐 이 문제라고 생각해요.

약물 때문에 탈원화됐다면 지금까지 감금돼 있던 사람들을 우리가 어떻게 설명할 수 있을까요. 설명이 안 되죠. 정신건강복지법에 복지라는 용어가 들어갔는데 실제 법뿐만 아니라 내용으로 이걸 담보해 주면 탈원화는 훨씬 촉진되지 않을까 싶습니다.

노숙자나 범죄인이 될 확률도 높다는 통계도 있습니다. 2006년 기준 미 주립교도소 재소자의 56%, 구치소 수감자의 64%가 정신질환자로 진단됐습니다. 이 문제와 탈원화는 어떤 고리를 갖는 겁니까. 단순한 인프라의 문제인가요.

북유럽과 비교하면 미국 사회에 그런 사각지대가 존재하는 것 같아요. 사회안전망을 유럽하고 미국하고 비교하면 미국의 사회안전망이 훨씬 약합니다. 그런 부분에서 범죄가 발생하지만 범죄율과 노숙에 관한 것들도 복지확충을 통해 충분히 해결할 수 있습니다.

한 사람이 범죄를 할 수밖에 없는 상황을 막는 것은 복지제도의 확충이라는 생각이 들고요. 정신질환이 아닌 사람들도 얼마든지 노숙자가 됩니다. 이들을 우리 사회가 항상 가둬놓아야 하는가, 그건 아니죠. 정신질환자의 탈원화에 대해서만 이 문제를 제기하는 건 본말이 전도된 거고 탈원화를 원치 않는 사람들이 여러 가지 핑계를 만든 것 같아요. 우리가 더 많은 복지제도를 가지고 극복할 수 있다고 생각합니다

장애인복지법 15조는 반드시 건드려야 할 부분입니다.

저는 장애인을 지원하는 옹호집단들이 초점을 맞춰가지고 개정해야 할 법조항이라고 생각합니다. 정신장애를 가진 이는 환자이면서 장애인이라고 하잖아요. 그러면 장애인한테 주는 서비스와 환자로서 주는 정신보건체계 서비스 양쪽을 다 받을 수 있는 건 당연한데, 장애인복지법 15조가 행정적으로 과잉해석을 해서 환자로서 받는 서비스 이이에 장애인으로서 받을 수 있는 서비스를 통제하는 목적으로 잘못 활용되고 있습니다.

그래서 반드시 폐지돼야 되고 이 조항이 폐지되어야만 발달장애인, 정신장애인, 신체장애인들에 대한 통합적인 복지체계 수립이 가능하다고 생각합니다.

장애인복지법 15조는 2021년 12월에 폐지되었다.

빈곤 가정, 빈곤 계급의 당사자일수록 장기입원은 더 강화됩니다. 의료급여 환자도 그렇습니다. 이 첨예한 모순을 풀기 위해서는 어디서부터 출발해야 할까요.

아까 미국 역사에서 봤듯이 탈원화는 병적 증상의 문제가 아니라 사회생활의 조건들의 문제가 훨씬 중요한 변수이고 동인이라고 생각합니다. 결국 수급자일수록 지역사회에서 버틸 수 있는 복지 기반이나 삶의 기반이 약하니까 나올수 없죠. 가족들도 케어 부담이 너무 크니까 쉽게 강제입원에 동의를 하게 되고요. 점점 악화되는 과정에 있다는 생각이 듭니다. 그건 모순이라기보다는 복지제도 미발달의 당연한 결과가 아닐까요.

현재의 성년후견인제도는 정신장애인의 자기결정권과 관련해 어떻게 바뀌어야 합니까.

국가에서 정신요양시설에 있는 분들을 대상으로 공공후견 서비스를 제공하고 있는데 저는 시작에 불과하다는 생각이 들고요. 이 제도가 정신병원에서 자기 의사를 적절하게 표현하지 못하고 본인의 의사와 달리 장기적으로 입원해 있는 분들한테도 적용될 필요가 있다고 봅니다. 또 지역사회에서 사는 사람들도 입원이라든가 신상에 대한 자기결정권들을 보장받기 위해서 더 확대될 필요가 있습니다.

그런데 지금 인권단체들의 비판은 현재 법원이 정신질환을 가진 정신장애인들이 후견 신청을 하면 한정후견으로 판결하는데 한정후견은 당사자들의 자기결정권을 많이 제한하는 판결입니다. 그렇다면 특정한 경우에 후견을 하는 특정후견제도나 내가 의사결정을 제대로 할 수 없을 때를 대비해 사전의료 및 보호 의향서 같은 제도들이 활성화되면 당사자들이 강제입원의 위험으로부터 자기를 보호하는 데 도움이 되지 않을까요.

성년후견제도는 바로 그런 것들의 가능성을 다 열어줬다는 측면에서 굉장히 인권보호 장치 역할을 할 수 있다고 생각합니다.

현재의 정신건강복지법은 어떤 문제를 갖고 있습니까.

발달장애인법하고 비교하면 복지의 내용이 너무 부실합니다. 올해 커뮤니티케어를 하면서 새 정부가 내년에 획기적으로 발달장애 예산을 늘리고 있는데, 정신장애 쪽은 예산이 새롭게 도입되는 제도가 거의 없는 상황입니다. 적어도 발달장애인과 유사한 수준의 복지서비스 제도들이 법안 안에서 보장이 되는 게 급선무인 거 같고요.

입원 제도는 오히려 법의 원안에 충실한다면 강제입원에 대한 인권은 굉장히 많이 부흥하다고 생각됩니다. 그런데 시행령과 시행규칙에서 후퇴한 측면들이 있는데 우리가 운동을 통해 원안대로 가도록 애를 써야 하는 부분이 고요.

가장 급한 건 아까 미국의 역사에서도 보면 탈원화는 결국 지역사회에서 삶의 기반, 복지 서비스 제공의 문제인데 그런 것들이 담보되는 법으로 가거나 만약에 정신건강복지법에서 이게 이뤄지지 않는다면 정신장애인복지 지원법을 다시 만들어야죠.

대통령 직속 정신장애인 탈원화 정책조정위원회를 설치해야 한다고 주장했습니다.

일반적인 부처 수준에서 정신장애인 문제가 해결될 기미가 저는 안 보인다고 생각합니다. 법안을 올리는 데도 기득권자들의 반발이 굉장히 심했고 그래서 시행령과 시행규칙을 두고 후퇴한 부분도 많고요. 부처 수준에서 거대한 기득권 집단들의 힘을 조정해내는 데 한계가 있는 게 아닌가 생각해요. 그렇다면 결국 정신장애인 인권과 삶에 대한 국가적인 의지가 표현이 되기 위해서는 대통령 직속기구로 가는 것이 필요하지 않은가 싶습니다.

정부에서 관심이 없죠?

관심이 없다기보다는 힘의 역학관계에서 부처가 그걸 이겨내기가 쉽지가 않은 것 같아요. 기득권자들의 반발을 이겨내기가 쉽지 않은 거 같습니다.

정신병원이 이탈리아처럼 다 폐쇄돼야 한다고 생각하십니까.

이탈리아의 전례가 우리한테 주는 교훈은 감금 병동이 없어도 큰 문제가 없다는 걸 보여준 겁니다. 정신장애인들을 장기적으로 감금하는 게 전 지구적으로 당연한 제도인 것처럼 여겨져 왔는데 한 국가가 깼잖아요. 종합병원 안의 소규모 병실에서 입원 기간을 일주일로 제한하는 제도를 시행하고 1980년 이후에 이것들을 잘 유지해오고 있잖아요. 그래서 큰 사회적인 소요 없이 지금과 같은 감금체계에서 벗어나야 한다는 걸 한 사례가 보여 주고 있는 거죠.

스스로 급진적이라 생각하십니까, 혹은 비주류라고 생각하십니까.
저는 전혀 급진주의자가 아니고요, 정신장애인의 감금에 반대하는 거고 그다음에 자기 스스로 결정하지 않는 강제입원에 의해 장기간 감금하는 데 반대하는데 이건 휴머니스트들도 충분히 반대할 수준의 이야기를 하고 있는 거라고 생각합니다. 주류와 비주류는 역사적으로 항상 바뀔 수 있는 건데 현재 상황에서는 비주류이겠죠.(웃음)

장기간 감금하는 데 반대하는 건 휴머니스트라면 충분히 공감할 내용 당사자와 프로그램적 만남보다 일상적 삶 함께했으면 해

정신장애인들을 보면 무슨 생각이 많이 드십니까.
맨 처음에 복지사가 됐을 때 저도 사회가 구성해 놓은 선입관을 다 갖고 있었겠죠. 그렇지만 대학 졸업하고 1990년 '태화샘솟는집'에서 6개월 정도 근무했을 때 세상 사람들이 정신장애에 대해 정말 많이 오해를 하고 있다는 걸 느끼기 시작했어요.

6개월 정도 근무하고 나니까 일상적으로 만나고 서로 도와주면서 살고 싶다 이런 생각이 들어요. 그래서 우리 동네 지원주택에 계신 분들이 힘들다고 하면 쫓아가 보기도 하고 주말에 같이 등산을 가기도 하는데 이제는 같이 축구 모임, 합창단, 또는 지역에서 프로그램이 아닌 저녁에 모여가지고 같이 노래 하고 음식도 좀 만들어 먹고 이런 것들은 같이 하고 싶어요. 또 후배 사회복지사들이 지역 안에서 공식적인 프로그램 관계보다는 일상의 삶을 공유하면서 살았으면 좋겠다고 생각합니다.

공부하시면서 학문하고 현실하고 괴리감이 많이 없습니까.

정신장애와 관련해서는 어떤 교과서나 우리가 갖고 있는 텍스트도 정신장애인이 삶을 제대로 이해하는 데 매우 한계가 있는 것 같아요. 교과서도 정신장애를 어떻게 분류할 것인가, 제도적으로 어떤 서비스가 되어 있는가, 실천 프로그램으로는 어떤 이론에 기반해서 어떤 프로그램이 있는가 이런 정도의 내용을 담고 있습니다.

저는 이것을 보완하기 위해 정신보건사회복지 수업의 원칙을 당사자들을 만나는 것으로 하고 있습니다. 현장에 나가서 그분들의 집을 방문하게 하고 이야기하고 스스로의 경험을 통해서 정신장애를 새롭게 인식하게 수업해 왔어요. 우리가 갖고 있는 텍스트가 정신장애인들의 진짜 삶을 제대로 드러내거나 반추하지 못하고 있는 거는 사실인 것 같습니다.

정신장애인들에게 한 말씀 부탁드립니다.

지역에서 제가 만나는 분들은 국가 복지 여건이 안 갖춰진 가운데 독립적으로 생존하기 위해서 몸부림치고 애쓰는 분들인 거 같아요. 일단 동료들하고의 좋은 관계가 삶에서 중요한 몫이라는 걸 인식하시고 같이 사는 삶을 추구하고 많은 이야기를 했으면 합니다.

그리고 세상 바깥에서 정신질환이라는 고통 안에 머물지 말고 그 고통을 가진 사람들을 만나고 같이 하는 활동들에 좀 더 참여하셨으면 합니다. 함께 산에 가거나 같이 모여서 노래를 부르거나 이런 활동들을 하나씩 해 나가면 당사자들의 그런 결집된 힘들이 결국 우리 사회를 좀 더 나은 사회로 만드는

데 중요한 힘이 된다고 생각합니다.

그런 과정 안에서 〈마인드포스트〉도 역사적인 의미가 있습니다. 〈마인드포스트〉는 분명히 한국 사회의 정신장애인 운동의 출발점이자 중요한 흔적입니다. 당사자들께서 매일 〈마인드포스트〉를 읽으시면 좋을 것 같습니다.

2018.10.17

"가족 없고 병식 없는 분이 '엄마한테
가고 싶어' 할 때 마음이 아파요"

백윤미(서울정신요양원 사무국장)

인간은 살아가면서 많은 오해를 한다. 그게 한 개인이든, 자신을 둘러싸고 있는 이 세계에 대한 오해이든 오해를 통해 타자에 대한 편견을 가진다는 건 인간 존재의 한 형식일 것이다. 따라서 왜곡된 사유를 바로 잡기 위해서 인간은 '대화'의 형식으로 타자에 접근하게 된다. 대화란 인간만이 가질 수 있는 능력이며 인간만이 취할 수 있는 존재의 방식이다. 그래서 대화를 통해 우리는 타자의 모습을 새롭게 보게 되고 오해했던 세계의 문제들을 해결해 나간다.

기자가 '정신요양시설'에 대해 가졌던 편견은 강했다. 너무 강해서 어떨 때는 분노하기까지 했다. 한 정신장애인이 요양시설에서 청춘을 다 보내고 삶을 맞서 나갈 모든 능력을 잃고 지역사회의 생활시설로 왔을 때, 자기 이름 외에는 아는 게 없는 그의 옆모습을 바라보면서 기자는 정신요양시설이 가진 폭력성에 치를 떨었던 적이 있다.

1990년대 중반 한 요양시설에서 극단적 폭력에 노출된 채 트라우마를 안고 세상으로 나온 누군가를 인터뷰하면서 기자는 다시 한 번 노여움에 젖었던 기억이 난다. 그래서였을까. 어떤 토론회나 심포지엄을 취재할 때 정신요양시설 관계자가 하는 말은 귀에 잘 들어오지 않았다. 어떤 이가 그랬다. "정신요양시설에서 어떻게 사람을 고치냐고." 기자의 마음이 꼭 그랬다.

그런데 서울정신요양원 백윤미(39) 사무국장(2022년 12월 현재 서울정신요양원장) 〈마인드포스트〉에 요양시설 내 일상의 삶을 조곤조곤 써내려간 원고를 보내왔다. 그리고 그 사색의 글을 신문에 올리자 지금까지 가장 많은 댓글이 쏟아졌다. 기자는 그때, 생각했다. 혹시 내가 생각하고 있는 건 잘못된 게 아닐까. 내가 이 세계를 오해하고 편견으로 해석한 것은 아닐까.

물론 정신요양시설들 중 우리가 알 수 없는 어떤 곳에서는 여전히 폭력이 일상화되고 인간의 존엄이 끊임없이 훼손되는 공간도 있을 것이다. 우리가 알지 못할 뿐, 모든 가정이 폭력에 노출된 건 아니지만 어떤 집안에서는 폭력이 일상화되고 그로 인한 무기력과 슬픔에 휩싸인 삶을 살아가는 사람들도 있듯이 말이다. 그렇다고 정신요양시설 모두를 폄훼할 수는 없을 것이다. 정신장애인 당사자의 더 나은 삶을 모색하는 정신요양시설들도 분명히 있을 것이기 때문이다.

2018년 국가인권위 조사에 따르면 시설에서 나올 수 있고, 나오고 싶다고 하는 이들이 60%, 즉 6천여 명이나 된다. 그렇지만 그곳에서 나오지 않고 살고 싶어 하는 이들이 40%(4천여 명)가 있다. 문제는 이 4

천여 명의 삶의 존엄을 우리가 인정하고 지지해야 한다는 점이다. 특히나 고령화되어가고 있는 시설 내 입소자들이 아무런 준비 없이 퇴원해서 지역사회로 나와서 그 스트레스를 이기지 못해 다시 정신요양시설로 되돌아가거나 범죄를 짓게 만들지 않기 위해서는 탈원화의 뒷면에 보이지 않는 이들의 삶의 가치도 우리는 존중해야 할 것이다.

일본 마이니치신문의 2018년 일본의 정신병원 전수조사에 따르면 50년 이상 된 입원자들이 1775명이나 됐다. 그들에게 무조건 탈원화가 선(善)이라는 가치로 접근했을 때 우리는 오히려 이들의 평온했던 삶의 방식을 해치는 것은 아닐까. 한국도 그러하리라.

대화를 하고 싶었다. 대화는 계급적, 사회적 처지가 다른 이들이 서로의 존재를 상호인정하고 더 나은 세계를 향해 편견과 오해의 부분을 줄여가는 가치를 담고 있다. 나의 위치에서 당신의 위치를 바라보는 것. 그의 위치로 옮겨가 보고 그가 나의 위치로 와 보는 것. 그리고 그에게 손을 내밀어 주는 것. 그것은 인간만이 할 수 있는 존재론적 미덕인 것이다. 기자가 백윤미 국장을 만나고 싶었던 건 그 '대화'를 하고 싶었기 때문이다. 그래서 정신장애인들이 처한 시대적, 사회적, 정치적 모순과 어찌할 수 없이 받아들여야 하는 인간적 위치에 대해 오해를 풀고 싶었다.

애초 인터뷰는 백 국장과 일대 일 대면이었다. 그런데 백 국장이 문자를 보냈다. 몇 명의 인원이 인터뷰에 참여하겠다는 거였다. 경북 지역에 사는 이승부 한국정신요양시설협회장이 이날 인터뷰에 참여하기 위해 역시 같은 지역에 사는 이형빈 천봉산요양원 사무국장과 함께 올라왔다.

또 조계원 성람재단 이사장과 유재란 간호팀장, 이용재 생활보호자 주임, 조성용 한일법률문제연구소장이 참가했다. 갑자기 이야기할 부분들이 풍성해졌다. 기자는 백 국장과의 인터뷰를 중심으로 하되, 단락단락에 이들의 목소리도 함께 담았다.

백 국장은 29살이 되던 해 우연히 사회복지사를 뽑는 공고문을 보고 서울정신요양원의 문을 두드렸다. 그리고 10년이 흘렀다. 기자는 인터뷰 말미에 "정신장애인들을 위해 많이 울고, 많이 미안했고, 많이 사랑했느냐"는 질문을 던졌다. 그가 웃었다. 그리고 말했다. "네, 정말로요". 인터뷰는 하늘이 유난히 맑았던 어느 오후 서울정신요양원에서였다.

죄송하지만 불편한 질문을 먼저 드려야겠습니다. 저는 개인적으로 정신요양시설에 대해 부정적 입장을 갖고 있었습니다. 제가 취재했던 어떤 이들은 정신요양시설에서 "살아 돌아왔다"는 표현까지 쓰더군요. 왜 이런 부정적 이미지가 강화됐다고 생각하십니까.

백윤미 지금도 어려운 부분이 있지만 예전에는 인력 기준이나 법적인 보완이 없었잖아요. 그 당시에는 우리가 사회복지적인 마인드로 이분들을 모시기보다는 수용하기에 급급했던 상황이었어요. 부랑인이나 노숙인, 정신질환자들을 거리 정화 사업의 대상으로 몰아서 노숙인 시설이나 정신요양시설에 몰아넣고 사회에 나오지 않게끔 관리를 하라는 차원이었어요. 그러니 비인권적인 부분도 있었지요.

서울정신요양원이 입소자가 많을 때 600명이었어요. 직원은 20명이 안 됐고요. 이런 상황에서 다치지 않고 서로 부딪히지 않을 정도로 관리하면 된다는 의식이 있었죠. 그래서 강압적이고 폭력적이었다고 생각해요.

1990년대 중반에 충남의 한 요양시설에 입소했던 어떤 사람의 진술이 떠오릅니다. 요양시설에서 일상적으로 폭력이 가해졌고 억압, 만남의 제한, 권리의 부재 등이 그가 요양시설에 가진 감정이었습니다. 심지어 죽으면 요양시설 자체적으로 밤나무 아래에 파묻기도 했다는 증언을 했습니다.

백윤미 지금은 저희가 전산망으로 인적 관리를 하기 때문에 누가 사망하면 바로 신고하게 돼 있어요. 부검 결과서도 완벽하게 나와야 사망처리가 돼요. 만약에 때렸다면 부검해서 다 나오잖아요. 그런 걸 할 수는 없어요.

2018년 국가인권위원회의 정신요양시설 전수조사에 따르면 입소자

65%가 입소 10년 이상이었습니다. 이건 좀 문제가 있다고 생각하지 않습니까.

백윤미 그럴 수밖에 없었을 거라 생각해요. 저희 시설에는 절반 이상이 무연고자이기 때문에 갈 데가 없어요. 보호자가 제발 집에 오지 말라고 하고. 그래서 오래 있을 수밖에 없었고 또 사회복지시설이나 정신재활시설 같은 곳도 지금처럼 발전하지 않았기 때문에 마땅히 지역사회에서 받아줄 인프라가 없었던 거죠.

당시에 퇴소하고 싶어 하는 이들은 59%였습니다. 이들은 어쩔 수 없이 이곳에 머물러 있는 겁니까.

조계원 사실은 당시 인권위 조사는 전수조사가 아닙니다. 실제 전수조사가 아니라 생활인 중 몇 퍼센트만 표본조사를 했어요. 그것이 일반화의 오류입니다.

백윤미 그리고 그 연구 용역인들을 미리 만나는 게 아니라 당일 아침에 만나서 10분 동안 오리엔테이션을 하고 일 인당 몇 명씩 하게 하더라고요. 그러니까 인터뷰 대상자에 대한 파악이 어려웠죠. 이 사람이 어떤 사람인지도 모르고 그냥 오는 사람들이 많았어요. 그리고 유도되는 질문을 많이 했다고 생각해요. '집에 가고 싶지?' '그런데 요양원에서 못 나오게 해?' 이런 식으로 하는 분들이 많았어요. 쉽게 말해서 인권 유린의 온상이라는 포커스를 갖고 전수조사를 했기 때문에 그런 조사가 나올 수밖에 없었다고 생각해요.

그래도 나가고 싶어 하는 사람은 있었을 거 아닙니까.

백윤미 나가고 싶다면 저희 시설 같은 경우에는 퇴원을 시켜드립니다.

조계원 지금은 본인이 나가고 싶고 퇴소 의사가 있으면 즉시 퇴소시켜야 합니다. 현재 정신건강복지법은 나가고 싶지 않다고 강제입원의 형식으로 있는 경우는 없습니다.

3년마다 실시되는 전국 정신요양시설 시설평가에서 2012년 최우수 시설로 선정됐습니다. 여타 요양시설 중 복지적·인권적 측면이 가장 우수한 곳으로 볼 수 있습니다. 그렇지만 현재 59개 정신요양시설이 모두 그렇다고 일반화할 수는 없을 것 같은데요.

백윤미 맞아요. 시설 간 편차가 많아요. 지역별 편차도 없을 수 없다고 생각해요. 저는 지도감독이나 관리체제를 더 강화해야 한다고 생각해요. 도태돼야 할 시설이 있으면 당연이 없어져야죠. 그런 소수의 시설들 때문에 진짜 잘하고 있는 시설들까지도 도매급으로 넘어가거든요. 진짜로 사명감을 가지고 하는 시설도 많아요. 그렇긴 하지만 제가 59개 시설을 다 알 수는 없어요. 행정처벌을 받거나 도태돼야 한다면 그게 맞다고 생각해요.

정신요양시설이 존재해야 하는 가장 큰 이유는 무엇입니까.

백윤미 갈 곳이 없다는 부분이 제일 커요. 저도 탈시설화를 찬성합니다. 사람들을 이렇게 큰 곳에다가 모아 놓고 몇 명의 관리 인원들이 이들을 모신다는 것 자체가 그래요. 우리가 일대일로 모시지 못하잖아요. 그래서 소규모로 가는 게 맞다고 생각해요. 그런데 이 사람들이 다 나가게 되면 전국에 있는 1만 명이 갈 곳이 없어요.

무연고자도 그렇고 가족들도 원하지 않는 경우가 너무 많고 또 간다고 해도 정신병원으로 갈 수밖에 없는 분들도 많거든요. 결국에는 시설에서 시설, 시설에서 기관으로의 이전일 뿐이지 이 사람들이 지역사회로 흡수되지 않아요. 그게 제일 큰 문제예요. 지역에서 흡수할 수 있는 인프라나 제도가 갖춰진다면 지역사회로 흡수되는 것이 맞다고 생각해요.

정신병원과 정신요양시설의 입원 제도는 방식과 절차, 종류에 차이가 있다고 합니다. 어떤 큰 차이가 있습니까.

백윤미 거의 똑같아요. 차이점은 병원에서는 행정입원과 응급입원이 가능해요. 저희는 응급입원, 행정입원이 안 되고 자의입소, 동의입소, 부호자에 의한 입소만 가능해요. 그래서 갑자기 급작스런 상황이 발생할 때 병원에 응급입원을 하게 돼 있어요.

우리는 정신요양시설을 폭력과 억압의 공간으로만 인식할 뿐 이 안에 살고 있는 중증정신질환자에 대해 어떤 서비스를 제공해야 하는지 무지합니다.

백윤미 정신재활시설이나 정신건강복지시설에 있는 분들은 기능이 좋으신 분들이잖아요. 그리고 어느 정도 인사이트(통찰)도 있고 사회복귀가 가능한 분들이기 때문에 사회복귀 능력을 훈련시키는 부분에 초점을 맞춰야 한다고 생각해요. 정신요양시설은 사회복귀가 요원하신 분들이에요. 거의 90% 이상이 그래요. 그런 분들에게 사회복귀 훈련을 기대할 수가 없는데 정신보건사업 안내를 보면 정신요양시설의 정체성 자체가 되게 애매해요.

80년대 비인권적 처우와 지금의 처지는 달라 요양원 절반 이상이 무연고자… 지역사회 인프라도 없어

사업 안내에는 만성 정신장애인을 요양하고 사회로의 복귀를 도모하는 시설로 규정하고 있는데 그 정체성 자체가 맞지 않아요. 이분들은 노인요양원하고 비슷하다고 생각하면 좋을 거 같아요. 노인요양원에 있는 분들을 사회복귀를 위해 훈련을 시키지 않잖아요.

이분들은 만성이 되신 분들이고, 쉽게 말해 돌아가실 때까지 편안하게 모셔드리는 게 최고예요. 마음이 요동치지 않게 이 분들을 잘 모셔드리는 게 최고의 지향점이거든요. 그래서 정신재활시설과는 대상자도 그렇고, 나가야 할 방향도 달라요. 그런 부분들에 차이를 좀 뒀으면 좋겠습니다.

분명히 집을 구해 줘도 나갈 수 없는 이들이 있습니다. 정신요양시설은 이들을 위한 마지막 보루라고 생각하십니까.

백윤미 맞아요. 마지막 보루죠. 저희도 계속 물어보지만 밖으로 나가고 싶어 하는 분들이 있기는 해요. 그러나 이 분들이 독립적으로 원룸을 얻어서 나가겠다는 게 아니라 가족이 있는 데로 가고 싶어 하는 거예요. 엄마 아빠 있는 데로 가고 싶고, 내 딸아이가 있는 곳에 가고 싶다는 거죠. 그런데 가족이 거부할 경우에는 갈 수가 없잖아요. 그래서 요양원이 최후의 보루가 될 수밖에 없죠.

또 하나는 정신요양시설에도 입소하기 어려운 분들이 계세요. 인사이트가 전혀 없어서 보호의무자에 의한 입소를 해야 하는데 보호의무자에 의한 입원을 받지 않는 곳도 있거든요. 저희도 보호의무자에 의한 입원을 받지 않아요. 순수하게 자의동의로만 하거든요. 그러면 여기로 아무리 오고 싶어도 저희 쪽에서 거부할 수밖에 없죠.

지금 정신요양시설은 세 부류의 사람들이 입소를 할 수 있어요. 자의입소, 동의입소, 보호의무자에 의한 입소가 그 경우에요. 그런데 이 세 입원 형태의 문제가 뭐냐면 자의입소자들은 얼마든지 내가 원해서 온 곳이기 때문에 요양원 생활에 협조적이란 말이에요. 자기가 관리할 수 있고 도망을 간다거나 힘들게 한다거나 그러지 않아요. 근데 보호의무자에 의한 입소자들은 내가 여기 왜 왔는지 인정하지 않아요. 그래서 문이 열리면 바로 나가거든요. 그렇게 자기 자신에 대한 인식과 처지가 다른 세 분류의 사람들이 같이 살고 있는데 운영을 어떻게 하겠어요.

입소 대상자에 대한 호응 자체가 잘못됐다고 생각을 해요. 그래서 자의 입소자들만 모이는 정신요양원, 보호의무자에 의해 입소하는 이들의 정신요양원, 동의입소에 의한 정신요양원이 따로 운영이 돼야 거기에 맞춰서 프로그램이나 서비스의 질도 바뀔 수밖에 없는 거죠. 지금은 다 뭉쳐져 있으니까 밖에 나가서 얼마든지 자유롭게 할 수 있는 분들도 보호의무 입원자 때문에 못 나가게 문이 닫혀 있거든요. 나쁘게 표현하면 잡탕처럼 여기저기서 해결이 안 되는 분들을 다 보내는 형국이에요. 그런 것들이 바뀌어야 된다고 생각해요.

정신요양시설을 개방시설로 전환시켜야 한다는 논의가 많습니다. 어떻게 생각하십니까.

백윤미 충분히 생활할 수 있는 분은 개방시설로 가야죠. 노인요양원이 개방하라고 요구를 받지 않잖아요. 그분들은 치매가 있으니까 문을 열면 바로 나가거든요. 비슷한 관점으로 보면 되는데 유독 정신요양시설에 대해서는 편견이 있어서 나갈 수 있는 분을 강제적으로 묶어 놓는 게 아니냐는 편견이 존재하는 거 같아요.

조계원 개방시설로의 전환에 대해 자꾸 주장하고 있고 법제정을 하고 하는데 문제는 개방시설에 대한 정의가 없습니다. 사회복지법상의 그 개방형 시설은 그런 걸 말하는 게 아니에요. 굉장히 추상적이고 모호합니다. 정의 자체가 없어요.

정신요양시설 입소자 중 50대 이상이 75%가 넘습니다. 고령화되어 가는 입소자의 삶의 어떤 부분을 지원해야 할까요. 고령의 입소자를 위한 정신요양시설을 또 하나 만들어야 합니까.

백윤미 노인정신요양원을 만들어야 해요. 저희 요양원에 98세 되신 분이 계신데 그분이 고마운 게 기능이 좋으시니까 여기서 생활할 수 있어요. 그런데 나이가 들면서 정신장애도 있고 약 복용을 오래하고 퇴행되면서 지적장애도 나타나거든요. 노령화가 되면서 파킨슨도 생기고 치매도 생기고 별의별 질병들을 다 끌어안게 되는데 결국 와상(臥床)으로 누워 있게 되면 저희가 못 모셔요.

그렇기 때문에 노인병원이나 노인요양원으로 가야 되는데 노인병원에서 정신과 코드 있는 분들 안 받는 거 아시죠. 갈 데가 없어요. 그러니까 노인요양원 인력 기준 정도는 돼야지 노령화된 정신장애인을 모실 수 있을 거 아니에요. 노인 인력 기준이 법적으로 환자 5명당 요양보호사나 전문요원 2.5명이거든요. 저희는 28명 당 2명이에요. 그런데 이분들이 점점 노인이 되고 있잖아요. 그러면 노인요양을 할 수 있는 인력 기준만큼은 가야될 거 아니에요.

지적장애인 거주시설은 대상자 5명당 직원이 1명이에요. 우리는 나누기 2하면 14명당 한 명이에요. 굉장히 열악한 구조라서 우리가 사회적으로 원하는 만큼의 서비스를 지원해드리기가 어려운 상황입니다.

2018년 인권위 정신요양시설 전수조사와 관련해 경향신문이 "징역 채우면 나갈 수라도 있지…감옥보다 못한 중증·정신장애인 수용시설"이라는 기사를 내보낸 바 있습니다. 당시 백 국장님이 "열심히 일하는 사회복지사들에게 모욕을 준 글"이라고 반박했습니다. 어떤 부분이 그런 모욕감을 불러왔습니까.

백윤미 어떻게 감옥에다 비교를 해요. 솔직히 말하면 예전에는 그랬어요.

1980년대를 보자면 저희도 예전에는 그럴 수밖에 없었어요. 종사자 인원이 적었고 종사자들이 사회복지에 대한 마인드도 없었고 인권이 지금처럼 신장이된 것도 아니었고 법적 기준이 있었던 것도 아니었고요. 당시에는 격리 강박도가능했고 하니까 묶어 두는 것이 목적이기 때문에 그럴 수밖에 없었어요. 그런데 경향신문이 얘기한 건 그때의 상황을 지금인 것처럼 호도한 거예요. 그들이정신요양시설을 한 번이라도 와 보고 그런 얘기 했으면 제가 할 말이 없어요.

조계원 이것이 바깥에서 보기에는 헤게모니 싸움으로 비춰질 가능성이되게 높아요. 어떤 표현으로 정신요양시설이 답변을 하더라도 헤게모니 싸움으로 비춰질 가능성이 높죠.

누구와 누구의 헤게모니 싸움입니까.

백윤미 의료계와 정신요양계, 그리고 탈시설화를 얘기하는 당사자 단체와의 헤게모니 싸움으로 비춰질 가능성이 많다는 거죠. 사회복지라는 것이 태동기부터 국가가 민간에 위임한 거거든요. 국가로부터 위임돼서 지금까지 이어져왔는데 어느 순간 국가는 뒤로 빠지고 당사자끼리 싸우는 거예요. 국가는개입하지 않고 너네끼리 싸우라는 거죠. 그리고 어느 곳에서도 정신요양시설에 대한 목소리를 들어주려고 하지 않아요. 그게 문제죠.

백 국장님은 당시 "시대가 어느 시대인데 강제입원, 강제입소라는 무식한 표현을 쓰냐"고 반박했습니다. 정신병원은 여전히 강제입원이 될수 있는 구조입니다. 요양시설 입소는 자의입원과 동의입원 두 가지뿐입니까.

백윤미 저희는 (강제입원을) 안 하고 있어요. 법적으로는 가능해요. 지역특성에 따라서 그렇게 할 수밖에 없는 데가 있어요. 저희 시설은 보호의무자에 의한 입원은 안 하고 있죠. 경향신문에 화가 났던 건 법적인 표현을 모른다는 거예요.

왜 강제입원을 보호의무자에 의한 입원으로 바꿨겠어요. 단어 자체가 굉장히 혐오적이잖아요. 그런데 강제입원이라는 용어가 가지는 언어의 온도 자체가 정신요양시설은 이상한 데라는 뉘앙스를 풍기게 한단 말이에요. 그래서 지금이 어느 땐데 강제입원이라는 표현을 쓰냐는 얘기를 한 거예요.

시설에서 일을 해서 돈을 버는 입소인은 있습니까.

백윤미 네. 양말공장에서 물건을 갖고 와서 포장을 해서 묶어서 팔거든요. 그거 하나당 얼마씩 받아요. 전적으로 개인 통장에 다 들어가고 시설에서 건드리지 못해요. 많이 버시는 분은 50만 원 정도.

지금 입소자가 600명?

백윤미 아니요. 260명. 정신건강사업안내에 따르면 1998년부터 300인 이상 시설은 허가를 안 내 줘요. 생기지도 않고요.

서울요양시설이 위치한 양주시 장흥면 부곡리 마을이장이 '요양원 운영위원회 회장'을 맡고 있더군요. 흥미로웠습니다. 처음에는 꺼려 했는데 마을에 도움을 주는 시설로 인식돼 주민들이 마을행사에도 요양원 식구들을 초대한다고 합니다. 어떤 부분이 서로 '윈윈'(win-win)하는 구조입니까.

백윤미 지역에 저희 생활인들 모시고 나가서 지역청소도 자주 했고요. 내부적으로 밴드(한마음음악단)가 있어요. 그래서 동네 잔치할 때 가서 같이 놀아 드리고 했어요.

조계원 기본적인 접근은 사회복지 시설이 외부로부터 도움을 받는 곳만은 아니라는 거죠. 지역사회에서 나누고 서로 교류하고 도움을 주는 곳이 될 수 있다는 겁니다. 따라서 우리 사회복지시설이 지역사회 '밖에' 있는 것이 아니라 지역사회 '내에' 존재한다는 거죠. 지역사회에서 마실 나가듯이 동네사람들과 얘기를 하고, 혹은 우리보다 더 열악한 환경에 있는 어르신들이 있으면 가지고 있는 능력과 자원을 가지고 도움을 드리는 것이 당연히 맞다고 생각해요.

마을주민과 요양원 구성원들이 이렇게 화합하는 모습은 일반적이지는 않은 것 같습니다.

백윤미 3년마다 평가를 받잖아요. 그 평가 항목에 필수적으로 '시설이 지역사회와 융합되기 위해서 무엇을 하는가'라는 항목이 있어요.

서울정신요양원은 자율출입제도가 있습니다. 어떤 의미입니까.

백윤미 자율출입은 말 그대로 본인들이 '나 나갔다 올게'라고 대장에 기록하고 나갔다 오는 거예요. 자율적으로 외출하는 거죠. 사실 예전에는 어려웠거든요. 그런데 우리가 여기 계신 분들을 믿어보자, 조금 넘어지고 다치더라도 계속 내보내서 바깥세상을 구경하고 환기할 수 있도록 하자는 차원에서 합니다.

비자의 입원 환자에게도 그렇게 하십니까.

백윤미 비자의 입원 하신 분들은 보호자한테 동의를 받아야 돼요.

조계원 실제 자율 외출을 한 30명 정도 하는데 만약에 자율로 밖에 나가서 사고가 나거나 다치면 사실은 관리책임이 엄연히 존재합니다. 그럼에도 불구하고 향후에는 건물 자체를 오픈하려고 합니다.

백윤미 오픈하는 과정에서 또 하나 아플 수밖에 없는 게 아까 여러 부류의 사람들이 있다고 했잖아요. 문을 열었을 때 문이 열리자마자 나갈 수 있는 분이 있잖아요. 그럼 우리는 퇴소를 시킬 수밖에 없어요. 위험이 예측이 되니까 보호자한테 보내든지 아니면 다른 시설로 가든지 해야죠. 안 그러면 저희가 책임을 질 수밖에 없으니까요.

정신요양시설은 정신장애인 인권 운동을 하는 이들에게 아직 큰 관심을 받지 못하고 있습니다. 그래서인지 아직 정신요양시설 생활자들에 대한 인권 문제가 큰 이슈로 제기되지 못하는 거 같습니다. 정신장애인 인권운동에서도 가장 소외된 이들이 정신요양시설 입소자들이라는 생각이 듭니다.

백윤미 지금은 시설에서 입소자들을 대상으로 의무적인 인권교육을 해야 돼요. 권리고지에 대해서도 교육을 해요. 그래서 인권에 대한 계몽이 많이 떨어져 있다고 생각지는 않아요. 그런데 이걸 받아들이시는 분들이 인지력이 떨어지기 때문에 설명을 아무리 쉽게 해드려도 알지를 못해요.

또 만성이 되면 인사이트가 없기 때문에 그런 얘기 듣고 '아, 그래 나갈 수 있어', '나 나갈래' 이렇게 돼요. 개개인의 특성에 따른 한계가 있어요. 그래도 인권교육을 하고 있고 인권진정함도 의무적으로 설치해서 모니터링하고 있잖아요. 예전보다는 많이 신장됐어요.

정신요양시설 종사자이기 때문에 부당하게 대우받거나 차별받지는 않습니까.

백윤미 많죠. (웃음)

조계원 한때는 저희 정신요양시설 종사자들에게 여쭈면 뭐라고 표현하냐면 '우리는 맷값 받는다'고 했어요. 맞는 값을 받는다, 월급이 맷값이다, 라고 할 정도로 많이 맞아요. 간호사 한 분은 갑자기 맞아서 고막이 파열됐고 또 다른 분은 각막이 손상됐고요. 최근 정신보건사업 안내에 개정된 부분이 뭐냐면 종사자의 인권에 대한 부분을 생활인과 그 가족들에게 고지하는 겁니다.

내용을 보면 해당 문제가 **발생해** 피해를 줄 때는 민·형사상적 책임을 진다라는 고지를 해요. 하지만 인지능력이 없고 병식도 없는 분에게 때리면 절대 안 됩니다, 이렇게 하면 성폭력입니다, 하고 몇 차례 교육을 했습니다. 그럼에도 양상은 마찬가지죠.

백윤미 정신요양시설에서 일하고 있다고 말하면 거기가 '뭐하는 데야'라고 모르는 분들이 대부분이고요. 제가 서울정신요양원 백윤미입니다라고 얘기해도 노인요양원인줄 알아요. 정신요양원을 몰라요.

조성용 종사자분들이 맞는 건 인권의 문제가 아니고 안전상의 문제 같아요. 외국의 경우는 병원이지만 다들 시계를 차고 있어요. 여성들이 70% 정도로 많거든요. 그래서 문제가 일어나면 다 달려가서 그 사람을 보호를 하는 겁니다. 제가 볼 때 이거를 맷값이라고 하는 건 낭만적으로 보일 수 있지만 사실은 굉장히 위험한 거죠. 여기 시설의 직원들도 생활인들들과 다 똑같은 생명이기 때문에 이 사람들을 보호하기 위해서 다른 사람들이 다쳐도 되는 건 아니죠.

조계원 우리나라의 문화가 아닐까 싶어요. 임세원 강북삼성병원 정신건강의학과 교수님이 돌아가신 경우와 간호사가 심하게 다친 경우, 또 이렇게 사회복지시설 내에서 생활보호사 종사가가 다친 경우에 대해 사회가 인식하거나 대처하는 방식이 어떨까요. 같아야죠. 그럼에도 불구하고 거기에서 명백하게 차별이 발생하는 거죠. 즉시적으로 할 수 있는 시스템이 응급입원입니다.

이승부 거기에 대해서 인권을 주장하는데… 우리 종사자들 인권은 없고 생활자들 인권만 주장할 수는 없잖아요. 인력 보강도 예산이 편성돼야 하는데 국가가 안 나서니까….

조계원 사회복지적 흐름은 사회복지를 하는 종사자들에게 희생을 강요해 왔어요. 야간에 14명 당 1명은 인력지원 기준이지 실제 근무형태는 아니죠. 일 년 365년, 24시간 풀로 돌아가야 되는 생활시설이기 때문에 연차, 각종 휴일을 제외하고 야간에는 100명을 한 사람이 봐야 될 때도 있습니다.

정신요양시설은 배치 인력이 한 명이 몇 명을 커버합니까.

조계원 14명당 1명. 중증장애인시설도 있고 일반 장애인시설도 있잖아요. 중증장애인시설의 경우 생활보호사 인력편제가 4.7명당 2명입니다. 그리고 일반 장애인, 지적장애인의 경우에는 10명당 2명입니다. 저희는 28명당 2명인 거예요.

백윤미 사회적인 편견 자체가 뭐냐면 이 사람들은 정신질환만 있을 뿐이지 팔다리가 멀쩡하잖아, 이런 생각이 있어서 그래요.

정신요양시설 운영비를 지자체가 부담하고 지역사회 공동생활가정, 입소생활시설을 중앙정부가 지원하면 자연스럽게 탈원화가 일어날 수 있다는 분석도 있습니다.

조계원 그 발상은 아랫돌 빼서 윗돌 괴는 형국이에요. 정신의료시설에서의 예산이 약 4조 정도 됩니다. 정신요양시설이 현재 중앙으로 환원돼서 현재 일 년 예산이 800억이라고 합니다. 현재 정신재활시설 340개소에 약 7천 명이 있습니다. 그럼 정신요양시설 입소자 1만 명에게 제공되는 비용을 전환해서 7천 명에게 제공하면 그 1만 명은 어떻게 하겠다는 겁니까 정신요양시설은 작게는 150여 명 수준에서 저희처럼 약 300여 명을 입소시킨 시설 정도의 수준까지 완료된 상태인데 이렇게 전환한다고 했을 때 기존의 인프라는 어떻게 할 것이며 지역사회에 시설을 만들 때 비용을 누가 댑니까. 그럼 기회의 비용 측면으로 얘기하더라도 엄청나게 새로운 예산이 만들어져야 하는데 아랫돌 빼서 윗돌 괴는 형식이 되는 논리죠. 이건 대한신경정신의학회나 의료계에서 하는 얘기거든요. 굉장히 위험한 발상입니다.

백윤미 정신요양시설에 있는 입소자들을 다 지역사회로 환원을 시킨다치면 이 사람들이 살 공간을 마련해 줘야 하잖아요. 제가 계산을 해봤어요. 여기 있는 입소자가 만약에 300명이라고 하고, 공동생활가정같이 네 명이 한 공간에 산다면 나누기 4를 해서 집값을 계산해야 하잖아요. 서울정신요양원에 있는 분들만 주거를 제공해서 내보낸다고 하면 약 5천억 원이 들어요.

조계원 탈시설의 문제와 주거 제공의 문제는 장애인 쪽에서 먼저 시작했어요. 중증장애인까지 가자 해서 보건복지부와 각 지자체에서 이미 그룹홈이나 자립생활에 대한 방식으로 주거 제공을 위한 비용을 계산해 봤어요. 정말 기하급수적이고 산출이 안 되는 어마어마한 액수의 비용이 들어가요. 현실이 그래요.

백윤미 여기 있는 예산을 끊어버리고 정신재활시설에다가 지원한다는 건 숨은 의도가 있어요. 정신요양시설에 있는 운영비를 정신재활시설에서 흡수를 하고 여기 있는 사람들은 어차피 정신재활시설을 이용할 수 있는 처지가 안 되니까 다 정신병원으로 흡수하겠다 이런 의도가 있는 거예요.

조계원 오히려 역으로 돼야 하지 않을까요. 정신병원도 재원 기간이 길고 고령화가 많이 진행되어 있는 상황인데요. 실제로 정신병원에 있는 장기입원자 중 고령화된 만성정신질환자들을 정신병원에서 퇴원시켜서 정신요양원 혹은 더 나아가 노인정신요양원을 만들어서 거기에 케어 서비스를 제공하는

비인권적 요양원 있으면 행정처분 받고 도태돼야 지역사회로 흡수되는 인프라 있으면 탈원화 찬성

게 이상적이지 않은가 싶어요.

요양시설에서 일하면서 인간은 평등하다고 생각합니까.

백윤미 본래적으로 평등하지만 안타깝게도 평등하지 않은 부분이 있습니다. 지식과 자기 신체적 조건, 사회적 위치에 따라서 갑을 관계는 존재하고요. 그런 것들이 존재하지 않기 위해 자체적으로 노력하는 것들이 정말 필요합니다.

정신요양시설 입소자들에게 가장 필요한 것은 뭐라고 생각합니까.

백윤미 가족이요. 가족이 없는 분들도, 보호자가 없고 연고지가 어딘지도 모르고 인사이트도 없는 데도 울면서 하는 말이 '엄마가 보고 싶어', '집에 가고 싶어' 하는 분들이 있어요. 끊임없는 가족에 대한 목마름인 거죠. 어린 시절 엄마한테 가고 싶어, 나 살던 데로 가고 싶어, 하는 것은 우리가 해결해줄 수 있는 부분이 아니잖아요. 돌아가신 엄마를 살아오게 할 수 없잖아요. 그런 게 제일 마음이 아파요.

2008년 한마음음악단이 창단됐습니다. 어떤 활동을 펼치고 있습니까.

백윤미 지역사회에서 행사할 때 같이 밴드하고요. 지금은 슬픈 게 이미 10년이 지났잖아요. 당시에는 같이 활동하는 생활인 가족들이 되게 많았어요. 저보다 훨씬 악기를 잘 다루는 베이시스트, 기타리스트, 키보드리스트 다 있었어요. 이제 다 늙어서 활동을 못하고 직원들 위주로 하지만 그때는 생활인들하고 지원들이 같이 연습하고 같이 공연하고 노래도 잘 부르고는 했어요. 같이 지역사회에서 정신장애인과 종사자가 어울리면서 만든 밴드라는 게 의미가 있었죠.

정신장애인을 보면 어떤 생각이 듭니까.

조계원 일차적으로 마음이 아픕니다. 눈물이 납니다. 인간은 다 평등한데 어떻게 이분은 마음의 병을 얻으시고 또 가족이 해체되고 지지체계도 없이 이곳에 계셔서 저희들이 제공하는 서비스를 받아야 하는가, 그런 부분이 너무 슬픈 마음이 듭니다.

백윤미 너무 마음이 아프고 안쓰러운 게 가지고 있는 게 아무것도 없잖아요. 그나마 목소리를 가지고 있는 당사자는 내가 아무것도 가진 게 없다고 얘기할 수 있잖아요. 그런데 같은 당사자인데 목소리가 없는 당사자는 아무것도 없다는 걸 말할 수 있는 목소리조차 없어요. 정말 아무것도 없는 그런 분들이 제일 마음이 아파요.

그런데 이분들의 목소리를 대신 내주기 위해서 종사자들이 애쓰고 얘기를 해도 종사자들이 이야기하는 건 일단 오해가 돼요. 어떤 의미의 오해인지 아시죠. '니네들은 이 사람들을 모시고 살면서 생계를 유지하는 사람이잖아' 하거든요. 그래서 정말 안쓰러워요. 우리 (유재란) 팀장님 보면 생활인들 퇴소해서 보내시면 같이 엉엉 울어요. 그런데도 그런 목소리를 내줄 수 없는 상황이라는 게 안타깝고요.

보호자들조차도 '내 가족이긴 하지만 요양원에서 죽을 때까지 조용히 있어 줬으면 좋겠어' 이렇게 생각하는 가족들이 많아서 연대가 쉽지 않아요. 도대체 이 사람들을 위해서 누가 목소리를 내줄 수 있겠어요. 가족도 목소리를 안 내주고, 본인은 더더욱 낼 수 없고, 종사자의 목소리는 오해가 될 뿐이니 도대체 누가 이 사람을 위해서 앞장서 줄 수 있겠나, 그런 안타까움이 있어요.

인터뷰가 끝나고 회사에서 정리를 하는 중, 한 통의 카카오톡 문자가 왔다. 백 국장이 반계탕을 선물로 보낸 것이었다. 그는 "식사도 못 대접해 드리고 보내서 마음이 너무 안 좋았다"는 안부도 함께 보냈다. 기자는 오래 그 문자를 바라보았다.

2019.07.10

"정신질환은 실존적 아픔, 위로하고 안아 줘야"

오영석(목회자)

4년 장학생으로 대학을 다녔다. 당시 대학이 있던 한남동 일대에서 자신의 술 실력을 능가하는 인물이 없었다. 생맥주 1000cc를 3.5초 만에 마시는 실력이었다.

대학 졸업 후 내기업에 공채로 들어가 차량 판매 일을 했다. 다른 사원들이 한 달에 서너 대 팔 때, 그는 20~30대씩 팔았다. 하지만 3년 후부터 이상하게 차량 판매 성적이 기하급수적으로 떨어졌다. 사랑에도 실패했다.

회사를 떠난 후 중고차 딜러로, 보험회사 사원으로, 조직폭력배가 뒷배를 봐 주는 포장마차도 운영했지만 모두 실패했다. 도박에 빠지게 되면서 거의 노숙자 비슷한 생활을 이어갔다.

그는 죽음을 생각했다. 어느 날 환청이 들렸다. 성북구 수유리 시내의 한 지하로 그는 내려갔다. 그 지하에는 화장실이 있었고 화장실 구석에 락스가 있었다. 환청은 그에게 마시라고 명령했고 그는 생맥주를 마시는 실력으로 한 통을 다 마셔버렸다. 목에서 피가 쏟아져 나왔다. 그리고 옷을 다 벗은 그는 대낮의 길을 무작정 달렸다. 경찰은 그를 정신병원으로 이송했다.

이후 14번의 입원을 거듭했다. 3번은 강제입원, 나머지 11번은 자의입원이었다.

어느 날, 늦가을 무렵이었다. 입원한 정신병원의 작은 방에서 노랫소리가 들렸다. 그는 비틀거리는 몸으로 소리가 들리는 곳으로 갔다. 거기, 몇 명의 환우들이 모여 찬송가를 부르고 있었다. 운명은 그렇게 바뀌었다. 그는 그곳에서 예수를 알게 됐다.

물론 인간이 어떤 종교를 갖게 된다고 해서 그가 순식간에 치유의 길로 들어서는 건 아니다. 많은 회의와 의심의 시간이라는 광야를 거쳐 우선 그 믿음 안으로 들어가게 되는 것이다. 종교, 혹은 믿음이 치유의 보조수단인지, 아니면 치료가 믿음의 보조수단인지 기자는 알 수가 없다.

다만 어떤 이에게는 종교를 통해 은폐된 자신의 삶을 깨닫고 그 안에서 삶의 의미를 찾게 되는 순간이 있다. 치유가 시작되는 지점이다.

기자는 사실 인터뷰를 요청하면서 약간의 저어함도 있었다. 정신질환과 치유에서 종교를 너무 강조해버리는 것은 아닌가 생각했기 때문이다. 그렇지만 종교가 정신질환 치유에 주는 영향과 도움의 부분을 제대로 알지 못하면 우리는 주술적인 치유에 빠지게 되고 이는 결국 치유의 시작을 더 늦추는 악영향을 줄 수 있다.

실제 기자는 그렇게 무당을 불러 굿을 하는 가족들을 만나면서 어찌할 수 없는 인간의 존재론적 허약함을 뼈저리게 느끼고

는 했다. 물론, 기자 역시 그런 과정을 거쳤
다.

경기 의정부에서 작은 교회 부목사로
일하고 있는 오영석(55) 목사를 만난 건 시
청역 인근 카페에서였다. 그는 현재 신학대
대학원 박사 논문을 준비하고 있다. 결혼 후
아이 둘을 키우고 있는 그는 "예수를 만나
기쁘다"고 말했다. 정말 그럴까?

첫 입원할 때 어땠습니까.

내가 맥주를 빨리 마시잖아요. 그 실력으로 락스를 마신 거야. (내장이) 다 탔어. 피를 한 양동이나 쏟았어요. 수유역 근처에서 막 뛰다가 잡혀서 중환자실 갔다가 나중에 정신병원으로 갔죠.

늦게 발병한 사람일수록 치유와 회복이 빠르다는 분석도 있습니다.

33살 가을이었어요. 정신병원에서 예수님 만났죠.

모든 이들이 정신병원에 간다고 해서 하나님을 만나는 건 아니죠.

하나님은 찾아오는 거예요. 저는 찬양과 기도 속에서 만났어요. 병원 입원해서 아무 생각 없이 살다가 조그만 방에서 몇 명이 모여 찬양하고 기도하는 걸보고 꽂힌 거죠. 그때 찬송이 '주여 나의 병든 몸을'이었어요.

그 만남이 인생에서 어떤 비중을 차지했습니까.

나의 모든 것이죠. 자의입원 때는 무조건 성경을 가져갔어요. 정신병원에 입원한 이유가 공부하고 싶어서이기도 했어요.

자녀가 정신질환에 걸리면 가족은 무당을 부르고 굿부터 합니다.

잘못된 선택이죠. 그럴 가치가 없잖아요. 저도 예수 만나기 전에는 주술적인 삶을 살았어요.

아직도 교회는 정신질환을 하나님을 대적하는 죄, 악령이라고 인식합니다.

목사들의 무지(無知)라고 봐요. 본인들이 병을 안 앓아봤으니까요. 정신질환은 깊은 우울증 같은 실존적 아픔에서 왔잖아요. 그럼 그 사람을 악령이라고 하는 게 아니라 안아 줘야죠. 안수하는 게 아니라 들어 줘야죠. 이 병은 앓아보지 않고는 진짜 몰라요.

악령을 내보낸다며 안수기도를 하는 것은 어떻게 이해해야 할까요.
저는 반대해요. 안수기도한 게 아니라 아픈 그 사람이 이야기를 잘 들어 줘야죠. 병을 앓기까지 얼마나 정신적 고통을 받았는가를 백 번이라도 들어야죠. 목사가 잘못됐다는 게 아니라 이들의 무지함 때문에 그런 거죠.

정신질환은 자기 죄 때문입니까, 아니면 부모의 죄 때문입니까.
이건 누구의 죄도 아니고 우리를 통해 하나님의 영광을 밝히 드러내는 거죠. 내 꿈은 정신장애인들에게 복음 전하는 거예요. 그들이 복음을 듣고 치유되기를 늘 바라요.

언젠가 기도원에 간 적이 있는데 거기는 만성 정신질환자들이 기도하고 노래하고 목사가 정신질환자의 눈을 누르며 악령을 내보내는 의식을 하더군요. 옳은 행동일까요.
저는 반대해요. 그 목사가 나쁘다는 게 아니예요. 정신장애인들은 마음에 엄청난 아픔이 있어요. 저도 많이 아플 때 칼로 손목을 찍었어요. 손등이 칼에 박혔는데 안 아프더라고요.
일주일 만에 병원 가니까 외과 의사가 왜 이제 왔냐고 해요. 저는 그 아픔보다 정신적 아픔이 더 컸어요. 거기에다 안수하면 더 고통스럽죠. 마음의 상처를 더 주는 거예요. 옳지 않다고 생각해요.

어떤 목사는 정신장애인을 향해 '사탄아 물러가라'고 축사했습니다. 그 말을 들은 정신장애인은 깊은 상처를 입었다고 하더군요.

성경에 보면 '군대 귀신' 들린 자나 혈루증 앓던 여자도 세상에서 왕따를 당한 이들이었어요. 예수님은 그들에게 사탄아 물러가라고 축사하지 않았어요. 대신 시각장애인에게 진흙을 발라 주고 실로암에 가서 씻으라고 말해 줘요.

혈루증 앓는 여자에게는 네 믿음이 너를 구원했다고 칭찬해 주고요. '군대 귀신' 들린 자에게는 그 사람이 아니라 귀신에게 물어본 거잖아요. 인격을 모독한 건 한 번도 없어요. 그럼 목회자들도 당연히 그렇게 해야죠.

위로하는 겁니까.

예수님은 사람을 인격적으로 모독하거나 힘들게 한 적이 없어요. 그런데 목회자가 사람 자체를 모욕할 때가 있어요. 저는 정신장애인들이 기도원 가는 걸 반대해요. 얼마나 상처를 받고 힘들었는지 내가 겪어봐서 그래요.

**정신질환은 실존적 아픔이지
종교적 악령의 의미는 아냐
안수기도보다 당사자의 슬픔을
경청하는 게 종교인의 자세**

어떤 상처를 받았습니까.

모욕해요. 그때 상처를 더 받았어요. 차라리 커피 한 잔 타 주면서 힘들었구나 하는 게 더 낫죠.

교회는 사랑이라는 이름으로 약한 자와 소수자를 상처 주는 집단 같습니다. 물론 그렇지 않은 교회도 많지만요.

우리 교회는 정기적인 출석을 하지는 않지만 정신장애인들이 많아요. 교회 안 나온다고 뭐라 하지는 않아요. 어쩌다 한 번 나오면 잘했다고 칭찬하고 간식이

라도 싸 주고요. 또 어쩌다 연락 오면 잘했다고 해 줘요. 계속 좋은 말을 해 줘야
지 왜 지적을 해요.

성경의 축어적 의미에 매달리는 이들이 많습니다. 특히 정신질환은 치
료를 받지 않고 기도로 나아야 한다는 요구도 합니다.
아니라고 봐요. 기도하고 성경을 읽으면서 서서히 다가가는 거지 기도 한 번
딱 했다고 치유가 되나요. 말도 안 되는 거지.

기도를 해서 낫는 건 말이 되지 않는다?
말도 안 된다고 생각해요. 약을 잘 먹으면서 천천히 나아가야죠. 기도만으로
는 절대 안 돼요. 차라리 안 하는 게 나아요.

또 미치광이가 쇠사슬을 끊고 무덤에서 생활했는데 예수께서 축사를
하니 악령이 떠나갔다고 합니다. 신약에 나오는 이 악령 퇴치를 우리
시대는 어떻게 해석하고 이해해야 할까요.
처음 입원할 때 수유리에서 락스 먹고 옷 벗고 뛰었거든요. 피를 뒤집어쓰고
요. 그런데 정신병원에서 예수를 만났어요. 인격적으로 그를 만나고 성경을
접하니까 벌거벗고 뛰던 애가 멀쩡해졌어요. 알코올중독자로 술에 미쳐 있던
내가 예수님 때문에 술이 없어도 돼요. 힘들면 담배를 피웠는데 담배도 싫어졌
죠. 예수님을 인격적으로 만나면 그렇게 돼요.

인격적으로 만난다는 걸 무슨 말입니까.
인간이 이성적으로 잘 믿어지지 않는 예수님을 내가 만난 건 간절함 때문이었
어요. 진짜 고침 받고 싶었어요.

정신병원에서 '내가 예수다'라고 외치는 한 인간의 실존적 선포를 단순히 종교망상으로만 치부해 버릴 수 있을까요.

나도 예수였어요(웃음). 저는 조현병, 조울증, 알코올중독까지 중복이죠. 정신장애인들이 종교적 망상이 심해요. 그럴 때는 성경을 읽으라고 권하고 싶어요.

종교적 망상에 빠진 사람들 보면 성경을 안 읽고 대충 아니까 내가 예수라고 외쳐요. 그런데 성경을 읽고 묵상하다 보니까 아니거든. 난 아니구나, 그게 깨달아져요. 신약의 마태, 마가, 요한복음 읽다 보면 내가 예수가 아니라는 걸 알게 돼요. 잘 모르니까 망상으로 빠지는데 저는 그마저도 불쌍하다고 생각해요. 불쌍히 여겨야죠.

그들에게 어떤 조언을 해 주시려 합니까.

그냥 그 사람들을 안아줄 것 같아요.

성경은 정신의학 서적이 아니라는 말도 있지요.

성경은 정신의학 서적이라기보다 인생과 인류의 모든 문제를 근본적으로 치료해 주는 책이죠. 내가 누군지를 몰랐는데 내 죄로 인해 그가 십자가를 지고 죽으셨다는 게 믿어져요. 마음으로 위로해주니까 내가 누군지 알잖아요. 저요? 하나님의 자녀죠. 베드로전서 2장 9절의 왕 같은 제사장이요, 거룩한 나라요, 그날의 백성이죠. 내가 그걸 아니까 그때부터 어깨가 펴지는 거예요.

성경을 의학적으로 바라보는 경향도 많지 않습니까.

의학적으로 보면 안 되죠. 인류의 모든 문제를 근본적으로 해결해 주는 하나님의 말씀으로 봐야죠.

기독교를 믿지 않는 이들의 경우 그렇게 말하면 안 들을 거 같은데요.
그래서 꾸준히 전도하고 있어요.

정신장애인은 성경을 어떻게 해석하고 어떤 태도로 읽어야 합니까.
정신장애인은 아무것도 없는데 영적으로 교만해져요. 내가 그랬어요. 그때 성
경을 처음부터 읽었어요. 성경을 한 페이지씩 넘긴다는 건 내가 겸손해진다는
거예요.

모든 정신장애인들이 그런 건 아니지 않습니까.
그래서 그냥 성경을 읽으라고 권해요. 그런데 위로하는 게 먼저예요. 그냥 읽
으라고 하면 안 되고 내가 이렇게 치유를 받았으니까 같이 한번 성경 펴고 읽
어봅시다, 라고 권유해야죠.

기독교의 믿음 안에서 회복된다는 건 어떤 의미일까요.
제가 회복됐잖아요. 오직 믿음 안에서요. 믿음은 성경 읽고 예배드리고 찬양
하면 힘이 더 강해져요.

자주 묵상하는 구절이 있습니까.
많죠. 이사야 41장 10절. "두려워 말라 내가 너와 함께 함이니라 놀라지 말라
나는 네 하나님이 됨이니라 내가 너를 굳세게 하리라 참으로 너를 도와 주리라
참으로 나의 의로운 오른손으로 너를 붙들리라."

잠깐 동안 기자는 그가 외우고 있는 방대한 성경 구절들을 덤덤히 듣고 있었다.

정신장애인은 사회적으로 낙인찍힌 존재들입니다. 종교는 이들을 어떻게 포용해야 할까요.

예수는 병든 자를 위로했지 모욕 주며 강제적으로 치유하지 않아 정신장애인은 육체보다 마음이 아픈 존재…많이 안아 줘야

우린 낙인찍힌 사람들이 아니에요. 구약에는 하나님이 고아와 과부를 돌보라고 해요. 신약 마태복음에는 고독한 자와 병든 자를 돌아보라는 구절이 나와요. 만약에 정신장애가 있다고 그를 미련한 놈, 또라이라고 하면 지옥 불에 던져진다고 성경에 씌어 있어요. 그를 보호해 주고 안아 주는 기회를 주신 건데 사람들이 몰라서 기회를 걷어차요. 우리는 낙인찍힌 존재가 아니에요. 정신장애인들은 육체보다 마음이 더 아파요. 그러면 또라이 짓을 해도 안아 줘야 해요. 백 번 천 번 만 번을. 그게 책임이에요.

부모는 '아이의 잘못이 당신 때문이 아니다'라는 말을 어쩌면 듣고 싶어할 겁니다. 정신장애인 자식을 둔 부모에게 어떤 조언을 해 주고 싶습니까.

이 병은 부모의 잘못이 아니에요. 사회 구조적으로 만들어진 거죠. 세상 사람들은 돈과 명예를 갈망해요. 그런데 정신병원에 입원하면 흡연실에 앉아서 초등학교 어릴 때를 얘기하고 있어요. 그럼 그 얘기를 듣다가 힘든 대목이 나오면 힘들었겠네요, 라고 말해 줘요.

돈과 명예를 말하고 좋은 거 먹고 마시는 걸 얘기하는 게 옳은 거예요? 우리는 저런 쓰레기 같은 얘기를 할 게 아니라 우리 아픔, 우리들의 마음을 항상 얘기해야 돼요. 그게 온바른 거 아니에요?

과거 얘기를 한다는 게 옳다는 말입니까.

정신병원 환자들을 보면 세상적인 얘기는 잘 안 해요. 어린 시절 추억 얘기든 어린 시절 상처받았고 왕따 당했던 얘기만 주로 해요. 정신병원에 가면 특히 그래요. 그 이유는 뭐냐면 저런 세상 얘기는 그냥 흘러갈 뿐 아무것도 아니라는 거죠.

우리 마음의 상처의 얘기는 영혼의 중심에 있는 중요한 얘기예요. 돈이 중요해요? 중심에 있는 게 중요해요? 이 중심이 아파서 입원했잖아. 그 얘기를 하고 있는 거예요.

과거 얘기는 영혼의 이야기이다?

세상 사람들은 물질과 돈을 얘기하는데 우리는 영혼에 대해 이야기한다는 거예요. 이 사람들이 잘못한 게 아니라는 거죠.

우리는 어떻게 종교를 믿어야 할까요.

내가 힘들 때 전능하신 분이 계시다는 걸 단 한 번이라도 믿었으면 좋겠어요. 한 번만 마태복음을 펼쳐보라. 그리고 믿으라고 얘기해 주고 싶어요. 예수를 믿으면서 내가 이렇게 치료를 받았기 때문에.

제가 이 기사를 내면 그걸 읽은 사람들에게 공감이나 감정이입이 될까요. 목사님은 예수를 깊이 사랑한다고 하지만 이 글을 읽는 정신장애인들은 공감하지 않을 거 같은데요.

처음부터 예수님을 사랑하지는 않아요. 처음에는 '에이, 설마' 하죠. 저도 인격적으로 만나고 나서도 자꾸 회의가 든 적이 많았어요. 그런데 사랑도 믿음도 쌓인다고 생각해요.

박사 논문 주제도 정신장애와 관련된 겁니까.

그렇죠. 평생 이 길을 걸어갈 거니까. 오늘 설교할 때 그랬어요. 내가 평생 할 일은 수많은 정신병원과 정신장애인들에게 복음을 전하는 거다, 라고.

저는 제가 부목사로 있는 우리 교회를 예루살렘 본 교회라고 생각해요. 사도 바울도 예루살렘 본 교회를 기지로 해서 아시아 일곱 교회로 나가기도 했잖아요. 저는 박사 학위 받으면 또 정신병원으로 사역을 갈 겁니다.

정신질환을 가진 이후 오래 고통받으며 살아왔습니다. 돌아보니 삶이란 어떤 것이던가요.

33살까지는 너무 헤맸어요. 그리고 정신병원을 14번을 입원해서 많은 고통도 받아봤고 낮병원도 3년 다녔고 시설에도 3년 다녔어요. 그리고 일반병원에도 한 50번 넘게 입원했어요. 그런데 예수님 만나고 나니까 아픔 속에서도 항상 위로와 용기가 있었어요. 그래서 꿋꿋하게 살 수 있었어요. 삶이라는 건…지금 행복해 보이나요? 행복합니다. 살아있다는 자체가.

성경에서 항상 기뻐하라고 했는데 기쁘기만 하지는 못했겠지요.

내가 살아있다는 게 정말 기뻐요. 무엇보다 내 인생이 끝나는 날 천국 가잖아요. 이건 기쁨이에요. 농담이 아니에요. 내가 어느 날 죽으면 천국 간다는 걸 확실하게 알잖아요. 이게 너무 기쁜 거예요.

집사람이 아파서 두 아이 돌보는 걸 해야 하고, 대학원 장학생이라는 이유로 학교 식물원에서 일을 해야죠. 그래서 잠도 4시간밖에 못 자요. 힘들어요. 그런데 하나님이 주는 기쁨은 이것 위에 있어요. 그럼 힘들지 않아요. 천국에 대한 기쁨이 더 크기 때문에 세상사 일들이 별거 아닌 게 돼요.

보통 사람인 저로서는 이해가 잘 안 되네요.

이해가 안 되죠. 하나님이 주신 기쁨이 세상 모든 걸 다 뛰어넘는 거예요. 실제로 그래요. 제 표정 보면 알잖아요.

　하실 말씀이 더.

내 친구들은 정신장애인들이 많아요. 정말 용기 내서 살았으면 좋겠어요. 우리가 요즘 더 힘들어요. 코로나도 그렇고 여기저기 조현병 사고 터지고 하니까 점점 궁지로 몰리는 거 같아요. 용기 냈으면 좋겠어요.

　용기를 내서 뭘 하자는 걸까요.

하나님이 특히 우리 정신장애인들을 더 많이 사랑해요. 오히려 내가 장애인이고 또라이 짓을 하니까 더 많이 이해하시고 사랑하는 거 같아요.

그가 웃고 있었다. 분명한 건 그의 웃음이 가식(假飾)이 아니라 가슴 저 깊은 곳에서 올라오는 홍소(哄笑)와 같은 아득한 풍경이었다는 점이다.

2021.08.18

"이렇게 살아가는 사람도 한 명쯤은
있어야 하지 않겠는가"

고직한(사단법인 좋은의자 상임이사)

한때 병적 증상이 너무 깊고 이유를 알 수 없는 두려움에 지극히 몸을 떨 때, 개신교도인 누나가 내게 성경을 건넸다. 무심하게 건네받은 그 성경에서 우연히 욥의 일대기를 읽게 됐다.

부유한 집안에 사회적으로 명성을 얻고 있던 욥이 어느 날 자신의 재산과 자식들을 모두 잃었을 때, 그래서 그의 아내가 하나님을 욕하고 죽으라고 비난을 받아야 했던 그 욥이 이렇게 말한다. "욥이 입을 열어 자기의 생일을 저주하니라. 나의 난 날이 멸망하였었더라면, 남아를 배었다 하던 그 밤도 그러하였었다면." 그리고 탄식한다. "어찌하여 내가 태에서 죽어 나오지 아니하였던가"라고.

사실 기자는 욥이 나중에 믿음을 지켜서 다시 재산을 회복하고 여러 명의 아이들을 출산한 것에 대한 기복적(祈福的) 사유에는 관심이 없었다. 다만 극한 고통에 처했을 때 인간이 내뱉을 수밖에 없는 탄식 하나, "내가 태어나지 않았더라면"이라는 실존적 울부짖음을 보고 자주 울었던 기억이 난다.

시간이 흘렀고 '우연히' 기자 생활을 다시 시작하면서 기자는 욥을 잊고 있었다. 그를 통해 울부짖던 내 기억도, 사랑 한 번 못해 보고 지나가버린 청춘에 대한 여운도,

그래서 그저 일어나서 일터로 나가서 일을 하고 집에 돌아오는 그 단순한 과정들이 한때 정신질환을 앓았던 이들에게 너무나 소중한 일상이라는 것을 알게 된 후에도 나는 여전히 욥의 기억을 떠올리지 않았다.

물론 지금은 술 담배를 다 하는 엉터리 크리스천이지만 욥은 그렇게 내게서 조금씩 멀어졌다. 이제는 그의 탄식과 자신에 대한 저주를 읽어도 나는 울지 않는다. 그 고통이 아문 것일까. 모르겠다.

어느 날 자신을 목회자라고 소개하는 전화 한 통을 받았다. 조울증 환자들과 가족을 위한 유튜브 채널 '조우네마음약국'을 운영하고 있다고 했다. 그런 코너가 있다는 걸 알고는 있었지만 별로 관심을 갖고 있지 않을 때였다.

그와 전화를 끝내고 나는 그 '약국'을 검색해 들어가 봤다. 거기, 위로받고자 하는, 또는 치료받고자 하는 이들이 수천 명씩 구독하고 있었다. 기자는 그에게 전화를 걸었고 인터뷰를 요청했다. 그가 흔쾌히 받아들였다.

고직한(66) 사단법인 '좋은의자' 상임이사. 그가 어떤 삶을 살아왔는가를 알아보기 전에 그의 아들 둘에 대한 이야기를 먼저 해야겠다. 큰아들은 중학교 2학년 때, 작은아들은 대학교 1학년 때 발병했다. 큰아들

은 4번 입원, 작은아들은 13번. 어떤 때는 수개월 입원했던 큰아들이 퇴원할 무렵, 이번에는 작은아들이 증세가 악화돼 '바통 터치'하듯 입원하기도 했다. 그는 그 25년간 시록을 50번이나 다녀왔다고 했다.

이후 2018년 회복되고 결혼까지 하게 된 큰아들이 유튜브를 하자고 했다. 디지털 콘텐츠 크리에이터로 일했던 큰아들은 '조우네마음약국'을 방송하기 시작했다. 큰며느리는 조우 아내, 고 이사는 조우 아빠, 아내는 조우 엄마, 동생은 그레이, 작은며느리는 그레이 부인으로 조울증에 관한 많은 이야기들을 유튜브에 남겼다. 지금까지 116개의 동영상을 올렸고 구독자 수는 4100여 명에 이른다. 최근에는 27분가량의 다큐도 제작해 유튜브에 올렸다.

병을 앓던 아들 둘 모두 훌륭하게 회복되고 게다가 둘 다 결혼을 했고 손자들까지 생겼으니 그의 마음의 고통도 어느 정도 아물지 않았을까. 그런데 그는 자신의 출석교회인 사랑의교회 갱신위원회에서 일하고 있다고 했다. 교회 담임목사의 비리에 저항하는 교인들이 모여 교회의 혁신을 촉구하는 모임이다.

그냥 눈 감고 살아가면 되지 않을까. 삶이라는 게 때로는 굽을 줄도 알아야 하지 않을까, 기자의 우문(愚問)이겠지만 그는 자신에게 불의로 비치는 교회 상황에 대해 문제 제기를 계속하고 있다. 20대부터 40년 넘게 청년 사역을 이끌어온 그는 현재 정서적·심리적 약자를 돕는 사단법인 '좋은의자' 이사로, 청년목회지연합인 Young2080 대표로 일하고 있다.

인터뷰 도중 기자가 '목사님'이라고 호칭하자 그가 단호하게 "목사 아니에요"라고 손을 그었다. 호주 시드니 선교성경대학에서 신학과 선교학을 공부했지만 그는 목사 안수를 거부했다. 목사 안수를 왜 받지 않았냐고 물으면 그는 "이렇게 살아가는 사람도 한 명쯤은 있어야 하지 않겠는가"라고 답변하곤 한다. 그렇다. 다 좋다. 그래서 목회자인 그에게 묻고 싶었다. "정신질환은 귀신들림이고 부모의 죄 때문이냐"고. 〈마인드포스트〉 사무실에서 그를 만났다. 그는 아내인 '조우엄마'(65)와 함께 사무실을 찾았다.

목회자로서 자식의 정신질환과 부모의 죄에 대해 고민했을 것 같습니다. 저희 어머니의 여동생(이모)이 조현병으로 이혼했다가 재혼하고 아들 둘을 낳고 지내다가 극단적 선택을 했어요. 어머니가 정신질환에 대해 우리보다 더 지식이 있었죠. 큰아이가 우울증에 빠져 눈물을 흘리는 걸 어머니가 먼저 알아차렸어요. 애가 놀이터에서 노는데 늦게 오고 가방도 잊어버리고 오고, 옷 복장도 이상하고 잠도 못 자고 하니까 (저에게) 빨리 병원에 데려가라고 해요.

아는 세브란스병원의 후배 의사에게 가보니 전형적인 조울증이라고 진단해요. 그때는 '쿨하게' 받아들였는데 지금 생각해 보면 병에 대해 몰라도 너무 몰랐구나 싶어요. 우리는 좀 안다고 생각했거든요.

저는 고등학교 1학년 때 신경쇠약증으로 불면증에 빠지면서 신경정신과에 2~3개월 다녔어요. 좀 좋아졌다가 고등학교 2학년 때 담임선생님한테 출석부 늦게 가져온다고 막 두드려 맞았어요. 그게 열 받아서 불면증에 빠졌다가 다시 좋아졌는데 고등학교 3학년 때 특별한 사연도 없는데 또 2~3개월 병원을 다녔어요.

나는 '이게 지병인가, 평생 안고 가야 하나' 하는 걱정이 있었죠. 집사람도 우울증과 경조증이 있었는데 희한하게 다 나았어요. 그래서 결혼하기 전에 사귀면서도 대학 동아리에서 교회 활동하면서 '우리는 사이코 커플'이라고 말을 많이 했죠.

아이가 아플 때는 정신병력이라는 게 집안의 내력과 관련된 게 아닐까 싶었어요. 그래서 그렇게까지 죄책감에 빠지지는 않았죠. 그런데 사회의 편견이나 교회의 편견이 강하니까 회개를 많이 했어요. 내가 무슨 죄를 지어서 이렇게 됐나 하고요. 둘째 아이가 조울증을 만났을 때는 이게 뭐지 싶었어요. 꼭 그런 건 아니겠지만 유전적 요소가 많은가 보다 생각했고 좀 더 이해하게 됐어요. 시간이 꽤 걸렸죠.

> **개신교 신도들을 보면 우울증은 병도 아니라고 과소평가하는 인상을 많이 받게 됩니다.**

그건 과도한 믿음이고요. (정신질환이) 본인의 문제일 경우일 때는 덜한데 남의 문제일 때는 쉽게 과소평가해요. '믿으면 다 되는 거 아냐, 하나님은 사랑의 하나님인데 왜 그런 일을 주시겠어'(라고 하죠).

그 얘기는 '네가 잘못 믿은 거야, 또는 네 믿음이 너무 작아, 또는 네가 성경 보고 기도생활 잘 하고 하면 괜찮은데 그게 안 돼서 그런 거야'라고 받아들이게 하는 거죠. 건강한 기독교는 절대로 그렇지 않죠. 건강하지 않은 교회들이 상식적인 것보다 초상식적인 것에 기우는데 이건 몰상식과 비상식이죠.

> **정신질환을 귀신들림으로 보는 세계의 시선에 대해서는 어떻게 생각하십니까.**

어느 정도 근거가 있는 성경의 말씀들이 있고 정신질환과 관련된 요소도 있을 수 있어요. 그런데 모든 것을 다 그렇게 봐야 되느냐? 그건 아니죠. 성경에는 현대 의사들이 보면 우울증 환자와 같은 상태에 있던 사람들이 많아요. 모세, 엘리야, 욥이 그래요. 그런데 그런 사람들은 믿음의 영웅들이니까 정죄를 안 하죠. 그렇지 않은 사람들을 정죄해요. 성경적으로 해석을 잘못해서 그래요.

> **그럼 교회에서 자녀의 정신질환을 고치겠다는 믿음을 가진 이들을 어떻게 설득해야 할까요.**

교회에서 자기 자녀의 정신증을 고치겠다고 한다면 일단은 본인이 교회에 있는 편견들에 대해서 가장 잘 알아야 해요. 성경적인 것도 그렇고 그런 문제를 극복한 논리들이나 책을 봐야죠. 또 전문가 의사들이나 목사들이 많이 있어요. 그걸 통해서 본인이 편견을 극복해야 해요. 그게 안 되면 이 사람 저 사람 하

모세, 엘리야, 욥도 우울증 환자들…
신앙으로 정죄하지 말아야
묻지마식 믿음은 엉터리…
반지성적이고 신비주의적 믿음

는 말에 막 휘둘려요.

또 무식한 부흥사들인데 교회 집회에 영향력 있는 사람들 정말 많거든요. 은혜도 받는다고 하지만 그 사람들이 툭툭 던지는 정신질환과 관련된 잘못된 얘기들이 정말 많아요. 그걸 분별할 줄 알아야죠. 또 목사님들 가운데 정신질환을 이해하는 분들이 꽤 있어요.

그리고 교회 안에 한 다리만 건너면 전문가가 반드시 있습니다. 정신과 전문의, 정신과 간호사, 사회복지사 등 전문가가 많아요. 그분들하고 빨리 연결되고 조기에 대응하도록 노력해야죠. 저는 상처 입은 치유자가 교회 내에 '정신건강119단'을 만들어야 한다고 주장해요. 자녀의 정신과적 문제를 극복할 수 있는 관계를 만들어야지 절대로 혼자서는 안 돼요.

조울증 환자나 조현병 환자에게 약을 끊고 기도만 하자는 목사가 많지 않습니까.

건강한 기독교의 모습은 절대로 아니죠. 예수님이 온 것은 건강한 사람을 위해서 온 게 아니라 병자를 위해서 왔죠. 그 얘기는 의사와 병원의 시스템을 인정한다는 거죠. (무지한) 목사들은 성경적 지식이나 교회사적 지식이 너무 약해서 그렇게 (약을 끊자고 하죠).

그들의 세계관도 전형적인 이원론이예요. 종교적 세계와 비종교적 세계를 딱 나눠버리는 거예요. 그래서 이쪽은 선한 거, 저쪽은 악한 거. 기도하고 말씀 보는 건 선한 건데, 의사를 찾고 병원에 가고 약을 먹는 것을 믿음이 없는 행위로 보는 거죠. 이분법적으로 생각하니까 그렇게 쉽게들 말하죠.

성경을 잘 보고 기도하면 낫는다는 신념은 무엇이 잘못된 걸까요.

성경을 잘 보고 기도하면 도움되는 게 굉장히 많지만 성경 자체가 우리에게 건강한 사고를 요구할 때가 있어요. 성경의 특별계시 외에 일반은총 자연은총이라는 영이 있어서 하나님은 두 가지를 다 하시는 건데 성경만 보고 기본 전제로 돼 있는 일반은총과 자연은총을 무시해버려요. 병원도 무시하고 의사도 무시하고 과학도 무시하죠.

그럼 지금 과학 혜택을 안 받고 살아가는 목사나 교회가 있나요? 교회에 전깃불 안 들어오면 어떻게 해요. 모든 혜택을 과학 세계를 통해 받잖아요. 그럼 그 영역도 하나님이 통치하시고 하나님의 영역이라고 받아들이는 게 성경적인 세계관이죠. 하나님이 일반은총을 통해서 우리에게 주시는 게 얼마나 많은데요. 좁게 이원론적으로 특별은총만 통해서 모든 것이 해결된다는 믿음은 신학적 오류입니다.

교회에서 심리상담 붐이 일고 있죠. 기본이 안 돼 있는 이들에게 심리상담을 받았을 때 돌이킬 수 없는 상처가 되지 않을까요.

그래요. 정신병리적인 현상, 이상심리(abnormal psychology)를 하는 분은 좀 나아요. 그런데 정상심리만 갖고 이야기하는 분들은 조현병이나 조울증 등 정신질환과 싸우는 사람의 심리를 이해를 못 해요. 그러니 약 먹지 말라, 심리상담 잘 받으면 낫는다고 몰아가죠. 책 보고 지식만 얻는다고 (심리상담이) 되는 게 아니잖아요. 직접적 경험이 중요하죠.

이 직접적 경험이 없는 심리상담사들이 너무 많아요. 이 상담 방식이 거꾸로 교회로 들어왔어요. 그러다 보니 그들이 상담가라는 권위를 가지고 자기가 모르는 영역을 많이 건드리는 거예요. 저는 정신과적 어려움이 있는 사람을 상담할 때 제일 중요한 이들이 부모나 패밀리링크 같은 데서 교육을 받은 분들이라고 생각해요.

그들이 교회와 연결되든지 같은 크리스천과 연결됐으면 해요. 이들은 엄청난 사회적 자본이에요. 동료지원가들도 사회 변화를 기획하거나 정책을 입안하는 이들에게 어마어마한 자원이죠. 이들이 (정신과적 상담에) 매칭될 때 사회적으로 너무 좋다고 봐요.

내가 예수라고 외치는 종교망상을 어떻게 이해해야 합니까.
자기가 주장한다고 예수가 되는 건 아니잖아요. 부모가 불교 신도면 조울증을 앓는 자녀는 자신을 미륵으로 생각해요. 우리 둘째아이가 종교망상이 있어요. 많이 극복이 됐지만 컨디션이 안 좋을 때 여전히 망상적인 게 있어요. 컨디션이 좋으면 그건 잠재의식 아래로 가라앉죠. 첫째 아이는 삼국지를 많이 읽었는데 조증이면 삼국지적으로 사고를 해요. 그걸 소설망상, 문학망상이라고 할까요. 자기가 깊은 영향을 받는 걸 그런 식으로 연결하는 거죠.

기독교에서 내가 예수다, 라고 주장하면 사탄으로 보거나 귀신들린 걸로 보거든요. 이걸 귀신 잡겠다, 라고 할 게 아니라 병의 증상이니까 기다려 주는 게 제일 중요해요. 전문의에게 약을 타서 먹게 하고 기다려 주고 좀 더 인격적으로 대화할 줄 알아야죠.

정신장애인은 종교를 어떤 관점에서 믿어야 할까요.
증상이 심할 때는 종교 집회나 교회 집회에 참여를 삼가는 게 좋고요. 요즘 예배는 찬양팀이라고 밴드가 요란하거든요. 하이테크놀로지를 이용해서 예배를 보니까 차분하게 말씀을 보는 분위기가 아니죠. 좋은 의미에서 열광적이고 나쁜 의미로는 광신적이죠. 그런 곳에 가면 오히려 안 좋아요.

종교망상이 깊은 기독교인들은 일단 교회 가는 걸 조금은 삼가하라고 말하고 싶어요. 그렇게 증상이 가라앉고 정상적 사고를 하면 기독교 신앙에 대해 합리적으로 얘기할 수 있는 부분이 너무 많아요. 그런데 묻지마식으로 '믿어라, 왜 그렇게 따지냐, 믿으면 돼' 하는데 이게 다 엉터리입니다. 따지면서 믿어야 합니다. 따지면서 근거를 갖고 믿어야 되는데 그것도 어느 시점이 되면 도전을 해야 할 때가 있어요.

예를 들어 암흑에서 뛰어내려야 하는데 정말 신앙을 갖고 제대로 알면 뛰어내려도 밑에 그물이 쳐져 있다든지 하나님의 손이 받아준다고 하는 나름의 믿음을 갖게 돼요. 그걸 묻지마식으로 하는 건 반지성주의적이고 신비주의적 기독교예요. 절대 건강한 기독교는 아니죠.

그 연장선상에서 여쭤보면 교회는 위로 대신 판단하고 정죄하지 않습니까.

기독교인들이 오류에 빠지기 쉬운 부분이 무례한 기독교거든요. 나름대로 하나님을 알았다, 진리를 알았다는 감격과 경험이 너무 중요한데 그렇다고 그걸 절대화하면 안 되거든요. 하나님은 안 믿는 사람의 인격을 존중해줬지 강제로 믿게 하고 강압적으로 하지 않았어요. 굉장히 존중했어요.

진정한 기독교에서는 늘 인권운동이 나옵니다. 역사적으로 그래요. 저는 반지성적 기독교가 문제라고 생각하는데 그렇다고 거꾸로 지성주의 틀 안에서 성경을 이해하고 신앙을 이해하려는 것도 오류라고 생각해요. 성경 속에는 초지성적인 요인들이 많거든요. 그걸 지성주의 틀 안에서 재단할 수 없어요. 그 부분을 택하냐 안 택하냐는 본인의 문제죠.

예를 들어 지성주의적으로 접근했다가 초지성적인 기적을 접했을 때 이걸 믿어, 말어 하다가 어느 순간 비슷한 경험들이 일어나고 그렇게 성경에 대한 신뢰가 생겨요. 초지성적 영역에 눈이 열리는 거죠. 그래서 지성주의에 갇히

거나 반지성주의에 갇히면 정도(正道)에서 벗어나 좌나 우로 치우치는 거죠.

성경은 권면을 권하지만 정신장애인은 약물 부작용으로 오래 누워 있어야 합니다. 그런데 부모님들은 이 부분을 잘 이해하지 못해서 아침 일찍 일어나기를 바라며 복장이 터지는 경우가 많죠.

우리도 실수가 많았죠. 게을러서 그런 건가 생각하다가도 또 어떤 때는 좋은 일이 있으면 빨리 일어나거든요. 이거 꾀병 아니야, 라고 생각한 적이 꽤 있었는데 책을 보고 이 병에 대한 지식이 생기면서 (수면 문제가) 쉬운 문제가 아니라는 걸 알게 된 거죠.

또 전문가들이 해 주는 말이 도움이 많이 됐어요. 우울증이 깊을 때는 우리가 수영할 때 물에 잠겨 있는 것과 똑같거든요. 수영 못 하는 사람이 머리까지 물에 잠기면 익사 당하잖아요. 우울증이 그래요. 우울감이라고 얘기할 수 있는 지점하고 자기가 수영도 못하는데 물에 빠져 죽을 수 있는 우울증 상태에 들어가는 건 전혀 다른 문제거든요.

돈이 많거나 연예인으로 인기가 많더라도 발을 헛디뎌서 우울증이라는 데 잠겨버리면 빨리 손을 써야지 안 그러면 죽어요. 극단적 선택도 일어나죠. 거기에 대해 이해를 해 줘야죠. 좁은 지식을 갖고 그 중요한 문제를 재단하는 건 너무 무례한 거예요. 저는 진정한 기독교는 온유하고 겸손하고 상대방의 이야기를 경청하고 대화하려는 거라고 생각해요.

정신장애인의 자살률이 일반인의 8배입니다. 기독교에서 자살을 죄라고 하는데 인간의 자살에 대해 어떻게 생각하십니까.

기독교가 기독교인이 자살하면 지옥 간다는 가르침에는 교육적 효과가 있었다고 인정해요. 그런데 그게 기독교 교리적으로 딱 맞다고 보지는 않아요. 아까 말한 우울증에 깊이 들어가서 발이 바닥에 닿지도 않고 수영도 못하고 그러면서 극단적 선택을 한 사례를 제가 많이 알아요. 그렇다고 자살을 해도 천국 갈 수 있다고 말하는 건 또 다른 부작용을 낳아요.

그래서 저는 전략적 대화가 필요하다고 봅니다. 예를 들어 지옥 갈까 봐 두려워 자살을 못 하는 사람이 있다면 그걸 존중해 주는 게 좋다고 봐요. 또 자살했으니까 지옥 갔을 거야라고 할 수 없죠. 인간적으로 그를 기쁘게 하기 위해서가 아니라 전략적 상담이 중요합니다. 하나의 판단만 놓고 모든 걸 그렇게 해석하는 건 바람직하지 않아요.

아드님 두 분 다 이제는 결혼해서 자기 밥 벌어먹고 살고 있습니다. 정신장애인 가족 중에서 성공한 케이스가 아닐까요.

(웃음) 성공한 사람들 꽤 있는데 그분들은 그런 얘기를 안 해요. 드러내지 않거든요. 정신장애가 있지만 건강하게 살고 결혼생활도 잘하면서 어려움을 헤쳐나가는 사람들이 있어요. 그런데 사회적 낙인이 있으니 자녀를 키우는 입장에서 질환을 드러내려고 하지 않죠.

난 인정해요. 우리 아이들 같은 경우는 (회복과 결혼이) 특별하다기보다는 정말 감사한 일이었죠. 우리가 노력한다고 된 것도 아니고 아이들이 교회에서 자연스럽게 교제를 한 거예요. 제가 농담으로 그런 얘기를 해요. 디스코클럽 가서 좋은 결혼을 할 수 있겠냐, 아니면 교회 가서 좋은 결혼을 할 수 있겠냐라고. 확률적으로는 후자가 더 높죠. 그래서 청년들에게 교회 가서 많이 어울리라고 말하죠.

자꾸 나가서 어울리고 인격적으로 만나다 보면 자신의 연약함이나 상대방의 연약한 부분이 나눠지면서 사랑하게 되고 그걸 다 감싸주게 되고요. 우리 아이들이 경우는 우리가 특별히 누력한 건 없어요 감사한 일이에요 분명한 건 교회 청년부에서 활동을 하다가 아내를 만났다는 거죠.

조우네마음약국에서 사례상담을 하면서 보니 이들의 상당수가 개신교도였다고 했습니다. 인간의 약함과 유한함을 알고 절대자에게 무릎을 꿇어버린 걸 의미할까요.

굉장히 많아요. 조우네마음약국에서 우리가 종교적인 얘기를 하지는 않아요. 그러나 방송을 하다 보면 자연스럽게 우리 정체성을 감출 수도 없고 아닌 척할 수도 없죠. 조우네마음약국 카카오플러스친구에 700명 넘게 들어오는데 우리 아이들이 일대일로 상담해 주거든요. 신앙적인 표현을 하는 이들도 많아요. 정신질환자가 타 종교에 비해 개신교인이 더 많다는 통계가 있는지는 모르겠어요. 분명한 건 정신질환에 걸리면 교회를 찾아올 가능성이 더 많아요. 그런데 교회가 이들을 품지 못할 경우 오히려 떠나는 경우도 많아요. 이중적이죠. 제 생각으로는 정신질환자들이 소망과 희망을 교회 쪽에서 더 얻으려하는 게 아닌가 싶어요.

교회에도 정신질환을 잘 아는 사람들이 팀을 이뤄 목회를 돕는 역할을 했으면 한다고 했습니다.

그렇죠. 한 대형교회에서는 그런 그룹을 인정해 줬어요. 주일에 한마음 예배라고 해서 장소도 제공하고 정신장애인들이 3분의 1, 3분의 1은 가족, 3분의 1은 비(非)환자로 구성됐어요. 200여 명이 거기서 예배를 드려요. 정신질환이라는 게 증상이 한 순간이지 계속해서 그런 건 아니죠. 증상이 잡히면 부모나 배우자와 손잡고 일반 예배를 드리면 더 좋죠. 중요한 건 교회가 그런 사람들을 위해 공간을 내줬으면 해요. 교회에 시설 공간 너무 많거든요.

깊은 우울증은 수영할 때 물에 잠겨 있는 것과 똑같아
교회가 정신질환 가진 청년들 보듬어야

세상을 지옥으로 만든 원흉은 집요하게 세상을 천국으로 만들려고 하는 사람들이라고 했습니다. 무슨 의미입니까.

근본주의자들은 말로는 천국을 만든다며 집요하게 강요하는데 그 하는 방식이 사랑도, 온유함도 아니고 상대방을 존중하는 것도 아니에요. 그게 지옥이죠. 이건 개신교만의 문제는 아니고 어느 집단이든지 사고의 틀이 근본주의적인 이들이 있어요. 그들은 극단적이에요.

기독교인들은 근본적인 것에 대해서는 일치가 일어나야 돼요. 그런데 비근본적인 것에 있어서는 다양성을 존중해 줘야죠. 서로를 인정하는 거죠. 그리고 그 두 가지를 하더라도 사랑으로 해야죠. 사랑이 빠져 있는 일종의 강요, 그건 아무리 좋은 것도 싫으면 싫은 거죠.

'우리 가족은 사이코 패밀리'라고 선언했습니다. 다수의 사람들이 자기 가족의 정신질환을 숨기려고 합니다. 그런데 주변에 이를 적극적으로 알리고 있습니다. 무슨 마음으로 그렇게 하십니까.

저희도 많이 알린 것 같지만 부분적으로는 닉네임을 '조우'라고 쓰잖아요. 최근에 다큐를 하나 만들면서 얼굴까지 공개가 됐어요. 저는 커밍아웃 문제는 자신의 원칙과 소신, 상황이 다 어울려져서 할 일이지 일방적으로 해야 된다고 생각 안 해요.

또 커밍아웃을 할 때의 수위의 결정, 어느 정도로 해야 될까 하는 완급의 조절을 지혜롭게 해야 돼요. 예를 들어 내가 고혈압 약을 20년간 먹고 있는 환자란 말이죠. 그럼 누가 추구하자 할 때 고혈압 환자가 그걸 하면 안 되죠. 그럼

면에서 자기 자신을 아는 것. 그리고 자신이 필요로 할 때 노출하는 거, 전 그게 행복하게 사는 비결이라고 생각해요.

신학을 전공하고도 목사 안수를 받지 않았습니다. 목사 직위가 아니더라도 이 세상에는 할 일이 많다고 생각해서였나요.

그렇죠. 목사로서의 의식을 갖고 있는 분들은 그렇게 하면 되는 거고요. 저한테는 목사 타이틀 없이 살아가는 게 더 좋아요. 임팩트가 있다고 느껴지는 거죠. 목사는 저에게 어울리지 않는 옷이에요. 그 옷을 입고 부자연스럽게 사는 것보다 목사 티 안 내면서 자연스럽게 사는 게 좋아요.

뭔가를 막 전하려고 하는 것도 저는 신중해야 한다고 봐요. 왜냐하면 상대방의 입장도 생각해야 되니까. 무례한 기독교식으로 하는 건 아주 잘못됐어요. 저는 목사가 아니면서 하나님을 믿는다든가 자연스럽게 신앙생활을 하는 게 얼마든지 가능하다고 봐요. 기독교를 '개독교'라고 하잖아요. 또 목사 타이틀을 가지고 정치를 하려는 걸 보면 왜 교회를 끌고 들어가면서 저러지 싶어요. 좌파든 우파든 그런 사람들이 너무 많아요.

개신교의 역할이 한국에서 사라지고 이젠 버려진 소금이 된 기분이라고 하셨죠.

교회가 그렇다기보다 가짜와 엉터리가 그래요. 진짜 다이아몬드는 엄청 값이 나가고 희소성이 있어요. 그런데 가짜 다이아몬드도 굉장히 많을 거예요. 저는 교회가 진짜가 있기 때문에 가짜가 너무 많다고 봐요. 중요한 건 진짜와 가짜를 구별해야죠. 가짜가 너무 많다 보니 사람들이 진짜가 없다고 생각해요.

악화(惡貨)가 양화(良貨)를 구축한다고 하잖아요. 양화가 분명이 있는데 악화가 너무 많다 보니 그래요. 값진 것일수록 모방하고 흉내 내서 이득을 취하려는 집단이 생겨요. 소비자나 신자 입장에서 진짜와 가짜를 잘 분별해야지 비싼 돈 내고 가짜를 선택할 필요가 없잖아요.

> 출석하는 사랑의교회 현 담임목사의 논문표절과 거짓말에 항의해 교회갱신위원회를 만들어 아직까지 싸우고 있습니다. 눈감고 그냥 편하게 살아갈 수도 있지 않았습니까.

우리 교회가 교계적으로 주목받는 교회였거든요. 이유가 어쨌든 싸우게 된 것은 너무 죄송해요. 기독교 역사를 보면 우리 크리스천들을 가톨릭과 대비해서 프로테스탄트(protestant)라고 하잖아요. 우린 프로테스팅(protesting) 즉, 저항하는 사람들이거든요. 마틴 루터나 칼뱅의 시대에 구교는 성경적 기독교에서 너무 멀어진 거예요. 그걸 프로테스팅 했기 때문에 오늘날 종교개혁의 시대가 열렸고 그 혜택을 우리가 누리고 있단 말이죠.

그래서 크리스천의 정체성은 기본적으로 저항하는 사람들이에요. 그럼 저항은 뭐냐. 불의(不義)한 것에 대한 저항이에요. 안타깝게도 저희 교회를 세우신 목사님 돌아가시고 불의한 일들이 많이 생겼어요. 그러면 프로테스탄트인 우리가 저항하지 않을 수 없죠. 아닌 건 아니라고 하고 거짓말은 거짓말이라고 하는 게 그리스도인의 정체성이라고 생각하는 거예요.

그러다 보니까 그게 분쟁이라는 형태로 나타났어요. 너무 죄송하죠. (저항을 시작한 지) 8년 정도 지나면서 새롭게 우리는 우리대로 갈 수 있는 길들이 열리는 거 같아요.

> 사단법인 '좋은의자' 상임이사로 있고 청년목회자연합 Young 2080을 이끌고 있습니다. 성과가 많이 나왔습니까.

사단법인 '좋은의자'는 정신간호학의 대모(大母)인 김수지 교수가 기초를 놓은 거예요. 그분이 창립 이사장으로 1년 동안 일하시다가 돌아가셨어요. 그러면서 3~4년 정도 휴지기가 있었죠. 그러다가 거기 있는 분들이 조우네마음약국 방송을 보고 연락이 왔어요.

그 무렵에 조우네마음약국이 상담사례도 늘고 구독자 수도 늘어나는 상황이었어요. 집사람이 독서밴드 모임을 하고 있는데 거기 120명 정도가 아주 열심히 해요. 당사자든 가족이든 병에 대해 알려면 책을 읽는 게 너무 중요하거든요. 줌으로 하는 정기모임도 하고 있었는데 이게 우리 가족만 하는 일이 아닌 거 같다는 생각이 들었어요.

그래서 공공의 영역으로 가져가자 해서 비영리단체를 만들어서 임의단체로 등록해 놨거든요. 국가적으로 안 되는 건 가족이 담당해야 하는데 가정에서 해야 할 일을 위주로 '정신건강가족생태계콜라보'라는 걸로 만든 거죠. 그때 '좋은의자'에서 연락이 왔어요. 검토해보고 좋은 것 같아서 했고 감사하게도 잘 되고 있어요. 한국 사회에 정신건강을 위한 굴지의 단체들이 많이 있잖아요. 그중에 끼워주면 감사하고 그게 아니면 원 오브 뎀(one of them)으로 할 수 있는 일이 있지 않을까 생각도 들어요.

Young 2080은 기독교 단체에요. 내가 20년 전에 만들었고 감사하게 잘 됐어요. 풀타임으로 일하는 분도 15명 정도 되고요. 저희들이 정기간행물 유료 잡지를 만드는데 큐티매거진입니다. 큐티는 콰이어트 타임(Quiet Time)이라고 묵상집입니다. 한 달에 한 번 나간 걸로 보면 거의 200만 부가 나갔어요.

몇 년 전부터는 인쇄물보다 디지털 형태로 가는 게 좋다고 결정했고요. 제가 대표로 있어요. Young 2080은 교회를 각성하게 하고 필요한 물적인 것들을 구비시키는 거죠. 예를 들어 청년 사역을 하고 싶다면 할 수 있게 교재도 주고 전문 컨설팅도 하고 힘을 주는 거죠. 회사로 치면 휴먼 리소스(human resourse)라고 사원을 교육시키는 겁니다. 제가 하는 일이 기독교 쪽의 그런 일들이에요. 다만 이건 비영리로 진행됩니다.

　앞으로 삶에 대한 계획이 있으신지.

나는 기독교 사역자고 청년 대학생 운동가이고 교회에 목회를 돕는 컨설턴트거든요. 앞으로 내가 어떻게 살 것인가라는 건 그 연장선에 있어요. 그리고 그로 인해 내 나이에도 불구하고 기회가 많이 주어져서 감사하게 하고 있어요. 우리 큰아이가 조우네마음약국 유튜브를 하지 않았다면 나는 (조울과 관련된) 일을 안 했을 거 같아요.

　유튜브가 무섭더라고요. 굉장히 개인적인 얘기인데 공적으로 꺼내다 보니까 구독자 여부를 떠나서 이게 공개가 되는 거예요. 〈마인드포스트〉도 그렇게 연결된 거 아니겠어요. 저는 지난 2년 동안 정말 공부를 많이 했어요. 정신장애 운동과 관련해 중요한 분들도 많이 만났고 책이나 외국 사이트도 보고. 정말 보물 같은 분들을 많이 알게 됐죠. 그분들과 콜라보를 하면 좋겠다 (싶었죠).

　미국 알래스카에서도 오고 싱가폴에서도 오고 한국 교민들이 유튜브에 들어와요. 그래서 생각한 게 스마트폰이에요. 이제 '포노 사피엔스'(Phono Sapiens)라고 하죠. 스마트폰으로 이뤄지는 신인류. 전 세계적으로 30억 인구가 스마트폰을 갖고 있고 한국은 국민 대다수가 갖고 있어요. 그걸 통해서 은둔형의 사람들, 방에서 못 나오는 사람들에게 찾아가는 거죠. 돈도 안 들고 해서 그쪽 분야에 기여를 하고 싶어요. 또 내 중요한 신념 중의 하나인데 어떤 문제나 이슈에 대해서 책 30~50권을 읽으면 전문가가 된다고 봐요. 그러니까 우리 정신질환자나 부모들이 책을 보고 정확한 정보와 지식을 갖는 게 가장 중요하다고 봐요.

고직한(사단법인 좋은의자 상임이사)　　　**389**

인터뷰를 녹취하면서 기자는 책장의 성경을 꺼내 욥기를 다시 읽었다. "어찌하여 내가 태에서 죽어 나오지 아니하였던가?" 눈물은 나지 않았다. 다만 쓸쓸한 바람 한 줄기가 마음을 지나가고 있었다.

2020.09.21